양귀비전쟁 ❶ 시네가드

THE POPPY WAR

THE
POPPY
WAR

양귀비전쟁 Ⅰ 시네가드

R. F. 쿠앙 지음 **이주혜** 옮김

아작

아이리스를 위하여

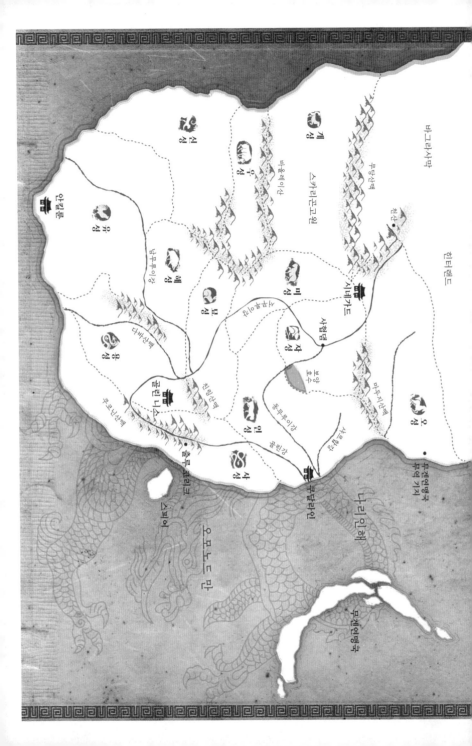

제 1 부

1

"옷을 벗어라."

린은 눈을 깜박였다. "예?"

감독관이 기록부에서 눈을 들었다. "부정행위를 막기 위한 절차다." 그는 방 저쪽에 있는 여성 감독관을 가리켰다. "필요하면 저 사람과 같이 가도록."

린은 가슴 앞으로 단단히 팔짱을 끼고 두 번째 감독관 쪽으로 걸어갔다. 병풍 뒤로 가서 구멍 뚫린 모든 곳에 혹시 시험 자료를 숨기지 않았는지 철저히 더듬어지고 나서야 별 형태가 없는 푸른색 자루를 하나 건네받았다.

"이걸 입어라." 감독관이 말했다.

"꼭 이래야 하나요?" 린은 추워서 이를 딱딱 부딪치면서 옷을 벗었다. 수험자용 자루옷은 린에게 너무 커서 소매가 손등을 덮고도 한참이나 남아, 몇 번이나 말아 올려야 했다.

"그래." 감독관이 긴 의자에 앉으라고 손짓했다. "작년에 윗옷 안감에 종이를 꿰매 넣었다가 들킨 사람이 열두 명이다. 그러니 예방조치를 취하는 수밖에 없지. 입을 벌려라."

린은 지시에 따랐다.

감독관이 가느다란 막대로 린의 혀를 찔렀다. "변색이 없군, 좋아. 눈을 크게 떠보아라."

"누가 시험 보기 전에 약을 먹는답니까?" 시험관이 린의 눈꺼풀을 잡아 늘이는 동안 린이 물었다. 감독관은 대답하지 않았다.

감독관은 흡족한 얼굴로 린에게 다른 수험생들이 아무렇게나 줄을 서서 기다리는 복도로 가라고 손짓했다. 수험생들은 모두 빈손이었고 얼굴은 하나같이 불안으로 굳어 있었다. 그들은 시험장에 아무것도 가져오지 못했다. 붓대 구멍에 정답을 적은 종이 두루마리를 넣어올 수 있었기 때문에 붓마저도 지참 금지였다.

"다들 손을 앞으로 내밀어라." 남자 감독관이 대열 앞쪽으로 걸어가며 지시했다. "소매는 반드시 팔꿈치 위쪽까지 말아 올려야 한다. 지금부터 절대 대화 금지다. 소변이 마려우면 손을 들어라. 방 뒤쪽에 양동이가 있다."

"똥이 마려우면 어떻게 합니까?" 한 남자애가 물었다.

감독관이 그 애를 한참 바라보았다.

"시험 시간이 12시간이나 되지 않습니까." 남자애가 방어적으로 말했다.

감독관이 어깨를 으쓱했다. "소리가 나지 않게 조심해라."

그날 아침 린은 너무 긴장하는 바람에 아무것도 먹지 않았다. 음식 생각만 해도 속이 메스꺼웠다. 린의 방광과 장은 비어 있었다. 오직 머릿속만 시험지 위에 쏟아낼 어마어마한 양의 수학 공식과 시와 논문과 역사상의 날짜 등으로 가득 찼다. 만반의 준비가 되었다.

시험장에는 백 명의 수험생에게 맞추어 책상이 깔끔하게 열 줄로 늘어서 있었다. 책상마다 두툼한 시험지와 벼루와 붓이 놓였다.

니칸의 다른 지방은 대부분 매년 과거 시험을 치르느라 공회당 전체를 써야 했다. 그러나 유성(酉省, 닭의 성)의 작은 읍인 티카니는 농부와 상인으로 이루어진 마을이었다. 티카니 사람들은 대학 교육을 받은 자식들보다 밭에서 일할 일손이 더 필요했다. 그래서 티카니에서 과거 시험을 치르려면 교실 하나만 있으면 됐다.

린은 다른 수험생들과 함께 한 줄로 서서 교실에 들어갔고 지정석을 찾아 앉았다. 위에서 내려다보면 수험생들이 어떻게 보일까 궁금했다. 아마 검은 머리카락과 푸른색 자루옷, 갈색 나무 책상으로 이루어진 깔끔한 정사각형이 보일 것이다. 이 순간 전국의 똑같이 생긴 교실에서 다들 긴장감과 기대감에 차서 물시계를 지켜보고 있겠지.

린의 이가 미친 듯이 딱딱 부딪쳤다. 분명히 다들 그 소리를 듣고 있을 테지만 단지 추워서만은 아니었다. 이를 악물어봐도 떨림이 팔다리를 지나 손과 무릎까지 퍼져갔다. 손에 쥔 붓까지 떨리며 책상 여기저기 검은 먹물이 튀었다.

린은 손에 힘을 주고 시험지 맨 앞장에 이름을 썼다. '팽 루닌.'

긴장한 사람은 린만이 아니었다. 벌써 방 뒤쪽 양동이에 대고 구역질을 하는 소리가 들려왔다. 린은 손목 위 하얗게 남은 화상 흉터를 다른 손으로 꼭 감싸 쥐고 숨을 들이쉬었다. '집중하자.'

구석에서 물시계가 부드럽게 울렸다.

"시작이다." 감독관이 말했다.

백 부의 시험지가 펄럭 소리를 내며 펼쳐졌다. 참새 떼가 동시에 푸드덕 날아오르는 소리 같았다.

✳

2년 전, 티카니 관청에서 멋대로 린의 열네 번째 생일이라 지정한 날, 린은 양부모 방에 호출을 받았다.

매우 드문 일이었다. 팽 씨 부부는 평소에는 린의 존재를 무시하다가 시킬 일이 생기면 개를 부리듯 말했다. '가게 문 잠가.' '빨래 널어.' '이 아편 꾸러미를 옆 동네에 가져가서 원가의 두 배로 팔아치우기 전에는 돌아올 생각도 하지 마.'

손님용 의자에 처음 보는 여자가 앉아 있었다. 여자는 얼굴에 하얀 쌀가루 같은 것을 칠하고 입술과 눈꺼풀 위에는 색깔을 칠해 그 부분이 도드라져 보이게 했다. 그 나이의 절반밖에 안 되는 어린 여자들에게나 어울릴 만한 모양에 자두꽃 무늬를 염색한 밝은 라일락색 원피스를 입었다. 여자의 땅딸막한 몸통 양옆이 곡식 자루처럼 비어져 나왔다.

"이 아이인가요?" 여자가 물었다. "흠, 낯빛이 좀 검군요. 조사관 나리가 크게 신경을 쓰지는 않겠지만, 이러면 가격을 조금 깎을 수밖에 없어요."

린은 대체 무슨 일이 벌어지고 있는지 불쑥 오싹한 의심이 들었다. "누구세요?" 린이 물었다.

"앉아라, 린." 팽 아저씨가 말했다.

팽 아저씨는 가죽처럼 질긴 손을 뻗어 린에게 의자 쪽으로 오라는 신호를 보냈다. 린은 달아나려고 곧장 몸을 돌렸지만 팽 아주머니에게 팔을 붙잡혀 도로 끌려 들어왔다. 잠깐 실랑이가 벌어졌지만, 어느새 팽 아주머니가 린을 제압하고 의자 쪽으로 잡아끌었다.

"매음굴에는 가지 않을 거예요!" 린이 소리쳤다.

"이분은 매음굴에서 온 게 아니야, 멍청아." 팽 아주머니가 말했다. "앉아. 중매인 리우 부인에게 예를 갖춰야지."

중매인은 성매매라고 비난받는 일이 꽤 익숙한 듯 조금도 당황하는 기색이 없었다.

"이제 곧 네 품에 호박이 넝쿨째 굴러 들어올 거란다." 리우부인이 말했다. 여자의 목소리는 밝고 사탕발림이 가득했다. "이유를 들어보겠니?"

린은 의자 가장자리를 양손으로 꼭 움켜쥐고 리우 부인의 붉은 입술을 빤히 쳐다보았다. "아니요."

리우 부인의 미소가 딱딱하게 굳었다. "착하게 굴어야지?"

한참 만에 힘겹게 알아낸 바에 따르면, 중매인 리우 부인은 린과 결혼하고 싶다는 티카니의 한 남자를 찾아냈다. 남자는 돼지 귀와 상어지느러미를 수입해 먹고사는 부유한 상인이었다. 두 번 이혼했고 나이는 린보다 세 배 많았다.

"대단하지 않니?" 리우 부인이 환하게 웃었다.

린은 문 쪽으로 잽싸게 달아났다. 그러나 두 계단도 못 내려가서 팽 아주머니의 손이 나타나 손목을 낚아챘다.

린은 곧장 겉으로 멍이 잘 보이지 않는 갈비뼈 쪽으로 팽 아주머니의 발길질이 날아올 것에 대비했다. 그러나 웬일로 팽 아주머니는 린을 다시 의자 쪽으로 끌고 갈 뿐이었다.

"처신 똑바로 해." 팽 아주머니는 이렇게 속삭이고, 벌을 예고하듯 이를 악물었다. 그러나 지금은 벌을 줄 시간이 아니었다. 적어도 리우 부인 앞에서는 아니었다.

팽 아주머니는 자신이 얼마나 잔인한지 남들에게 보이지 않으려 했다.

리우 부인은 아무것도 모르고 눈을 깜박였다. "겁낼 것 없어, 얘야. 얼마나 신나니!"

린은 어지러웠다. 목소리가 떨리지 않게 애쓰면서 고개를 돌려 양부모를 똑바로 보았다. "아저씨 아주머니는 가게 일 때문에 제가 필요하시잖아요." 어쨌든 린이 지금 떠올릴 수 있는 유일한 말이었다.

"가게야 케세기가 보면 되지." 팽 아주머니가 말했다.

"케세기는 고작 여덟 살이에요!"

"금방 큰다." 팽 아주머니의 눈이 반짝였다. "네 장래 남편이 글쎄 마을의 수입을 감독하는 조사관이라는구나."

그제야 린은 모든 걸 이해했다. 팽 씨 부부는 단순히 거래를 하는 중이었다. 수양딸로 들인 고아 하나와, 티카니의 아편 암시장을 독점하다시피 할 권리를 교환하는 거래를.

팽 아저씨가 담뱃대를 한 모금 길게 빨더니 연기를 내뿜었다. 방 안에 신물 나는 연기가 자욱하게 번졌다. "그 사람은 부자야. 넌 이제 팔자가 늘어지는 거다."

아니, 당신들의 팔자가 늘어지겠지. 팽 씨 부부는 뇌물에 돈을 쏟아붓지 않아도 아편을 대량으로 수입할 수 있게 될 것이다. 그러나 린은 입을 꾹 다물고 있었다. 여기서 입씨름을 벌여 봐야 고통만 불러올 게 뻔했다. 팽 씨 부부는 린을 억지로 신방까지 끌고 가는 한이 있더라도 기필코 린을 결혼시키고 말 것이다.

팽 씨 부부는 린을 원한 적이 없었다. 아기였던 린을 데려온 것도 2차 양귀비 전쟁 이후 자녀가 세 명 미만인 모든 가정에, 가만히 놔두면 도둑과 거지가 될 게 뻔한 전쟁고아를 의무적으로 입양하게 한 황제의 칙령 때문이었다.

티카니 사람들은 영아살해를 고운 눈으로 보지 않았기 때문에, 팽 씨 부부는 린이 셈을 할 만큼 자라자 가게 일과 아편 밀매에 써먹었다. 하지만 린이 그토록 공짜노동을 제공했어도 팽 씨 부부는 린을 재워주고 먹여주는 비용이 감당하고 싶은 정도보다 언제나 더 많다고 여겼다. 지금이야말로 린이 안겨준 경제적 부담을 없앨 수 있는 절호의 기회였다.

그 상인은 남은 평생 린을 먹여주고 입혀줄 여유가 있다고 중매인 리우 부인이 설명했다. 린은 그저 좋은 아내가 되어 남편을 온순하게 섬기고 아기들을 낳아주고 집안일을 돌보면 된다고 했다(리우 부인은 그 집에 실내화장실이 한 개도 아니고 자그마치 '두 개'나 있다고 강조했다). 가족도 친지도 없는 린 같은 전쟁고아에게 아주 과분한 거래였다.

린에게는 남편이, 중매인에게는 돈이, 팽 씨 부부에게는 마약이 생긴다.

"와." 린은 전혀 내키지 않는 마음으로 말했다. 발밑의 바닥이 흔들리는 것만 같았다. "대단하네요. 정말 대단해요. 끝내줘요."

리우 부인이 다시 환하게 웃었다.

린은 중매인이 안내를 받아 밖으로 나갈 때까지 숨을 고르며 공포를 감추었다. 린은 팽 씨 부부에게 고개를 숙여 인사를 건네며 수양딸을 친자식처럼 여기고 안정적인 미래를 보장해주기 위해 이토록 애써준 것에 감사를 표현했다.

그리고 가게로 돌아와 날이 어두워질 때까지 말없이 가게를 정리하고 재고목록을 확인하고 장부에 새로 들어온 주문을 표시했다.

재고정리에서 중요한 것은 숫자를 어떻게 썼는지 아주 신중하게 확인하는 것이었다. 9를 8처럼 쓰기가 쉬웠다. 1을 7처럼 쓰는 일도 많았다.

해가 지고 한참 후에 린은 가게 문을 닫고 잠갔다.

그리고 훔친 아편 꾸러미를 윗옷 아래에 끼워 넣고 달리기 시작했다.

✳

"린이냐?" 체구가 작은 주름투성이 남자가 서당 문을 열고 빼꼼히 고개를 내밀어 린을 보았다. "어이쿠! 이렇게 비가 쏟아지는데 여기서 뭐 하는 게냐?"

"책을 돌려드리러 왔어요." 린은 방수 가방을 내밀었다. "그리고 저 결혼해요."

"아. 아! 뭐라고? 어서 들어와라."

페이릭 훈장은 가만히 놔두면 문맹으로 자랄 티카니의 농부 자식들에게 무료로 야간 수업을 가르쳤다. 린은 누구보다 훈장을 신뢰했고 또 누구보다 그의 약점을 잘 알았다.

그래서 페이릭 훈장을 이곳에서 탈출하기 위한 계획의 핵심 인물로 정했다.

"꽃병이 없어졌네요." 린은 비좁은 서당 안을 둘러보며 자세히 살펴보았다.

페이릭 훈장이 난로에 불을 피우고 그 앞에 방석 두 개를 끌어다 놓았다. 훈장이 린에게 앉으라고 손짓했다. "하필 이 시간에 와서 그렇지. 게다가 밤이잖니."

페이릭 훈장은 티카니의 도박 소굴에서 유행하는 노름에 푹 빠져 있었다. 노름에 소질만 있었어도 그리 위험한 일은 아니었겠지만, 안타깝게도 별 소질이 없었다.

"이해가 가지 않는구나." 린에게 중매 소식을 다 듣고 나서 훈장이 말했다. "팽 씨 부부는 왜 너를 결혼시키려고 한단 말이냐? 그동안 너는 돈 한푼 받지 않고 온갖 일을 다 하지 않았니?"

"그랬죠. 하지만 그 사람들은 이제 제가 수입 조사관 나리의 침대에서 더 쓸모가 있겠다고 생각해요."

훈장의 얼굴에 혐오가 일었다. "정말 몹쓸 사람들이구나."

"그러니까 훈장님이 꼭 이 일을 해주셔야 해요." 린은 기대감을 품고 말했다. "도와주세요."

페이릭 훈장은 한숨을 내쉬었다. "애야, 네 가족이 진작 공부를 허락했더라면 이 일도 고려해봤을 것이다…. 그때 내가 팽 씨 부부에게 분명히 말하지 않았니. 넌 잠재력이 있는 아이라고 말했단 말이다. 하지만 지금은 불가능한 일이야."

"하지만…."

훈장이 손을 들어 린의 말을 막았다. "매년 2만 명이 넘는 학생들이 과거 시험을 치르고, 그중 3천 명 정도가 각종 학당에 들어간다. 물론 티카니에서 시험을 보는 학생은 한 줌도 안 돼. 하지만 너는 상인의 자식들이나 귀족 자제들처럼 부잣집 애들과 경쟁해야 한다. 그 애들은 평생 공부를 해왔어."

"저도 훈장님과 함께 공부를 해왔잖아요. 시험이 얼마나 어려운가요?"

그 말에 훈장은 껄껄 웃었다. "너는 글을 읽을 수 있다. 주판도 사용할 줄 알고. 하지만 그런 정도로는 과거 시험에 합격할 수 없어. 과거를 보려면 역사와 고급수학, 논리학, 고전 등을 깊이 알아야만 해."

"고전이라면 사서(四書)를 말하는 거죠?" 린은 초조하게 말했다. "하지만 저는 빨리 배우잖아요. 이 마을의 어떤 어른들보다 글자를 더 많이 알아요. 팽 씨 부부보다 많이 아는 건 확실하죠. 기회만 주신다면 훈장님 제자들을 금방 따라잡을 수 있어요. 심지어 강독 수업을 들을 필요도 없어요. 책만 있으면 돼요."

"책 읽기와 과거 시험 준비는 완전히 달라." 훈장이 말했다. "내가 가르치는 과거 시험 준비생들은 평생 그 공부만 하고 산다. 일주일에 7일, 하루 9시간씩 공부만 한단 말이다. 너는 그보다 많은 시간을 가게 일을 하면서 살지 않니."

"가게에서 공부하면 돼요." 린도 맞섰다.

"실제로 할 일이 있는데도?"

"동시에 여러 일을 잘할 수 있어요."

훈장이 잠시 의심스러운 눈으로 린을 보다가 이내 고개를 흔들었다. "게다가 시험까지 겨우 2년이 남았다. 그 시간에 공부를 끝낼 수는 없어."

"하지만 다른 선택지가 없어요." 린이 날카롭게 말했다.

티카니에서 린처럼 결혼하지 않은 여자는 암탉에게 관심 없는 수탉보다도 가치가 없었다. 린은 어느 부잣집에 들어가 평생 몸종으로 살 수도 있을 것이다. 그나마 뇌물을 먹이고 연줄을 대야만 가능했다. 그러지 않으면 성매매와 구걸이 혼합된 삶을 살 수밖에 없었다.

생각이 극단으로 치닫고 있었지만, 과장만은 아니었다. 이 마을을 떠날 수도 있을 것이다. 아편을 훔쳐서 다른 성(省)으로 가는 마차 표를 구할 수도 있다. 하지만 대체 어디로 간단 말인가? 린에겐 친구도 가족도 없었다. 강도나 납치를 당하더라도 도와주러 올 사람이 아무도 없었다. 잘 팔리는 기술도 없었다. 티카니를 떠난 적도 없었다. 도시에서 살아남는다는 게 뭔지 하나도 몰랐다.

게다가 그렇게 많은 아편을 소지한 걸 들키기라도 하면… 아편 소지는 니칸 제국에서 사형죄로 다스렸다. 니칸 제국이 벌이는 마약과의 전쟁에서 희생자가 되어 읍 광장으로 끌려나가 공개 참수형을 당할 것이다.

린으로선 이 방법밖에 없었다. 어떻게든 페이릭 훈장의 마음을 움직여야 했다.

린은 반납하려고 가져온 책을 꺼냈다. "맹자의 책이에요.《왕도정치론》이죠. 제가 이 책을 빌려 간 게 사흘 전이죠?"

"그래." 훈장은 장부를 확인해보지도 않고 대답했다.

린은 훈장에게 책을 건네며 말했다. "아무 곳이나 한 문단만 골라 읽어주세요."

페이릭 훈장은 미심쩍은 표정을 지었지만, 린의 말을 들어주려고 책 중간 부분을 펼쳤다. "측은지심은…."

"인의 기본이요." 린이 마무리했다. "수오지심은 의의 기본이다. 사양지심은… 음, 사양지심은… 예의 기본이다. 그리고 시비지심은 지의 기본이다."

훈장이 한쪽 눈썹을 치켰다. "그럼 이게 무슨 뜻이냐?"

"모르죠." 린은 인정했다. "솔직히 맹자가 뭐라고 말하는지 전혀 모르겠어요. 그냥 외웠어요."

훈장이 책의 끝 부분을 펼쳐 또 다른 구절을 골라 읽었다. "모든 존재가 제자리를 이해할 때 지상의 왕국에 질서가 생긴다. 모든 존재는 맡은 소임을 다할 때 제자리를 이해한다. 물고기는 하늘을 날고자 하지 않는다. 족제비는 뭍에서 헤엄치려 하지 않는다. 존재마다 하늘이 내린 질서를 존중할 때만이 평화가 깃든다." 훈장은 책을 덮고 고개를 들었다. "이 구절은 어떠냐? 무슨 뜻인지 알겠느냐?"

린은 페이릭 훈장이 무슨 말을 하려는지 알았다.

니칸인은 엄격하게 정해진 사회적 신분에 따라 살아갔다. 태어나자마자 엄격한 계급제도에 묶였다. 하늘 아래 모든 것은 제자리가 있었다. 소공자는 군벌의 수령이 되었고, 사관생도는 군인이 되었으며, 티카니 출신의 고아 점원은 티카니 출신의 고아 점원으로 남는 데 만족해야 했다. 과거 시험은 흔히 성과주의 제도로 여겨졌지만, 오직 부유층 자제만이 돈으로 스승을 구해 실제 시험에 합격할 수 있었다.

하늘이 내린 질서 좋아하시네. 징그러운 늙은 남자와 결혼하는 게 이 땅에서 그녀에게 미리 정해진 운명이라면 린은 그 운명을 다시 쓰겠다고 마음먹었다.

"제가 무슨 뜻인지 전혀 모르는 긴 구문도 아주 잘 외울 수 있다는 뜻이에요." 린이 말했다.

페이릭 훈장은 잠시 아무 말도 하지 않았다. "넌 사진 기억력이 있지는 않다." 마침내 그가 입을 열었다. "너에게 읽기를 가르친 사람이 바로 나다. 그런 기술이 있었다면 진작 알아챘겠지."

"알아요." 린은 인정했다. "하지만 저는 고집이 아주 세고, 공부도 열심히 하고, 정말이지 결혼 같은 건 하고 싶지 않아요. 맹자를 외우는 데 사흘이 걸렸어요. 이건 짧은 책이니까 더 긴 책을 외우려면 꼬박 일주일은 걸리겠죠? 그런데 과거 시험 준비 문헌이 몇 권이나 되죠? 스무 권? 서른 권?"

"스물일곱 권이다."

"그럼 그걸 전부 외울게요. 낱낱이 다요. 그거면 과거에 합격할 수 있어요. 다른 과목은 사실 그렇게 어렵지 않아요. 사람들이 어려워하는 과목은 고전이잖아요. 예전에 훈장님이 그렇게 말씀하셨어요."

페이릭 훈장의 눈이 이제 가름해졌다. 미심쩍어하는 눈초리가 아니라 뭔가를 계산 중인 눈이었다. 린은 그 표정이 뭔지 알았다. 도박장에서 자기 패를 예측할 때 짓는 표정이었다.

니칸 제국에서 훈장의 성공은 과거 시험 결과로 얻은 명성과 깊은 관계가 있었다. 가르치는 제자가 학당에 입학하면 더 많은 고객이 생겼다. 제자가 많아진다는 것은 더 많은 돈을 벌게 된다는 뜻이었고, 페이릭 훈장처럼 도박 빚이 많은 사람은 제자 한 사람 한 사람이 중요했다. 린이 학당에 입학하게 된다면 훈장을 찾는 제자들이 대거 몰려올 테고 골치 아픈 도박 빚에서도 벗어날 수 있을 것이다.

"올해는 서당에 제자가 별로 없죠?" 린이 압박을 시작했다.

훈장은 얼굴을 찌푸렸다. "올해는 가뭄이 들었으니 당연히 별로 없지. 가뭄이 아니라도 자식이 시험에 합격할 가능성이 별로 없는데 수업료를 낼 집은 많지 않다."

"하지만 저는 합격할 수 있어요." 린이 말했다. "그리고 제가 합격하면 훈장님에게는 학당에 들어간 제자가 하나 생기는 거죠. 수업료로 무엇을 드리면 될까요?"

훈장은 고개를 저었다. "린, 내가 어찌 너한테 수업료를 받을 수 있겠느냐?"

이제 두 번째 문제에 이르렀다. 린은 마음을 단단히 먹고 훈장의 눈을 들여다봤다. "좋아요. 저는 수업료를 낼 수 없어요."

훈장은 눈에 띄게 주저했다.

"저는 가게에서 돈 한푼 못 받아요." 훈장이 뭐라고 말하기 전에 린이 먼저 말했다. "물품도 제 것이 아니고 월급을 받지도 않아요. 그러니 훈장님은 아무런 대가 없이 제 과거 시험 공부를 도와주셔야 해요. 그것도 다른 학생들보다 두 배 빨리요."

훈장이 다시 고개를 젓기 시작했다. "애야, 나는 못 한다…. 이건…."

이제 마지막 패를 꺼내 들 차례였다. 린은 의자 밑에서 가죽 가방을 꺼내 탁자 위에 털썩 내던졌다. 나무 탁자에 부딪힌 가방은 단단하고 흡족한 소리를 냈다.

린이 가방 안에 손을 넣어 꺼내는 묵직하고 달큼한 냄새를 풍기는 뭉치에 페이릭 훈장의 절박한 시선이 따라왔다. 그리고 한 뭉치 더. 또 하나 더.

"은량 여섯 개 값을 하는 최고급 아편이에요." 린은 침착하게 말했다. 은량 여섯 개면 페이릭 훈장이 꼬박 1년 동안 버는 돈의 절반이었다.

"팽 씨 부부에게서 훔쳐낸 아편이로구나." 훈장이 불안하게 말했다.

린은 어깨를 으쓱했다. "마약밀매는 어려운 일이에요. 팽 씨 부부도 얼마나 위험한지 알아요. 언제나 약 꾸러미가 사라지지만, 관청에 신고도 못 하죠."

훈장은 긴 수염을 만지작거렸다. "난 팽 씨 부부의 노여움을 사고 싶지 않다."

훈장이 두려워할 만도 했다. 개인적인 안위를 돌보고 싶은 티카니 사람이라면 절대로 팽 아주머니에게 맞서지 않았다. 그녀는 뱀처럼 독하고 예측 불가였다. 상대의 잘못을 모르는 척 넘어갔다가 몇 년 후 적절한 독으로 공격할 줄 알았다.

그러나 린은 흔적을 잘 지웠다.

"팽 아주머니의 수입품 중 하나가 지난주 항구 세관원에게 압수당했어요." 린이 말했다. "그러는 바람에 아직 재고를 파악할 시간이 없었죠. 이 뭉치들은 제가 그때 잃어버린 것으로 표시해 두었어요. 추적하지 못할 거예요."

"그 사람들이 너를 때릴지도 몰라."

"그렇게 심하게 때리지는 않아요." 린은 억지로 어깨를 으쓱했다. "망가진 상품을 결혼시킬 수는 없으니까요."

페이릭 훈장은 탐욕스러운 눈길로 가방을 노려보았다.

"좋다." 마침내 훈장이 아편을 움켜잡으려 했다.

린은 아편 뭉치를 낚아채 훈장의 손이 닿지 않는 곳으로 가져갔다. "네 가지 조건이 있어요. 하나, 훈장님은 저를 가르쳐주세요. 둘, 훈장님은 저를 공짜로 가르쳐주세요. 셋, 훈장님은 저를 가르칠 때 담배를 피우지 마세요. 그리고 넷, 이걸 어디서 구했는지 누구한테라도 말한다면 빚쟁이들에게 훈장님이 어디 있는지 알려줄 거예요."

페이릭 훈장이 한참이나 린을 노려보다가 이내 고개를 끄덕였다.

린은 목청을 가다듬었다. "또 저는 이 책을 가지고 싶어요."

훈장이 비틀린 미소를 지었다.

"넌 절대로 기생이 될 일은 없겠구나. 통 매력이 없어."

✳

"안 돼." 팽 아주머니가 말했다. "넌 가게를 봐야지."

"밤에 공부할게요." 린이 말했다. "아니면 쉬는 시간에요."

볶음용 냄비를 문질러 닦는 팽 아주머니의 얼굴이 초췌하기 짝이 없었다. 팽 아주머니는 모든 게 노골적이었다. 표정에는 초조함과 짜증이 고스란히 드러났고, 손가락은 몇 시간 동안 청소를 하고 빨래를 하느라 붉어졌다. 게다가 린과 아들 케세기, 고용한 마약 밀매꾼들, 그리고 연기가 자욱한 방에서 축 늘어져 있는 팽 아저씨를 향해 계속 소리를 질러대느라 목소리는 거칠게 쉬었다.

"그자에게 뭘 약속한 거야?" 팽 아주머니가 미심쩍은 얼굴로 물었다.

린은 순간 몸이 굳었다. "아무것도요."

팽 아주머니가 돌연 냄비를 조리대 위에 쿵 하고 내려놓았다. 린은 혹여 도둑질이 들통 났을까 봐 겁에 질려 움찔했다.

"도대체 결혼이 뭐가 그렇게 문제라는 거냐?" 팽 아주머니가 말했다. "나는 지금 너보다 어린 나이에 아저씨랑 결혼했어. 이 마을 여자애들은 열여섯 번째 생일이 오면 전부 결혼을 한단 말이다. 걔들에 비하면 네 팔자가 훨씬 낫지 않아?"

린은 너무도 마음이 놓여서 적당히 꾸지람을 받는 표정을 꾸며내야 했다. "아니요. 그러니까, 저는 그렇게 생각하지 않아요."

"결혼이 그렇게 나빠 보여?" 팽 아주머니의 목소리는 위험할 만큼 조용해졌다. "정말로 뭐가 문제냐? 남자와 한 침대에 눕는 게 겁이 나?"

그 문제는 한 번도 생각해보지 않았지만, 이제 그 생각만 해도 목구멍이 턱 막혔다.

팽 아주머니가 재미있다는 표정으로 입술을 비틀어 올렸다. "첫날밤이 최악이긴 하지. 내 말대로 해. 혀를 깨물지 않게 입안에 솜뭉치를 넣어. 남자가 원하지 않으면 소리를 지르지 마라. 머리를 숙이고 남자가 하라는 대로 해. 남편이 널 믿을 때까지 말 없는 집안의 노예가 되란 말이다. 그러다 막상 남자가 널 믿게 되면? 그때부터 꾸준히 남편에게 아편을 권해. 처음에는 아주 조금씩. 뭐, 그 사람이 아편을 한 번도 피워보지 않았을 리는 없겠지만 말이다. 그리고 매일 양을 늘려가. 일단 그 사람이 너랑 끝장을 본 다음 날 밤부터 시작하는 거다. 그러면 그는 언제나 아편을 쾌락과 힘과 연관 지어 생각할 거야.

남편이 아편과 너에게 완전히 의존할 때까지 점점 많이 줘. 결국, 그 사람의 몸과 마음을 망칠 때까지. 그럼 너는 숨 쉬는 시체랑 결혼한 셈이 될걸. 대신 그 사람의 재산과 부동산과 권력을 가지게 될 거야." 팽 아주머니가 고개를 한쪽으로 기울였다. "그런데도 남자와 한 침대를 쓰는 게 그렇게 쓰냐?"

린은 토하고 싶었다. "하지만 저는…."

"아니면 애가 생길까 봐 두려우냐?" 팽 아주머니가 고개를 치켜들었다. "배 속에 든 애를 죽이는 방법들이 있어. 너도 약방에서 일하니 잘 알겠지. 하지만 적어도 아들 하나는 낳아주는 게 좋을 거야. 첫 번째 부인으로서 지위를 굳혀야 남편이 첩에게 재산을 낭비하지 않는 법이다."

"하지만 저는 그런 걸 원하지 않아요." 린은 다음 말을 꾹 눌러 삼켰다. '나는 당신처럼 되고 싶지 않아요.'

"네가 뭘 원하는지가 대수냐?" 팽 아주머니가 조용히 물었다. "너는 '전쟁고아'다. 부모도 친지도 없고 비빌 언덕도 없어. 그 조사관 나리가 네가 예쁘지 않아도 괜찮다니, 다행으로 여겨라. 그 사람은 네가 젊기만 하면 된단다. 이 결혼이야말로 내가 널 위해 해줄 수 있는 최고의 일이야. 더 이상의 기회는 없을 거다."

"하지만 과거 시험을 보면…."

"하지만 과거 시험을 보면." 팽 아주머니가 린의 말을 흉내 냈다. "도대체 언제부터 그런 헛생각을 품게 된 거야? 네 주제에 감히 학당에 들어갈 수 있다고 생각하는 거야?"

"예, 그렇게 생각해요." 린은 등을 똑바로 펴고 자신감 있게 말하려고 노력했다. '침착해. 넌 아직 쓸 수 있는 수단이 있어.' "아주머니도 허락하실걸요. 언젠가 관청에서 아편이 어디서 오느냐고 묻기 시작할지도 모르니까요."

팽 아주머니가 한참 동안 린의 얼굴을 살폈다. "죽고 싶으냐?"

린은 그 말이 빈 협박이 아니라는 것을 알았다. 팽 아주머니는 일 처리에 능했다. 린도 직접 목격한 적이 있었다. 린은 여기 온 후 내내 자신이 팽 아주머니의 처리 대상이 되지 않게 조심하며 살았다.

그러나 이제 린은 맞서 싸울 수 있었다.

"제가 사라지면 페이릭 훈장님이 제게 무슨 일이 있었는지 전부 관청에 고할 거예요." 린은 큰 소리로 말했다. "그리고 아주머니 아들에게도 아주머니가 무슨 짓을 했는지 다 말할 거예요."

"케세기는 신경 쓰지 않을걸." 팽 아주머니가 코웃음을 쳤다.

"케세기는 제가 키웠어요. 그 애는 저를 사랑해요." 린이 말했다. "아주머니는 그 애를 사랑하고요. 아주머니가 무슨 일을 하고 사는지 그 애가 알기를 원치 않죠. 그래서 케세기를 가게에 보내지 않는 거잖아요. 밀매꾼 만나러 갈 때마다 그 애를 우리 방에서 못 나가게 하는 것도 그래서고요."

그 말이 효과가 있었다. 팽 아주머니가 입을 떡 벌리고 콧구멍을 벌름거리며 린을 노려보았다.

"시험만이라도 볼 수 있게 해주세요." 린이 애원했다. "공부를 허락해도 아주머니에게 손해 갈 일은 없어요. 만약 제가 합격이라도 하면 아주머니도 저를 치울 수 있잖아요. 떨어진대도, 여전히 신붓감은 남을 테고요."

팽 아주머니가 냄비를 붙잡았다. 린은 본능적으로 몸이 굳었지만, 팽 아주머니는 화풀이 삼아 냄비를 벅벅 문질러 닦을 뿐이었다.

"가게에서 공부하기만 해. 당장 길바닥에 쫓아내고 말 테니까." 팽 아주머니가 말했다. "이 일은 조사관 나리께 말할 필요 없겠지."

"그럼요." 린은 마음과 전혀 다른 말을 했다.

팽 아주머니가 코웃음을 쳤다. "만에 하나 네가 합격하면 어떻게 될 것 같아? 누가 네 학비를 대준다더냐? 네가 끔찍이도 존경하는 그 가난뱅이 훈장이 대준다더냐?"

린은 머뭇거렸다. 내심 팽 씨 부부가 혼수 대신 학비를 대줄지도 모른다고 기대했었는데, 지금 보니 그게 얼마나 멍청한 희망이었는지 새삼 깨달았다.

"시네가드 학당은 학비가 무료예요." 린이 말했다.

팽 아주머니가 큰 소리로 웃음을 터뜨렸다. "시네가드라고! 너 지금 네가 시네가드 학당에 들어갈 수 있다는 거냐?"

린은 턱을 치켜들었다. "할 수 있어요."

시네가드 학당은 제국에서 가장 명망 높은 사관학교로, 장래 장군과 정치인을 양성하는 곳이었다. 게다가 남쪽 지역 시골 출신은 잘 뽑지 않았다.

"너 아주 단단히 착각에 빠졌구나." 팽 아주머니가 다시 코웃음을 쳤다. "좋아. 공부하고 싶으면 해라. 그거 해서 행복하다면야. 뭔 수를 써서라도 과거 시험을 봐. 하지만 떨어지면 당장 그 조사관과 결혼을 해야 한다. 결국은 나한테 고마워할걸."

✳

그날 밤, 린은 케세기와 함께 쓰는 비좁은 방바닥에 훔친 초를 밝히고 과거 시험을 위한 초급 독본을 펼쳤다.

과거 시험은 네 가지 중요 과목, 즉 역사, 수학, 논리, 고전을 평가했다. 수도 시네가드의 제국 관료들은 학자와 정치가 양성에 이 네 과목이 필수라고 여겼다. 린은 열여섯 번째 생일이 올 때까지 그 과목을 전부 익혀야 했다.

린은 스스로 빡빡한 계획을 세웠다. 매주 최소한 두 권의 책을 끝내고, 매일 두 과목을 번갈아 공부하기로 했다. 린은 늦은 밤 가게 문을 닫자마자 페이릭 훈장에게 달려가 더 많은 책을 받아 양팔 가득 안고 집으로 돌아오곤 했다.

역사가 가장 배우기 쉬웠다. 니칸 제국 역사는 끊임없는 전쟁으로 이루어진 흥미로운 모험담이었다. 제국은 천 년 전 무자비한 붉은 황제가 강력한 검을 휘둘러 통일을 이룩하면서 형성되었다. 붉은 황제는 대륙 전체에 흩어진 사원 조직을 파괴하고 전례 없는 규모의 통일국가를 세웠다. 이때부터 니칸은 스스로 단일 국가라고 여기게 되었다. 붉은 황제는 언어를 표준화하고 도량형을 통일했으며 확장된 영토를 연결하는 도로망을 건설했다.

그러나 새롭게 탄생한 니칸 제국은 붉은 황제의 죽음 이후 오래가지 않았다. 황제의 사후에 전국시대가 열리면서 수많은 후계자가 전국을 유혈이 낭자한 곳으로 바꿔버렸고, 결국 니칸 제국은 열두 개의 성으로 갈라져 서로 경쟁하는 체제가 되었다.

그 후 지금까지 거대한 국가는 통일과 정복과 침탈과 분열과 재통일을 거듭했다. 북쪽으로는 힌터랜드의 여러 칸과, 서쪽으로는 바다 건너에서 온 키가 큰 서구인과 번갈아 전쟁을 치렀다. 두 경우 모두 니칸은 너무도 거대해 오랫동안 외세의 점령을 당할 수 없다는 사실을 증명해 보였다.

니칸 제국 정복을 노리는 국가들 가운데 그 목표에 가장 가까이 다가왔던 나라가 무겐연맹국이었다. 이 섬나라는 니칸의 각 성이 서로 갈등하며 국내 문제가 최고조에 달했을 때 쳐들어왔다. 그렇게 무겐연맹국과 두 차례의 양귀비 전쟁을 치렀고, 니칸이 다시 독립을 쟁취하기까지 무려 50년 동안 피비린내 나는 점령을 당했다.

니칸의 황제 수다지는 2차 양귀비 전쟁 당시 정권을 장악했던 삼두정치 가운데 끝까지 살아남은 일원으로, 현재 열두 곳의 성으로 이루어진 하나의 땅덩이를 통치하고 있다. 그러나 현재 이 열두 성은 붉은 황제 치하와 똑같은 정도의 통일을 이루지는 못했다.

니칸 제국은 역사적으로 외세에 정복당할 수 없음을 증명해 보였지만, 동시에 끊임없는 불안정과 분열 탓에 현재의 평화로운 휴식기가 영원히 이어지리라 보장할 수도 없었다.

린이 자국의 역사에 관해 배운 게 하나 있다면, 니칸 제국에서 유일하게 영원한 것은 전쟁이라는 사실이었다.

두 번째 과목인 수학은 난항이었다. 지나치게 어렵지는 않았지만 따분하고 지겨웠다. 과거가 천재 수학자를 찾는 시험은 아니지만, 국가 재정과 재무 일습을 관리할 수 있는 학생들을 원했다. 린은 덧셈을 할 수 있게 된 후로 줄곧 팽 씨 부부의 회계를 맡아왔고 자연스럽게 큰 수를 암산할 수 있게 되었다. 하지만 더욱 추상적인 삼각법 정리를 빨리 계산하려면 집중해야 했다. 삼각법 정리는 해전(海戰)에 요긴하게 쓰일 것이고, 다행히 배우는 게 어렵지는 않았다.

세 번째 과목인 논리는 완전히 낯설었다. 과거 시험의 논리 문제는 개방형 질문으로 된 수수께끼였다. 린은 연습 삼아 예시 문제를 펼쳐보았다. 첫 번째 문제는 다음과 같았다. "한 유생이 잘 닦인 길을 걷다가 길가의 배나무 한 그루를 보았다. 나무 열매가 묵직하게 매달려 가지가 축 늘어졌다. 그러나 그는 열매를 따지 않았다. 왜 그랬을까?"

'자기 배나무가 아니니까 그렇지.' 린은 곧바로 생각했다. '주인이 팽 아주머니 같은 사람이라면 당장 삽을 들고 그 사람 머리통을 깨뜨려버릴걸?' 그러나 이런 대답은 도덕적이거나 경험적이었다. 수수께끼에 대한 대답은 질문 안에 머물러야 했다. 틀림없이 주어진 문제에 어떤 오류나 모순이 있을 것이다.

린은 한참 생각하다가 대답을 떠올렸다. '잘 닦인 길가의 나무

가 이토록 많은 열매를 매달고 있다면, 틀림없이 열매에 문제가 있을 것이다.'

연습을 많이 해볼수록 문제가 점점 놀이로 보였다. 문제를 해결할수록 보람이 커졌다. 린은 흙 위에 도형을 그리고, 삼단논법의 구조를 공부하고, 일반적인 논리상 오류들을 더 많이 외웠다. 몇 달 지나지 않아 이런 종류의 문제를 단 몇 초 안에 대답할 수 있게 되었다.

최악의 과목은 고전(古典)이었다. 고전은 두 과목을 번갈아 가며 공부하기로 한 일정에 예외가 되었다. 고전은 매일 공부해야 했다.

과거 시험을 보려면 미리 정해진 스물일곱 권의 고전 핵심 문헌을 암송하고 분석하고 비교해야 했다. 현대어가 아니라 니칸 고문자로 쓰여 있었는데 이 고문자는 도저히 예측할 수 없는 문법과 까다로운 발음으로 악명이 높았다. 책마다 성현들의 시와 철학 논문, 정치 소고 등이 담겨 있었다. 장차 국가의 정치를 이끌어 갈 젊은이들이 도덕적 소양을 쌓으라는 의도였지만, 스물일곱 권 모두 예외 없이 절망스러울 만큼 헷갈렸다.

논리나 수학과 달리 린은 고전 과목은 혼자서 이해할 수가 없었다. 고전을 제대로 이해하려면 학생들 대다수가 글을 읽을 수 있게 되면서부터 천천히 쌓아온 지식 기반이 필요했다. 린은 남들이 5년 동안 꾸준히 공부해온 지식을 단 2년 만에 흉내 내야 했다.

그 목표를 달성하기 위해 린은 기계식 암기라는 비범한 업적을 성취해냈다.

린은 티카니를 둘러싼 오래된 성벽 가장자리를 따라 걸으며 거꾸로 외웠다. 호수 위에 꽂힌 말뚝을 건너뛰며 두 배 빠르기로 암송했다. 가게에서 혼잣말로 중얼거리다가 손님들이 도와달라고 부르면 짜증이 났다. 하루 목표량을 제대로 외우지 못하면 잠을 자지 않았다. 잠에서 깨어나면서 고전 어록을 중얼거려 케세기를 놀라게 하기도 했다. 케세기는 린이 귀신에 들렸다고 생각했다. 어떻게 보면 정말로 귀신이 들린 것과 같았다. 오래전에 죽은 이의 목소리로 고전 시를 암송하는 꿈을 꾸다가 암송이 틀리는 악몽을 꾸고 몸을 떨며 깨어났다.

"하늘의 도는 쉼 없이 운행하여 어느 곳이라도 그 영향력을 축적하는 법이 없으니, 그리하여 만물은 완성에 이른다···. 성인의 도는 쉼 없이 운행하여 하늘 아래 모든 것이 그에 의존하고 바다 안의 모든 것이 그에 복종한다."

린은 《장자》를 내려놓고 얼굴을 찌푸렸다. 장자가 무슨 말을 하고 있는지 알 수 없었거니와 왜 이렇게 짜증 나게 장황한 방식으로 글쓰기를 고집했는지도 이해할 수가 없었다.

린은 읽은 것들을 거의 이해하지 못했다. 악록서원 학자들도 고전을 이해하기 어려워하는데, 린 스스로 의미를 파악하길 기대하는 것은 무리였다. 게다가 린은 문헌을 깊이 탐구할 시간도 없고 훈련도 받지 못했기 때문에, 또 달리 유용한 기억술이나 고전을 배우는 지름길을 생각해낼 수 없었기 때문에, 그저 있는 그대로의 뜻으로 익히고 그 정도로 충분하기를 바라는 수밖에 없었다.

어딜 가나 책을 들고 걸었다. 먹으면서도 공부했다. 피곤하면 머릿속에 최악의 미래를 상상해 자신에게 들려주었다.

'너는 맞지도 않는 혼례복을 입고 복도를 걸어가고 있어. 몸이 덜덜 떨리지. 그 남자가 복도 끝에서 널 기다려. 남자가 너를 육즙이 풍부한 살진 돼지를 보듯이, 곧 돈 주고 살 기름진 고기를 보듯이 보고 있어. 남자가 마른 입술에 침을 적셔. 그는 연회 내내 네게서 시선을 떼지 않았어. 연회가 끝나고 그가 널 자기 침실로 데려가. 그가 널 침대 위로 밀쳐.'

린은 후드득 몸을 떨었다. 눈을 질끈 감았다. 눈을 다시 뜨고 읽다 만 책장을 펼쳤다.

✳

열다섯 번째 생일이 되자 린은 머릿속에 방대한 양의 니칸 고전 문헌을 집어넣었고 대부분을 암송할 수 있게 되었다. 그러나 여전히 실수를 저질러서 단어를 빠뜨리거나 복잡한 구절을 서로 뒤바꾸거나 각 연의 순서를 혼동했다.

이 정도면 사범학교나 의학원에 들어갈 시험을 치르기에는 충분했다. 심지어 니칸의 최고 지성들이 모여 경이로운 문헌을 내놓고 자연 세계의 신비를 숙고한다고 알려진 악록서원 입학시험도 칠 수 있지 않을까 생각했다.

그러나 린은 그런 곳에 갈 여유가 없었다. 어떻게든 시네가드 학당에 들어갈 시험을 '치러야만' 했다. 단지 이 마을에서 최고등급을 받아야 하는 게 아니라 전국에서 최고 성적 순위에 들어가야 했다. 그러지 않으면 2년간의 공부는 아무런 소용이 없게 될 것이다.

완벽하게 외워야 했다.

린은 잠을 포기했다.

눈에 핏발이 서고 부었다. 머리는 며칠 동안 마구잡이로 밀어

넣은 것들로 어지러웠다. 하루는 새 책을 받으러 페이릭 훈장을 찾아갔는데, 린의 시선이 절박하면서 초점이 맞지 않았다. 훈장이 말하는 동안 린의 시선은 그 너머 어딘가를 헤맸다. 훈장의 말이 구름처럼 머리 위를 떠다녔다. 훈장의 존재도 인식하지 못했다.

"린, 나를 봐라."

린은 날카롭게 숨을 들이마시고 흐릿한 훈장의 형체에 초점을 맞추려고 애썼다.

"어떻게 지내고 있느냐?" 훈장이 물었다.

"못 하겠어요." 린이 속삭였다. "이제 겨우 두 달밖에 안 남았는데, 못 하겠어요. 머릿속에 집어넣은 것들이 곧바로 빠져나가요." 린의 가슴이 올라갔다가 훅 내려갔다.

"이런, 얘야."

말들이 마구 쏟아져 나왔다. 린은 아무 생각 없이 말했다. "합격 못 하면 어떡하죠? 결국, 결혼하게 되면 어떡해요? 그 남자를 죽일지도 몰라요. 자는 동안 질식시켜서요. 그러면 제가 그 사람 재산을 상속받게 될까요? 그렇게 된다면 참 좋겠죠?" 린은 신경질적으로 웃기 시작했다. 눈물이 뺨을 타고 흘러내렸다. "마약을 먹이기보다 더 쉬울걸요. 아무도 모를 테니까요."

페이릭 훈장이 재빨리 일어나 의자를 꺼냈다. "앉아라, 얘야."

린은 몸을 떨었다. "안 돼요. 오늘 안에 공자의 《논어》를 완독해야 해요."

"팽 루닌. 앉아."

린은 무너지듯 의자에 앉았다.

페이릭 훈장이 맞은 편에 앉아 린의 양손을 붙잡았다. "내가 이야기를 하나 해주마." 훈장이 말했다. "언젠가, 그리 오래전은 아닌 옛날에 몹시 가난한 집에 한 유생이 살았다. 그는 몸이 허약해 밭일을 오래 할 수가 없었고, 늙은 부모를 부양할 유일한 방법이 관직을 얻어 넉넉한 급료를 받는 길뿐이었다. 그러려면 학당에 들어가야 했지. 그는 마지막에 번 돈으로 책을 샀고 과거 시험을 치르기로 했다. 온종일 밭에서 일하고 밤에만 공부할 수 있었기 때문에 몹시 피곤했어."

린의 눈이 깜박이다 감겼다. 어깨를 올려 하품을 억눌렀다.

페이릭 훈장이 린의 눈앞에서 손가락을 튕겨 졸음을 쫓았다. "유생은 잠들지 않는 방법을 찾아내야 했다. 그래서 머리채 끝을 천장과 연결해 졸음으로 고개가 앞으로 떨어질 때마다 두피가 당겨 고통 때문에 잠을 깨도록 했지." 페이릭 훈장이 안쓰러운 미소를 지었다. "네가 그 지경이 다 됐구나. 조금만 더 참자. 배우자를 죽이는 일은 저지르지 말고."

그러나 린은 더 이상 훈장의 말을 듣고 있지 않았다.

"고통 때문에 집중할 수 있었군요." 린이 말했다.

"내가 하려는 말은 그게 아니라…."

"그 사람은 고통 때문에 집중했어요." 린은 되풀이해서 말했다.

그녀 역시 고통 때문에 집중할 수 있을 것이다.

그래서 린은 책 옆에 촛불을 켜두고 졸음으로 고개가 꺾이면 팔뚝에 뜨거운 촛농을 떨어뜨렸다. 너무 아파 눈물이 나왔지만, 눈물을 닦아내고 다시 공부를 시작했다.

마침내 시험을 치르는 날, 린의 팔은 온통 화상 자국으로 덮여 있었다.

*

과거 시험을 치르고 난 후 페이릭 훈장이 어떻게 봤느냐고 물었을 때 린은 대답할 수 없었다. 며칠이 지나자 그 무섭고 피를 말렸던 시간이 하나도 기억나지 않았다. 기억에 구멍이 생겼다. 어느 질문에 뭐라고 대답했는지 떠올려보려고 하면 두뇌가 멈추면서 기억을 되살리지 못했다.

되살리고 싶지도 않았다. 다시는 그 시간을 생각하고 싶지 않았다.

성적 발표는 일주일 후였다. 성 전체에서 치른 시험지를 전부 확인하고, 이중 삼중으로 점검해야 했다.

린에게는 견딜 수 없는 나날이었다. 잠도 거의 자지 못했다. 지난 2년간 린은 미친 듯이 공부하며 하루하루를 살았다. 이제 할 일이 하나도 없었다. 미래가 그녀의 손을 떠났고, 그 사실을 알고 있으니 기분이 훨씬 더 나빠졌다.

불안하고 초조해하면서 주변 사람들까지 불편하게 했다. 가게에서 자꾸 실수했고 재고도 엉망으로 정리했다. 케세기에게 벌컥 화를 냈고 팽 씨 부부와도 필요 이상으로 싸웠다.

몇 번은 아편 뭉치를 또 훔쳐내 직접 피워볼까 생각하기도 했다. 아편 덩어리를 통째로 삼켜 자살한 마을 여자들 이야기를 들어본 적이 있었다. 밤이 찾아와 어두워지면 그 생각을 또 했다.

모든 것이 유예되어 동작을 멈추었다. 자신의 온 존재가 하나의 점수로 줄어들어 공중을 둥둥 떠다니는 기분이었다.

결국, 시험에 낙방했을 경우를 대비해 마을을 탈출할 계획을 세워야 했다. 그러나 마음이 그 생각을 거부했다. 과거 시험 이후에 삶이 없을지도 몰라서 과거 시험 이후의 삶을 생각조차 할 수 없었다.

너무도 절박해서 난생처음 기도를 했다.

팽 씨 부부는 종교와는 거리가 멀었다. 기껏해야 어쩌다 한번 마을의 절에 갔는데, 주로 황금 제단 뒤쪽에서 아편 꾸러미를 교환하러 가는 것이었다.

종교적인 독실함이 부족한 건 팽 씨 부부만이 아니었다. 예전에는 지금 군벌보다 사원 조직이 국가에 미치는 영향력이 훨씬 더 강했지만, 붉은 황제가 통일 대장정을 떠나 대륙을 휩쓸고 다니면서 수많은 승려가 학살당했고 절이 텅 비어갔다.

이제 사원 조직은 사라졌지만, 신들은 남았다. 사랑과 전쟁처럼 광범위한 주제부터 부엌과 집안일에 대한 세속적인 관심사까지 모든 종류를 대표하는 수많은 신이 존재했다. 어딘가에는 독실한 숭배자들이 숨어 이런 전통을 지키고 있겠지만, 티카니 주민들은 대부분 의례적인 습관으로 어쩌다 한 번씩 사원을 찾았다. 진심으로 종교를 믿는 사람은 아무도 없었다. 적어도 감히 그 사실을 인정하는 사람은 한 명도 없었다. 니칸 사람들에게 신은 과거의 유물에 불과했다. 한때는 신화와 전설의 주인공이었지만 더 이상 그렇지 않았다.

그러나 린은 모험을 할 생각은 없었다. 어느 날 오후 일찍 가게를 몰래 빠져나와 만두와 속을 채운 연근을 공물로 챙겨 들고 사신(四神) 대좌를 찾아갔다.

사원은 아주 조용했다. 한낮에 사원 안으로 들어온 사람은 린 뿐이었다. 네 개의 동상이 색칠한 눈으로 말없이 린을 응시했다. 그 앞에서 린은 잠시 망설였다. 넷 중 누구에게 기도해야 할지 알 수 없었다.

물론 사신의 이름은 알았다. 백호, 현무, 청룡, 주작이었다. 또 각 신이 기본적으로 네 군데의 주요 방위를 관장한다는 것도 알았다. 사신은 니칸이 숭배하는 방대한 신들 가운데 극히 일부에 불과했다. 이 사원에는 더 작은 수호신 그림을 벽에 걸어놓은 사당도 여럿 있었다.

신이 정말 많았다. 이 중 누가 시험을 관장하는 신일까? 결혼하지 않은 점원 여자애가 이대로 살게 해달라고 빌 만한 신은 누구일까?

그냥 모두에게 기도하기로 했다.

"당신이 존재한다면, 거기 있다면, 날 도와줘요. 이 시궁창에서 벗어날 길을 알려줘요. 혹시 안 된다면, 그 수입 조사관에게 심장마비라도 내려주세요."

린은 빈 사원을 둘러보았다. 이제 뭘 하면 되지? 기도라면 단지 큰 소리로 말하는 것 말고 다른 게 더 있어야 하지 않을까? 린은 제단 옆에서 아직 사용하지 않은 향 몇 개를 찾아냈다. 그중 하나를 향로 안에 담가 불을 붙인 다음 공중에 대고 흔들어보았다.

연기가 신들 쪽으로 가게 해야 하나? 아니면 향 연기를 들이마셔야 하나? 향 끝이 코 쪽을 향하게 하고 있는데 제단 뒤쪽에서 사원 관리인이 걸어 나왔다.

두 사람은 눈을 껌벅이며 서로를 바라보았다.

린은 천천히 콧구멍 밖으로 향을 꺼냈다.

"안녕하세요?" 린이 말했다. "기도 중이에요."

"나가주십시오." 관리인이 말했다.

✳

시험 결과는 정오에 시험장 바깥에 게시될 예정이었다.

린은 일찍 가게 문을 닫고 페이릭 훈장과 함께 30분 일찍 읍 내로 갔다. 벌써 게시판 근처에 어마어마한 사람들이 모여 있어 서 두 사람은 백 미터가량 떨어진 모퉁이 그늘에서 기다렸다.

린은 직접 보지 못했지만, 순식간에 사람들이 소리를 치며 앞 쪽으로 몰리는 것을 보고 시험 결과가 나온 것을 알 수 있었다. 린과 페이릭 훈장도 인파에 휩쓸려 앞으로 마구 몰려갔다.

린은 심장이 너무 빠르게 뛰어 숨을 쉴 수도 없었다. 앞쪽 사 람들의 뒤통수 말고는 아무것도 보이지 않았다. 토할 것만 같 았다.

마침내 맨 앞에 이르렀을 때 자기 이름을 찾느라 한참이 걸렸 다. 거의 숨도 쉬지 못하고 두루마리 아래쪽을 훑어보았다. 상위 10위 안에 들 만큼 점수가 좋지는 않았다.

아무 데서도 '팽 루닌'이라는 이름을 찾을 수 없었다.

페이릭 훈장 쪽을 돌아보았는데 훈장이 울고 있는 것을 보고 서야 비로소 무슨 일이 벌어졌는지 깨달았다.

린의 이름은 두루마리 맨 위에 있었다. 그녀는 상위 10위 안에 들지 않았다. 읍 전체에서 맨 위였다. 유성 전체에서 맨 위였다.

린은 스승을 매수했다. 아편을 훔쳤다. 스스로 화상을 입혔고, 수양부모에게 거짓말을 했고, 가게 일을 소홀히 했고, 결혼 계약 을 깨뜨렸다.

그리고 시네가드에 갈 것이다.

2

지난번 티카니에서 시네가드에 학생을 보냈을 때 고을 수령은 사흘 내내 잔치를 벌였다. 하인들이 팥떡이 든 바구니와 막걸리 주전자를 거리마다 날랐다. 수령의 조카였던 그 합격생은 술에 취한 농부들의 환호를 받으며 수도 시네가드를 향해 출발했다. 올해 티카니의 귀족들은 난데없이 고아 출신 점원 여자애가 불쑥 튀어나와 시네가드에 입학할 유일한 자리를 낚아챘다는 사실에 적잖이 당황했다. 시험장에 익명의 투서가 날아들었다. 린이 등록을 위해 관청에 나타났을 때 시험감독관들은 1시간이나 린을 붙잡고 부정행위를 자백하라고 독촉했다.

"예, 나리 말씀이 다 옳아요." 린이 말했다. "시험 담당관이 정답을 미리 빼내 건네주었어요. 혼기가 꽉 찬 젊은 몸으로 그 사람을 유혹했죠. 그런데 나리에게 걸리고 말았군요."

감독관들은 정규 교육도 받지 못한 여자애가 과거에 합격할 수 있다는 사실을 믿지 않았다.

린은 그들에게 화상 흉터를 보여주었다.

"나리들께 드릴 말씀이 없어요." 린이 말했다. "저는 부정행위를 하지 않았으니까요. 증거도 없고요. 저는 이번 시험을 위해 열심히 공부했습니다. 몸을 혹사했어요. 눈이 타는 듯이 아파질 때까지 책을 읽었습니다. 여러분이 아무리 겁을 줘도 저는 자백할 수 없습니다. 저는 지금 진실을 말하고 있으니까요."

"결과를 생각해봐라." 여자 감독관이 모질게 말했다. "이번 일이 얼마나 심각한지 모르겠느냐? 우리는 네 점수를 무효로 돌리고 널 감옥에 보낼 수도 있다. 평생 갚지도 못할 벌금형을 받을 것이다. 하지만 지금 자백한다면 없었던 일로 해주마."

"아니요. '나리께서' 결과를 생각해보세요." 린이 딱 잘라 말했다. "제 점수를 무효로 돌린다면 '점원'에 불과한 여자애가 여러분의 그 유명한 부정행위 방지책을 뚫을 만큼 영리했다는 뜻이겠지요. 그 말은 여러분이 일을 개떡같이 했다는 뜻이 되고요. 그러면 어떤 부정행위가 있었는지 고을 수령께서 신이 나서 여러분께 책임을 물으실 거라 장담해요."

일주일 후 린은 모든 혐의에서 벗어났다. 티카니 수령은 공식적으로 이번 점수가 '실수'였다고 발표했다. 린을 부정행위자로 낙인찍지는 않았지만, 그녀의 점수를 인정하지도 않았다. 감독관들은 티카니를 몰래 떠나라고 요구했고, 따르지 않으면 티카니에 붙잡아두겠다고 치졸하게 협박했다.

린은 그 말이 전부 허풍임을 알았다. 시네가드 학당의 입학 승인은 황제의 부름과도 같아서, 어떤 식으로든 그것을 막는다면(아무리 지방 당국의 일이라도) 반역행위나 다름없었다. 그래서 팽 씨 부부 역시 린이 떠나는 것을 막을 수가 없었다. 강제로 결혼시키고 싶은 마음이 굴뚝 같았겠지만 말이다.

린에게는 티카니의 승인이 필요하지 않았다. 고을 수령의 인정도, 고을 귀족들의 인정도 다 필요 없었다. 그녀는 떠날 것이다. 빠져나갈 길이 생겼다. 오로지 그것만이 유일하게 중요한 사실이었다.

서류는 작성되었고 문서는 발송되었다. 린은 다음 달 첫날 시네가드 학당에 입학하기로 기록이 되었다.

팽 씨 부부에게 작별 인사를 건네는 일이야 당연히 별일이 아니었다. 양쪽 모두 상대방이 사라지는 것을 특별히 슬퍼하는 척 굴지 않았다.

오직 린의 수양동생 케세기만이 진심으로 실망감을 드러냈다.

"가지 마." 케세기는 린의 여행용 외투에 매달려 울먹였다.

린은 무릎을 꿇고 쭈그려 앉아 케세기를 꼭 안아주었다.

"이 일이 아니어도 나는 네 곁을 떠날 수밖에 없어." 린이 말했다. "시네가드가 아니었다면 남편 집에 가야 했을 거야."

케세기는 린을 놓아주지 않았다. 케세기는 애처롭게 울먹이며 말했다. "나를 '저 사람' 곁에 두고 혼자 가지 마."

린의 마음이 찢어졌다. "괜찮을 거야." 그러고는 케세기의 귀에 대고 속삭였다. "너는 남자아이잖아. 게다가 넌 그 사람의 아들이야."

"너무해."

"이게 삶이야, 케세기."

케세기는 훌쩍거리기 시작했지만, 린은 덩굴손처럼 몸을 휘감고 있는 케세기를 떼어내고 일어났다. 케세기가 다시 린의 허리춤에 매달리려고 했지만, 린은 의도했던 것보다 세게 아이를 밀쳐냈다. 케세기는 크게 놀라 비틀거리며 뒷걸음질 쳤고 곧이어 입을 벌리고 큰 소리로 울부짖었다.

린은 눈물로 얼룩진 그 얼굴을 외면하고 여행 보따리 끈을 졸라매는 일에만 몰두하는 척했다.

"아유, 그 입 좀 다물어라." 팽 아주머니가 케세기의 귀를 잡고 울음을 그칠 때까지 세게 꼬집었다. 아주머니는 소박하게 여행 복장을 하고 문간에 서 있는 린을 노려보았다. 늦여름에 린은 면으로 된 가벼운 윗옷을 입고 두 번 수선한 샌들을 신었다. 어깨에 멘 누덕누덕 기운 보따리에는 여벌 옷이 딱 한 벌 있었다. 그 보따리에는 또 《맹자》와 페이릭 훈장이 선물한 붓, 그리고 작은 돈주머니가 있었다. 그 보따리에 린이 이 세상에서 소유한 전부가 들었다.

팽 아주머니가 입술을 비틀어 올리며 말했다. "시네가드가 널 산 채로 잡아먹을걸."

"뭐, 어떻게든 되겠죠." 린이 말했다.

✳

다행히 관청에서 여비로 은량 두 개를 주었다. 황제의 부름을 받고 가는 길이라 고을 수령이 어쩔 수 없이 여행비용을 부담해야 했다. 은량 한 개 반으로 린과 페이릭 훈장을 수도까지 데려다줄 마차 표를 샀다.

"붉은 황제 시절에는 신부 혼자서 동행도 없이 지참금을 가지고 유성 남단에서 무당산맥 쵀북단까지 갈 수 있었다." 마차를 타고 가는 동안 페이릭 훈장의 설교가 이어졌다. "하지만 요즘은 군인조차 혼자서는 십 리도 못 갈 거다."

붉은 황제 경비대가 니칸의 산악지대를 순찰하지 않은 지도 꽤 오랜 시간이 흘렀다. 지금은 혼자서 제국의 광활한 도로를 여행했다간 강도나 살해를 당하거나 잡혀먹히기에 십상이었다. 때로는 세 가지 일을 모두 당하기도 했고, 때로는 그 순서가 뒤바뀌기도 했다.

"이 풋값에는 마차 자릿값만 포함된 게 아닙니다." 마차꾼이 은량을 주머니에 넣으며 말했다. "경호 값도 포함되어 있습죠. 이런 일은 우리 쪽 사람들이 최고지. 혹시 홍선유랑단이라도 만나면 우리가 당장 쫓아낼 테니 걱정하지 마시오."

홍선유랑단은 2차 양귀비 전쟁 이후 황제의 목숨을 몇 차례 노린 것으로 유명한 광신적 도적 떼이자 무법자 집단이었다. 지금은 거의 신화 수준으로 존재가 희미해졌지만, 아직도 니칸 사람들의 상상 속에는 생생하게 살아 있었다.

"홍선유랑단?" 페이릭 훈장이 무심코 수염을 만지작거렸다. "그 이름도 참 오랜만에 들어보는구려. 아직도 그자들이 돌아다닌다는 말이오?"

"지난 10년 동안 잠잠하더니 최근 쿠코닌산맥에 출몰했다는 소문을 몇 차례 들었소. 하지만 우리 운이 다하지 않았다면 그자들 털끝도 보지 못할 거요." 마차꾼이 허리띠를 단단히 묶었다. "자, 이제 짐을 실을 거요. 날이 더 더워지기 전에 출발합시다."

✳

마차는 3주 동안 길 위를 달렸다. 린이 느끼기에는 화가 솟구칠 만큼 느린 속도로 북쪽을 향해 기어갔다. 페이릭 훈장은 수십 년 전 시네가드에서 겪었던 모험 이야기를 즐거이 들려주며 시간을 보냈다. 그러나 그 도시에 대한 눈부신 묘사를 듣고 있자니 린의 마음은 더 초조하게 날뛸 뿐이었다.

"수도 시네가드는 무당산맥 아래에 자리 잡았다. 황궁과 학당 모두 산허리에 있지만, 나머지는 전부 그 아래 골짜기에 있단다. 안개가 낀 날 학당에서 아래쪽을 굽어보면 구름보다 높은 곳에 서 있는 것처럼 느껴질 게다. 수도의 시장만 해도 티카니를 전부 합한 것보다 크다. 시장에서 길을 잃을 수도 있어…. 호리병 피리를 연주하는 사람도 있고, 네 이름 모양으로 납작한 빵을 튀겨주는 노점도 있고, 동전 두 개만 주면 부채에 그림을 그려주는 서예의 달인도 볼 수 있다.

아, 말이 나와서 하는 말인데, 때가 오면 이것들을 바꿔야 할 거다." 훈장이 여행경비로 쓰고 남은 돈을 넣어둔 주머니를 두드렸다.

"북쪽에서는 은량과 동전을 받지 않나요?" 린이 물었다.

페이릭 훈장이 껄껄 웃었다. "너 정말 티카니 밖으로 나가본 적이 없구나? 제국에서 유통되는 화폐는 대략 스무 가지 정도 될 게다. 거북 등껍질, 조가비 껍데기, 금괴, 은괴, 동괴…. 성마다 제국의 중앙 금융기관을 신뢰하지 않기 때문에 자체 화폐가 있고, 규모가 큰 성은 유통되는 화폐가 두세 개 있기도 해. 어디서든 받아주는 유일한 화폐가 시네가드의 표준 은전이란다."

"이길로 은선을 몇 개나 받을 수 있어요?" 린이 물었다.

"많이 받지는 못할 거야." 훈장이 말했다. "하지만 도시에 가까워질수록 환전하기가 불리해지니까 유성을 벗어나기 전에 바꾸는 게 좋겠다."

페이릭 훈장은 이어서 수도에 살면서 조심해야 할 사항도 줄줄이 충고했다. "돈은 언제든지 앞주머니에 넣어야 해. 시네가드의 도둑은 거침없고 절박하거든. 나도 언젠가 내 주머니에 손을 넣은 어린애를 잡은 적이 있다. 녀석은 현장에서 붙잡혔는데도 내 돈을 가져가겠다고 몸부림을 치더구나. 다들 너에게 뭔가를 팔려고 할 것이다. 간청하는 소리를 듣거들랑 시선을 앞으로 하고 어떤 소리도 못 들은 척해라. 그러지 않으면 그 사람들이 내내 네 뒤를 따라올 거야. 널 성가시게 해서 돈을 받아낼 사람들이다. 싼 술은 입에도 대지 마라. 누가 한 주전자에 동전 하나도 안 되는 값으로 고량주를 주겠다고 하면, 그건 진짜 술이 아니다."

린이 깜짝 놀라 물었다. "가짜 술을 어떻게 만들어요?"

"고량주를 메탄올과 섞어서."

"메탄올요?"

"목정(木精) 말이다. 목정에는 독성이 있어. 많이 먹으면 눈이 먼다." 페이릭 훈장은 턱수염을 쓰다듬었다. "또 노점에서 파는 간장도 멀리해라. 어떤 곳은 싼값으로 간장 맛을 흉내 내려고 사람 머리카락을 쓰기도 해. 또 빵과 국수 반죽에도 이런 식으로 머리카락을 쓴다는 말을 들었다. 음… 아무래도 거리에서 파는 음식을 완전히 멀리하는 게 가장 좋겠다. 동전 두 개만 주면 아침으로 빵을 사 먹을 수 있지만, 시궁창 기름으로 튀기거든."

"시궁창 기름요?"

"길가에서 떠낸 기름을 말한다. 큰 식당에서 요리하고 난 기름을 시궁창에 버리거든. 노점상이 국자로 그 기름을 떠다가 다시 사용하는 게다."

린은 속이 뒤집혔다.

페이릭 훈장이 손을 뻗어 꽁꽁 땋은 린의 머리채 한쪽을 잡아당겼다. "학당에 들어가기 전에 이 머리도 잘라야겠다."

린은 보호하듯이 머리카락을 만졌다. "시네가드 여자들은 머리를 기르지 않아요?"

"시네가드 여자들은 머리에 대한 허영이 커서 윤기를 유지하기 위해 날달걀을 문질러 흡수시킨단다. 미용의 문제가 아니야. 누가 골목길에서 네 머리카락을 잡아당길 수도 있어. 아무도 네 소식을 모르다가 몇 달 후 매음굴에서 발견될 수도 있다."

린은 머뭇거리며 땋은 머리채를 내려다보았다. 린은 피부가 무척 어둡고 말라깽이라서 결코 예쁜 용모라고 볼 수는 없었지만, 길고 풍성한 머리카락만은 자신이 가진 자산 중 하나라고 생각했었다. "꼭 잘라야 할까요?"

"어차피 학당에서 머리를 자르라고 할 것이다." 페이릭 훈장이 말했다. "그리고 이발 비용도 물릴 거다. 시네가드 이발비는 싸지 않아." 그러고는 수염을 쓰다듬으며 더 경고해줄 게 있는지 생각했다. "위조 화폐를 조심해라. 연속해서 열 번을 던졌는데 계속 붉은 황제가 새겨진 쪽이 위로 가게 떨어지면 그 제국 은전은 가짜다. 또 눈에 띄는 상처가 없는데도 길가에 누워 있는 사람을 보거들랑 절대로 일으키려고 도와주지 마라. 네가 밀어서 넘어졌다고 주장하면서 널 관청으로 끌고 가 고소할 것이다. 그리고 도박장은 멀리해라." 페이릭 훈장의 말투가 불쾌하게 변했다. "그 사람들은 절대로 봐주지 않는다."

린은 왜 훈장이 시네가드를 떠났는지 알 것도 같았다.

그러나 페이릭 훈장이 어떤 경고를 늘어놓아도 린의 흥분을 누그러뜨리지 못했다. 오히려 한시라도 일찍 도착하고 싶어 안달이 났다. 린은 수도에서 절대로 낙오자가 되지 않을 것이다. 길거리 음식을 먹지 않을 것이고 도시 빈민가에 살지도 않을 것이다. 한 끼 식사로 찌꺼기를 얻어먹겠다고 싸우지 않아도 될 것이고 동전을 주워 모을 필요도 없을 것이다. 린은 이미 자기 자리를 확보했다. 그녀는 제국 전체에서 가장 명망 높은 학당의 학생이었다. 그 사실이 도시에 도사린 여러 위험으로부터 린을 지켜줄 것이다.

그날 밤 린은 마차 경호원 한 사람에게 녹슨 칼을 빌려 스스로 머리채를 잘라냈다. 과감하게 귀 가까이 칼날을 바짝 대고 머리카락이 완전히 잘려나갈 때까지 앞뒤로 톱질하듯 잘랐다. 생각보다 오래 걸렸다. 일을 마치고 두 채의 굵은 머리 다발을 무릎에 올려놓고 잠시 물끄러미 바라보았다.

머리채를 지니고 다닐까 생각하다가 지금은 그런 감상을 부릴 때가 아니라고 생각했다. 그것들은 그저 죽은 머리카락 덩어리에 불과했다. 북쪽으로 많이 올라왔기 때문에 팔 수도 없었다. 시네가드 사람들의 머리카락은 비단결같이 매끄럽고 가는 것으로 유명했기에 티카니 농촌 출신의 조잡한 삼단 머리를 원하는 이는 없을 것이다. 린은 마차 옆으로 머리채를 던져버리고 그것들이 흙투성이 길 위에 떨어지는 모습을 지켜보았다.

✳

린이 지루해서 미치기 일보 직전에 일행은 수도에 도착했다.

유명한 시네가드의 동문(東門)이 몇 킬로미터 떨어진 곳에서도 보였다. 동문은 맨 위에 3층 탑이 올라앉은 웅장한 회색 벽으로,

붉은 황제에게 바치는 문장이 새겨져 있었다. '영원한 힘, 영원한 조화.'

평화로운 시기보다 전쟁을 벌인 시기가 훨씬 많았던 나라에 참으로 모순인 글이라고 린은 생각했다.

성벽 아래 둥근 문에 가까워지자 마차가 돌연 멈추었다.

린은 기다렸다. 아무 일도 일어나지 않았다.

20분이 넘게 지나자 페이릭 훈장이 마차 밖으로 몸을 내밀어 마차꾼과 눈이 마주쳤다. "무슨 일이오?"

"저 앞에 무겐연맹국 파견부대가 있소이다." 마차꾼이 말했다. "국경 분쟁 때문에 왔다는데, 문 앞에서 무기를 점검받고 있습니다. 몇 분만 기다리면 될 거요."

린이 몸을 똑바로 펴고 앉았다. "저게 무겐연맹국 병사들이라고요?"

린은 무겐연맹국 병사를 직접 본 적이 한 번도 없었다. 2차 양귀비 전쟁이 끝나갈 무렵 무겐인은 전부 점령지에서 쫓겨나 고향으로 돌아가든지 본토의 제한된 외교 및 무역 관리소로 옮겨가야 했다. 무겐 강점시대 이후에 태어난 사람들에게 무겐인은 근대 역사의 유령 같은 존재로, 늘 국경지대에 얼씬거리며 얼굴이 알려지지 않은 위협 요소였다.

린이 마차 밖으로 뛰어내리려는 찰나 페이릭 훈장이 몸을 날려 그녀의 손목을 붙잡았다.

"뒤로 물러나 있어라."

"하지만 직접 보고 싶어요!"

"안 된다. 그러지 마라." 훈장이 린의 어깨를 붙잡았다. "절대로 무겐 병사를 보려고 하지 마라. 그자들과 마주하면, 게다가 네가 재미 삼아서 '보았다'고 생각하기라도 하면 그자들은 얼마든지 널 해칠 수 있다. 그들에겐 여전히 외교 면책권이 있어. 그자들은 눈 하나 깜짝하지 않아. 알겠느냐?"

"우리가 전쟁에서 이겼잖아요." 린이 코웃음을 쳤다. "점령은 끝났어요."

"우린 전쟁에서 '겨우' 이겼다." 훈장은 린을 제자리로 밀쳤다. "그래서 시네가드 학당의 선생들이 다음 전쟁에서 이기는 일에만 골몰하는 게다."

마차 앞에서 누군가가 명령조로 소리쳤다. 린은 배 속이 꼬이는 것을 느꼈다. 곧 마차가 다시 움직이기 시작했다. 린은 마차 옆으로 몸을 내밀어 앞쪽을 흘끔거려봤지만 보이는 거라곤 육중한 성문을 지나 사라지는 푸른색 군복뿐이었다.

마침내 린의 일행도 성문을 통과했다.

시내 시장이 모든 감각을 향해 일제히 달려들었다. 린은 한 번에 한 장소에서 이렇게 많은 사람이나 물건을 본 적이 없었다. 곧바로 가격 흥정을 하느라 판매자와 구매자 사이에 오가는 입씨름의 쟁쟁한 떠들썩함과, 널찍한 좌판에 펼쳐놓은 비단 타래의 꽃 같은 화사함과, 노점상의 이동식 화덕에서 풍기는 두리안과 말린 후추의 신물이 넘어올 만큼 자극적인 냄새에 곧바로 압도당했다.

"이곳 여자들은 낯빛이 굉장히 하얗군요." 린이 감탄했다. "벽화에서 본 여자들 같아요."

마차를 타고 오면서 보니 북쪽에 가까워질수록 피부색이 점점 달라졌다. 북쪽 성의 사람들은 주로 산업가와 사업가로 이루어졌고 계급과 생산수단을 소유한 시민이었다. 이들은 티카니 농부들처럼 들에서 노동하지 않았다. 하지만 그 차이가 이토록 두드러질 줄은 전혀 예상하지 못했다.

"그래, 시체처럼 창백하지." 페이릭 훈장이 무시하듯이 말했다. "저들은 햇볕을 무서워하거든." 양산을 든 두 여자가 지나가다 우연히 훈장의 얼굴을 치자 훈장은 짜증을 내며 불퉁거렸다.

린은 얼마 지나지 않아 시네가드에는 새로 온 사람들에게 한사코 환영받지 못한다고 느끼게 만드는 독특한 재주가 있다는 것을 깨달았다.

페이릭 훈장의 말이 옳았다. 시네가드 사람들은 전부 돈을 원했다. 사방에서 노점상들이 린 일행을 향해 끈질기게 소리쳤다. 마차 밖으로 나가기도 전에 짐꾼이 달려와 제국 은전 8냥이라는 푼돈을 받고 짐을 들어주겠다고 했다. 애처로울 정도로 가벼운 보따리 두 개를.

린은 뒷걸음질 쳤다. 그 돈은 두 사람이 마차를 타고 여기까지 오느라 쓴 돈의 4분의 1에 가까웠다.

"내가 들고 갈게요." 린은 더듬거리며 짐꾼의 우악스러운 손아귀에서 짐보따리를 잡아당겼다. "정말이에요. 필요 없어요. 이거 놔요!"

두 사람은 인파가 몰려와서야 겨우 짐꾼에게서 벗어났다. 몰려온 이들은 저마다 다른 허드렛일을 해주겠다고 나섰다.

"인력거? 인력거 필요해요?"

"얘, 너 길이라도 잃었니?"

"아뇨. 학교를 찾아가는 길이에요."

"내가 데려다주마. 아주 싼 값에. 주괴 다섯 개, 달랑 주괴 다섯 개에…."

"저리 가시오!" 페이릭 훈장이 딱 잘라 말했다. "우린 당신 도움 필요 없어."

행상인들은 다시 시장으로 살금살금 돌아갔다.

수도에서 쓰는 언어마저 불편했다. 시네가드 사람들은 귀에 거슬리는 방언을 썼는데, 무슨 내용이든 상관없이 말투가 무뚝뚝하고 퉁명스러웠다. 페이릭 훈장이 낯선 사람 세 명에게 시네가드 학당으로 가는 길을 물었는데 한 사람만이 알아들을 수 있게 대답했다.

"훈장님은 여기 살았었다면서요?" 린이 물었다.

"무겐 강점기 때의 일이지." 페이릭 훈장이 불퉁거리며 말했다. "말이란 쓰지 않으면 금방 잊기 마련이니라."

린은 훈장의 말이 옳다고 생각했다. 린이 들어도 이곳 방언은 거의 해독 불가 수준이었다. 모든 단어가 짧았고 끝에 퉁명스러운 '얼' 소리가 붙는 것 같았다. 티카니 말은 느리고 굴러가는 듯한 높낮이가 있었다. 남쪽 사람들은 모음을 길게 늘여 발음했고 달콤한 쌀죽 먹듯 단어를 혀 위에서 굴렸다. 시네가드에서는 말을 제대로 끝낼 시간이 없는 것처럼 말했다.

이 도시는 방언만큼이나 방향도 종잡을 수가 없었다. 시네가드는 제국에서 가장 오래된 도시였고, 건축물마다 수백 년 동안 니칸에서 벌어진 다양한 권력 변동의 증거를 간직하고 있었다. 건물들은 새로 지었거나, 오래전 권력을 잃은 정권의 상징 문양이 새겨진 채 낡아서 무너지는 중이었다. 동쪽 지구에는 오래전 북쪽의 힌터랜드가 침략해 왔을 때 세운 나선형 탑이 있었다. 서쪽에는 벽돌처럼 네모 반듯한 거주지가 서로 비좁게 포개진 채로 서 있었는데, 두 양귀비 전쟁 사이 무겐 강점이 남긴 흔적이었다.

수많은 통치자를 거쳐온 이 나라의 극적인 장면들이 한 도시 안에 드러나 있었다.

"지금 우리가 어디로 가는지는 알아요?" 한참 언덕길을 오르다가 린이 물었다.

"대충은 안다." 훈장은 비 오듯 땀을 흘렸다. "지난번 왔을 때보다 더 복잡한 미로가 되어버렸군. 돈이 얼마나 남았느냐?"

린은 돈주머니를 꺼내 헤아려 보았다. "은전 한 줄 반요."

"앞으로 필요한 돈을 쓰고도 남겠구나." 페이릭 훈장이 외투 자락으로 이마를 훔쳤다. "그럼 탈것을 이용하는 게 어떠냐?"

훈장은 흙투성이 거리로 나가 한쪽 팔을 들었다. 곧바로 인력거꾼이 도로를 획 건너와 그들 앞에 덜컥 멈춰 섰다.

"어디로 갈까요?" 인력거꾼이 숨을 헐떡였다.

"학당으로 갑시다." 페이릭 훈장이 말했다. 그리고는 뒤쪽에 짐보따리를 던지고 자리에 앉았다. 린이 인력거 옆을 붙잡고 막 자리에 앉으려는데 뒤쪽에서 날카로운 비명이 들렸다. 린은 깜짝 놀라 뒤를 돌아보았다.

한 아이가 도로 한가운데 큰대자로 누워 있었다. 몇 걸음 앞에 마차가 한쪽으로 경로를 벗어나고 있었다.

"애가 마차에 치였어!" 린이 소리쳤다. "이봐, 당장 멈춰!"

마차꾼이 말 고삐를 홱 잡아당기자 마차가 끽 소리를 내며 멈추었다. 승객이 마차 밖으로 고개를 내밀어 아이가 거리 위에서 힘없이 팔다리를 허우적거리는 모습을 보았다.

아이는 기적적으로 살아 일어났다. 이마에 피가 작은 개울을 이루며 흘러내렸다. 아이는 손가락으로 머리를 만져보더니 멍하니 아래를 내려다보았다.

승객이 앞쪽으로 몸을 내밀고 마차꾼에게 린은 이해할 수 없는 말로 모질게 명령했다.

마차가 천천히 방향을 돌렸다. 린은 마차꾼이 아이를 태워주려고 돌아서나 보다 생각했다. 그때 채찍 소리가 들렸다.

아이가 비틀거리며 달아나려고 했다.

린은 말발굽 소리 너머로 비명을 질렀다.

페이릭 훈장이 숨을 헐떡이는 인력거꾼에게 몸을 기울여 어깨를 두드렸다. "갑시다. 가요!"

"마차꾼은 영리했다." 페이릭 훈장이 울퉁불퉁한 도로 때문에 몸을 앞뒤로 흔들며 말했다. "아이를 불구로 만들었다간 평생 상해 벌금을 내야 해. 하지만 아이를 죽이면 장례식 비용만 한 번 내면 된다. 그것도 들켰을 때만. 사람을 치었다면 확실히 죽이는 쪽이 더 낫다."

린은 토하지 않으려고 인력거 옆을 꼭 움켜잡았다.

＊

시네가드 시내는 숨이 막혔고 혼란스럽고 끔찍했다.

그러나 시네가드 학당은 이루 말할 수 없이 아름다웠다.

인력거가 도시 가장자리 산기슭에 두 사람을 내려주었다. 린은 페이릭 훈장에게 짐을 맡기고 학당 정문을 향해 숨 가쁘게 달려갔다.

학당으로 향하는 계단을 오른다면 어떤 기분일지 지난 몇 주동안 계속 상상해왔다. 온 나라가 시네가드 학당이 어떻게 생겼는지 다 알았다. 니칸 제국 곳곳의 벽에 학당을 그린 족자가 걸려 있었다.

그러나 족자 그림은 실제 학당의 모습을 제대로 그려내지 못했다. 구불구불한 돌길이 산을 휘감고 오르면서 점점 높아지는 층마다 기와지붕 건물이 서 있었다. 가장 높은 층에 사당이 하나 있고 사당 지붕 위에 붉은 황제의 상징인 용 석상이 올라가 있었다. 사당 옆으로 반짝이는 폭포수가 비단결처럼 떨어졌다.

학당은 신들을 위한 궁전 같았다. 전설에나 나오는 곳이었다. 이제 앞으로 5년 동안 이곳이 린의 집이었다.

린은 아무 말도 할 수가 없었다.

자신을 '토비'라고 소개한 상급생 하나가 린과 페이릭 훈장을 데리고 학당 곳곳을 안내해주었다. 토비는 키가 크고 민머리에 검은색 도복을 입고 붉은색 완장을 찼다. 그는 어떤 일이든 지금 이 일만 아니면 좋겠다는 뜻을 적극적으로 표현하며 지루한 냉소를 띠고 있었다.

일행은 도중에 호리호리하고 매력적인 여성을 만났는데, 그녀는 처음에 페이릭 훈장을 짐꾼으로 오해했다가 당황하지 않고 곧바로 사과했다. 여자의 아들은 원망스러운 표정만 짓고 있지 않았더라면 꽤 예쁘장해 보였을만큼 용모가 수려한 소년이었다.

"시네가드 학당은 옛 사원 자리에 세웠습니다." 토비가 소년과 린 일행에게 첫 번째 층으로 가는 돌계단을 올라오라고 손짓했다. "붉은 황제가 니칸의 여러 부족을 통일한 이후 불당 건물과 기도용 마당이 교실로 바뀌었습니다. 1학년은 의무적으로 학교를 청소해야 하니까 금세 학당 내부 구조에 익숙해질 겁니다. 자, 계속 따라오세요."

토비가 아무리 열정 없이 설명해도 학당의 아름다움이 깎이지는 않았다. 그래도 그는 나름대로 최선을 다했다. 토비는 일행이 제대로 따라오는지 확인할 생각도 없이 재빠르고 숙달된 솜씨로 돌계단을 올라갔다. 린은 위태롭고 좁은 계단을 오르며 숨을 헐떡이는 페이릭 훈장을 부축하느라 뒤처졌다.

학당에는 모두 일곱 개의 층이 있었다. 굽이진 돌길을 오를 때마다 수백 년간 세심하게 가꿔온 게 분명한 풍성한 나무숲에 둘러싸인 새로운 건물과 훈련장이 나타났다. 세차게 흐르는 개울물이 산기슭을 타고 내려오며 학당 전체를 정확히 둘로 나누었다.

"저기가 도서관입니다. 이쪽은 강당이고요. 신입생들은 가장 아래층에 기거합니다. 저 위쪽은 사부님들의 구역입니다." 토비가 전부 똑같아 보이는 몇 채의 석조 건물을 가리키며 말했다.

"저건 뭐죠?" 린이 개울 옆에 있는 아주 중요해 보이는 건물을 가리키며 물었다.

토비의 입꼬리가 비틀려 올라갔다. "저건 변소다, 꼬마."

잘생긴 남자애가 킥킥 웃었다. 린은 붉게 달아오른 뺨으로 저 멀리 내려다보이는 풍경에 사로잡힌 척했다.

"그런데 넌 어디 출신이냐?" 토비가 별로 친근하지 않은 말투로 물었다.

"유성에서 왔습니다." 린이 중얼거렸다.

"아, 남쪽에서 왔군." 토비는 이제야 이해가 된다는 듯이 말했다. "네겐 다층 건물이 새롭겠구나. 그렇다고 너무 기죽을 필요는 없고."

*

린의 등록 서류를 작성하고 제출까지 하고 나자 페이릭 훈장은 더 머물 필요가 없었다. 두 사람은 학당 정문 밖에서 작별 인사를 나누었다.

"처음엔 겁이 날 거다." 페이릭 훈장이 말했다.

린은 목구멍 위로 치미는 커다란 덩어리를 꾹 눌러 삼키고 이를 악물었다. 머릿속이 웅웅 울렸다. 참지 않으면 엄청난 양의 눈물이 터져 나올 것이다.

"하나도 겁나지 않아요." 린은 고집스레 말했다.

훈장이 다정하게 웃었다. "암, 당연히 겁나지 않지."

린의 얼굴이 일그러졌다. 그녀는 앞으로 달려나가 훈장을 끌어안았다. 누구에게도 우는 모습을 보이고 싶지 않아서 훈장의 옷자락에 얼굴을 묻었다. 훈장이 어깨를 다독였다.

린은 몇 년 동안 꿈꾸어왔던 곳을 향해 국토를 가로질러 여기까지 왔지만, 남쪽 사람들을 무시하는 적대적이고 혼란스러운 도시만을 발견했다. 티카니에도 시네가드에도 그녀의 집은 없었다. 어디를 여행하고 어디로 탈출해도 그녀는 그저 그곳에 있으면 안 되는 한낱 전쟁고아였다.

끔찍하게 외로웠다.

"훈장님이 안 갔으면 좋겠어요." 린이 말했다.

페이릭 훈장의 미소가 굳었다. "이런, 린."

"여기가 싫어요." 린은 갑자기 울분을 터뜨렸다. "저는 이 도시가 싫어요. 사람들 말투도 싫고 그 멍청한 문하생 말투도 싫고, 여기 사람들은 제가 어기 있으면 안 된다고 생각하는 것 같아요."

"그야 당연하지." 페이릭 훈장이 말했다. "너는 전쟁고아다. 남쪽 사람이고. 너는 과거에 합격할 만한 사람이 아니었어. 군벌들은 과거 시험이 니칸 제국을 실력주의 사회로 만든다고 주장하고 싶겠지만, 사실 가난하고 문맹인 사람을 늘 제자리에 머물 수밖에 없게 만드는 제도다. 그러니 그들은 네 존재만으로도 심기가 불편해지는 게다."

훈장이 린의 어깨를 움켜잡고 몸을 살짝 숙여 눈을 마주쳤다. "린, 잘 들어라. 시네가드는 잔인한 도시다. 학당은 더할 거야. 너는 군벌 수령의 자식들과 함께 공부하게 될 거다. 걸음마를 떼기 전부터 무술 훈련을 받아온 아이들이지. 그 애들은 너를 소외시킬 것이다. 너는 그들과 다르니까. 그래도 괜찮다. 어떤 일에도 낙담하지 마라. 그들이 무슨 말을 해도 너는 여기 있을 자격이 충분해. 알겠느냐?"

린은 고개를 끄덕였다.

"수업 첫날은 배를 한 대 세게 얻어맞는 기분이 들 게다." 페이릭 훈장이 말했다. "둘째 날은 어쩌면 더 나쁠지도 몰라. 과거 시험 공부보다 여기 수업이 더 어렵다는 걸 알게 될 거야. 하지만 여기서 끝내 살아남을 사람이 있다면 그건 바로 너란다. 여기까지 오려고 네가 무슨 일까지 했는지 절대 잊지 마라."

훈장이 몸을 바로 폈다. "그리고 절대 남쪽으로 돌아오지 마라. 거기보다는 여기가 나을 거다."

✳

페이릭 훈장이 오솔길 아래로 사라지자 린은 콧등을 꼬집어 눈 뒤로 울컥한 감정을 보내버리려고 애썼다. 새 급우들에게 우는 모습을 보여주고 싶지 않았다.

린은 언어도 거의 모르는 이 도시에서 친구 하나 없이 혼자였고, 학교도 다니고 싶은지 확신할 수 없었다.

'남자가 너를 복도 끝으로 이끌어. 그 사람은 늙고 뚱뚱하고 땀 냄새가 풍겨. 그가 너를 보고 제 입술을 핥아….'

린은 후드득 몸을 떨며 눈을 질끈 감았다가 떴다.

시네가드는 여전히 두렵고 낯설었다. 그래도 괜찮았다. 린은 달리 갈 곳이 없었다.

린은 어깨를 펴고 다시 학당 정문을 지나 안으로 돌아갔다.

이쪽이 더 나았다. 어느 곳이든 티카니보다 천 배는 더 나았다.

"그러더니 그 여자애가 옥외 변소를 가리키며 교실이냐고 묻는 거야." 등록을 위해 서 있는 줄 쪽에서 웬 목소리가 들려왔다. "너도 그 여자애 행색을 봤어야 했다니까."

린의 목이 따끔거렸다. 학내 구경 때 만났던 그 남자애였다.

린은 몸을 돌렸다.

남자애는 정말로 곱상하게 생겼고, 믿을 수 없을 만큼 미남이었다. 큼직한 아몬드 모양 눈에 조각 같은 입술은 냉소로 비틀려 있을 때조차 멋져 보였다. 피부는 시네가드 여인들이 살인을 저질러서라도 손에 넣고 싶어 할 만큼 티 없는 백자 빛깔이었고, 비단결 같은 머리카락은 예전 린만큼 길었다.

그는 린과 눈을 마주치고도 재수 없게 웃으며 린이 거기 없는 듯 계속해서 큰 소리로 말했다. "게다가 그 애 선생은 도시에서 일자리를 구하지 못해 평생 지방 수령에게 생계비를 구걸하며 살아가는 늙다리 낙오자가 틀림없이. 어찌나 큰 소리로 헐떡거리던지 산길을 오르는 도중에 꼴깍 숨이 멎을 것 같더라니까."

린은 오랫동안 팽 씨 부부에게 언어 학대를 당해왔다. 그래서 이 남자애한테 모욕적인 말을 들어도 당황하지 않았다. 그러나 티카니에서 여기까지 린을 데려다주고 강제 혼인의 불행한 미래에서 구해준 페이릭 훈장을 욕보이는 것은… 이건 용서할 수 없었다.

린은 남자애 쪽으로 두 발짝 다가가 주먹으로 얼굴을 쳤다.

린의 주먹이 소년의 눈알과 만나면서 경쾌한 퍽 소리를 냈다. 소년은 뒤쪽에 선 학생들 사이로 비틀비틀 뒷걸음질을 치며 바닥에 고꾸라질 뻔했다.

"이 나쁜 년!" 남자애가 새된 소리를 질렀다. 그는 다시 일어나 린에게 달려들었다.

린은 양 주먹을 들고 뒤로 몸을 피했다.

"그만!" 검은 도복을 입은 문하생이 나타나 양팔을 쫙 벌려 두 사람을 떼어놓았다. 소년은 어떻게든 앞으로 나가려고 몸부림을 쳤지만, 문하생이 재빨리 앞으로 뻗은 소년의 팔목을 잡아 등 뒤로 비틀었다.

소년은 꼼짝달싹 못 하고 비틀거렸다.

"규율 몰라?" 문하생의 목소리는 낮고 차분하고 억제되어 있었다. "싸움은 금지다."

소년은 아무 말 없이 입을 비틀며 부루퉁한 냉소를 지었다. 린은 갑자기 울고 싶은 충동과 싸웠다.

"이름이 뭐냐?" 문하생이 물었다.

"팽 루닌입니다." 린은 겁에 질려 곧바로 대답했다. 일이 커지면 어떡하지? 이대로 쫓겨나는 걸까?

소년은 문하생의 손아귀에서 벗어나려고 몸부림을 쳤지만, 소용이 없었다.

문하생은 더 단단히 소년을 움켜잡았다. "너는 이름이 뭐냐?"

"인 네자입니다." 소년이 뱉듯이 말했다.

"인?" 문하생이 그를 놓아주었다. "인 씨 가문의 귀한 도련님께서 복도에서 소란을 피우는 이유가 뭐냐?"

"저 애가 내 얼굴을 쳤어요!" 네자가 소리쳤다. 벌써 그의 왼쪽 눈자위에 심상찮은 멍이 활짝 피어 있었다. 백자 같은 살결에 자줏빛 얼룩이 번져갔다.

문하생이 한쪽 눈썹을 치켜올리고 린을 쳐다보았다. "너는 왜 그런 짓을 한 거냐?"

"저 애가 제 스승님을 모욕했습니다." 린이 대답했다.

"오, 그래? 그렇다면 문제가 달라지는걸?" 문하생은 재미있다는 표정을 지었다. "너는 스승님을 모욕하면 안 된다고 배우지 못했느냐? 그건 금기다."

"죽여버릴 거야." 네자가 린을 향해 으르렁거렸다. "씨발, 죽여버릴 거야."

"허, 그 입 다물어라." 문하생이 하품하는 시늉을 했다. "너희는 시네가드 학당에 와 있다. 안 그래도 1년 내내 서로를 죽일 기회가 차고 넘칠 거야. 하지만 그 기회는 신입생 환영식 이후로 미뤄둬라. 알겠냐?"

3

린과 네자는 마지막으로 강당에 들어섰다. 강당은 산의 세 번째 층에 있는 사원을 개조한 건물이었다. 특별히 크지는 않았지만, 여유 있고 어둑한 실내 때문에 광대한 공간이라는 환상을 심어주었고 안에 들어간 사람들이 작게 느껴지는 효과가 있었다. 린은 신이든 교사들이든 의도한 효과라고 짐작했다.

모두 50명밖에 안 되는 신입생이 열 명씩 줄지어 무릎을 꿇고 앉았다. 다들 무릎 위에 손을 포개고 조용한 불안감에 사로잡혀 눈을 깜박이며 주위를 둘러보았다. 가장자리에는 문하생들이 줄지어 앉아 서로 편안하게 잡담을 나누었다. 그들의 웃음소리가 평소보다 크게 들렸는데, 신입생들을 불안하게 하려고 일부러 그러는 것 같았다.

린이 자리에 앉고 나서 잠시 후에 앞쪽 문들이 일제히 열리며 체구가 작은 여자가 성큼성큼 안으로 들어왔다. 여자는 가장 작은 신입생보다도 키가 더 작았다. 그러나 군인의 걸음걸이로 완벽하게 몸을 세우고 절도 있고 정확하게 걸었다.

여자를 따라 다섯 명의 남자와 한 명의 여자가 진한 갈색 도복을 똑같이 입고 안으로 들어왔다. 그들은 강당 맨 앞에 선 여자 뒤쪽에 한 줄로 나란히 옷소매 안에 손을 집어넣은 자세로 섰다. 문하생들이 모두 입을 다물고 자리에서 일어나 양손을 뒷짐 지고 고개를 앞으로 살짝 숙여 인사했다. 린과 다른 신입생들도 신호를 받고 서둘러 자리에서 일어났다.

체구가 작은 여자가 잠시 신입생들을 굽어보더니 모두 앉으라고 손짓했다.

"시네가드에 온 것을 환영한다. 나는 지마 라인, 이 학당의 대사부이자 시네가드 예비군 사령관이며 전직 니칸 제국군 사령관이다." 지마 대사부의 목소리가 칼날처럼 서늘하고 정확하게 강당 안을 갈랐다.

지마 대사부는 뒤쪽에 늘어선 여섯 명을 가리키며 말했다. "이분들은 시네가드 학당의 사부님들이시다. 한 해 동안 너희를 가르치고 최종적으로 연말 시험을 치른 후에는 너희를 본격적인 문하생으로 받아줄지 결정할 것이다."

사부들은 전부 위엄 있고 엄숙했다. 아무도 웃지 않았다. 각자 붉은색, 푸른색, 자주색, 초록색, 주황색 등 다른 색깔 허리띠를 두르고 있었다.

딱 한 명만 빼고. 지마 대사부의 왼쪽에 선 남자는 허리띠를 하지 않았다. 옷도 달랐다. 가장자리에 자수 장식이 없었고 오른쪽 가슴 위에 붉은 황제의 휘장이 새겨져 있지도 않았다. 신입생 환영식을 깜박 잊고 있다가 소식을 듣고 급히 아무런 모양도 없는 갈색 망토를 대충 걸치고 나온 사람 같았다.

그 사부의 머리카락은 페이릭 훈장의 턱수염처럼 순백색이었지만 아무리 봐도 그렇게 나이 들어 보이지 않았다. 얼굴에는 이상하게 주름이 하나도 없었지만 그렇다고 젊지도 않았다. 나이를 짐작할 수 없는 얼굴이었다. 지마 대사부가 말하는 동안 그는 손가락으로 귓구멍을 파다가 손가락을 눈앞에 들이대고 귓밥을 확인하곤 했다.

그가 갑자기 고개를 들어 자기를 바라보는 린과 눈이 마주치더니 씩 웃었다.

린은 서둘러 시선을 돌렸다.

"너희는 모두 이 나라에서 가장 높은 과거 시험 점수를 받아서 여기에 왔다." 지마 대사부가 너그럽게 손을 펼치며 말했다. "너희는 수천 명의 다른 학생들을 물리치고 이곳에서 공부하는 영광을 거머쥐었다. 축하한다."

신입생들이 어색하게 시선을 교환했다. 다들 환호해야 하는지 확신이 서지 않았다. 몇몇이 주저하며 손뼉을 쳤다.

지마 대사부가 웃었다. "내년에는 너희 가운데 5분의 1이 사라질 것이다."

다시 날카로운 침묵이 드리웠다.

"시네가드는 군대의 영광을 꿈꾸는 모든 학생을 길러낼 시간도 자원도 없다. 문맹인 농부도 군인이 될 수는 있다. 그러나 우리는 군사를 훈련시키지 않는다. 우리는 '장군'을 훈련한다. 제국의 미래를 책임질 사람을 훈련한다. 그러므로 우리 시간을 쓸 가치가 없다고 판단되는 사람은 당장 떠나라는 명령을 받을 것이다. 너희는 공부하고 싶은 과목을 선택할 권리가 없다. 우리는 이러한 선택권을 학생 손에 맡겨서는 안 된다고 생각한다. 첫 1년이 지나면 너희는 이곳에서 배우는 과목을 본격적으로 수련할 능력이 있는지 평가를 받을 것이다. 과목에는 전투, 병법, 역사, 무기술, 언어학, 그리고 의학이 있다."

"그리고 전승학이 있지." 백발 사부가 끼어들었다.

지마 대사부가 왼쪽 눈을 씰룩거렸다. "그리고 전승학이 있다. 연말 시험을 치르고 어느 한 과목을 계속 공부할 가치가 있다고 판단되면 시네가드에 남을 수 있다. 그 사람은 문하생의 지위를 획득할 것이다."

지마 대사부가 신입생들 주위에 서 있는 선배들을 가리켰다. 린은 그제야 문하생들의 완장 색깔과 사부들의 허리띠 색깔이 일치한다는 사실을 깨달았다.

"어떤 사부도 너희를 문하생으로 받아주지 않으면 학당을 떠나야 한다. 첫해에는 보통 80퍼센트가 남는다. 주위를 둘러봐라. 내년 이맘때 각 줄에서 두 명이 사라진다는 뜻이다."

린은 부풀어 오르는 공포와 싸우며 주위를 흘낏거렸다. 시네가드에 입학하면 적어도 5년 동안은 집을 확보할 수 있다고 생각했다. 그 후 안정적으로 직업을 구하는 것까지는 아니더라도.

몇 달 후에 집으로 돌려보내질 수도 있다는 사실은 생각도 하지 못했다.

"우리가 문하생을 추려내는 것은 잔인해서가 아니라 필요해서다. 우리 임무는 오직 엘리트를 양성하는 것, 최고 중 최고를 길러내는 것이다. 우리는 아마추어에게 허비할 시간이 없다. 급우들을 잘 봐둬라. 그들은 가장 친한 친구가 될 수도 있지만 동시에 가장 강력한 경쟁자가 될 것이다. 우리는 경쟁을 통해 재능 있는 자가 알아서 두드러질 거라고 믿는다. 그리고 재능 없는 자는 집으로 돌아가게 될 것이다. 자격이 있는 사람은 내년에도 문하생으로 남을 것이다. 자격이 없다면… 무엇보다 다시는 이곳에 돌아오지 못할 것이다." 지마 대사부가 린을 곧장 바라보는 것만 같았다.

"마지막 경고를 하겠다. 우리 학당에서 마약은 절대로 봐주지 않는다. 아편을 한 번만 피워도, 불법 소지를 열 번 이내로 들켜도 곧바로 학당에서 쫓겨나 바그라 사막 감옥에 갇힐 것이다."

지마 대사부는 마지막으로 엄한 표정을 짓고 학생들을 굽어보더니 손을 휘두르며 말을 마쳤다. "건투를 빈다."

✳

린과 네자의 싸움을 말렸던 문하생 라반이 신입생들을 강당에서 가장 아래층에 있는 기숙사로 안내했다.

"신입생은 다음 주부터 청소 당번을 맡게 된다." 라반이 뒷걸음질을 치며 신입생들을 향해 말했다. 라반은 달래는 듯 친절한 말투로 말했는데 린의 기억으로는 마을 의사들이 팔다리를 절단하기 전에 쓰는 말투였다. "해가 뜰 때 첫 번째 종이 울린다. 그후 30분이 지나면 수업 시작이다. 그 전에 강당에 모이지 않으면 아침 식사를 놓친다."

남학생들은 학당 안에서 가장 큰 건물에 입주했다. 사원을 장악하고 학당을 세우고 나서도 한참 후에 지어진 것으로 보이는 3층 건물이었다. 여학생 기숙사는 이와 대조적으로 작았는데, 과거 명상실이었던 1층짜리 소박한 건물이었다.

린은 기숙사 안이 비좁고 불편할 거라고 예상했는데, 사람의

66

흔적이 있는 침대는 린의 침대 외에 두 개뿐이었다.

"한 해에 여학생이 세 명이면 사실상 높은 기록이야." 라반이 떠나기 전에 말했다. "사부들도 놀라더라."

기숙사에 남은 세 여학생은 경계심을 품고 조심스럽게 서로를 살폈다.

"나는 니앙이야." 린의 왼쪽 여학생이 말했다. 그녀의 얼굴은 둥글고 친근한 데가 있었으며 억양은 북쪽 혈통임을 가리키는 경쾌하게 오르내리는 말투였다. 그래도 시네가드 방언만큼 해독이 불가능하지는 않았다. "묘성(卯省, 토끼의 성)에서 왔어."

"반가워." 또 다른 여학생이 느릿느릿 말했다. 그녀는 자기 침대보를 살피고 있었다. 손가락 사이로 얇고 누리끼리한 천을 문질러보다가 역겹다는 표정을 지으며 놓았다. "나는 벤카야." 그녀는 마지못해 말했다. "진성(辰省, 용의 성) 출신이지만 수도에서 자랐어."

벤카는 전형적인 시네가드 미인이었다. 창백하게 어여쁘고 버드나무 가지처럼 늘씬했다. 그 옆에 있으니 린 자신이 거칠고 투박하게 느껴졌다.

두 사람이 전부 기대감을 품고 린을 보고 있었다.

"루닌이야." 린이 말했다. "줄여서 린이라고 불러."

"루우닌." 벤카가 시네가드 억양으로 린의 이름을 발음했다. 맛이 형편없는 음식을 먹듯이 입속에서 발음을 굴렸다. "무슨 이름이 그래?"

"남쪽 지방 이름이야." 린이 말했다. "나는 유성에서 왔어."

"그래서 피부가 그렇게 까무잡잡하구나." 벤카가 입꼬리를 비틀어 올리며 말했다. "소똥처럼 갈색이야."

린의 콧구멍이 확 넓어졌다. "햇볕 아래 자주 나가서 그렇거든. 너는 햇볕 좀 쐬어야겠다."

✳

페이릭 훈장의 경고대로 수업은 곧바로 어려워졌다. 다음 날 해가 뜨자마자 2층 안마당에서 무술 훈련이 시작되었다.

"이게 뭐냐?" 붉은 허리띠를 맨 전투 사부 준이 역겹다는 표정으로 신입생들을 바라보았다. "줄을 똑바로 서라. 겁먹은 암탉처럼 모여 있지 말고."

준 사부의 눈썹은 환상적으로 짙고 무성한 검은색이었는데, 양쪽 눈썹이 이마 한가운데서 거의 만날 지경이었다. 그런 눈썹이 늘 찡그린 검은 얼굴 위에 먹구름처럼 자리 잡았다.

"등을 똑바로 펴." 준 사부는 목소리도 얼굴과 어울려 퉁명스럽고 가차 없었다. "시선은 앞으로. 팔은 등 뒤로."

린은 긴장해서 앞쪽 급우들의 자세를 따라 했다. 왼쪽 허벅지가 따끔거렸지만, 감히 긁을 수가 없었다. 미리 소변을 보고 왔어야 했다는 생각이 뒤늦게 들었다.

준 사부가 최대한 불편한 자세로 서 있는 학생들의 모습을 흡족하게 바라보며 안마당 앞쪽으로 걸어갔다. 그가 네자 앞에 멈춰 섰다. "얼굴이 왜 그 모양이냐?"

네자의 왼쪽 눈에 꽤 볼 만한 멍이 들어 있었다. 흠 하나 없던 외모에 선명한 보라색 얼룩이 졌다.

"싸우다 그랬습니다." 네자가 중얼거렸다.

"언제?"

"어젯밤입니다."

"운이 좋구나." 준 사부가 말했다. "조금이라도 나중에 그랬다면 당장 쫓겨났을 것이다."

준 사부가 학생들을 향해 큰 소리로 말했다. "내 수업에서 첫 번째이자 가장 중요한 규율은 이것이다. 무책임하게 싸우지 말 것. 너희가 배우는 기술은 실제로 응용하면 치명적이다. 적절치 못하게 실행했다간 자신에게나 훈련 상대에게나 심각한 상처를 입힐 수 있다. 무책임하게 싸움을 벌였다간 내 수업에서 정학을 당할 것이고 시네가드에서 아예 쫓겨나도록 내가 손을 쓸 것이다. 알겠나?"

"예, 사부님." 다들 대답했다.

네자가 고개를 돌려 순전한 독기를 품고 린을 노려보았다. 린은 못 본 척했다.

"전에 무예 수련을 해본 사람은 손을 들어봐라." 준 사부가 말했다.

거의 전원이 손을 들었다. 린은 안마당을 둘러보았다. 두려움이 차올랐다. 얼마나 많은 이들이 학당에 오기 전에 무술 훈련을 받았을까? 어디서 훈련을 받았을까? 그들은 린보다 얼마나 앞서 있을까? 따라잡지 못하면 어떻게 되나?

준 사부가 벤카를 가리키며 물었다. "몇 년이나 배웠느냐?"

"12년입니다." 벤카가 말했다. "태극권을 익혔습니다."

린의 눈이 커졌다. 그 정도면 벤카가 거의 걸음마를 시작하면서부터 훈련을 받았다는 뜻이었나.

준 사부가 나무로 만든 사람모형을 가리켰다. "뒤로 초승달 치기. 머리를 제거해라."

머리를 제거하라고? 린은 설마 하는 마음으로 사람모형을 보았다.

머리와 몸통이 한 나무통으로 조각되어 있었다. 머리를 따로 붙인 게 아니라 몸통과 단단히 연결되어 있었다.

그러나 벤카는 전혀 동요하지 않았다. 그녀는 자세를 잡고 곁눈질로 사람모형을 노려보더니 다리를 뒤로 꺾어 발이 머리 위로 가게 홱 한 바퀴를 돌았다. 벤카의 발뒤꿈치가 깔끔하고 정확한 호를 그리며 공중을 갈랐다.

벤카의 발이 나무모형 머리에 닿더니 가벼운 발차기로 머리를 안마당 저 멀리 깔끔하게 날려버렸다. 머리가 쿵 소리를 내며 구석 벽에 부딪히더니 한쪽으로 굴러갔다.

린의 입이 떡 벌어졌다.

준 사부가 인정한다는 뜻으로 고개를 짧게 끄덕이고 벤카를 돌려보냈다. 그녀는 흡족한 얼굴로 제자리로 돌아갔다.

"저 애는 어떻게 해냈느냐?" 준 사부가 물었다.

'마법으로요.' 린은 생각했다.

준 사부가 니앙 앞에 섰다. "너. 당황한 모양이로구나. 저 애가 어떻게 해냈다고 생각하느냐?"

니앙이 불안하게 눈을 깜박였다. "기를 모아서요?"

"기란 무엇이냐?"

니앙의 얼굴이 붉어졌다. "음. 내면의 힘이오. 정신적인 힘?"

"정신적인 힘이라." 준 사부가 되풀이했다. 그는 코웃음을 쳤다. "헛소리다. 기를 신비롭고 초자연적인 것으로 끌어올리는 자들은 무술에 큰 해악을 끼친다. 기는 그저 평범한 힘에 불과하다. 네 허파와 혈관에 흐르는 것과 같은 힘이다. 강을 흐르게 하고 바람이 불게 하는 것과 같은 힘이다."

준 사부가 5층의 종탑을 가리켰다. "작년 두 명의 직원이 새로 주조한 종을 설치했다. 두 사람의 힘만으로는 절대 저 멀리까지 종을 끌어올리지 못했을 것이다. 그러나 머리를 잘 써서 밧줄을 설치하면 평균적인 두 남자가 자기 몸무게의 몇 배에 달하는 물건을 들어 올릴 수 있다.

이 원리가 무술에서는 거꾸로 작용한다. 너희 몸에는 제한된 양의 힘이 있다. 아무리 수련하더라도 초인적인 위업을 달성하지는 못한다. 그러나 적절한 훈련을 받아 어디를 언제 어떻게 공격할지 알게 된다면…." 준 사부가 주먹을 앞으로 뻗어 사람모형의 몸통을 쳤다. 그의 손이 닿은 부분을 중심으로 완벽한 반경을 그리며 모형이 쪼개졌다. 그가 팔을 거두어들이자 나무 몸통이 산산조각이 나며 바닥에 떨어졌다. "보통 사람은 불가능하다고 '생각하는' 일들을 할 수 있다. 무술이란 작용과 반작용의 문제다. 또한 각도와 삼각법의 문제다. 정확한 양의 힘을 적절한 방향에 적용하는 것이다. 너희 근육이 수축하면서 힘을 행사하면 그 힘은 상대방에게 간다. 근육을 발달시키면 더 큰 힘을 행사할 수 있다. 좋은 기술을 연마하면 그 힘이 더욱 큰 집중력과 더 높은 효과로 확산한다. 무술은 순수 물리학보다 더 복잡하지 않다. 혼란스럽다면 그냥 훌륭한 사부들의 말을 따르면 된다. 질문은 하지 마라. 그저 복종해라."

✳

역사 수업에서는 검손에 대해 배웠다. 몸이 구부정하고 민머리인 임 사부가 학생들이 교실로 다 들어오기도 전에 니칸의 곤란한 군사적 상황에 대해 자세히 설명하기 시작했다.

"지난 세기, 우리 제국은 다섯 차례의 전쟁을 치렀다." 임 사부가 말했다. "그리고 우리는 그 모든 전쟁에서 패배했다. 우리는 지난 세기를 굴욕의 시대라고 부른다."

"얼씨구." 머리카락이 철사처럼 뻗은 맨 앞줄의 남자애가 중얼거렸다.

임 사부는 그 말을 들었더라도 알은척하지 않았다. 그는 동쪽 반구를 그린 커다란 양피지 지도를 가리켰다. "이 나라는 붉은 황제 치하에서 대륙의 절반을 차지했었다. 옛 니칸 제국은 근대 문명의 탄생지였고 세계의 중심이었다. 모든 발명품이 옛 니칸 제국에서 유래했다. 그중에는 자철광과 양피지가공법과 용광로 같은 것들이 있다. 니칸인은 동쪽의 무겐 제도와 남쪽의 스피어 섬에 문명과 훌륭한 통치 기법을 전파했다.

그러나 제국은 몰락했다. 옛 니칸은 스스로의 영광에 희생되었다. 북으로 영토확장의 승리에 취해 군벌끼리 싸우기 시작했다. 붉은 황제의 죽음과 함께 연달아 전투가 벌어졌고 뚜렷한 해결책도 없었다. 그렇게 니칸은 열두 개의 성으로 분열했고 성마다 하나의 군벌이 다스렸다. 최근까지도 군벌들은 서로 싸우는 일에 몰두했다. 그러다가…."

"양귀비 전쟁이 일어났습니다." 철사 머리 아이가 말했다.

"그래. 양귀비 전쟁이 일어났지." 임 사부가 니칸 국경의 한 나라를 가리켰다. 길쭉한 활처럼 생긴 작은 섬이었다. "니칸 동방의 작은 형제국이자 옛 속국이 선전포고도 없이 자신에게 문명을 전파한 나라를 향해 칼끝을 겨누었다. 나머지 이야기는 너희도 알 것이다."

니앙이 손을 들었다. "니칸과 무겐은 왜 사이가 나빠졌나요? 붉은 황제 시절 무겐연맹국은 평화로운 속국이었습니다. 그사이 무슨 일이 있었죠? 그들은 우리에게 무엇을 원했나요?"

"두 나라 사이가 평화로웠던 적은 없었다." 임 사부가 고쳐 말했다. "그리고 오늘날까지도 평화롭지 않다. 무겐은 언제나 더 많은 것을 원했다. 심지어 속국일 때에도 그랬다. 무겐연맹국은 야망이 컸고 작은 섬에 인구를 점점 늘리며 재빠르게 성장했다. 땅덩어리보다 인구가 많은 고도의 군국주의 국가가 더 뻗어나갈 곳이 없다면 어떻게 되겠느냐? 그 나라 통치자들은 스스로가 신이라는 이념을 선전해왔고 동쪽 반구 너머까지 제국을 확장할 신권이 있다고 믿었다. 그렇다면 나리인해 건너편에 있는 광대한 대륙이 주요 목표물로 보이지 않겠느냐?"

임 사부는 다시 지도를 돌아보았다. "1차 양귀비 전쟁은 재앙이었다. 분열된 제국은 훈련을 잘 받은 무겐연맹국 군대에 맞서 오래 버티지 못했다. 그들은 이 계획을 위해 수십 년간 훈련을 해왔다. 그렇다면 여기서 문제를 하나 내겠다. 우리는 2차 양귀비 전쟁에서 어떻게 이겼을까?"

'한'이라는 이름의 남학생이 손을 들었다. "삼두정치 덕분이 아닐까요?"

교실 곳곳에서 숨죽인 웃음소리가 들렸다. '살무사' '용의 황제' '문지기'로 구성된 삼두정치는 무겐연맹국에 맞서 제국을 통일한 세 명의 영웅이었다. 세 사람은 실존 인물이었지만(살무사라고 불린 여성이 현재 시네가드의 황좌를 차지한 수다지 황제다), 그들의 전설적인 무술 실력은 아이늘이 즐겨듣는 옛이야기 주제였다. 린도 삼두정치가 어떻게 무겐연맹국 대군을 납작하게 누르고, 초자연적인 힘으로 태풍과 홍수를 활용했는지 옛이야기를 들으며 자랐다. 그런 린조차 역사 수업 시간에 삼두정치 이야기가 나오니 우스꽝스럽다고 생각했다.

"웃지 마라. 삼두정치는 중요하다. 그들의 정치적 모의가 없었다면 우리는 절대로 열두 개의 성을 하나로 모으지 못했을 것이다." 임 사부가 말했다. "그러나 삼두정치는 내가 찾는 대답이 아니다."

린이 손을 들었다. 페이릭 훈장의 역사 입문서에서 이 대목을 외운 적이 있다. "우리는 내륙을 파괴했습니다. 화전 전략을 추구했습니다. 무겐군이 내륙 깊숙이 들어왔을 때 이미 공급 선이 끊어지고 그들은 자국 군대를 먹일 수가 없었습니다."

임 사부가 어깨를 으쓱하며 린의 대답을 인정했다. "좋은 대답이지만 틀렸다. 그건 지방의 교과서에 실린 선전에 불과하다. 화전 전략은 무겐군보다 우리 농촌 지역에 끼친 해악이 더 컸다. 다른 사람?"

정답을 맞힌 사람은 맨 앞줄의 철사 머리 남자애였다. "우리는 스피어를 잃었기 때문에 전쟁에서 이겼습니다."

임 사부가 고개를 끄덕였다. "일어나서 자세히 설명해봐라."

남학생은 머리카락을 뒤로 넘기며 일어났다. "스피어를 잃으면서 헤스페리아가 개입했기 때문에 전쟁에서 이겼습니다. 그리고 음, 헤스페리아의 해군력은 무겐의 해군력보다 훨씬 우세했습니다. 그들은 대양을 무대로 한 전쟁에서 이겼고 그 후 니칸은 평화조약을 맺었습니다. 사실상 승리는 전혀 우리 것이 아니었습니다."

"정확하다." 임 사부가 말했다.

남학생이 대단히 안심한 얼굴로 앉았다.

"니칸은 2차 양귀비 전쟁에서 이기지 않았다." 임 사부가 되풀이했다. "무겐연맹국은 우리를 딱하게 여긴 서쪽의 헤스페리아가 강대한 해군력을 발휘했기 때문에 이 땅을 떠났다. 우리의 국방력이 너무도 형편없었기 때문에 스피어에 '집단학살'이 벌어졌고 그 탓에 헤스페리아가 개입했다. 니칸의 군사력이 북쪽 전선에 묶여 있는 동안 무겐연맹국 함대가 하룻밤 사이 섬 하나를 완전히 파괴했다. 스피어의 모든 남자와 여자, 아이들이 몰살당했고 시체는 불태워졌다. 하나의 민족 전체가 하루 만에 사라졌다."

학급 전체가 침묵했다. 아이들 모두 스피어 파괴에 관한 이야기를 들으며 자랐다. 나리인해와 오모노드만 사이에 눈물방울처럼 찍힌 작은 섬이 있다. 사성(巳省, 뱀의 성) 바로 옆에 누운 스피어는 제국에 유일하게 남은 속주로 붉은 황제 전성기에 니칸에 복속되었다. 스피어는 니칸 역사에서 곤혹스러운 위치를 차지했고, 군벌 통치 아래 단결하지 못한 군대의 막대한 실패 사례로 남았다.

린은 늘 스피어를 잃은 게 순전히 사고였을까 궁금했다. 만약 다른 성이 스피어처럼 파괴되었더라면 니칸 제국은 전쟁을 중단하고 평화조약을 맺지 않았을 것이다. 무겐연맹국이 부서질 때까지 싸웠을 것이다.

그러나 스피어인은 사실 니칸인과 전혀 달랐다. 키가 크고 피부가 갈색인 스피어인은 니칸의 본토인과 종족이 다른 섬사람들이었다. 자체 언어와 자체 문자를 썼고 자체 종교를 믿었다. 스피어는 붉은 황제가 칼끝을 겨누었을 때에야 니칸 제국군에 가담했다.

이 모든 사실이 가리키는 바는, 2차 양귀비 전쟁 내내 니칸과 스피어 사이의 관계가 아주 껄끄러웠다는 것이었다. 그래서 니칸의 영토 가운데 어느 한 곳이 희생당해야 했다면 당연히 스피어를 선택했을 거라고 린은 생각했다.

"우리는 지난 세기 순전히 행운과 서구의 구호 덕분에 살아남았다." 임 사부가 말했다. "그러나 헤스페리아가 도와주었어도 니칸은 무겐 침략자들을 완전히 몰아내지 못했다. 헤스페리아의 압력 아래 무겐은 2차 양귀비 전쟁 막바지에 불가침조약에 서명했고, 그 후 니칸은 독립을 유지해왔다. 무겐은 오성(吾省, 말의 성) 가장자리의 무역 전초기지로 쫓겨났고 지난 20년 동안 다소 잠잠하게 지냈다.

그러나 무겐은 다시 들썩이기 시작했고 헤스페리아는 남의 나라 조약 유지에 별로 신경을 쓰지 않았다. 삼두정치의 영웅도 한 사람밖에 남지 않았다. 용의 황제는 죽었고, 문지기는 사라졌으며, 수다지 황제만이 남아 황좌를 지키고 있다. 더 나쁜 사실은 우리에겐 이제 스피어의 군사력이 없다는 것이다." 임 사부가 잠시 말을 멈추었다. "니칸 제국 최고의 전투력이 사라졌다. 니칸은 2차 양귀비 전쟁을 버티도록 도와준 자산을 잃어버렸다. 헤스페리아가 또 우리를 구해줄 거라는 보장도 없다. 지난 세기가 우리에게 가르쳐준 것이 있다면 니칸의 적들은 절대 쉬지 않는다는 사실이다. 그러나 이번에 그들이 또 찾아온다면 우리는 미리미리 대비할 것이다."

✳

정오 종소리가 점심시간을 알렸다.

맨 안쪽 벽을 따라 나란히 놓인 커다란 냄비에 음식이 담겨있고, 자기 일에 완전히 무관심해 보이는 요리사들이 쌀죽, 생선탕, 떡을 나눠주었다.

학생들은 요동치는 위장을 채울 만큼의 음식을 배급받았지만, 흡족한 포만감을 느끼는 사람은 많지 않았다. 음식을 더 받으려고 다시 줄을 섰던 학생들이 빈손으로 돌아왔다.

린은 규칙적으로 식사를 할 수 있다는 사실이 고마울 따름이었다. 팽 씨 부부의 집에서 저녁을 거르고 잔 적이 많았다. 그러나 급우들은 라반에게 배식을 딱 한 번밖에 하지 않는다고 불평했다.

"지마 대사부의 철학은 배고픈 게 좋다는 거야. 그래야 몸이 가볍고 집중할 수 있으니까." 라반이 설명했다.

"불행하게도 만들고요." 네자가 불평했다.

린은 어이가 없었지만 입을 꾹 다물었다. 신입생들은 강당 가장자리 쪽 나무 탁자에 스물다섯 명씩 두 줄로 빽빽하게 앉았다. 다른 탁자는 선배들이 차지했지만 네자조차 감히 그 사이에 끼어 앉을 엄두를 내지 못했다.

린은 니앙과 아까 역사 시간에 발표했던 철사 머리 남학생 사이에 끼어 앉았다.

"나는 키테이야." 철사 머리가 국물을 들이마시고 나서 자기를 소개했다.

키테이는 린보다 한 살 어렸는데, 말라깽이에 주근깨, 커다란 귀 때문에 더 어려 보였다. 알고 보니 키테이는 가장 경쟁이 심했던 시네가드 학군에서 최고 점수를 받았다. 남들보다 1년 일찍 시험을 치른 결과라 특히 인상적이었다. 그는 사진 기억력이 있었고, 연말 시험을 통과하면 이르자 사부 아래서 병법을 공부하고 싶다고 했다. 그리고 준 사부가 좀 짜증 나지 않느냐고 물었다.

"응. 그리고 나는 루닌이야. 린이라고 불러." 그 남학생이 말할 기회를 주자 린은 겨우 대답했다.

"아, 네가 바로 네자가 미워하는 그 애구나."

린은 유명해지는 게 꼭 좋은 일만은 아니구나 싶었다. 어쨌든 키테이는 린을 나쁘게 생각하는 것 같지는 않았다. "그런데 네자라는 애는 대체 왜 그러는 거야?"

"네자 아버지는 진성을 기반으로 하는 용 군벌의 수령이고 고모들은 대대로 황제의 후궁이었어. 너도 집안이 부자이면서 '동시에' 잘 생기기까지 하면 똑같이 재수 없어질 거야."

"걔를 알아?"

"우린 함께 자랐어. 나랑 네자랑 벤카랑. 같은 스승님 밑에서 공부했어. 다 같이 학당에 들어오니까 걔들이 조금 잘해줄 줄 알았지." 키테이가 어깨를 으쓱하며 탁자 맨 끝을 흘낏 보았다. 거기 네자와 벤카가 대화를 나누고 있었다. "아무래도 내 생각이 틀린 것 같다."

린은 네자가 키테이를 사교 범위 밖으로 밀어냈다는 사실이 별로 놀랍지 않았다. 네자는 키테이보다 절반만 똑똑한 사람이라도 절대 곁에 두지 않을 것이다. 키테이가 자기를 앞지를 기회가 너무 많았으니까. "넌 어쩌다가 저 애 심기를 건드렸는데?"

키테이는 얼굴을 찌푸렸다. "아무 짓도 안 했어. 시험을 걔보다 잘 본 것 빼고. 네자는 자존심이 엄청나게 세거든. 그런데 넌 뭘 했길래?"

"눈을 멍들게 했어." 린이 말했다.

키테이가 한쪽 눈썹을 올렸다. "잘했어."

점심시간 후에 전승학 수업이 있었고 그다음은 언어학이었다. 린은 내내 전승학 수업을 기다렸다. 그러나 전승학 교실로 신입생들을 안내하는 문하생들은 어쩐지 웃지 않으려고 애쓰는 것처럼 보였다. 다 같이 다른 교실보다 더 높은 층인 5층까지 구불구불한 계단을 올라갔다. 마침내 일행은 담을 두른 정원 앞에 멈추었다.

"이런 데서 뭘 해요?" 네자가 물었다.

"여기가 교실이다." 한 문하생이 말했다. 선배들은 서로를 바라보며 씩 웃더니 가버렸다. 5분 후 선배들이 재미있어 한 이유가 무엇인지 분명히 드러났다. 전승학 사부가 나타나지 않았다. 10분이 흘렀다. 그리고 또 20분이 흘렀다.

신입생들은 뭘 해야 좋을지 몰라 어색하게 정원 안을 돌아다녔다.

"장난질에 넘어간 거야." 한이 말했다. "선배들이 일부러 우릴 엉뚱한 장소로 데려왔어."

"그런데 이 식물들은 뭐지?" 네자가 꽃에 코를 가까이 대고 킁킁거렸다. "징그러워."

네자와 린은 동시에 그 꽃을 알아보았다.

"망할." 네자가 말했다. "양귀비잖아."

신입생들은 깜짝 놀란 겨울잠쥐들처럼 반응했다. 가까이 가기만 해도 양귀비꽃에 취할 수 있다는 듯 서둘러 양귀비 곁에서 허둥지둥 떨어졌다.

린은 터무니없이 웃음이 터지려는 충동을 꾹 눌러 참았다. 국토의 반대편인 이곳에도 린에게 익숙한 게 적어도 하나는 있구나 싶었다.

"우리 퇴학당할 거야." 벤카가 울부짖었다.

"바보 같은 소리 하지 마. 이건 '우리' 양귀비가 아니잖아." 키테이가 말했다.

벤카가 얼굴에 양손으로 손부채질을 했다. "하지만 지마 대사부가 이런 것에 열 걸음 안에만 가까이 가도…."

"신입생 전원을 퇴학시킬 수는 없어." 키테이가 말했다. "어쩌면 우리를 시험하고 있을지도 몰라. 우리가 정말로 배우고 싶어 하는지 보고 있을 거야."

"아니면 우리가 불법 마약 근처에서 어떻게 나오는지 시험하고 있든지!" 벤카가 날카롭게 말했다.

"아, 진정해." 린이 말했다. "꽃을 만지기만 해서는 절대 취하지 않아."

벤카는 진정하지 않았다. "하지만 지마 대사부는 꼭 약에 취한 사람만 적발하겠다고 하지는 않았어. 그냥…."

"진짜 수업이 아닌 것 같아." 네자가 끼어들었다. "선배들이 재미 삼아 장난을 치는 거야."

키테이는 그 말을 미심쩍어했다. "시간표에 있었어. 게다가 우린 직접 전승학 사부도 봤잖아. 신입생 환영식에 있었어."

"그런데 왜 그 사부 문하생은 없지?" 네자가 날카롭게 되물었다. "그 사부 허리띠 색깔이 뭐였어? 왜 전승학이라고 수를 놓은 완장을 차고 다니는 문하생을 본 적이 없는 거야? 이건 장난질이 분명해."

네자가 문을 통해 정원 밖으로 나갔다. 나머지 학생들도 용기를 얻었는지 하나씩 네자를 따라 밖으로 나갔다. 마침내 정원 안에는 린과 키테이만 남았다.

린은 팔을 뒤로 뻗고 앉아 정원의 다양한 식물들을 음미했다. 핏빛 양귀비꽃 말고도 분홍색과 노란색 꽃을 피운 작은 선인장들이 있었고 선반 아래 어두운 구석에는 희미하게 빛나는 형광색 버섯도 있었으며 차향을 풍기는 잎이 무성한 초록색 덤불도 있었다.

"여긴 정원이 아니야." 린이 말했다. "마약 밭이야."

린은 이제 '진심으로' 전승학 사부를 만나보고 싶었다.

키테이가 린 옆에 앉았다. "있잖아, 전설 속의 위대한 샤먼들은 전투 전에 마약을 흡입했대. 마법의 힘을 얻으려고. 그런 이야기들을 들었어." 그가 빙그레 웃었다. "전승학 사부는 그런 걸 가르쳐주는 걸까?"

"솔직히 말해?" 린이 풀을 뽑으며 말했다. "그 사부는 그냥 약에 취하려고 여기 오는 것 같아."

4

몇 주가 지나도 수업은 점점 어려워지기만 했다. 오전 시간은 전투, 의학, 역사, 병법에 집중했다. 린은 대개 매일 정오까지는 한 번도 들어본 적 없는 법칙의 이름과 주말까지 끝내야 하는 책 제목을 돌아 가며 머리에 마구 쑤셔 넣었다.

전투 수업을 받고 나면 머리와 함께 몸도 녹초가 되었다. 준 사부는 고문과도 같은 체조 동작을 시켰다. 신입생들은 규칙적으로 학당 계단을 뛰어 올라갔다가 뛰어 내려왔고, 안마당에서 몇 시간이나 물구나무서기를 했으며, 양팔에 벽돌 주머니를 매달고 기본 무술 자세를 처음부터 끝까지 반복해야 했다. 준 사부는 매주 학생들을 골짜기 밑바닥의 호수로 데려가 헤엄쳐서 건너게 했다.

린을 포함해 몇 명은 수영을 배운 적도 없었다. 준 사부는 제대로 된 자세를 딱 한 번 시범으로 보여줬다. 그 후 빠져 죽지 않는 것은 오직 학생들 몫이었다.

숙제는 신입생들을 극한까지 밀어붙이려는 의도가 분명하게 버거웠다. 무기술 사부인 손넨은 전쟁용 소이탄을 제조하기 위해 필요한 초석과 유황, 숯의 정확한 비율을 가르치면서 학생들 각자 알아서 즉석 폭탄을 만들게 했다. 또 의학 사부 엔로는 인체의 모든 뼈 이름을 가르치면서 가장 일반적인 골절의 형태를 알고 어떤 골절인지 알아보는 방법을 알려주었다.

이르자 사부가 가르치는 병법 수업이 가장 어려웠다. 수업 첫날 이르자 사부는 《손자병법》이라는 두꺼운 책을 하나씩 나눠주고 주말까지 다 외워오라고 했다.

"이렇게 방대한 책을요?" 한이 불평했다. "다른 숙제는 어떻게 하고요?"

"알탄 트렝신은 단 하루 만에 다 익혔다." 이르자 사부가 말했다.

신입생들은 분개하는 표정을 주고받았다. 학기가 시작되자마자 사부들은 입을 모아 알탄 트렝신을 칭송했다. 린이 추측하건대 알탄은 일종의 천재이고 지난 수십 년을 통틀어 시네가드 학당에서 가장 뛰어난 학생인 모양이었다.

한도 린만큼 짜증이 나 보였다. "우린 알탄이 아니에요."

"그럼 그렇게 되어보려고 노력해라." 이르자 사부가 말했다. "수업 끝."

✳

린은 계속 공부를 하고 잠을 거의 자지 않는 일상에 안착했다. 신입생 수업 일정은 다른 일은 전혀 할 시간이 없게 짜여 있었다.

시네가드에 가을이 찾아왔다. 아침에 계단 뛰어오르기를 할 때면 찬바람도 함께 달렸다. 바람이 우레처럼 나무 사이를 세차게 흔들며 지나갔다. 학생들은 아직 두꺼운 겨울옷을 받지 못해, 2층 안마당 맨 끝에 서 있는 커다란 미모사 나무 아래 다 함께 몸을 붙이고 웅크린 채 이를 딱딱 부딪치며 떨었다.

날이 추워졌는데도 준 사부는 눈이 내려 야외수업이 아예 불가능해지기 전에는 전투 수업을 실내로 옮기지 않겠다고 했다. 그는 학생들이 불편해하는 모습에서 기쁨을 느끼는 것처럼 보이는 잔인한 교사였다.

"고통스러울수록 너희에게 이롭다." 고통스럽게 몸을 쭈그린 채 버티는 자세를 시키면서 준 사부가 말했다. "옛날 무술가들은 훈련을 받기 직전 이 자세로 1시간을 버텼다."

"옛날 무술가들 허벅지는 대단했겠네요." 키테이가 숨을 헐떡이며 말했다.

아침 체조는 여전히 비참했지만 적어도 이제는 기초 단계를 지나 처음으로 무기를 쓰는 무술 수업으로 넘어갔다. 첫 무기는 봉이었다.

준 사부가 안마당 앞쪽에 자리를 잡고 서자마자 그의 머리 위로 발을 끌며 가는 소리가 들렸다. 준 사부가 서 있는 자리 바로 위쪽에서 나뭇잎이 조금 떨어졌다.

다들 위를 쳐다보았다.

미모사 나무 굵은 가지 위에 오랫동안 모습을 보이지 않았던 전승학 사부가 우뚝 서 있었다.

전승학 사부는 커다란 원예용 가위를 신나게 휘두르며 나뭇잎을 아무렇게나 잘라내면서 큰 소리로 음정도 맞지 않는 노래를 흥얼거렸다.

노래를 몇 소절 듣고 나서야 린은 그 노래가 '문지기의 손길'이라는 것을 알아차렸다. 티카니에서 매음굴로 아편을 배달하러 다닐 때 여러 번 들은 외설적인 노래였다. 전승학 사부는 음정 박자도 맞지 않게 큰 소리로 거리낌 없이 노래했다.

"난 당신을 만질 수 없어, 아가씨. 그랬다간 너무 좋아 숨이 꼴깍 넘어갈걸⋯."

니앙은 웃음을 참으며 고개를 절레절레 흔들었다. 키테이는 입을 떡 벌리고 나무 위를 쳐다보았다.

"지앙, 나 지금 수업 중이야." 준 사부가 소리쳤다.

"그럼 어서 가르치게나." 지앙 사부가 말했다. "나는 신경 쓰지 말고."

"우린 안마당을 사용해야 한다고."

"안마당 전체를 사용해야 하는 건 아니잖나. 이 나무가 필요하지도 않을 테고." 지앙 사부는 언짢은 듯 말했다.

준 사부가 공중에 대고 철봉을 몇 차례 휘두르더니 나무 아래쪽을 쳤다. 나무 기둥이 충격으로 눈에 띄게 흔들렸다. 마른 미모사 잎이 수북이 쌓인 곳에 묵직한 것이 쿵 하고 떨어지는 소리가 들렸다.

지앙 사부가 돌바닥에 엉덩이부터 떨어졌다.

린은 가장 먼저 지앙 사부가 윗옷을 입고 있지 않구나 했고, 두 번째로 틀림없이 죽었겠구나 생각했다.

그러나 지앙 사부는 곧바로 몸을 굴려 앉은 자세로 바꾸었고 왼쪽 다리를 앞으로 휘두르며 백발을 어깨너머로 쓸어넘겼다. "무례하군." 그는 왼쪽 관자놀이 아래로 피를 흘리며 마치 꿈을 꾸듯 말했다.

"꼭 그렇게 얼간이처럼 얼쩡거려야 했나?" 준 사부가 딱 잘라 말했다.

"꼭 그렇게 나의 아침 원예를 방해해야 했나?" 지앙 사부가 대꾸했다.

"자넨 원예를 하고 있지 않았어." 준 사부가 말했다. "순전히 나를 약 올리려고 온 게지."

"자만이 너무 심하군."

준 사부가 철봉으로 땅바닥을 내리치자 지앙 사부가 깜짝 놀라 뛰어올랐다. "꺼져!"

지앙 사부는 과장되게 다친 표정을 지으며 일어났다. 그러나 곧바로 춤꾼처럼 엉덩이를 흔들며 안마당 밖으로 뛰어나갔다. "나 때문에 당신 마음이 아프다면 내 월병처럼 당신을 핥아주리라…."

"네 말이 맞았어." 키테이가 린에게 속삭였다. "저 사부는 약에 취했어."

"주목!" 준 사부가 얼이 빠진 학급을 향해 소리쳤다. 머리카락에 아직도 미모사 잎이 붙어 있어서 그가 말할 때마다 나뭇잎이 흔들렸다.

학급은 얼른 봉을 들고 준 사부 앞에 두 줄로 섰다.

"내가 신호를 보내면 다음 동작을 반복한다." 준 사부는 말하면서 자기 봉으로 시범을 보였다.

"앞으로. 뒤로. 왼쪽 위 막기. 제자리. 오른쪽 위 막기. 다시 제자리. 왼쪽 아래 막기. 제자리. 오른쪽 아래 막기. 제자리. 등 뒤로 한 바퀴 돌리고, 다시 제자리. 알겠느냐?"

학생들은 말없이 고개를 끄덕였다. 누구도 감히 연속 동작을 거의 놓쳤다고 인정하지 못했다. 준 사부는 원래 빠른 속도로 시범을 보였지만 이번에는 누구도 따라 할 수 없을 만큼 빨랐다.

"자, 그럼." 준 사부가 봉으로 바닥을 때렸다. "시작."

엉망진창이었다. 다들 박자도 목적도 없이 움직였다. 네자는 다른 학생들보다 두 배 빠르게 연속 동작을 해치웠지만, 그가 유일하게 해낸 학생이었다. 나머지는 연속 동작의 절반을 빼먹거나 방향이 완전히 엉망이었다.

"아야!"

돌리기를 하는 대목에서 막기를 하다가 키테이가 린의 등을 쳤다. 린은 앞으로 찌르기를 하다가 실수로 벤카의 머리를 때렸다.

"그만!" 준 사부가 고함쳤다.

학생들의 도리깨질이 멈추었다.

"위대한 전략가 손자의 이야기를 들려주마." 준 사부가 묵직하게 호흡하며 학생들 사이를 지나갔다. "손자가 마침내 위대한 저서《손자병법》집필을 마쳤을 때, 붉은 황제에게 각 장의 내용을 감수받았다. 황제는 손자의 지혜를 시험해보기로 하고 군사 경험이 전무한 사람들을 훈련하게 했다. 바로 황제의 후궁들이었다. 손자는 이에 동의하고 후궁들을 궁궐 문밖에 집합시켰다. 손자가 후궁들에게 말했다. '제가 '앞으로 눈' 하면 똑바로 앞을 보세요. '왼쪽으로 돌려' 하면 얼굴을 왼쪽으로 돌리세요. '오른쪽으로 돌려' 하면 얼굴을 오른쪽으로 돌리세요. '돌아' 하면 180도 돌아야 합니다. 알겠습니까?' 후궁들은 고개를 끄덕였다. 이윽고 손자가 '오른쪽으로 돌려'라고 말했다. 하지만 후궁들은 그저 웃음만 터뜨렸다."

준 사부가 니앙 앞에서 걸음을 멈추었다. 니앙의 얼굴이 공포로 일그러졌다.

"손자가 황제에게 말했다. '명령이 분명치 않아서 철저히 이해되지 않으면 장군이 문책을 당해야 합니다.' 그러고는 다시 후궁들에게 같은 지시를 반복했다. '오른쪽으로 돌려.' 하지만 후궁들은 다시 웃음을 터뜨릴 뿐이었다."

준 사부가 천천히 고개를 돌리며 학생들 하나하나와 눈을 마주쳤다. "손자가 이번에는 황제에게 말했다. '명령이 분명하지 않으면 장군이 문책을 당해야 합니다. 그러나 명령이 분명했는데도 제대로 실행되지 않는다면 부대 안의 지휘관이 문책을 당해야 합니다.' 그러더니 무리 가운데 가장 나이가 많은 두 후궁을 골라 머리를 베어버렸다."

니앙의 눈이 밖으로 튀어나올 것만 같았다.

준 사부는 안마당 앞으로 돌아가 자기 철봉을 집어 들었다. 학생들이 겁에 질린 얼굴로 지켜보는 가운데 준 사부는 연속 동작을 한 번 더 보여주었다. 이번에는 동작의 이름을 불러주면서 아까보다 천천히 했다. "알겠느냐?"

학생들은 고개를 끄덕였다.

준 사부는 철봉으로 바닥을 내리쳤다. "그럼, 시작."

학생들은 연습했다. 이번에는 전혀 흠이 없었다.

✳

전투 수업은 영혼을 털어 가고 정신을 짓뭉개는 고역이었지만, 적어도 밤마다 연습하는 재미가 있었다. 준 사부의 문하생 쿠릴과 지하가 저녁마다 신입생 연습을 지도하고 감독했다. 문하생들은 다소 게으르게 가르쳤고 상상의 적에게 가능한 한 큰 고통을 안겨주는 방법을 가르치는 데 집착했다. 그러다 보니 보통 연습 시간은 재앙에 가까웠고, 신입생들끼리 서로 겨루는 동안 지하와 쿠릴이 여기저기 돌아다니며 큰 소리로 조언해주었다.

"무기가 없으면 얼굴을 노리지 마라." 지하는 손날을 앞으로 뻗은 벤카에게 상대방 네자의 코가 아닌 목을 겨냥하라고 가르쳤다. "코를 제외한 얼굴은 사실상 전부 뼈로 이루어져 있다. 맨손으로 쳤다간 네 손만 멍든다. 목을 노리는 게 낫다. 충분한 힘이 가해지면 치명적으로 숨통을 망가뜨릴 수 있고 적어도 상대방에게 호흡곤란을 안겨줄 수 있다."

쿠릴은 서로 목을 걸고 바닥을 구르는 한과 키테이 옆에 무릎을 꿇고 말했다. "이렇게 팽팽하게 접전을 이룰 때는 물어뜯기가 훌륭한 방법이다."

잠시 후 한이 고통스러운 비명을 질렀다.

나무로 만든 사람모형 주위에 신입생들이 몇 명 모여 있고 지하가 적절한 손날치기 시범을 보였다. "니칸의 옛 승려들은 바로 이 지점이 기의 중심이라고 믿었다." 지하가 사람모형의 배꼽 아래를 가리키더니 과장되게 그곳을 쳤다.

린이 덥석 미끼를 물었다. "정말요?"

"아니. 기의 중심 같은 건 없어. 하지만 이 지점은 늑골 아래라서 필수 장기가 많이 노출되어 있다. 또 여기 횡격막도 있지. 핫!" 지하가 사람모형에 주먹을 꽂았다. "이러면 어떤 적이라도 몇 초 동안 꼼짝도 못 할 것이다. 그동안 상대방의 눈을 할퀴면 돼."

"좀 치사해 보이는데요?" 린이 말했다.

지하가 어깨를 으쓱했다. "우리는 우아해지려고 여기 온 게 아니야. 사람들을 때려 부수려고 왔지."

"최후의 한 방을 보여줄게." 연습 시간이 끝나가자 쿠릴이 말했다. "반드시 필요한 단 하나의 발차기랄까? 가장 강력한 전사도 단숨에 쓰러뜨릴 수 있는 회심의 발차기지."

지하가 무슨 말인지 모르겠다는 듯 눈을 깜박였다. 지하가 고개를 돌려 그녀에게 무슨 말이냐고 물었다. 그러자 쿠릴은 무릎을 치켜올려 지하의 사타구니를 걷어차버렸다.

✳

의무 연습 시간은 겨우 2시간이었지만 신입생들은 그 시간이 끝난 후에도 연습실에 오래도록 남아 자세를 연습했다. 유일한 문제는 입학 전에 무술 훈련을 받아본 학생들이 이 시간을 자랑의 기회로 삼았다는 점이었다. 네자가 연습실 한가운데서 연속 회전 도약을 선보였다. 돌려차기를 할수록 몸이 점점 더 높이 공중에 떴다. 몇몇 급우들이 네자 주위에 빙 둘러서서 구경했다.

"너도 우리 왕자님이 놀라워?" 키테이가 연습실을 가로질러 와 린 옆에 섰다.

"실제 전투에서 저런 동작이 얼마나 쓸모가 있을지 모르겠네." 린이 말했다. 네자는 정확히 540도를 공중 회전하며 발차기를 해냈다. 보기에는 무척 아름다웠지만 역시 별 효용은 없어 보였다.

"당연히 쓸모가 없지. 옛날 무술 상당수가 저런 식이야. 보기에는 대단히 화려하지만 실제로는 별 쓸모가 없어. 처음부터 전투가 아니라 무대 공연을 위해 만들어졌고 이후 계속 다듬어졌거든. 홍선유랑단이라는 이름도 그래서 생긴 거잖아. 처음 집단을 만든 사람들은 표적에 더 가까이 다가가려고 거리 공연단으로 위장했어. 너도 언젠가는 계승 무술의 역사에 대해 읽게 될 거야. 정말 매력적인 분야지."

"네가 아직 안 읽은 책도 있어?" 린이 물었다. 키테이는 거의 모든 주제에 관해 백과사전 같은 지식을 보유한 것 같았다. 그날도 점심을 먹으며 린에게 성마다 생선 내장 따는 방식이 어떻게 다른지 설명을 늘어놓았다.

"나는 무술이 약해." 키테이가 말했다. "뭐, 어쨌든 자기방어와 공연 무술의 차이를 구별하지 못하는 사람들을 보면 우울하지."

네자가 눈에 띄게 높이 도약했다가 인상적으로 몸을 웅크리며 착지했다. 터무니없게도 몇몇 학생들이 손뼉을 치기 시작했다.

네자는 몸을 일으키면서 환호와 갈채는 무시하고 린을 똑바로 바라보았다. "이런 게 바로 가문의 무술이라는 거지." 그는 이마의 땀을 훔쳐내며 말했다.

"확실히 학당 최고의 재간둥이는 될 수 있겠네." 린이 말했다. "춤을 추며 모금을 할 수도 있겠어. 내가 주괴 하나 정도는 던져줄게."

네자의 얼굴에 냉소가 스쳤다. "너에겐 가문의 무술이 없으니까 시샘하는 거지."

"그런 게 없어서 얼마나 다행인지 몰라. 있었으면 너희 가문 무술처럼 얼토당토않게 보였을 테니까."

"우리 인 가문은 니칸 제국에서 가장 강력한 발차기를 기반으로 한 무술 기법을 창시해냈어." 네자가 말했다. "네가 상대편이면 어떻게 될지 한번 겨뤄볼까?"

"사양할게." 린이 말했다. "하도 장관이라 눈이 어질어질하기는 하겠네."

"적어도 나는 너처럼 자기 무술도 없는 '시골뜨기'는 아니야." 네자가 뱉듯이 말했다. "넌 여기 오기 전에는 무술이라는 걸 해 본 적도 없겠지. 그저 달랑 발차기 하나만 알걸."

"계속 나를 시골뜨기라고 부르네. 아는 욕이 달랑 그거 하나밖에 없나 봐."

"그럼 나랑 붙어." 네자가 말했다. "10초 동안 상대방을 꼼짝 못 하게 제압하거나 처음 피가 나올 때까지 싸우기. 여기서 지금 당장."

"그럼 네가 먼저…." 린이 입을 열자마자 키테이가 손바닥으로 린의 입을 막았다.

"안 돼. 절대 안 돼." 키테이가 린을 뒤로 잡아끌었다. "준 사부 말 못 들었어? 싸움은 절대 안 돼."

하지만 린은 키테이를 떼어냈다. "여기 준 사부가 없잖아."

네자가 심술 맞게 웃었다. "벤카! 이리 와!"

벤카가 연습실 저편에서 니앙과 대화를 나누다가 네자의 호출을 받고 얼굴이 붉어진 채 순식간에 달려왔다.

"네가 심판을 봐줘." 네자는 린에게서 시선을 떼지도 않고 말했다.

벤카는 준 사부를 흉내 내 뒷짐을 지고 턱을 치켜들었다. "시작."

나머지 급우들이 네자와 린 둘레에 둥그렇게 모여 섰다. 린은 너무 화가 나서 그들이 보고 있는 것조차 알아채지 못했다. 오직 네자만 보였다. 그는 린 주변을 움직이기 시작했다. 재빠르고 우아한 동작으로 앞으로 달려들었다가 뒷걸음질을 쳤다가 했다.

'키테이의 말이 옳았어.' 린은 생각했다. 네자는 정말로 무대 공연을 하는 것처럼 보였다. 그 모습이 치명적인 게 아니라 그저 우스꽝스러워 보일 뿐이었다.

린은 몸을 낮게 웅크리고 갸름한 눈으로 네자의 움직임을 주의 깊게 따라갔다.

지금이다. 깔끔한 한 방. 린은 한쪽 다리를 들어 거센 발차기를 날렸다.

린의 다리가 만족스럽게 '퍽' 소리를 내며 네자를 맞혔다.

네자가 부자연스럽게 꽥 소리를 지르며 가랑이를 움켜잡고 낑낑거렸다.

연습실 전체가 침묵에 빠지면서 모든 고개가 이쪽으로 돌아왔다.

네자가 시뻘게진 얼굴을 하고 겨우 몸을 일으켰다. "너… 어떻게 감히 네가…."

"네 말대로야." 린이 고개를 숙여 인사를 하는 시늉을 했다. "나는 달랑 발차기 하나밖에 모르거든."

＊

네자를 혼내준 건 기분이 좋았지만, 즉각적이고 잔혹한 정치적 반향이 찾아왔다. 순식간에 학급 안에 동맹이 형성되었다. 치명적으로 기분이 상한 네자는 린과 어울리는 사람은 곧장 소외시키겠다는 뜻을 분명히 밝혔다. 그는 린에게 신랄하게 말하거나 아니면 아예 린의 존재를 부정했다. 린의 억양을 헐뜯을 때를 빼고는 아예 눈앞에 없는 것처럼 굴었다. 급우들도 하나씩 하나씩 린과 같은 대접을 받을까 봐 겁을 먹고 선례를 따랐다.

유일한 예외는 키테이였다. 키테이는 네자의 못된 면을 보고 자랐기에 지금은 조금도 신경 쓰이지 않는다고 말했다.

"게다가 말이지." 키테이가 말했다. "네자 표정 봤어? 아주 볼 만하더라."

린은 키테이의 의리가 고마웠지만 다른 학생들이 얼마나 잔인하게 굴 수 있는지 확인하고 놀랐다. 린을 향한 놀림은 끝이 없었다. 린의 어두운 피부색, 비천한 신분, 지방색 짙은 억양까지 전부 놀림감이 되었다. 화가 났지만, 온갖 비웃음을 못 본 척 무시했다. 하지만 급우들은 린이 말할 때마다 낄낄대며 웃었다.

"내 억양이 그렇게 거슬려?" 린은 키테이에게 물었다.

"점점 좋아지고 있어." 그가 말했다. "단어 끝을 좀 더 굴려봐. 모음은 짧게 하고. 그리고 '얼' 소리를 더해. 내 경험에 근거한 법칙이야."

"얼. 어얼." 린이 우스꽝스럽게 흉내 냈다. "대체 시네가드 사람들은 왜 소가 되새김질하는 소리를 내는 거야?"

"인정받느냐 못 받느냐는 권력이 좌우해." 키테이가 곰곰이 생각하며 말했다. "만약 티카니가 니칸의 수도였다면 우리는 나무껍질처럼 검게 탄 얼굴을 하고 뛰어다닐 거야."

✳

이후로 네자는 린에게 한마디도 건네지 않았다. 그럴 필요가 없었다. 네자의 추종자들은 호시탐탐 린을 놀릴 기회를 노렸다. 네자의 조작 솜씨는 뛰어났다. 일단 린을 주요 표적으로 삼은 다음 뒤로 물러나 지켜보기만 하면 됐다.

네자에게 강박적으로 집착하는 벤카도 기회가 생길 때마다 적극적으로 린을 무시했다. 니앙은 나았다. 공개적으로는 린과 어울리지 않았지만 적어도 기숙사에서는 사적으로 린과 대화를 했다.

"네가 먼저 사과하는 게 어때?" 어느 날 밤 벤카가 잠자리에 든 후 니앙이 린에게 속삭였다.

린은 사과할 생각은 해본 적이 없었다. 네자의 자존심을 어루만져주려고 패배를 인정하지는 않을 것이다. "애초에 대결하자던 건 그 애야." 린이 말했다. "그 애가 요청한 걸 받아들인 건 내 잘못이 아니야."

"그건 중요하지 않아." 니앙이 말했다. "그냥 미안하다고 한마디만 하면 그 애는 너에 대해서 다 잊을 거야. 네자는 그저 존경받는 걸 좋아할 뿐이야."

"네자의 '무엇을' 존경한단 말이야?" 린이 물었다. "그 애는 내가 존경할 만한 일을 전혀 하지 않았어. 걔가 한 일이라곤 시네가드 출신이라는 것 자체가 '몹시' 특별한 사람이라는 듯이 잘난 척하고 거만하게 군 게 전부야."

"사과해봤자 소용없어." 벤카가 끼어들었다. 알고 보니 벤카는 전혀 잠든 게 아니었다. "그리고 시네가드 출신인 건 실제로 특별한 사람이라는 뜻이야. 네자랑 나는…." 벤카는 언제나 '네자랑 나는'이라고 말했다. "걸음마를 시작한 후로 학당에 오려고 훈련을 받았어. 그게 우리 혈통이야. 우리 운명이고. 그런데 넌? 너는 '아무것'도 아니야. 그저 남쪽에서 온 떠돌이지. 여긴 너 따위가 있을 곳이 아니야."

순간 린은 분노가 울컥 솟구쳐 침대에서 벌떡 몸을 일으켰다. "나도 너랑 똑같은 시험을 치렀어, 벤카. 나도 이 학교에 있을 권리가 있어."

"그저 달달 외운 내용을 답안지에 채워 넣고 여기 왔겠지." 벤카가 반박했다. "뭐, 과거 시험은 '겉보기엔' 공정해야 하니까."

✳

벤카의 말에 신경이 곤두섰지만 린은 지금 벤카에게 집중할 시간도 힘도 거의 없었다. 두 사람은 며칠 동안 서로에게 모진 말 던지기를 멈췄는데, 너무 피곤해 말할 힘이 남지 않았기 때문이었다. 평일에는 무술 연습을 마치고 근육통으로 걷기도 힘든 지경이 되어 다들 기숙사로 뿔뿔이 흩어졌다가 말 한마디 없이 도복을 벗어 던지고 침대에 무너졌다.

문 두드리는 소리에 곧바로 잠에서 깨어났다.

린이 문을 열자 라반이 서 있었다. "일어나."

"무슨 일…?"

라반이 린의 어깨너머로 벤카와 니앙을 보았다. 두 사람은 침대에서 비몽사몽으로 앓는 소리를 했다. "너희도. 서둘러라."

"무슨 일이에요?" 린이 눈을 비비며 불만스럽게 중얼거렸다. "청소는 6시간 후잖아요."

"그냥 따라와."

여학생들은 여전히 불평하면서 옷을 걸쳐 입고 바깥에서 기다리는 라반에게 갔다. 남학생들은 벌써 모여 있었다.

"신입생 괴롭히기 같은 거면 저는 다시 침대로 돌아가면 안 될까요?" 키테이가 물었다. "저는 이미 괴롭힘을 당했다고 여기고 그냥 자게 해주세요."

"입 다물고 따라와." 라반은 다른 말 없이 숲으로 향했다.

신입생들은 라반을 따라잡기 위해 어쩔 수 없이 뛰었다. 린은 처음에 라반이 일행을 숲속 깊숙이 데려가는 줄 알았지만, 알고 보니 지름길일 뿐이었다. 1분 후 다들 대강당 앞에 도착했다. 실내에 불이 밝혀져 있고 안쪽에서 요란한 소리가 들려왔다.

"수업이 있나요?" 키테이가 물었다. "말도 안 돼. 나는 이 수업 거부할래요."

"수업이 아니다." 어쩐 일인지 라반은 꽤 흥분한 모습이었다. "안으로 들어가."

함성이 들려왔지만, 강당은 텅 비었다. 신입생들은 혼란스러워하며 비틀걸음으로 안에 들어갔다. 라반이 자기를 따라 지하로 가는 계단을 내려오라고 손짓했다. 지하 한가운데에 문하생들이 잔뜩 모여 있었다. 그들이 무엇을 에워싸고 서 있는지는 몰라도 극도로 흥분한 소리가 들렸다. 린은 목을 빼고 문하생들 머리 너머를 흘깃 보려고 했지만, 선배들의 몸 말고는 아무것도 보이지 않았다.

"신입생 입장이다." 라반이 소리치며 신입생 무리를 이끌고 밀집한 군중 사이를 뚫고 지나갔다. 라반은 팔꿈치를 격렬하게 움직이며 문하생들 사이에 길을 냈다.

군중 한가운데에 땅속 깊이 파고 들어간 두 개의 둥근 구덩이가 있었다. 각 지름이 적어도 3미터가 넘고 깊이는 2미터 정도였다. 두 구덩이는 서로 인접해 있고 구경꾼들이 아래로 떨어지지 않게 허리 높이의 쇠창살 난간을 두르고 있었다. 한쪽 구덩이는 비었고 다른 구덩이 한가운데에 손넨 사부가 널찍한 가슴 위로 팔짱을 끼고 서 있었다.

"언제나 심판은 손넨 사부가 봐." 라반이 말했다. "사부들 가운데 나이가 가장 어려서 재수 없게 뽑힌 거지."

"무슨 심판을 봐요?" 키테이가 물었다.

라반은 그저 씩 웃었다.

✳

지하실 문이 열렸다. 문하생들이 더 많이 안으로 몰려왔고 이미 밀집된 강당이 가장자리까지 빽빽이 찼다. 몸들이 마구 밀려와 신입생들은 위태롭게 구덩이 가장자리까지 밀렸다. 린은 떨어지지 않으려고 난간을 꽉 붙잡았다.

"대체 무슨 일이죠?" 키테이는 구덩이 가까이 자리를 잡으려고 몸싸움을 벌이는 문하생들을 보며 말했다. 사람이 너무 많아 뒤쪽의 문하생들은 의자를 끌어다 그 위에 서서 봤다.

"오늘 알탄이 출전하거든." 라반이 말했다. "알탄을 놓칠 순 없지."

린은 그 주만 해도 알탄이라는 이름을 열두 번도 더 들은 것 같았다. 시네가드 학당 전체가 그 사람에게 푹 빠져 있었다. 5학년 알탄 트렝신은 학당 안의 모든 신기록과 관련이 있었고, 모든 사부의 총애를 받았으며, 모든 규칙의 예외였다. 이제 그는 신입생들 사이에서도 농담의 주제가 되었다.

'너 담장 너머 시내까지 오줌을 쌀 수 있어?'

'알탄은 할 수 있을걸.'

키가 크고 호리호리한 사람이 밧줄 사다리를 쓰지도 않고 손녠 사부가 서 있는 구덩이 안으로 불쑥 뛰어내렸다. 그의 상대가 사다리를 타고 내려오는 동안 그 사람은 뒷짐을 지고 천장을 향해 고개를 들었다. 위쪽 등불에 그의 눈이 비쳐 보였다.

진한 붉은색이었다.

"세상에." 키테이가 말했다. "진짜 스피어 사람이잖아."

린은 구덩이 안쪽을 들여다보았다. 키테이 말이 옳았다. 알탄은 전혀 니칸 사람처럼 보이지 않았다. 피부색은 다른 학생들보다 몇 배나 어두웠고 심지어 린보다도 더 어두웠다. 그러나 린의 피부가 햇볕에 그어 투박한 느낌을 주었다면 알탄의 피부는 독특하고 위엄 있는 인상을 풍겼다. 머리카락은 젖은 먹색이었는데 검은색보다는 보라색에 더 가까웠다. 각이 진 얼굴은 어떤 표정도 짓지 않았으며, 깜짝 놀랄 만큼 잘생겼다. 그리고 무엇보다 눈동자가 새빨갛게 타오르는 붉은색이었다.

"스피어 사람들은 다 죽었다고 들었는데." 린이 말했다.

"거의 다 죽었지." 라반이 말했다. "알탄은 최후의 스피어인이야."

"나는 준 로란 사부의 문하생, 보 코빈이다." 알탄의 상대가 당당히 말했다. "오늘 알탄 트렝신에게 도전한다."

코빈은 알탄보다 몸무게가 두 배는 더 나가 보였고 키도 몇 센티미터 더 커 보였지만 린은 이번 싸움이 특별히 접전은 아니겠다고 짐작했다.

알탄은 아무 말 없이 그저 어깨를 으쓱했다.

손넨 사부는 지루해 보였다. "자, 어서 시작해라." 그가 말했다.

문하생 두 사람은 시작 자세를 취했다.

"뭐야, 자기소개도 안 해?" 키테이가 말했다.

라반은 재미있다는 표정을 지었다. "알탄은 자기소개할 필요가 없지."

린이 코를 찡그리며 말했다. "알탄은 자기 자신 말고는 별 관심이 없어 보여."

"알탄 트렝신이라…." 키테이가 곰곰이 생각하며 말했다. "알탄이 가문 이름인가?"

"트렝신이 성이야. 스피어 사람들은 이름이 앞에 오고 성이 뒤에 오거든." 라반이 서둘러 설명하고 구덩이를 가리켰다. "쉿, 이러다 경기 놓치겠다."

이미 경기를 놓쳤다.

린은 알탄이 움직이는 소리도 못 들었고 싸움이 시작된 것도 못 봤다. 그러나 구덩이를 내려다보았을 때 이미 코빈은 한쪽 팔이 등 뒤로 무지막지하게 꺾인 채 땅바닥에 엎드려 제압당해 있었다. 알탄이 그 위에 무릎을 구부리고 올라타 천천히 코빈의 팔에 압력을 가하고 있었다. 그는 태연하고 무감하고 활기조차 거의 보이지 않았다.

린은 난간을 꽉 움켜잡았다. "아니, 언제 저렇게… 대체 언제…."

"알탄 트렝신이잖아." 라반은 그걸로 충분히 설명되었다는 듯 말했다.

"항복." 코빈이 소리쳤다. "젠장, '항복'이라고!"

"그만." 손녠 사부가 하품하며 말했다. "알탄 승리. 다음."

알탄이 코빈을 놓아주고 그에게 손을 내밀었다. 코빈은 알탄의 부축을 받아 일어서고 다시 알탄과 악수했다. 코빈은 꽤 우아하게 자신의 패배를 받아들였다. 3초도 안 되어 알탄 트렝신에게 패배하는 것은 별로 굴욕이 아니라는 듯이.

"저게 끝이야?" 린이 물었다.

"아직 안 끝났어." 라반이 말했다. "오늘 밤 알탄의 도전자가 꽤 많아."

다음 도전자는 쿠릴이었다.

라반은 얼굴을 찌푸리며 고개를 흔들었다. "쿠릴은 오늘 시합 허가를 받지 말았어야 했어."

린은 이 평가가 부당하다고 생각했다. 쿠릴은 준 사부의 전투 문하생 중 하나로 사납기로 명성이 높았다. 키로 보나 힘으로 보나 쿠릴과 알탄은 겨룰 만해 보였다. 확실히 쿠릴은 자기 자리를 지킬 수 있을 것이다.

"시작."

쿠릴이 곧바로 알탄에게 달려들었다.

"말도 안 돼." 린이 중얼거렸다. 쿠릴과 알탄이 접전을 벌이며 공격을 주고받는 속도를 따라잡기 힘들었다. 그들은 1초에 몇 번꼴로 공격과 수비를 주고받았고 마치 한 쌍의 무용수처럼 상대방 주위를 돌며 피하고 숙이기를 반복했다.

1분이 흘렀다. 쿠릴은 눈에 띄게 지쳐 있었다. 그녀의 타격은 늘어졌고 과녁을 벗어났다. 움직일 때마다 이마에서 땀방울이 마구 흘러내렸다. 그러나 알탄은 조금도 동요하지 않고 시합 시작 때와 똑같이 고양이처럼 우아하게 움직였다.

"알탄은 쿠릴을 데리고 놀고 있어." 라반이 말했다.

린은 알탄에게서 눈을 뗄 수가 없었다. 그의 동작은 무용 같았고 최면에 빠진 것도 같았다. 모든 동작이 전적인 '힘'을 보여 주었지만, 코빈처럼 덩치가 큰 근육의 힘이 아니라 활력이 응축된 힘이었다. 알탄은 매 순간 튀어 오르기 직전의 단단히 감긴 용수철 같았다.

"곧 끝장이 나겠군." 라반이 말했다.

결국, 고양이와 쥐의 싸움이었다. 알탄은 쿠릴과 대등한 싸움을 벌이지 않았다. 그는 완전하게 다른 수준으로 싸웠다. 처음에는 쿠릴에게 맞춰주며 상대의 거울 역할을 하다가 이윽고 그녀를 완전히 기진맥진하게 만들어버렸다. 쿠릴의 동작은 시간이 흐르면서 점점 처졌다. 그리고 알탄은 놀리듯 쿠릴의 속도에 맞춰 자신도 느리게 맞섰다. 마침내 쿠릴이 필사적으로 앞으로 달려들어 알탄의 횡격막을 치려고 했다. 그러나 알탄은 이를 피해 옆으로 뛰어올라 구덩이 흙벽을 달려 올라갔다가 반대편으로 반동해 공중에서 회전했다. 그의 발이 쿠릴의 머리 옆에 닿았다. 쿠릴이 뒤로 넘어졌다.

쿠릴은 알탄이 고양이처럼 사뿐하게 자기 뒤쪽에 착지한 것도 알지 못했다.

"세상에." 키테이가 말했다.

"세상에." 라반도 동의했다.

주황색 완장을 찬 의학 문하생 두 명이 쿠릴을 데려오려고 구덩이 안으로 뛰어들어갔다. 구덩이 옆에 벌써 들것이 대기 중이었다. 알탄은 구덩이 한가운데에 팔짱을 끼고 서서 문하생들이 할 일을 마치기를 침착하게 기다렸다. 심지어 그들이 쿠릴을 데리고 지하에서 나가는 동안 또 다른 학생이 밧줄 사다리를 타고 내려왔다.

"하룻밤에 도전자가 셋이라니." 키테이가 말했다. "저게 흔한 일이에요?"

"알탄은 많이 싸워." 라반이 말했다. "누구나 알탄을 끌어내리는 사람이 되고 싶어 하니까."

"그런 일이 있기는 했어요?" 린이 물었다.

라반은 그저 웃기만 했다.

세 번째 도전자가 등불 아래 민머리를 드러내자 린은 그가 첫

날 학당 안을 구경시켜준 문하생 토비임을 곧바로 알아보았다.

'잘됐어.' 린은 생각했다. '알탄이 저 사람 좀 혼내줬으면 좋겠다.'

토비가 큰 소리로 자기소개를 하자 동료인 전투 문하생들이 함성을 질렀다. 알탄은 옷소매를 만질 뿐, 이번에도 아무 말 없었다. 눈알을 굴렸을 수도 있지만 어둑한 조명 아래서 확인할 수는 없었다.

"시작." 손녠 사부가 말했다.

토비는 양팔을 굽히고 몸을 낮게 웅크렸다. 손은 주먹을 꼭 쥐지 않고 마치 보이지 않는 공을 움켜쥔 것처럼 울퉁불퉁한 손가락을 단단히 구부렸다.

알탄은 '어디 한번 해보시지.'라고 말하는 것처럼 고개를 한쪽으로 기울였다.

시합은 곧바로 품격을 잃었다. 주먹에 피가 묻고 가차 없이 때려눕히는 전면적인 싸움이었다. 물리적이고 갑작스럽고 폭력적이고 짐승 같은 힘으로 가득했다. 어떠한 제한도 없었다. 토비가 사납게 알탄의 눈을 할퀴었다. 알탄은 머리를 홱 숙이고 팔꿈치로 토비의 가슴팍을 쳤다.

토비가 숨을 헐떡이며 뒤로 비틀거렸다. 알탄이 아이를 혼내듯 손등으로 토비의 머리를 때렸다. 토비는 바닥에 쓰러졌다가 복잡한 단계를 거쳐 몸을 뒤집더니 다시 튀어 올라 앞으로 쏜살같이 내달렸다. 알탄이 예측하고 양 주먹을 올렸지만 토비가 알탄의 허리 쪽에 몸을 내던져 두 사람 모두 바닥에 쓰러졌다.

알탄은 흙바닥에 뒤로 넘어졌고 토비가 손톱을 세운 손을 뒤로 잡아당겼다가 알탄의 배를 움켜잡았다. 알탄이 입을 크게 벌리고 소리 없는 비명을 질렀다. 토비는 손가락을 알탄의 배 속 깊이 박아넣으며 비틀었다. 린은 토비의 아래팔에 핏줄이 도드라지는 걸 보았다. 토비가 얼굴을 일그러뜨리며 늑대처럼 으르렁거렸다.

알탄이 토비의 손아귀 아래서 몸부림치다가 기침했다. 입에서 피가 뿜어져 나왔다. 린의 속이 뒤집혔다.

"제길." 키테이가 계속 말했다. "제길, 제길, 제길."

"호랑이 발톱 권법이다." 라반이 말했다. "토비의 대표 기술이지. 가문의 전승무술이야. 알탄은 일주일 동안 똥도 제대로 못 눌 거야."

손녠 사부가 앞으로 몸을 숙이고 말했다. "자, 이제 그만…."

그때 알탄이 잡히지 않은 손을 토비의 목에 감고 토비 얼굴을 자기 이마 쪽으로 끌어당겼다. 한 번. 두 번. 토비의 손아귀에 힘이 풀렸다.

알탄이 토비를 밀쳐내고 앞으로 돌진했다. 순식간에 두 사람의 자세가 역전되었다. 토비는 땅바닥에 꼼짝없이 누워 있고 알탄이 그 위에 무릎을 꿇은 채 올라타 양손으로 토비의 목을 단단히 눌렀다. 토비가 알탄의 팔을 미친 듯이 두드렸다.

알탄은 무시하듯 토비의 몸을 밀쳐내고 일어났다. 이후 지시를 기다리는 사람처럼 손녠 사부를 흘깃 보았다.

손녠 사부가 어깨를 으쓱했다. "좋은 시합이었다."

린은 참고 있는 줄도 몰랐던 숨을 한꺼번에 토해냈다.

의학 문하생들이 구덩이로 뛰어들어 토비를 끌고 나갔다. 토비는 코에서 피를 줄줄 흘리며 신음했다.

알탄은 흙벽에 등을 기대고 섰다. 그는 지루하고 무심해 보였다. 토비에게 배를 공격당하고 고통스러워했던 적이 아예 없는 사람 같았다. 아무도 그의 몸에 손을 대지 않은 것 같았다. 피가 알탄의 턱을 타고 흘러내렸다. 린은 반은 매혹당하고 반은 겁에 질린 채 알탄이 혀를 내밀어 윗입술의 피를 핥는 모습을 지켜보았다.

알탄은 한동안 눈을 감고 있다가 고개를 치켜들고 천천히 입 밖으로 숨을 토해냈다.

신입생들의 표정을 보고 라반이 씩 웃었다. "이제 좀 알겠냐?"

"도대체…." 키테이가 양손을 퍼덕거리며 말했다. "어떻게 한 거죠? '어떻게'요?"

"알탄은 고통을 못 느끼나요?" 린이 물었다. "그는 인간이 아니에요."

"인간이 아니지." 라반이 말했다. "알탄은 스피어인이야."

✳

다음 날 점심시간에 신입생 전원이 알탄 이야기를 했다.

학급 전체가 어느 정도는 알탄에게 반했지만, 특히 키테이가 푹 빠졌다. "알탄이 어떻게 움직였냐면, 이렇게 막…." 키테이가 정확한 말이 떠오르지 않는다는 듯 공중에 양팔을 마구 휘둘렀다.

"알탄은 원래 말이 별로 없나 봐." 한이 말했다. "심지어 자기소개도 히지 않았어. 재수 없어."

"알탄이 자기소개할 필요가 뭐가 있어?" 키테이가 코웃음을 쳤다. "그가 누구인지 모르는 사람이 없는걸."

"강하면서 신비로워." 벤카가 꿈을 꾸듯 말했다. 그러고는 니앙과 함께 킥킥 웃었다.

"혹시 말을 할 줄 모르는 거 아니야?" 네자가 말했다. "스피어인이 어떤 치들인지 알잖아. 거칠고 피에 굶주린 종족이야. 명령을 받지 않으면 혼자서는 뭘 어떻게 해야 할지도 모를걸."

"스피어인은 바보가 아니었어." 니앙이 맞섰다.

"그자들은 원시인이었어. 꼬맹이들보다 더 영리하지도 않아." 네자가 주장했다. "그자들은 인간보다는 오히려 원숭이에 가깝다고 들었어. 뇌도 더 작대. 붉은 황제 이전에는 자체 문자도 없었다는 거 알아? 싸움은 잘하지만, 다른 건 별로 할 줄 몰랐어."

급우들 몇몇은 그 말이 이해된다는 듯 고개를 끄덕였지만, 린은 알탄처럼 우아하고도 정확하게 싸우는 사람이 원숭이의 인지 능력을 가졌을 거라고는 믿기 어려웠다.

시네가드에 도착한 후로 린은 순전히 피부색 때문에 멍청할 거라 짐작 당하는 게 어떤 건지 알게 되었다. 그게 마음에 사무쳤다. 알탄도 비슷한 경험을 했을지 궁금했다.

"잘못 들었어. 알탄은 어리석지 않아." 라반이 말했다. "알탄은 우리 학년 최우수 학생이었어. 어쩌면 시네가드 학당 전체에서 최고일걸. 이르자 사부님도 알탄만큼 뛰어난 문하생을 본 적이 없다고 했어."

"나도 알탄이 졸업하면 지휘관 자리는 확실히 보장되었다고 들었어." 한이 말했다.

"나는 그가 마약을 한다고 들었어." 네자가 말했다. 네자는 자신에게 관심이 집중되지 않는 상황에 익숙하지 않은 모양이었다. 어떤 식으로든 알탄의 신용을 깎아내리기로 작정한 사람 같았다. "그는 아편을 해. 눈을 보면 알 수 있어. 늘 핏발이 서 있잖아."

"스피어인이라서 눈동자가 붉은색이잖아, 이 바보야." 키테이가 말했다. "스피어인은 전부 눈동자가 진홍색이야."

"아니야, 그렇지 않아." 니앙이 말했다. "스피어인들 중에서도 전사들만 그래."

"뭐, 알탄은 '확실히' 전사야. 그리고 그의 눈은 홍채가 붉은색이고." 키테이가 말했다. "핏발이 선 게 아니야. 아편 중독자가 아니라고."

네자가 입술을 비틀어 올렸다. "알탄의 눈을 꽤 여러 번 들여다봤나 봐?"

키테이의 얼굴이 붉어졌다.

"다른 문하생들이 말하는 걸 못 들어봤군." 네자가 다른 급우들은 모르는 내밀한 정보를 혼자 안다는 듯 잘난척하며 계속 말했다. "알탄은 중독자가 '맞아.' 알탄이 이길 때마다 이르자 사부가 그에게 양귀비를 준다고 내가 똑똑히 들었어. 그래서 그렇게 열심히 싸우는 거야. 아편 중독자는 아편을 구하기 위해서라면 뭐든 하니까."

"헛소리하지 마." 린이 말했다. "제대로 알지도 못하는 소릴 하고 있어."

린은 중독이 어떤 건지 알았다. 아편쟁이들은 쓸모없는 고기자루처럼 누렇게 시들었다. 그들은 알탄처럼 싸우지 않았다. 알탄처럼 움직이지도 않았다. 그들은 알탄처럼 우아한 아름다움을 갖춘 완벽하고 치명적인 동물이 아니었다.

'세상에, 맙소사.' 린은 순간 깨달았다. '나도 그 사람한테 푹 빠졌잖아!'

"불가침조약을 맺고 6개월 후 수다지 황제는 공식적으로 니칸 국경 안에서 모든 향정신성 약물의 소지와 사용을 금지하고 불법 약물 사용을 일소하기 위한 가혹한 보복성 처벌을 제도화했다. 물론, 아편 암시장은 여러 성에서 계속 번성하면서 정책의 효율성에 관한 논쟁을 불러일으켰다." 임 사부가 고개를 들어 신입생들을 쳐다보았다. 다들 몸을 씰룩이거나 소책자에 낙서하거나 아니면 멍하니 창밖을 보았다. "내가 지금 묘지에 대고 강의를 하는 거냐?"

키테이가 손을 들었다. "스피어 이야기를 하면 안 될까요?"

"뭐라고?" 임 사부가 이마를 찌푸렸다. "스피어는 지금 공부하는 내용과 아무런 상관이 없지 않…." 임 사부는 한숨을 내쉬었다. "이런, 너희가 알탄 트렝신을 만난 모양이구나."

"정말 대단해요." 한이 동의의 뜻으로 고개를 끄덕이며 열렬히 말했다.

임 사부는 어딘가 부아가 치민 듯 보였다. "정말 한 해도 그냥 넘어가지 않는군." 그가 중얼거렸다. "해마다 어김이 없어. 좋아." 그는 강의 책자를 한쪽으로 치웠다. "너희가 원한다니 오늘은 스피어 이야기를 해보자꾸나."

학급 전체가 골똘히 집중했다. 임 사부가 책상 서랍에서 두꺼운 지도 더미를 뒤지며 눈을 굴렸다.

"스피어는 왜 폭격을 당했나요?" 키테이가 참지 못하고 물었다.

"중요한 일부터 하자." 임 사부가 말했다. 그는 양피지 지도 몇 장을 넘기다가 마침내 찾던 것을 발견했다. 스피어와 니칸의 남쪽 국경이 보이는 쭈글쭈글한 지도였다. "나는 성급한 역사 기술은 인정할 수 없다." 그는 칠판 위에 찾아낸 지도를 고정했다. "우선 정치적 맥락부터 설명할 것이다. 스피어는 붉은 황제 시절에 니칸의 속국이 되었다. 스피어의 병합에 대해 말해볼 사람?"

린은 '병합'이라는 말은 가벼운 표현이라고 생각했다. 진실은 그렇게 간단하지 않았다. 수백 년 전 붉은 황제는 스피어섬을 단번에 장악하고 스피어인들의 군 복무를 강제했고, 섬의 전사들을 니칸 제국군 내 가장 무시무시한 분견대로 만들었다. 2차 양귀비 전쟁 당시 섬사람들이 완전히 궤멸당할 때까지 그랬다.

네자가 손을 들었다. "스피어는 마지막 전사 여왕이었던 메이린넨 테르자 여왕 재위 당시 니칸에 병합되었습니다. 옛 니칸 제국은 테르자 여왕에게 왕좌를 포기하고 시네가드에 공물을 바칠 것을 요구했습니다. 테르자 여왕은 이에 동의했는데, 주된 이유는 붉은 황제를 사랑했기 때문입니다. 그러나 테르자 여왕은 곧 스피어 평의회의 반대에 부딪혔습니다. 전설에 의하면 테르자 여왕은 절망감에 스스로 목숨을 끊었고, 이 최후의 행동을 보고 스피어 평의회는 니칸을 향한 여왕의 열정을 확인했습니다."

잠시 교실 안이 조용해졌다.

"저건." 키테이가 중얼거렸다. "내가 이제껏 들어본 것 중 가장 바보 같은 이야기야."

"여왕은 왜 스스로 목숨을 끊었나요?" 린이 큰 소리로 물었다. "자신을 변호하려면 살아 있는 쪽이 더 유리하지 않았을까요?"

네자가 어깨를 으쓱했다. "그래서 작은 섬나라라도 여자한테 맡기면 안 되는 거야."

이 말 때문에 학생들 사이에서 왁자지껄 소동이 일어났다. 임 사부가 손을 들어 학생들을 조용히 시켰다. "그렇게 간단한 문제가 아니었다. 전설은 당연히 사실관계를 흐리게 하지. 테르자 여왕과 붉은 황제 이야기는 역사적인 일화가 아니라 그저 꾸며낸 사랑 이야기다."

벤카가 손을 들었다. "붉은 황제가 테르자 여왕을 배신했다고 들었어요. 스피어를 침입하지 않겠다고 약속해놓고 그 약속을 지키지 않았다고요."

임 사부가 어깨를 으쓱했다. "유명한 가설이다. 붉은 황제는 무자비하기로 유명했고 그 정도 배신은 그의 성격에 크게 벗어나지도 않았을 것이다. 하지만 우리는 사실 테르자 여왕이 왜 죽었는지 혹은 누가 그녀를 죽였는지 모른다. 우리가 아는 거라곤 오직 그녀가 죽었다는 것, 스피어의 전사 군주 혈통이 끊겼다는 것, 그리고 2차 양귀비 전쟁 때까지 그 섬이 제국에 병합되었다는 것뿐이다.

스피어는 경제 식민지로서 그다지 중요하지 않았다. 그 섬에서는 군사를 제외하곤 제국에 유용한 것이 거의 없었거든. 심지어 스피어인은 농경을 제대로 몰랐다는 증거도 있다. 붉은 황제의 외교사절단이 문명화에 영향을 주기 전에 스피어인은 저속하고 야만적인 의식을 치르는 원시적인 종족이었다. 문화적으로나 기술적으로 제국에 제공할 만한 게 거의 없었다. 사실 그 섬은 다른 세계보다 수백 년은 뒤처져 보였다. 그러나 군사적으로 보면 스피어인은 황금만큼의 가치가 있었다."

린이 손을 들었다. "스피어인은 정말로 불을 숭배하는 샤먼이었나요?"

교실 곳곳에서 숨죽인 웃음소리가 들렸고 린은 곧바로 질문을 후회했다.

임 사부는 놀란 것 같았다. "티카니는 아직도 샤먼을 믿느냐?"

린의 뺨이 뜨겁게 달아올랐다. 그녀는 자라면서 스피어 이야기를 많이 들었다. 티카니 사람들은 전부 제국의 광적인 전사 부대와 그들이 가졌다고 짐작되는 초자연적인 능력에 병적으로 집착했다. 린은 그 이야기들을 전부 사실로 받아들일 만큼 어리석지는 않았지만, 여전히 호기심이 있었다.

그러나 생각 없이 질문을 던지기는 했다. 티카니에 살 때 린을 매혹했던 신화들은 여기 수도에서는 시대에 뒤떨어지고 투박하게 들렸다.

"아니, 제 말은, 그러니까 저는 믿지 않지만요." 린은 말을 더듬었다. "그냥 책에서 읽었는데 좀 궁금해서요."

"저 애 이야기는 신경 쓰지 마세요, 사부님." 네자가 말했다. "티카니에서는 여전히 우리가 양귀비 전쟁에서 패배했다고 생각하니까요."

킬킬거리는 소리가 더 커졌다. 네자는 젠체하는 표정을 지으며 뒤로 몸을 기댔다.

"하지만 스피어인들은 정말로 뭔가 신기한 능력을 지니고 있었죠?" 키테이가 재빨리 린을 옹호하고 나섰다. "그렇지 않으면 왜 무겐이 스피어를 표적으로 삼았겠어요?"

"그야 스피어가 편리한 목표였으니까." 네자가 말했다. "무겐 연맹국 다도해와 사성 사이에 있잖아. 안 그래?"

"그 말은 이해가 안 돼." 키테이가 고개를 저었다. "내가 읽은 바로 스피어는 전략적인 가치가 없는 작은 섬에 불과했어. 해군기지로도 별 쓸모가 없었다고. 무겐은 차라리 해협을 곧장 건너 쿠달라인으로 가는 편이 더 나았어. 무겐이 스피어를 신경 썼던 이유는 오직 스피어인이 그들을 두렵게 만들 만한 어떤 일을 할 수 있었기 때문일 거야."

"스피어인은 진짜 두려운 사람들이었지." 네자가 말했다. "원시인에 마약을 사랑하는 괴짜들이었으니까. 그런 치들이 사라지길 바라지 않을 사람이 어디 있었겠어?"

네자가 비극적인 대학살 사건을 그토록 무신경하게 설명할 수 있다니 린은 믿을 수가 없었다. 임 사부마저 동의의 뜻으로 고개를 끄덕이는 걸 보고는 경악했다. "스피어인은 야만적이고 전쟁에 사로잡힌 종족이었다." 임 사부가 말했다. "그들은 아이들이 걸음마를 시작하자마자 전투 훈련을 시켰다. 수백 년 동안 그들은 정기적으로 니칸의 해안 마을을 약탈해 먹고살았다. 자체 농경 기술이 없었으니까. 샤머니즘에 관한 소문은 그들의 종교와 더 밀접한 관계가 있다. 역사학자들은 그들이 신을 향해, 즉 남쪽의 신 불새에게 충성을 맹세하는 괴상한 의식을 치렀다고 믿는다. 하지만 그것은 그저 종교 의례였을 뿐, 전투 능력은 아니었다."

"하지만 스피어의 불 친화력에 관해서는 기록이 잘 되어 있어요." 키테이가 말했다. "전쟁기록에서 읽었어요. 니칸 제국도 무겐연맹국도 몇 세대에 걸쳐 스피어인들이 불을 자유자재로 조작할 수 있다고 생각했어요."

"그것들은 전부 신화에 불과하다." 임 사부가 일축하며 말했다. "스피어인의 불 조작 능력은 그저 적을 겁주기 위해 사용한 책략이었어. 아마 야간 습격 때 불타오르는 무기를 사용한 데서 비롯되었을 것이다. 그러나 오늘날 학자들 대부분은 스피어의 전투 역량이 전적으로 사회적인 조건과 혹독한 환경의 산물이라는 데 동의한다."

"그렇다면 왜 우리 군대는 그 역량을 따라 하지 못했죠?" 린이 물었다. "스피어 전사들이 정말로 그렇게 강력했다면 우리는 왜 그들의 전술을 모방하지 못했나요? 왜 우리는 그들을 예속시켜야만 했을까요?"

"스피어는 노예 식민지가 아니라 속국이었다." 임 사부가 초조해하며 말했다. "그리고 우리는 그들의 군사훈련 방법을 재창조할 수 있었다. 하지만 다시 말하지만, 그들의 기법은 야만적이었다. 준 사부의 말을 들어보니 너희는 일반적인 훈련도 어려워한다더구나. 그런 너희가 스피어 방식의 혹독한 훈련법을 겪고 싶지는 않겠지."

"알탄은요?" 키테이가 물었다. "그는 스피어에서 자라지도 않았고 시네가드에서 훈련을 받았는데도⋯."

"알탄이 불을 자유자재로 소환하는 걸 보았느냐?"

"물론 아니지만⋯."

"그를 보기만 해도 네 마음이 어지러워지더냐?" 임 사부가 물었다. "분명히 하자꾸나. 샤먼은 없다. 스피어인도 더는 없다. 알탄은 너희와 똑같은 인간이다. 그는 마법을 부릴 줄도 모르고 신의 능력을 갖추고 있지도 않다. 그가 싸움을 잘하는 건 걸음마를 시작한 후로 꾸준히 훈련을 받았기 때문이다. 알탄은 사멸한 종족의 마지막 후예다. 스피어인이 신에게 기도를 올렸다 해도 그 신은 그들을 구해주지 않았다."

＊

알탄을 향한 신입생들의 집착이 순전한 시간 낭비는 아니었다. 문하생들의 시합을 목격한 뒤로 신입생들은 준 사부의 전투 수업에서 곱절로 노력했다. 그들은 알탄처럼 우아하면서도 치명적인 전사가 되고 싶었다. 그러나 준 사부는 여전히 꼼꼼한 교사였다. 그는 학생들이 기초를 완전하게 숙달할 때까지는 그날 밤 구덩이에서 보았던 현란한 기술을 가르쳐줄 수 없다고 했다.

"너희가 지금 토비의 호랑이 발톱 권법을 시도해봤자 토끼 한 마리도 죽일 수 없을 거다." 준 사부는 비웃었다. "그저 자기 손가락이나 부러뜨리겠지. 그런 기법에 필요한 기를 운용하려면 몇 달은 있어야 한다."

다행히 준 사부도 마침내 반복적인 자세 훈련을 지루해했다. 이제 신입생들은 합당한 능력으로 봉을 다룰 수 있게 되었다. 적어도 우발적인 부상은 줄어들었다. 어느 날 수업이 끝나갈 무렵 준 사부가 학생들끼리 줄을 세우더니 마주 보고 대련을 하게 했다.

"책임감 있게 해라." 준 사부는 강조했다. "필요하면 속도를 반으로 줄여라. 바보같이 굴다가 다친다면 용서하지 않을 것이다. 평소 연습했던 대로 찌르기와 막기를 바탕으로 대련해라."

린은 네자와 마주 보고 섰다. 당연한 일이었다. 네자가 비열하게 웃었다.

린은 잠깐 서로 다치지 않고 시합을 끝낼 방법을 궁리해보았다.

"셋을 세면 시작이다." 준 사부가 말했다. "하나, 둘⋯."

네자가 앞으로 돌진했다.

네자의 공격에 실린 힘 때문에 린은 깜짝 놀랐다. 가까스로 린의 봉을 머리 위로 들어 올려 네자의 타격을 막지 않았더라면 그대로 정신을 잃었을지도 모른다. 충격 때문에 린의 팔 전체가 덜덜 떨렸다.

네자는 준 사부의 지시를 완전히 무시하고 계속 앞으로 나갔다. 그는 잔혹할 정도로 봉을 맘껏 휘둘렀지만 동시에 놀랄 정도로 표적을 정확히 맞혔다. 린은 봉을 서투르게 휘둘렀다. 여전히 봉을 쥐고 움직이는 게 어색했고 손에 든 무기를 현란하게 돌리는 네자의 모습과는 전혀 달랐다. 심지어 봉을 계속 쥐고 있기조차 힘들어 두 번이나 손에서 놓칠 뻔했다. 네자는 린이 막아낸 것보다 훨씬 더 많이 공격에 성공했다. 처음 두 번(팔꿈치와 허벅지 위쪽에) 맞은 건 아팠다. 나중에는 너무 많이 맞아서 더 아픔을 느낄 겨를도 없었다.

린은 그동안 네자를 잘못 알고 있었다. 네자는 늘 남들보다 우월함을 과시하고 자랑했지만, 그의 무술 구사 능력은 실제로 훌륭했다. 지난번 두 사람이 싸웠을 때 그는 자만심으로 가득 차 방심했었고 린의 마지막 한 방은 순전히 요행이었다.

지금 그는 전혀 자만하지 않았다.

네자의 봉에 맞은 린의 무릎에서 끔찍한 우두둑 소리가 났다. 린의 눈이 불쑥 튀어나오며 땅바닥에 쓰러졌다.

네자는 굳이 봉을 쓰지도 않았다. 린이 가만히 쓰러져 있는 동안 그는 린을 발로 마구 찼다. 발길질이 점점 악랄해졌다.

"이게 너랑 나의 차이야." 네자가 중얼거렸다. "나는 평생 이런 훈련을 받아왔어. 너는 고작 여기 입학한 것만으로는 나를 이길 수 없어. 알겠어? 넌 '아무것'도 아니야."

'저 애는 나를 죽이려고 해. 정말로 나를 죽일 거야.'

봉 하나로도 충분히 죽일 수 있을 것이다. 린은 제대로 사용할 줄도 모르는 무기로 자신을 방어할 수 없었다. 그래서 봉을 떨어뜨리고 위로 몸을 날려 네자의 허리 쪽에 덤벼들었다. 네자는 봉을 떨어뜨리고 뒤로 넘어졌다. 린이 네자의 몸에 올라탔다. 그가 그녀의 얼굴을 향해 덤볐다. 그녀는 손바닥으로 그의 코를 짓눌렀다. 두 사람은 서로 맹렬하게 주먹질을 해댔다. 팔다리가 혼란스럽게 얽혔다.

이윽고 누군가가 린의 옷깃을 거칠게 잡아당기며 숨통을 조였다. 준 사부가 인상적인 힘으로 두 사람을 떼어놓고 순간 둘을 한꺼번에 공중에 들어 올리더니 모두 땅바닥으로 던져버렸다.

"찌르기와 막기 중 어느 쪽이 이해가 안 되더냐?" 준 사부가 으르렁거렸다.

"저 애가 먼저 시작했어요." 네자가 얼른 말했다. 그는 몸을 굴려 앉은 자세로 바꾸더니 린을 가리켰다. "저 애가 봉을 떨어뜨리더니…."

"나도 다 봤다." 준 사부가 소리쳤다. "네가 얼간이처럼 바닥을 구르는 것도 보았다. 내가 짐승 훈련을 좋아한다면 진작 사이크 부대에 갔겠지, 여기 있겠냐? 좀 더 말해주랴?"

네자가 눈을 내리깔고 말했다. "아닙니다, 사부님."

"무기를 내려놓고 내 수업에서 나가라. 너는 일주일 동안 정학이다."

"예, 사부님." 네자가 몸을 일으키고 무기걸이에 봉을 던지더니 그대로 안마당을 걸어나갔다.

이윽고 준 사부가 린 쪽으로 관심을 돌렸다. 린의 얼굴에서 피가 흘렀다. 코에서도 흘러나오고 이마에서도 흘러내렸다. 린은 아무렇게나 턱을 쓱 닦았다. 너무 불안해서 준 사부의 눈을 쳐다보지도 못했다.

준 사부가 린에게 천천히 다가갔다. "너, 일어나라."

린은 비틀거리며 일어났다. 무릎이 저항의 비명을 마구 질러 댔다.

"그 애처로운 표정부터 싹 지워라. 그래 봤자 내게서 동정심 한 톨도 얻어내지 못할 테니."

린은 준 사부의 동정심을 기대하지 않았다. 그러나 다음 일을 기대하지도 않았다.

"내가 제국군을 떠난 후로 본 학생들 가운데 가장 비참한 몰 골이었다." 준 사부가 말했다. "넌 정말 기초가 끔찍하구나. 무 슨 사지 마비 환자가 움직이는 것 같았다. 내가 방금 뭘 목격한 건지 믿어지지 않는구나. 지난 한 달 동안 잠만 잔 게냐?"

'그 애가 너무 빨리 움직였어요. 저는 따라잡을 수가 없었고 요. 저는 그 애처럼 몇 년 동안 훈련을 받지도 못했어요.' 마음 에 떠오르는 말들이 전부 한심한 변명처럼 들렸다. 린은 입을 열 었다가 다시 다물었다. 너무 충격을 받아 제대로 대답할 수도 없 었다.

"난 너 같은 학생이 끔찍하게 싫다." 준 사부가 가차 없이 계 속 말했다. 학생들끼리 봉을 부딪치는 쨍강 소리는 이미 오래전 에 사라졌다. "넌 그 작은 시골 마을에서 곧장 시네가드로 넘어 왔다. 그걸로 충분하다고 생각했겠지. 너는 성공했고 엄마 아빠 를 자랑스럽게 했을 것이다. 어쩌면 그 마을에서는 가장 영리한 꼬맹이였을지도 모른다. 네 스승이 가르친 제자들 가운데 가장 시험을 잘 본 아이였을지도 모르고. 그런데 어떻게 됐지? 고전 과목 몇 개를 달달 외우는 것만으로는 무술인이 될 수 없다.

이곳엔 매년 너 같은 애들이 들어온다. 시험 하나 잘 봐서 내 시간과 관심을 받을 자격이 충분하다고 생각하는 투박한 촌뜨기들 말이야. 하지만 똑똑히 알아둬라. 시험은 아무것도 증명하지 않는다. 이 학당에서 '유일하게' 중요한 것은 규율과 능력이다. 저 애는….." 준 사부는 네자가 나간 방향을 손가락을 가리키며 말했다. "저 애는 골칫덩이일지는 몰라도 적어도 지휘관이 될 소질이 있다. 반면, 너는 그저 농촌에서 온 쓰레기일 뿐이다."

학급 전체가 린을 뚫어지게 보고 있었다. 키테이의 눈이 동정심으로 크게 벌어졌다. 심지어 벤카도 놀란 얼굴을 했다.

린의 귓속이 웅웅거리며 준 사부의 말이 마구 빠져나갔다. 자신이 너무도 왜소하게 느껴졌다. 이대로 줄고 줄어 먼지가 될 것만 같았다. '울면 안 돼.' 눈물을 막으려고 힘을 주었더니 눈알이 쓰려왔다. '제발, 여기서 울면 안 돼.'

"내 수업 시간에 문제아는 용서하지 않는다." 준 사부가 말했다. "내게 널 학당에서 쫓아낼 행복한 권리는 없지만, 전투 사부로서 이 정도는 할 수 있다. 앞으로 너는 훈련장에 접근금지다. 무기고도 건드리면 안 된다. 수업 이외 시간에 훈련장에서 연습도 하지 마라. 내가 수업을 하는 동안 이곳에는 발도 들이지 마라. 선배들에게 가르쳐달라고 부탁하지도 마라. 더는 내 훈련장에서 문제를 일으킬 수 없을 것이다. 이제 내 앞에서 당장 꺼져라."

제 2 부

5

린은 비칠거리며 안마당 문밖으로 나갔다. 준 사부의 말이 계속 머릿속에 울렸다. 갑자기 어지러웠다. 다리가 휘청거리고 시야가 일시적으로 어둑해졌다. 린은 돌벽에 기대 미끄러지듯 주저앉아 무릎을 끌어안았다. 귓속에서 피가 사납게 웅웅거렸다.

이윽고 가슴속 압력이 부풀어 올라 신입생 환영식 이후 처음으로 울었다. 아무도 듣지 못하게 손에 얼굴을 묻고 흐느껴 울었다.

아파서 울었다. 당혹스러워서 울었다. 그러나 무엇보다 과거시험을 준비하며 공부했던 지난 2년의 세월이 아무런 의미가 없어서 울었다. 린은 시네가드 하당이 또래보다 몇 년은 뒤처져 있었다. 가문의 전승무술은커녕 무술 훈련을 받은 경험도 없었고 네자의 전승무술처럼 우스꽝스러워 보이는 것조차 없었다. 벤카처럼 어린 시절부터 훈련을 받지도 못했다. 눈에 띄게 뛰어나지도 않았고 키테이처럼 사진 기억력이 있지도 않았다.

무엇보다 최악은 이제 린에겐 모자람을 만회할 길도 없었다. 아무리 절망스러워도 준 사부의 지도를 받지 않으면 연말 시험을 통과할 기회가 없다는 걸 알았다. 싸움을 못 하는 학생을 자기 문하생으로 받아줄 사부는 없을 것이다. 무엇보다 시네가드 학당은 '사관학교'였다. 전쟁터에서 자신을 지키지 못한다면 무슨 소용이 있겠는가?

준 사부의 처벌은 제적과도 같았다. 이제 린은 끝났다. 다 끝났다. 1년 안에 티카니로 돌아가야 할 것이다.

'하지만 네자가 먼저 공격했어.'

이 생각을 하면 할수록 절망감이 재빨리 분노로 단단히 뭉쳤다. 네자는 린을 '죽이려고' 했다. 린은 자기방어를 위해 나섰을 뿐이다. 그런데 왜 그녀가 수업에서 쫓겨나야 한단 말인가? 네자는 손목을 한 대 맞은 것 정도로 벌을 받고 말았는데?

이유는 분명했다. 네자는 시네가드 귀족이자 군벌 수령의 아들이었지만, 린은 연줄도 지위도 없는 시골뜨기 여자애였다. 네자를 쫓아내면 문제가 될 것이고 정치적인 논쟁을 불러일으킬 것이다. 네자는 중요한 사람이었다. 린은 아니었다.

아니, 이럴 수는 없었다. 린을 쓰레기처럼 간단히 쓸어내버릴 수 있다고 생각할지 몰라도 그녀는 가만히 누워서 받아들일 수 없었다. 린은 그 어떤 출신도 아니었다. 빈손으로 여기에 왔다. 하지만 빈손으로 돌아가지는 않을 것이다.

안마당 문이 열리며 급우들이 우르르 쏟아져 나왔다. 그들은 린을 못 본 척하고 서둘러 지나갔다. 키테이만 뒤에 남았다.

"준 사부가 생각을 바꿀 거야." 키테이가 말했다.

린은 그가 내민 손을 잡고 말없이 일어났다. 소매로 얼굴을 닦고 코를 훔쳤다.

"정말이야." 키테이가 말했다. 그가 린의 어깨에 손을 올렸다. "준 사부는 네자에게는 겨우 일주일 정학을 줬잖아."

린은 키테이의 손을 거칠게 떨쳐내고 계속 사납게 눈을 닦았다. "네자는 금수저를 물고 태어났으니까. 네자의 아버지는 학당 절반 정도는 너끈히 차지할 정도로 힘이 있으니까. 네자는 시네가드 출신이고, 그래서 특별하고, 여기 소속된 사람이니까."

"야, 너도 여기 소속이야. 과거 시험에 합격했잖아."

"과거 시험 따위 아무 의미 없어." 린은 가차 없이 말했다. "과거는 교육받지 못한 농부들이 늘 있던 곳에 머무르게 하는 계략일 뿐이야. 과거를 통과한들 어떻게든 쫓아낼 방법을 또 찾아낼걸. 과거는 하층민을 계속 꿈꾸게 해서 별 불만 없이 잠잠하게 만들 뿐이야. 과거는 이동을 위한 사다리가 아니야. 그저 나 같은 사람들이 태어난 곳에 그대로 머무르게 하는 방법에 불과해. 과거는 그저 마약이야."

"린, 그렇지 않아."

"그래!" 린이 주먹으로 벽을 쳤다. "하지만 날 이런 식으로 제거하지는 못할 거야. 이렇게 간단히는 안 돼. 내가 그렇게 놔두지 않을 거야. 절대로."

린이 갑자기 휘청거렸다. 시야가 어두워졌다가 다시 뚜렷해졌다.

"맙소사." 키테이가 말했다. "너 괜찮아?"

린이 키테이 쪽으로 돌아섰다. "무슨 말이야?"

"너 지금 땀을 흘리고 있어."

땀을 흘린다고? 린은 땀을 흘리지 않았다. "나는 괜찮아." 그녀가 말했다. 목소리가 지나치게 크게 들렸다. 귓속이 쟁쟁 울렸다. '내가 지금 고함을 지르고 있는 걸까?'

"린, 진정해."

"난 괜찮아! 극도로 침착하다고!"

그녀는 조금도 침착하지 않았다. 뭔가를 때리고 싶었다. 누군가에게 마구 고함을 지르고 싶었다. 분노가 열기처럼 온몸에 고동쳤다.

이윽고 칼로 배 속을 찔린 것처럼 고통이 솟구쳤다. 날카롭게 숨을 멈추고 횡격막 부위를 움켜잡았다. 누군가가 내장에 울퉁불퉁한 돌멩이를 억지로 통과시키는 것만 같았다.

키테이가 린의 어깨를 잡았다. "린! 린!"

린은 갑자기 토하고 싶은 충동을 느꼈다. 혹시 네자의 타격에 내장을 다치기라도 한 걸까?

'와, 대단하다.' 린은 생각했다. '모욕을 당한 것만으로 모자라 다치기까지 했어. 절뚝거리며 교실에 들어가면 네자가 보고 아주 좋아하겠네.'

린은 키테이를 밀어냈다. "필요 없어…. 날 내버려둬!"

"하지만 너…."

"난 괜찮아!"

✳

그날 밤 린은 몹시 혼란스럽고 끈적끈적한 감각을 느끼며 잠에서 깨어났다.

잠옷 하의가 차갑게 느껴졌다. 어렸을 때 자다가 실수를 했을 때와 같은 느낌이 났다. 그런데 다리 사이에 묻은 것은 오줌이라기엔 너무 끈적거렸다. 심장이 마구 방망이질 쳤다. 린은 비틀거리며 침대 밖으로 나와 떨리는 손으로 등불을 켰다.

아랫도리를 내려다보고 큰 소리로 비명을 지를 뻔했다. 부드러운 촛불 빛이 선홍색 웅덩이를 비추었다. 아래쪽에 온통 피가 묻어 있었다.

린은 공포를 다독이려고 애썼다. 몽롱한 정신을 모아 합리적으로 생각하려고 애썼다. 날카로운 통증은 없었고 그저 묵직한 불편감과 커다란 짜증만 느껴졌다. 칼에 찔리지도 않았다. 내장이 전부 흘러나오지도 않았다. 순간 다리 사이로 또 피가 막 흘러내렸다. 그녀는 축축한 손가락으로 출혈의 원인을 더듬어 찾았다.

그러나 그저 혼란스럽기만 했다.

다시 잠드는 것은 불가능했다. 피에 젖지 않은 쪽 이불로 몸을 닦고 다리 사이에 천 조각을 뭉쳐 넣은 다음 기숙사를 빠져나가 학당 전체가 잠에서 깨기 전에 의무실로 갔다.

✳

린은 땀과 피로 범벅이 되어 의무실에 도착했다. 신경이 완전히 무너지기 일보 직전이었다. 당직 의사가 린을 한 번 보더니, 여성 조수를 불렀다. "이런 상황에는 자네가 필요해."

"물론이죠." 조수는 웃지 않으려고 애쓰는 것처럼 보였다. 린은 이 상황의 어떤 점이 웃기다는 건지 도무지 이해할 수가 없었다.

조수는 린을 커튼 뒤로 데려가 갈아입을 옷과 수건을 주고 잠시 후 세밀하게 그린 여성 신체 그림 앞에 앉혔다.

린은 티카니에서 성교육을 받은 적이 한 번도 없었다. 그날 아침에야 비로소 월경에 대해 배웠다. 조수는 15분 동안 인체 그림의 여러 곳을 가리키고 손으로 생생한 동작까지 곁들여 가며 린의 몸에서 일어나는 변화를 자세히 설명했다.

"그러니 넌 죽어가는 게 아니야. 네 몸이 자궁 내막을 떨어뜨리고 있을 뿐이야."

린은 너무 놀라 한 1분 정도는 입을 벌리고 있었다.

"아니 망할, 뭐라고요?"

✳

린은 바지 아래에 몹시 불편한 헝겊 띠를 붙이고 곡물 주머니를 뜨겁게 데워서 침대로 돌아왔다. 아랫배에 곡물 주머니를 올리고 통증을 달래보았지만, 배를 쥐어짜는 통증이 너무 심해 수업이 시작될 때까지도 침대 밖으로 나가지 못했다.

"누굴 불러줄까?" 니앙이 물었다.

"아니." 린이 중얼거렸다. "난 괜찮아. 그냥 가."

린은 종일 침대에 누워 놓친 수업 전부에 절망했다.

'괜찮아.' 그녀는 공황에 빠지지 않도록 계속해서 자신을 달랬다. 하루 치 수업을 빠졌다고 큰일이 나지는 않는다. 학생들은 늘 아프다. 부탁하면 키테이가 필기 공책을 빌려줄 것이다. 그 정도로도 틀림없이 만회할 수 있을 것이다.

그러나 이런 일이 매달 일어날 것이다. 매달 망할 놈의 자궁이 스스로 조각조각 찢어져 온몸에 분노의 섬광을 보낼 것이고, 몸을 붓게 하고 불편하게 하고 어지럽게 하고, 최악은 약하게 할 것이다. 시네가드 학당에 여학생이 남는 경우가 드문 것도 당연했다.

이 문제를 반드시 해결해야 했다.

이렇게 당혹스러운 일을 면할 수만 있다면! 그녀는 도움이 필요했다. 벤카는 이미 월경을 시작한 것 같았다. 그러나 벤카에게 해결법을 묻느니 차라리 죽는 편이 나았다. 대신 린은 그날 밤 니앙과 벤카가 잠자리에 든 다음에 쿠릴을 찾아가 웅얼거리며 물었다.

쿠릴은 어둠 속에서도 큰 소리로 웃음을 터뜨렸다. "헝겊 띠를 두르고 수업에 가면 돼. 괜찮을 거야. 통증도 금세 익숙해질 거고."

"하지만 띠를 얼마나 자주 갈아야 해요? 수업 도중에 옆으로 새기라도 하면 어쩌죠? 도복에 묻기라도 하면요? 누가 보기라도 하면요?"

"진정해." 쿠릴이 말했다. "처음엔 힘들지만, 곧 적응할 거야. 월경주기를 잘 쫓아가면 언제 시작할지도 알 수 있고."

린이 듣고 싶은 말이 아니었다. "그냥 영원히 멈추게 할 방법은 없나요?"

"자궁을 잘라내지 않는 한 없지." 쿠릴이 코웃음을 쳤다가 이내 멈추고 린의 얼굴을 바라보았다. "농담이야. 실제로 가능한 일도 아니고."

"가능해." 의학 문하생인 아르다가 조용히 끼어들었다. "의무실에서 제공하는 시술이 있어. 네 나이에는 개복수술도 필요 없을 거야. 그냥 조제약만 줄걸. 그러면 정말 무기한으로 월경을 멈출 수 있어."

"진짜요?" 린의 가슴속에서 희망이 피어올랐다. 그녀는 두 문하생을 번갈아 보았다. "선배들은 왜 그 약을 먹지 않았어요?"

두 사람은 의심스러운 얼굴로 린을 보았다.

"자궁을 망가뜨리니까." 마침내 아르다가 말했다. "기본적으로 내부 장기 하나를 죽이는 거잖아. 나중에 아이를 가질 수 없게 돼."

"그리고 우라지게 아파." 쿠릴이 말했다. "그럴 가치가 없어."

'하지만 나는 아이를 원하지 않아.' 린은 생각했다. '나는 여기에 남고 싶어.'

그 시술을 받고 월경을 멈출 수만 있다면, 시네가드에 계속 남을 수 있게 된다면, 해볼 만한 가치가 있었다.

✳

일단 출혈이 멈추자 의무실에 다시 찾아가 의사에게 원하는 것을 말했다. 의사는 굳이 린을 만류하려 들지 않았다. 오히려 만족스러워 보였다.

"난 몇 년 전부터 이곳 여학생들에게 시술을 권해왔다." 그가 말했다. "아무도 내 말을 듣지 않더군. 신입생 시절을 제대로 통과하는 여학생이 별로 없는 것도 그리 놀랄 일이 아니지. 이 시술을 의무화해야 한다니까."

의사는 린을 기다리게 하고 필요한 약을 지으러 뒷방으로 사라졌다. 10분 후 그는 김이 나는 그릇을 들고 돌아왔다.

"이걸 마셔라."

린은 그릇을 받아들었다. 검은색 도자기 그릇이라 안에 담긴 액체가 무슨 색인지 알아볼 수가 없었다. 어떤 감정을 느껴야 하는지도 몰랐다. 대단히 중요한 순간이지 않을까? 앞으로 그녀에게 자식은 없을 것이다. 누구도 그녀와 결혼하겠다고 나서지 않을 것이다. 그러면 문제가 되지 않을까?

아니. 당연히 문제가 되지 않는다. 찍찍거리는 새끼들과 함께 살찌고 싶었다면 티카니에 머물렀을 것이다. 그런 미래로부터 탈출하려고 시네가드에 왔다. 이제 와서 망설일 이유가 뭐란 말인가?

혹시 후회의 기미가 조금이라도 남았는지 찾아보았다. 없었다. 아무 느낌도 없었다. 티카니를 떠나던 날, 영영 멀어지는 흙투성이 마을을 바라보며 아무런 느낌도 없었던 것처럼.

"아플 거다." 의사가 경고했다. "월경할 때보다 훨씬 더 아플 거야. 네 자궁이 몇 시간 동안 스스로 파괴될 테니까. 그 후 기능을 멈출 것이다. 네 몸이 완전히 성숙했다면 자궁 제거 수술을 받아야 했겠지만, 과도기에는 이 정도로 네 문제를 해결할 수 있을 거다. 이걸 먹고 나서 적어도 일주일은 수업을 빠져야 한다. 하지만 그 후는 영원히 자유다. 자, 이제 네가 진심으로 이 일을 원하는지 한 번 더 물어봐야겠다."

"진심입니다." 린은 더 생각하고 싶지 않았다. 숨을 참고 그릇에 입을 대고 맛을 한번 보고 움찔했다.

의사가 쓴맛을 덮으려고 꿀을 넣었지만, 단맛 때문에 더 끔찍한 맛이 되었다. 아편 냄새 같은 맛이 났다. 그릇을 완전히 비우기 위해 여러 번 나눠 삼켜야 했다. 다 마시자 배 속이 무감각해졌고 기이하게 포만감이 찾아오며 마치 위장이 고무처럼 흐물거리며 부풀어 오르는 느낌이었다. 몇 분 후 아랫배가 이상하게 따끔거렸다. 누군가가 배 속에서 작은 바늘로 마구 찔러대는 것만 같았다.

"통증이 시작되기 전에 방으로 돌아가라." 의사가 충고했다. "사부들에게는 네가 병이 났다고 말해두겠다. 오늘 밤 간호사가 네 상태를 살피러 갈 것이다. 먹고 싶지 않겠지만 급우를 시켜 식사를 가져다주라고 하겠다."

린은 인사하고 배를 부여잡고 비틀걸음으로 기숙사로 돌아갔다. 따끔거리는 느낌이 날카로운 통증으로 바뀌더니 아랫배 전체에 퍼졌다. 칼을 삼켰는데 그 칼이 안에서 천천히 원을 그리며 회전하는 느낌이었다.

어떻게든 침대로 돌아왔다.

'통증은 몸이 전하는 말에 불과해.' 린은 생각했다. 통증을 무시하기로 선택할 수 있었다. 할 수 있다…. 할 수 있다….

끔찍했다. 그녀는 큰 소리로 울었다.

열에 들떠 누워 있어도 잠을 제대로 잘 수 없었다. 자리에 누워 태어나지도 않은 기형의 태아 꿈이나 토비가 다섯 발톱을 배에 박아넣는 꿈을 꾸며 헛소리를 했다.

"린. 린?"

누군가가 위쪽에 어른거렸다. 니앙이 나무 그릇을 들고 서 있었다.

"호박죽을 가져왔어." 니앙이 린 옆에 무릎을 꿇고 앉아 얼굴에 그릇을 가져다 댔다.

린은 죽을 한입 들이마셨다. 위장이 고통스럽게 꼬였다.

"그만 먹을래." 린은 힘없이 말했다.

"진정제도 있어." 니앙이 린에게 컵을 건넸다. "의사 말이 필요하면 마셔도 된다고. 하지만 꼭 마실 필요는 없다고 했어."

"농담해? 얼른 줘." 린은 컵을 움켜잡고 벌컥벌컥 들이켰다. 곧바로 머릿속이 붕 뜨기 시작했다. 방 안이 기분 좋게 흐릿해졌다. 배 속을 칼로 찌르는 듯한 느낌도 사라졌다. 이윽고 뭔가가 목구멍 안쪽까지 치밀어 올랐다. 린은 침대 옆으로 몸을 숙여 미리 가져다둔 대야에 토했다. 도자기에 피가 튀었다.

어지러운 만족감으로 대야를 내려다보았다. '이렇게 피를 빼내는 게 나아.' 그녀는 생각했다. '몇 년 동안 천천히 빼내느니 한꺼번에 빼내는 게 낫다고.'

계속 구역질을 하는 동안 누군가가 기숙사 문을 여는 소리가 들렸다.

누가 안으로 들어와 린 앞에서 걸음을 멈추었다. "너 미쳤구나." 벤카가 말했다.

린이 입가로 피를 주르륵 흘리며 벤카를 노려보다 씩 웃었다.

✳

린은 나흘 동안 침대에서 의식이 혼탁한 상태로 헛소리를 하다가 수업에 복귀했다. 니앙과 의사의 권유를 모두 무시하고 겨우 침대 밖으로 나왔을 때 자신이 가망 없이 뒤처져 있음을 깨달았다.

언어학 수업의 무겐어 동사 활용법을 완전히 놓쳐버렸고, 역사 수업은 붉은 황제의 서거에 관한 장을, 병법은 손자의 지리학적 예측 분석법을, 그리고 의학 수업은 부목을 대는 구체적인 방법들을 놓쳤다. 린은 사부들에게 관대함을 전혀 기대하지 않았고, 실제로 받지도 못했다.

사부들은 수업에 빠진 게 린의 잘못인 것처럼 대했고, 사실 그랬다. 그녀는 변명의 여지가 없이 그저 결과를 인정할 수밖에 없었다.

사부들이 린을 호명할 때마다 질문에 대답하지 못했다. 모든 시험 성적이 바닥을 차지했다. 그래도 불평하지 않았다. 그 주 내내 그녀는 사부들의 경멸을 침묵으로 견뎠다.

이상하게 낙담하지 않았고 오히려 장막이 걷힌 듯한 기분이 들었다. 시네가드에서 보낸 첫 주는 마치 꿈과 같았다. 도시와 학당의 화려함에 현혹되었고 자기도 모르게 들떠 있었다.

이제 이곳에서 자신의 자리가 영원하지 않다는 사실을 고통스럽게 상기했다.

과거 시험은 아무런 의미가 없었다. 과거는 앵무새처럼 시를 외우는 능력을 시험했을 뿐이었다. 어쩌자고 그녀는 그 정도 실력으로 시네가드 같은 학교에서 살아남을 준비가 되었다고 생각했을까?

그러나 과거 시험이 가르쳐준 게 하나 있다면, 성공의 대가가 고통이라는 사실이었다.

그리고 린은 한동안 예전처럼 자신을 극한까지 밀어붙이지 않았었다.

린은 사관학교에 와 있는 것만으로 만족했다. 게을러졌다. 위태로움을 보지 못했다. 자신이 아무것도 아님을 상기할 필요가 있었다. 언제라도 즉시 집으로 돌려보내질 수 있음을 깨달아야 했다. 시네가드에서 겪는 불행보다 티카니에서 자신을 기다리는 삶이 훨씬, 훨씬 더 나빴다.

'그 사람이 너를 보고 자기 입술을 핥아. 그 사람이 너를 침대로 데려가. 네 다리 사이에 억지로 손을 넣어. 너는 비명을 지르

지만 아무도 네 소리를 듣지 못해.'

린은 머무를 것이다. 자신을 죽이는 한이 있더라도 시네가드에 계속 남을 것이다.

✳

린은 공부에 매진했다. 수업은 전쟁이 되고 모든 상호작용이 전투가 되었다. 손을 들 때마다, 숙제를 제출할 때마다, 네자와 벤카와 다른 모든 시네가드 학생들과 경쟁했다. 그녀는 자신이 여기 계속 남을 자격이 있음을, 더 깊이 훈련을 받을 가치가 있음을 증명해 보여야 했다.

린은 자신이 시네가드 아이들과 다르다는 것을 깨닫기 위해서 실패가 필요했다. 그녀는 일상적으로 헤스페리아어를 하면서 자라지도 않았고, 제국군의 지휘 체계에 익숙하지도 않았으며, 열두 군벌 사이의 정치 관계를 제 손바닥 보듯 환히 알고 있지도 않았다. 시네가드 아이들은 어린 시절부터 이런 지식에 빠삭했다. 그녀는 스스로 개발해야 했다.

깨어 있는 시간 중 교실에서 수업을 듣지 않는 시간은 전부 문서보관소에서 보냈다. 소리 내어 과제 문헌을 읽었고, 길게 늘어지는 자신의 남부 억양이 완전히 사라질 때까지 익숙하지 않은 시네가드 방언을 혀를 굴려 가며 연습했다.

그녀는 다시금 자신을 불태우기 시작했다. 고통 속에서 해방감을 발견했다. 편안하고 낯익은 느낌이었다. 이미 익숙해진 거래였다. 성공은 희생을 요구했다. 희생은 고통을 의미했다. 고통은 성공을 뜻했다.

그녀는 잠자기를 멈추었다. 졸 수 없게 맨 앞줄에 앉았다. 머리가 계속 아팠다. 늘 토하고 싶었다. 먹는 것도 멈추었다.

자신을 불행하게 만들었다. 하지만 모든 대안이 불행으로 향했다. 여기서 달아날 수도 있었다. 배에 올라타 다른 도시로 탈출할 수도 있었다. 다른 아편 암시장에서 마약을 거래할 수도 있었다. 굳이 그래야 한다면, 티카니로 돌아가 결혼하고 너무 늦어 돌이킬 수 없을 때까지 아이를 가질 수 없다는 사실을 들키지 않기를 희망할 수도 있었다.

그러나 그녀가 지금 느끼는 불행은 좋은 불행이었다. 스스로 선택했기에 실컷 즐길 수 있는 불행이었다.

✳

한 달 후 린은 지마 대사부의 언어학 시험 하나에서 1등을 했다. 네자의 점수보다 2점 앞섰다. 지마 대사부가 상위 다섯 명의 성적을 발표했을 때 린은 행복한 충격에 빠져 자기도 모르게 몸을 꼿꼿이 세웠다.

밤새 헤스페리아어 동사 시제를 머릿속에 욱여넣었다. 정말 헷갈렸다. 현대 헤스페리아어는 운율도 없었고 합리적인 규칙도 없었다. 규칙이 순전히 임의적이었고, 발음도 되는 대로 했고 예외가 잔뜩이었다.

도저히 일관된 규칙을 추론할 수 없어서 그냥 외웠다. 이해가 안 되는 모든 것을 통째로 외우는 게 그녀의 방식이었다.

"잘했다." 지마 대사부가 린의 시험지를 돌려주며 기운차게 말했다.

린은 '잘했다'라는 말이 얼마나 기분을 좋게 하는지 깨닫고 화들짝 놀랐다.

사부들의 칭찬은 연료가 되었다. 칭찬은 그녀가 마침내, '마침내' 아무것도 아닌 게 아니라는 사실을 검증받았다는 뜻이었다. 린도 뛰어날 수 있고 누군가의 관심을 받을 수도 있었다. 그녀는 칭찬을 숭배했고, 칭찬을 갈망했고, 칭찬이 필요했고, 마침내 칭찬을 받을 때만 위안을 찾을 수 있음을 깨달았다.

그녀는 또한 자신이 마약중독자가 아편에 대해 느끼는 마음과 비슷하게 칭찬을 느낀다는 것도 깨달았다. 새로운 칭찬이 주입될 때마다 어떻게 해야 칭찬을 더 받을까 생각했다. 성취에 취했다. 실패는 금단증상보다 더 나빴다. 좋은 성적은 순간적인 안도감과 일시적인 자부심을 줄 뿐으로, 다음 시험에 대한 공포가 시작되기 전 겨우 몇 시간 동안만 반짝 영광의 순간을 누렸다.

칭찬을 너무 깊이 갈망해 그 열망이 뼛속 깊이 느껴졌다. 그리고 중독자와 똑같이 그것을 구할 수만 있다면 어떤 일이라도 할 수 있었다.

✳

이어지는 몇 주 동안 린은 각 수업의 맨 밑바닥에서 상위층으로 올라갔다. 거의 모든 과목에서 그녀는 최고 성적을 두고 네자, 그리고 벤카와 경쟁했다. 언어학은 이제 키테이 다음으로 2등이었다.

린은 특히 병법이 좋았다.

회색 수염을 기른 이르자 사부는 린에게는 학습 기법을 주로 단순 암기에 의존하지 않았던 최초의 교사였다. 그는 논리적인 추론으로 문제를 풀게 했다. '이익'이나 '승리'나 '전쟁'처럼 당연하게 여겼던 개념도 다시 정의하게 했다. 또 애매한 표현이나 다양하게 해석될 수 있는 대답은 거부했다. 학생들의 이성을 확장했고 논리에 대한 편견을 부수었으며 이어 다시 조립하게 했다.

이르자 사부는 칭찬을 매우 아꼈지만, 칭찬할 때면 학급의 전원이 듣게 했다. 린은 누구보다도 이르자 사부의 인정을 받고 싶었다.

《손자병법》분석을 마치자 남은 수업 시간에 가상의 군사적 상황을 던져주고 다양한 궁지에서 벗어날 방법을 생각해보게 했다. 가끔은 이런 가상의 전략을 세울 때 오직 병참에 관한 문제에만 국한하기도 했다("이만한 규모의 병력을 이끌고 해협을 건너려면 어느 정도의 시간과 보급품이 필요할지 계산해보아라.") 때로는 학생들이 상대해야 하는 군대 규모를 지도에 기호로 표시해놓고 전투 계획을 짜보게 하기도 했다.

"너희는 지금 이 강 뒤에서 꼼짝도 못 하고 있다." 이르자 사부가 말했다. "너희 군대는 횡렬 공격을 위해 핵심 위치에 섰지만, 주요 대열이 그만 화살이 떨어졌다. 어떻게 하겠느냐?"

학급 대부분은 적의 무기 운송 마차를 습격하겠다고 했다. 벤카는 횡렬 공격을 완전히 단념하고 직접적인 정면 공격을 추구하겠다고 말했다. 네자는 근처 농부들을 징발해 하룻밤에 화살을 대량생산하겠다고 말했다.

"저는 근처 농부들에게서 허수아비를 모으겠어요." 키테이가 말했다.

네자가 코웃음을 쳤다. "뭐라고?"

"계속 말하게 놔두거라." 이르자 사부가 말했다.

"허수아비에게 남는 군복을 입히고 배에 세워 강을 따라 흘러가게 할 겁니다." 키테이는 네자의 말을 무시하고 계속 말했다.

"이 지역은 강수량이 많기로 악명 높은 산악지대입니다. 최근 비가 왔기 때문에 안개가 끼었으리라 짐작됩니다. 그러면 적군은 강 쪽을 분명히 볼 수 없을 겁니다. 적의 궁수들이 허수아비를 우리 군으로 착각하고 허수아비가 바늘꽂이가 될 때까지 화살을 쏘아대겠지요. 나중에 우리 병사들을 강 아래로 보내 화살을 수거해 오면 됩니다. 적의 화살을 사용해 적을 죽일 수 있습니다."

이번 문제는 키테이가 이겼다.

또 어느 날, 이르자 사부는 학생들에게 무당산 지역의 지도를 보여주었다. 지도에 골짜기 양쪽 끝에서 니칸군을 에워싼 무겐군 두 대대가 빨간 가위표로 표시되어 있었다.

"너희는 이 골짜기에 갇혔다. 마을 사람들은 대부분 피난을 떠났지만, 무겐군 장군이 학생들이 가득한 어느 학교를 인질로 붙잡고 있다. 무겐의 장군은 너희 대대가 항복하면 학생들을 풀어주겠다고 제안했다. 그가 약속을 지킬지 확실한 보장은 없다. 자, 어떻게 하겠느냐?"

학생들은 몇 분 동안 지도만 뚫어지게 쳐다보았다. 그들의 군대는 이점이 전혀 없었고 쉽게 빠져나갈 방법도 없었다.

이 문제는 키테이마저도 어려워했다. "왼쪽 측면을 공격해보면 어떨까요?" 키테이가 말했다. "적군이 소규모 유격대를 상대하는 동안 학생들을 피난시키면요?"

"적군이 더 높은 지대에 있다." 이르자 사부가 말했다. "너희가 무기를 꺼내기도 전에 적이 위에서 화살을 쏠 것이다."

"계곡에 불을 놓겠어요." 벤카가 도전했다. "연기로 적을 교란하겠어요."

"너희도 함께 불타 죽기 딱 좋은 방법이지." 이르자 사부가 냉소했다. "잊지 마라, 너희는 고지대를 차지하지 못했다."

린이 손을 들었다. "군대의 반을 잘라 댐으로 보내겠어요. 댐을 파괴해 골짜기에 홍수를 일으킵니다. 골짜기에 있는 모두가 물에 빠져 죽게 하겠어요."

급우들이 경악에 찬 얼굴로 린을 보았다.

"학생들을 포기하겠어요." 린이 덧붙였다. "그들을 구할 방법은 없습니다."

네자가 큰 소리로 웃음을 터뜨렸다. "우리는 이 가상전투에서 '이기려고' 하는 거잖아, 이 바보야."

이르자 사부가 네자에게 조용히 하라는 신호를 보냈다. "린, 자세히 설명해봐라."

"어느 쪽이든 승리는 아닙니다." 린이 말했다. "그러나 대가가 크다면 저는 가진 패를 전부 던져넣을 겁니다. 이런 방식을 쓰면 적군은 전부 죽고 우리는 군사의 절반을 잃을 뿐 더 이상은 잃지 않습니다. 손자는 저 혼자 벌어지는 전투는 없다고 했습니다. 이 전투는 장대한 전쟁 계획 가운데 극히 작은 하나의 움직임에 불과합니다. 사부님이 제시하신 숫자를 보면 무겐군 대대는 엄청난 대부대입니다. 전체 무겐군에서 상당 부분을 차지할 거라 봅니다. 그러므로 우리 군이 일부 부대를 포기한다면 이어지는 모든 전투에서 적군의 이점을 줄일 수 있습니다."

"적군이 빠져나가게 놔두느니 우리 사람들을 죽이는 편이 낫다?" 이르자 사부가 물었다.

"죽이는 것과 죽게 놔두는 것은 같지 않습니다." 린이 맞섰다.

"그래도 그들 역시 희생자다."

린은 고개를 저었다. "적군이 이후 확실히 위협 요소가 된다면 그대로 빠져나가게 놔두면 안 됩니다. 확실히 없애야 합니다. 그들이 이미 내륙 깊숙이 들어왔다면 전국의 지형을 거의 알고 있다는 뜻입니다. 그들에게는 지리적인 이점이 있습니다. 우리에겐 적의 최고 전투병력을 없앨 절호의 기회입니다."

"손자는 언제나 적이 빠져나갈 길을 열어주라고 했다." 이르자 사부가 말했다.

린은 개인적으로 그 말이 손자의 이론 가운데 가장 어리석은 말이라고 생각했지만, 서둘러 반론을 생각해냈다. "그러나 손자는 적이 빠져나갈 수 있게 '놔두라'는 뜻은 아니었습니다. 적은 이 상황이 별로 무섭다고 생각하지 않을 것이고 절박하지 않아서 어리석고 상호 파괴적인 일들을 벌일 것입니다." 린은 잠시 생각해보고 말했다. "그들은 헤엄치려고 할지도 모릅니다."

"저 애 말은 마을 전체를 대량학살하겠다는 말이에요!" 벤카가 항의했다. "그런 식으로 댐을 파괴할 수는 없어. 댐은 다시 짓기까지 몇 년이 걸려. 그 골짜기만이 아니라 강 하류 삼각주 전체가 물에 잠길 거야. 기근은 어쩔 거야? 이질 전염병이 돌면? 지역 농업이 전부 망가질 테고 수십 년간 심각한 고통을 불러올 수많은 문제를 일으킬 거야."

"전부 해결할 수 있는 문제야." 린은 완고하게 주장했다. "그러는 너의 해결책은 뭐야? 무겐군이 중원을 향해 유유히 진군하게 놔두는 것? 전국이 적에게 점령당하면 비옥한 수많은 농촌지대가 퍽이나 도움이 되겠다. 전국을 접시에 담아 통째로 바치는 꼴이 되겠지."

"그만, 그만." 이르자 사부가 탁자를 치며 조용히 시켰다. "이번 문제는 누구도 이기지 못했다. 오늘 수업은 여기까지다. 팽 루닌, 할 말이 있으니 내 방으로 오너라."

✳

"이 해결책은 어떻게 생각해냈느냐?" 이르자 사부가 책자 하나를 꺼냈다.

맨 앞장에 린의 손글씨가 보였다.

지난주, 이르자 사부는 또 다른 가상의 위기 상황을 만들어 해결책을 숙제로 써내게 했다. 제국군이 무겐군을 상대로 저항전을 치러야 하는데, 가장 인구가 많은 보급로를 잃은 상황이었다. 제국군은 지역 농부들에게 식량이나 말 먹이를 요구할 수 없었고 강제로 진입하지 않고는 농부들의 집을 숙소로 이용할 수도 없었다. 사실은 농촌 지역에 반란이 일어나 부대 간 이동과 협력이 몇 겹이나 더 어려워졌다.

린은 작은 섬마을을 전부 불태워버리겠다고 해결책을 제시했다.

반전은 문제의 그 섬이 제국 소속이라는 점이었다.

"임 사부님의 역사 수업 첫날에 니칸이 스피어를 잃고 2차 양귀비 전쟁을 어떻게 끝냈는지 이야기를 나누었습니다." 린이 말했다.

이르자 사부가 얼굴을 찌푸렸다. "이 숙제의 기본 바탕이 스피어 대학살이었단 말이냐?"

린은 고개를 끄덕였다. "2차 양귀비 전쟁 때 우리는 스피어를 잃으면서 헤스페리아를 압박했습니다. 부담스러워진 헤스페리아는 무겐이 대륙 깊숙이 진출하는 것을 원치 않았습니다. 아마 스피어가 아닌 다른 작은 섬이 파괴되었어도 니칸 국민에게 돌아간 효과는 같았을 겁니다. 니칸은 진정한 적이 무겐임을 확신했을 테니까요. 무엇이 우리나라를 위협하는지 똑똑히 깨달았을 겁니다."

"하지만 제국군이 제국의 한 성을 공격한다면 국민의 생각은 달라질 것이다." 이르자 사부가 반박했다.

"국민은 제국군의 짓이라는 것도 '알지' 못할 겁니다." 린이 말했다. "우리는 무겐군 중대로 위장할 테니까요. 숙제에는 그 점을 분명하게 밝히지 않았습니다. 무겐이 먼저 가서 우리 대신 그 섬을 공격한다면 더 좋겠지만, 이런 일이 일어나게 마냥 기다릴 수는 없으니까요."

이르자 사부는 린의 숙제를 숙독하며 천천히 고개를 끄덕였다. "거칠다, 거칠어. 하지만 영리하다. 정말로 그런 일이 있었다고 생각하느냐?"

린은 사부의 질문을 제대로 이해하는 데 잠시 시간이 걸렸다. "이 가상 문제에서 말인가요, 양귀비 전쟁에서 말인가요?"

"양귀비 전쟁 말이다." 이르자 사부가 고개를 기울이고 린을 주의 깊게 바라보았다.

"그런 일이 없었다고 완전하게 확신하지는 못합니다." 린이 말했다. "성공을 위해 스피어 공격이 허락되었다는 증거들이 있습니다."

이르자 사부의 표정은 아무것도 드러내지 않았지만, 그는 생각에 잠겨 손끝으로 나무 책상을 톡톡 두드렸다. "설명해봐라."

"제국군 내에서 가장 강력한 전투병력이 그토록 쉽게 섬멸당했다는 사실을 믿기가 매우 어렵습니다. 게다가 그 섬은 이상하리만큼 방어가 허술했습니다."

"무슨 말을 하는 것이냐?"

"확실하지는 않지만, 제가 보기엔, 그러니까 제 말은 내부의 누군가가, 니칸의 장군이나 어떤 정보를 내밀하게 아는 사람이 스피어 침공에 대해 알고 있었지만, 누구에게도 경고하지 않은 것 같습니다."

"그렇다면 우리가 스피어를 잃기 원할 까닭이 무엇이겠느냐?" 이르자가 조용히 물었다.

린은 논리적인 주장을 펼치기 위해 잠시 시간을 들였다. "어쩌면 그 사람들은 헤스페리아가 선뜻 나서지 않을 것을 알고 있었을지도 모릅니다. 어쩌면 홍선유랑단의 반란으로부터 주의를 돌려 대중의 지지를 불러일으킬 필요가 있었을지도 모르고요. 어쩌면 희생양이 필요했는데 스피어가 다른 지역에 비해 만만한 곳이었을지도 모릅니다. 니칸 국민이 죽는 것은 허락할 수 없었을 테니까요. 하지만 스피어인이라면? 안 될 게 뭐 있겠습니까?"

처음 말을 시작했을 때에는 지푸라기라도 잡고 싶은 심정이었지만, 막상 말을 하자 자신의 대답이 스스로 깜짝 놀랄 만큼 그럴싸하게 들렸다.

그러나 이르자 사부는 몹시 불편해 보였다. "너는 이 대목이 니칸 역사에서 굉장히 곤혹스러운 부분임을 이해해야 한다." 그가 말했다. "스피어인이 어떻게 취급받았는지 생각하면… 애석할 따름이다. 그들은 수백 년 동안 제국에 이용당하고 착취당했다. 그들의 전사는 그저 사나운 개 취급을 받았다. 야만인 대접을 받았지. 알탄이 시네가드에 오기 전까지 나는 스피어인이 정교한 생각을 할 수 없다고 생각했었다. 니칸 사람들은 스피어 이야기를 좋아하지 않는다. 당연히 그렇겠지."

"예, 사부님. 제 말은 그저 가설에 불과해요."

"어쨌든." 이르자 사부가 의자에 몸을 기댔다. "내가 논의하고 싶은 이야기는 그게 다가 아니다. 너의 골짜기 전략은 작전 목적만 보면 효과적이었다. 그러나 유능한 지배자라면 그런 명령은 내리지 않을 것이다. 그 이유를 알겠느냐?"

린은 잠시 말없이 생각했다. "저는 큰 전략과 전술을 혼동했습니다." 마침내 린이 말했다.

이르자가 고개를 끄덕였다. "자세히 말해봐라."

"'전술'로는 효과적이었을 겁니다. 심지어 우리는 그 전쟁에서 이겼을지도 모릅니다. 그러나 결국 전국이 파괴될 것이므로 지배자라면 그런 선택을 내리지 않을 것입니다. 제 전술은 평화 가능성을 보장하지 않습니다."

"이유가 무엇이냐?" 이르자 사부가 물었다.

"핵심 농업지대를 파괴한다는 벤카의 말이 옳았습니다. 니칸은 이후 몇 년 동안 기근으로 고생할 겁니다. 홍선유랑단 같은 반란 세력이 곳곳에서 들고 일어날 겁니다. 사람들은 굶어 죽는 게 모두 황제의 잘못이라고 생각할 겁니다. 우리 군이 제 전략을 쓴다면 다음에는 아마도 내전이 일어날 겁니다."

"좋다." 이르자 사부가 말했다. 그는 눈썹을 치켜올렸다. "아주 좋다. 너는 놀랄 만큼 영리하구나."

린은 기쁨을 드러내지 않으려고 애썼다. 그러나 온몸에 따뜻한 기운이 펄떡대며 퍼져나가는 게 느껴졌다.

"연말 시험에서 좋은 성적을 거둔다면." 이르자 사부가 말을 이었다. "병법의 문하생이 되면 잘 해내겠구나."

다른 상황이었다면 이르자 사부의 말을 듣고 온몸에 전율이 일었을 것이다. 린은 애써 체념의 미소를 지었다. "거기까지 해낼 자신이 없습니다, 사부님."

이르자가 이마를 찌푸렸다. "왜 그렇게 생각하지?"

"준 사부님이 저를 수업에서 쫓아내셨습니다. 저는 아마도 연말 시험을 통과할 수 없을 겁니다."

"어쩌다 그랬느냐?" 이르자가 물었다.

린은 이야기를 편집할 필요도 없이 준 사부의 재앙 같았던 마지막 수업을 자세히 설명했다. "준 사부님은 네자에게 일주일 정학 처분을 내렸지만, 제게는 다시는 수업에 들어오지 말라고 하셨습니다."

"이런." 이르자 사부가 얼굴을 찌푸렸다. "준은 네가 싸움을 벌여서 벌을 준 게 아니다. 토비와 알탄은 신입생 시절 그보다 훨씬 더 격하게 싸웠다. 준이 너를 벌 준 이유는 그가 학당에 관해서는 순수주의자이기 때문이다. 군벌의 후계자가 아닌 학생은 자기 수업을 들을 가치가 없다고 생각하거든. 하지만 준의 생각 따위는 신경 쓰지 마라. 너는 영리하니까 별 어려움 없이 다른 학생들이 한 달 동안 배운 기법을 따라잡을 수 있을 것이다."

린은 고개를 저었다. "소용없을 겁니다. 준 사부님은 저를 다시 받아주지 않을 테니까요."

"뭐라고?" 이르자 사부는 몹시 화가 난 것 같았다. "어처구니가 없구나. 지마 대사부도 이 사실을 아느냐?"

"지마 대사부님은 전투 수업 문제에 관여할 수가 없습니다. 아니, 관여하시지도 않을 겁니다. 제가 벌써 여쭤봤습니다." 린이 자리에서 일어났다. "시간을 내주셔서 감사합니다, 사부님.

제가 만약 연말 시험을 통과한다면 그때는 영광스럽게도 사부님의 문하생이 되겠습니다."

"너는 방법을 찾아낼 것이다." 이르자가 말했다. 그의 눈이 반짝였다. "손자라면 그럴 것이다."

✳

린은 이르자 사부에게 완전히 솔직하게 말하지 않았다. 그의 말이 옳았다. 린은 방법을 '찾아낼' 것이다.

일단 린은 무술을 완전히 포기하지 않았다.

준 사부는 자기 수업에 린을 들어오지 못하게 했지만, 도서관까지 출입금지시키지는 않았다. 시네가드 서고에는 무술 지도서가 풍부했다. 제국 전체에서 가장 방대한 문헌이 있었다. 린은 전승무술 기법의 대다수를 찾아볼 수 있었다. 인 가문처럼 철저히 숨기는 무술 비법을 제외하고는.

검색 과정에서 린은 현존하는 무술 문헌이 거대하게 광범위하고 기가 질릴 정도로 복잡하다는 사실을 알았다. 또 무술이 주로 가문의 혈통을 중심으로 발달해왔다는 것도 알게 되었다. 가문마다 다른 자세를 연마했고, 같은 사부에게 배우는 아이들은 비슷한 기법을 익히고 발달시켰다. 경쟁하는 분파에 따라 학당도 갈라졌고 무술 기법마다 개별적으로 발달하는 일도 잦았다.

무술의 역사는 무척 즐거웠다. 소설보다 더 재미가 있었다. 그러나 무술 기법을 연습하는 일은 극악무도하게 어려웠다. 무술서 대다수가 내용이 너무 빽빽해서 지침서로는 유용하지 못했다. 책 다수가 책을 읽는 학생 옆에 그 기법들을 시범으로 보여줄 사부가 있다는 것을 전제로 깔고 있었다. 또 다른 무술서는 특정 학당의 호흡법과 싸움 철학을 몇 장에 걸쳐 상세히 설명하면서 발차기와 주먹 지르기와 같은 실전은 제대로 언급하지 않았다.

"우주의 균형 같은 걸 읽고 싶지는 않아." 린은 백 번쯤 시도해 본 책을 옆으로 던지며 불평했다. "나는 사람들을 두들겨 패는 법을 알고 싶다고."

린은 문하생들에게 도움을 요청해보았다.

"미안." 쿠릴은 눈도 마주치지 않고 말했다. "준 사부님이 연습실 밖에서 신입생을 가르치는 것은 규칙 위반이라고 하셨거든."

린은 정말로 그런 규칙이 있는지 의심스러웠지만, 준 사부의 문하생에게 솔직히 물어볼 만큼 바보는 아니었다.

아르다 선배에게 부탁하는 것도 역시 선택안이 아니었다. 아르다 선배는 엔로 사부와 종일 의무실에 있었고 자정 전에는 기숙사로 돌아오지도 않았다.

린은 혼자서 배워야 했다.

한 달 반이 지나자 마침내 하 시진의 문헌에서 금맥 같은 정보를 발견했다. 시진은 붉은 황제 시절 병참 장교였다. 시진이 쓴 무술 지침서는 놀랍게도 훌륭한 삽화가 곁들어 있었고 자세한 설명과 분명한 그림으로 가득했다.

린은 기꺼운 마음으로 책장을 넘기며 숙독했다. '바로 이거야.' 이게 린에게 필요했던 책이었다.

"그 책은 가지고 나갈 수 없다." 앞쪽 책상의 문하생이 말했다.

"왜요?"

"제한 도서 선반에 있잖아." 문하생이 당연하다는 듯 말했다. "신입생은 그 선반에 접근할 수 없어."

"아, 죄송합니다. 다시 가져다 놓을게요."

린은 도서관 맨 안쪽까지 걸어갔다. 누가 몰래 지켜보고 있지는 않은지 주위를 흘낏거렸다. 그리고 얼른 옷자락 속에 책을 숨기고 다시 밖으로 나갔다.

*

린은 안마당에서 혼자 손에 책을 들고 무술을 익혔다. 주먹으로 공기의 모양을 만드는 법을, 양팔 가득 회전하는 커다란 공이 있다고 상상하며 자신의 움직임에 따라 공의 모양을 만드는 법을 익혔다. 자기 몸무게의 두 배가 넘는 적이 밀어도 넘어지지 않게 땅바닥에 다리를 단단히 버티고 서는 법을 배웠다. 엄지를 바깥쪽으로 향한 채 주먹 쥐는 법을 배우고, 언제나 얼굴 주변을 방어하며 재빠르고도 유연하게 무게중심을 바꾸는 법도 배웠다.

이제 움직이지 않는 대상을 주먹으로 치는 법에 매우 능숙해졌다.

규칙적으로 대강당 지하 구덩이에서 열리는 시합도 구경했다. 남들보다 일찍 지하에 도착해 난간 바로 옆자리를 확보하고 선배들의 발차기나 내던지기 동작을 관찰했다. 문하생들의 싸움을 지켜보면서 그들의 무술 기법을 흡수하려고 노력했다.

시합 구경은 어느 정도는 실제로 도움이 되었다. 문하생들의 동작을 자세히 관찰하면서 다양한 기법을 언제 어디서 사용해야 하는지 배웠다. 발차기할 때, 피할 때, 상대의 공격을 피하려고 미친 듯이 바닥을 굴러야 할 때 등등. 잠깐, 안 돼, 저건 사고였어. 지하 선배가 발이 꼬여 넘어졌다. 린은 다른 사람을 상대로 대련을 한 근육의 기억이 없었다. 그래서 이런 우발적인 요소들을 모두 머릿속에 저장해야 했다. 가상의 대련이라도 아무것도 하지 않는 것보다는 나았다.

또한, 린은 알탄을 보려고 시합 구경에 빠지지 않았다.

알탄을 지켜보는 일이 대단히 미적인 만족감을 안겨준다는 사실을 인정하지 않는다면 거짓말일 것이다. 유연하면서 근육질인 몸매와 조각처럼 뚜렷한 턱선을 가진 알탄은 부인할 수 없는 미남이었다.

그러나 그는 동시에 훌륭한 무술 기법의 본보기이기도 했다. 알탄은 시진의 무술 지침서가 추천한 모든 기법을 활용했다. 한 번도 얼굴 주위의 방어를 내린 적이 없고 빈틈을 허락한 적도 없으며 주의력을 잃지도 않았다. 자신의 다음 동작을 상대에게 무심코 들키지도 않았고 갑자기 튀어 오르거나 발뒤꿈치를 땅에 대고 몸을 납작하게 웅크리면서 곧 발차기할 거라고 상대에게 대놓고 광고하는 일도 없었다. 언제나 측면에서 공격했고 전면 공격은 절대로 하지 않았다.

처음에 린은 알탄이 그저 훌륭하고 강력한 싸움꾼인 줄만 알았다. 지금은 알탄이 모든 면에서 천재임을 알 수 있었다. 그의 싸움 기법은 삼각법 학습이었고, 움직이는 궤적과 반동력의 아름다운 조합이었다. 그가 꾸준히 이기는 비결은 거리와 회전력을 완벽히 통제하는 것이었다. 그는 싸움의 수학을 과학 수준으로 끌어올렸다.

알탄은 시합을 자주 했다. 학기 내내 도전자의 숫자가 점점 늘어났다. 준 사부의 문하생은 전부 알탄과 한판 겨루고 싶어 하는 것 같았다.

린은 가을이 끝나기 전에 알탄이 스물세 번 시합을 치르는 것을 목격했다. 그는 단 한 번도 패배하지 않았다.

6

시네가드에 혹독한 겨울이 찾아왔다. 마지막으로 쾌적한 가을 햇살을 즐기고 다음 날 아침 일어나 보니 학당 전체에 차가운 눈이 내려앉아 있었다. 고요하게 지켜만 보면 눈은 보기 좋았다. 그러나 곧 눈은 엉덩이 통증을 의미했다.

학당 전체가 팔다리를 부러뜨리기에 딱 좋은 위험지대가 되었다. 개울물도 얼어붙었다. 계단은 위험한 진창길이 되었다. 실외수업이 실내로 옮겨 갔다. 1학년들은 돌길에 규칙적으로 소금을 뿌리는 임무를 할당받았지만, 그래도 계속 미끄러운 오솔길에서 넘어져 의무실로 실려 가는 학생들이 생겼다.

전승학 수업에 관해서라면 얼어붙은 겨울 날씨가 학급 대다수에게 더는 참을 수 없는 한계선이 되어주었다. 그동안 학생들은 지앙 사부가 언제 나타날지 모른다는 기대감을 품고 간헐적으로 정원에 갔었다. 그러나 마약 정원에 앉아 아무리 기다려도

오지 않는 스승을 기다리는 일과 얼어붙는 추위 속에서 기다리는 일은 완전히 달랐다.

학기가 시작된 후 몇 달이 지나도록 지앙 사부는 전승학 수업 시간에 한 번도 나타나지 않았다. 학생들은 가끔 지앙 사부가 학당에서 이해할 수 없는 무례한 짓을 하는 걸 목격하곤 했다. 그는 네자의 점심 식판을 탁 쳐서 떨어뜨려놓고 휘파람만 불며 가버렸고, 비둘기처럼 구구 소리를 내며 키테이의 머리를 쓰다듬거나, 원예용 큰 가위로 벤카의 머리를 자르려고 하기도 했다.

학생들이 전승학 수업에 관해 물어보려고 붙잡기라도 하면 지앙 사부는 팔꿈치에 입을 대고 커다란 방귀 소리를 흉내 내고 달아나버렸다.

✳

린은 혼자서 계속 전승학 정원에 찾아갔는데, 혼자 훈련하기에 좋아서였다. 1학년들은 이제 지앙 사부에게 화가 나서 그 정원에 얼씬도 하지 않았기 때문에 린 혼자 정원을 차지할 수 있었다.

린은 시진의 무술 지침서를 들고 서투르게 연습하는 모습을 아무에게도 들키지 않아서 좋았다. 기초는 별 어려움 없이 따라 했지만, 두 번째 단계는 극악무도하게 어려웠다.

시진은 발이 재빠르게 엇갈리는 동작을 좋아했다. 그런데 책속 그림들이 기대에 어긋났다. 그림 속 예시의 발이 그림마다 완전히 다른 각도로 그려져 있었다. 시진은 무술가가 어떤 거북한 자세에서도 스스로 빠져나올 수 있다면 아무리 넘어지기 직전이라도 다시 완벽한 균형을 잡을 수 있고, 그리하여 대다수 전투 형세에서 유리할 것이라 썼다.

이론적으로는 훌륭한 말이었다. 실전에서는 수없이 넘어진다는 뜻이었다.

시진은 높고 평평한 지대에서 첫 번째 자세를 연습하라고 권했다. 굵은 나뭇가지 위나 담장 위에서 하면 좋다고 했다. 린의 머릿속에는 하지 말라는 경고가 들렸지만, 린은 어느새 정원에 큰 가지를 드리운 커다란 버드나무 한가운데에 올라가 머뭇거리며 나무껍질에 발을 디디고 섰다.

학기 내내 지앙 사부가 자리를 비웠는데도 정원 안은 나무랄 데 없이 잘 가꿔져 있었다. 식물의 색깔은 만화경처럼 현란했고, 색 배치가 티카니 홍등가의 외부 장식과 비슷했다. 추운 날씨에도 보라색과 주홍색 양귀비꽃이 활짝 피었고 잎은 작은 대열을 이루게 다듬어져 있었다. 토분에는 검은색과 황토색으로 기이한 문양이 그려졌다. 선반 아래에는 형광색 버섯들이 요정의 등불처럼 희미하게 심란한 빛을 발하고 있었다.

아편 중독자라면 여기서 며칠이라도 보낼 수 있겠다고 린은 생각했다. 그리고 혹시 이 모든 게 지앙 사부가 한 일은 아닐까 궁금했다.

린은 버드나무 위에 아슬아슬하게 자세를 잡고 모진 바람에 맞서 똑바로 서려고 애쓰며 한 손에 책을 들고 지시사항을 소리 내어 중얼거리며 자세를 잡았다.

"오른발을 내밀어 똑바로 앞으로. 왼발을 뒤로, 오른발과 직선이 되게 반듯이. 몸무게를 앞으로 옮기고, 왼발을 들어 올려…."

시진이 왜 이 자세가 균형 잡기에 좋은 연습 방법이라고 했는지 알 수 있었다. 또 시진이 왜 혼자서 연습하지 말라고 강력히 권고했는지도 알 수 있었다. 몇 번이나 위태롭게 휘청거렸고, 심장이 멎을 것처럼 미친 듯이 풍차 돌기를 몇 초 한 다음에야 겨우 다시 균형을 잡을 수 있었다. '침착해. 집중해. 오른발을 위로 들고, 빙 돌려서….'

그때 지앙 사부가 '문지기의 손길'을 큰 소리로 휘파람 불며 모퉁이를 돌아 걸어왔다.

린의 오른발이 미끄러졌다. 가지 끝에서 아슬아슬하게 흔들리다가 책부터 떨어뜨렸다. 왼쪽 발목이 나뭇가지가 둘로 갈라지는 틈새에 걸리지 않았다면 린은 곧장 돌바닥으로 곤두박질쳤을 것이다.

얼굴이 돌바닥에서 겨우 몇 센티미터 떨어진 곳에서 멈추었고, 거꾸로 매달린 채 큰 소리로 안도의 한숨을 내쉬었다.

지앙 사부가 조용히 린을 내려다보았다. 린도 지앙 사부를 마주 보았다. 관자놀이 쪽으로 피가 쏠려 머리가 지끈거렸다. 지앙 사부가 불렀던 노래의 마지막 소절이 미친 듯이 울부짖는 겨울바람 속으로 희미하게 사라졌다.

"안녕." 마침내 지앙 사부가 말했다. 그의 목소리는 태도와 잘 어울렸다. 차분하고 초연하고 한가로운 호기심을 담고 있었다. 이런 상황이 아니었다면 달래는 목소리로 들렸을 것이다.

린은 몸을 위로 끌어당기려고 볼썽사납게 몸부림쳤다.

"괜찮냐?" 지앙 사부가 물었다.

"꼼짝도 못 하겠어요." 그녀가 웅얼거렸다.

"음. 그래 보이는구나."

그는 분명히 린을 도와주지 않을 것이다. 린은 발목을 꿈틀거려 나뭇가지 틈새에서 빠져나와 지앙 사부의 발치에 엉덩방아를 찧으며 떨어졌다. 빨갛게 달아오른 뺨으로 비틀거리며 자리에서 일어나 도복에 묻은 눈을 털어냈다.

"우아하구나." 지앙 사부가 평했다.

그는 고개를 왼쪽으로 깊숙이 기울인 채 특별히 매혹적인 표본을 보듯이 린을 골똘히 살폈다. 가까이서 보니 지앙 사부는 린이 처음 생각했을 때보다 훨씬 더 기이해 보였다. 그의 얼굴은 하나의 수수께끼였다. 세월의 주름이 지지도 않았고 젊음의 홍조도 보이지 않았다. 매끄러운 돌처럼 시간의 흔적이 조금도 새겨져 있지 않았다. 눈빛은 연한 파란색이었는데, 제국에서 한 번도 본 적이 없는 색깔이었다.

"너 좀 대범하구나?" 그는 애써 웃음을 눌러 참는 것 같았다. "가끔 나무에 거꾸로 매달리느냐?"

"사부님 때문에 놀라서 그랬습니다."

"흠." 그는 어린아이처럼 볼 가득 공기를 채우고 물었다. "그러고 보니 이르자가 총애하는 아이로구나."

린의 뺨이 붉게 달아올랐다. "저는… 그러니까, 제 말은, 아닙…."

"그렇다." 그는 턱을 긁다가 땅바닥에서 린이 떨어뜨린 책을 주워 가벼운 호기심으로 책장을 훌훌 넘겨보았다. "가무잡잡한 얼굴의 농촌 출신 신동. 이르자가 네 칭찬을 멈추지 못하더라."

린은 어떻게 해야 좋을지 몰라서 괜히 발을 이리저리 움직였다. 지앙 사부의 말은 칭찬일까? 고맙다고 말해야 하는 걸까? 괜히 귀 뒤로 머리카락을 넘겼다. "음…."

"부끄러운 척하지 마라. 그냥 좋아하면 된다." 지앙 사부가 책을 다시 내려놓고 린을 쳐다보았다. "시진의 책을 가지고 뭘 하고 있느냐?"

"도서관에서 찾았습니다."

"그럼 어서 돌려놓아라. 그러면 안 되느니라. 어리석구나."

린이 혼란스러워하자 지앙 사부가 설명했다. "준은 적어도 2학년 때까지는 시진의 무술서를 분명히 금지했다."

린은 처음 듣는 규율이었다. 그래서 그 문하생이 이 책을 도서관 밖으로 가져가지 못하게 했구나. "준 사부님이 저를 수업에서 쫓아냈습니다. 그래서 저는 그런 규율을 듣지 못했습니다."

"준이 너를 수업에서 쫓아냈다고?" 지앙 사부가 천천히 되풀이했다. 린은 그가 놀리는 건지 아닌지 구별할 수가 없었다. "대체 네가 준에게 무슨 짓을 했기에?"

"대련 중에 다른 학생과 싸웠습니다. 싸움은 걔가 먼저 시작했고요." 린은 재빨리 덧붙였다. "그 학생 말입니다."

지앙 사부는 린의 말을 인상적으로 들은 것 같았다. "어리석고 또 조급하기도 하구나."

지앙 사부의 시선이 린의 뒤쪽 선반 위 식물들 쪽으로 옮겨갔다. 그는 린의 뒤로 돌아가 양귀비꽃 한 송이에 코를 대고 시험 삼아 냄새를 맡았다. 그리고 얼굴을 찌푸렸다. 깊숙한 옷 주머니를 뒤져 가위를 하나 꺼내더니 줄기를 자르고 잘린 끝 부분을 정원 구석 더미에 던졌다.

린은 문 쪽으로 슬그머니 움직이기 시작했다. 지금 정원을 나간다면 어쩌면 지앙 사부는 시진의 책에 대해 잊을지도 모른다. "여기 들어오는 게 잘못이라면, 죄송합니다."

"아니, 너는 전혀 죄송하지 않다. 그저 내가 네 연습 시간을 방해해서 짜증이 났고, 내가 그 훔친 책을 입에 올리지 않고 어서 빨리 나가주기만을 기다리고 있다." 지앙 사부는 또 다른 양귀비

꽃 줄기를 잘랐다. "너도 네가 아주 대담한 아이란 걸 알지? 준의 수업에서 쫓겨나놓고서 혼자서 시진을 배울 생각을 하다니 말이다."

지앙 사부가 짧게 씨근거리는 소리를 냈다. 한참이 지나서야 린은 그가 웃고 있다는 걸 깨달았다.

"뭐가 그렇게 우습습니까?" 린이 물었다. "사부님이 저를 고발할 생각이라면 저 역시 말하고 싶은 게 있…."

"아니, 나는 너를 고발하지 않을 것이다. 그게 무슨 재미가 있겠느냐?" 그는 여전히 껄껄 웃었다. "정말로 책을 보면서 시진을 배울 생각이었느냐? 혹시 죽기를 소망하느냐?"

"그렇게 어렵지 않습니다." 린이 방어적으로 말했다. "그림을 따라 해봤을 뿐입니다."

지앙 사부는 린 쪽을 돌아보았다. 믿을 수 없을 만큼 재미있다는 얼굴이었다. 그는 익숙한 손길로 책장을 훌훌 넘기다가 첫 번째 자세를 설명하는 부분에서 멈추었다. 그는 린에게 책을 내밀며 말했다. "자, 이걸 해봐라."

린은 시키는 대로 했다.

동작이 계속 바뀌고 발끝을 많이 옮겨야 하는 까다로운 자세였다. 린은 눈을 질끈 감고 움직였다. 형광색으로 빛나는 버섯들과 기괴하게 뻗어가는 선인장을 보고는 집중할 수가 없었다.

린이 눈을 떴을 때 지앙 사부는 웃음을 그쳤다.

"너는 조금도 시진을 배울 준비가 되어 있지 않다." 지앙 사부가 말했다. 그는 한 손으로 책을 탁 덮었다. "준이 옳았다. 네 수준으로는 이 책에 손도 대면 안 된다."

린은 파도처럼 몰려오는 두려움과 싸웠다. 시진의 책조차 마음대로 사용할 수 없다면 당장 티카니로 떠나는 게 나을 것이다. 이 책의 절반만큼 유용하거나 자세한 책을 찾지 못했다.

"동물을 바탕으로 한 기본 동작이라면 네게 도움이 될지 모르겠다." 지앙 사부가 계속 말했다. "인멘의 기법이다. 인멘은 시진의 계승자다. 혹시 들어본 적이 있느냐?"

린은 혼란스럽게 지앙 사부를 쳐다보았다. "찾아본 적은 있습니다. 두루마리 문서가 완전하지 않았습니다."

"당연히 문서를 보고 배울 수는 없다." 지앙 사부가 초조하게 말했다. "그 문제는 내일 수업 시간에 논의하기로 하자."

"수업이라고요? 사부님은 한 학기 내내 여기 오시지도 않았잖아요!"

지앙 사부가 어깨를 으쓱했다. "특별히 흥미로운 점을 발견하지 못한 1학년들을 데리고 굳이 수업할 필요가 있겠느냐?"

린은 사부로서 무책임한 자세라고 생각했지만, 지앙 사부가 계속 말하기를 원했다. 그는 여기서 드물게 명석한 모습을 보였고 그녀 혼자서는 배울 수 없는 무술을 가르쳐주겠다고 제안하고 있었다. 린이 혹여 말을 잘못했다가 지앙 사부가 놀란 토끼처럼 달아나버릴까 봐 반쯤 두려웠다.

"그럼 저는 흥미롭습니까?" 린이 천천히 물었다.

"너는 걸어 다니는 골칫덩이다." 지앙 사부가 무뚝뚝하게 말했다. "너는 신비로운 기법들을 부상을 피할 수 없는 방법으로 훈련하고 있다. 절대 회복될 수 없는 그런 부상 말이다. 시진의 문헌을 심하게 오해하는 바람에 아예 새로운 형태의 무술을 창시한 수준이다."

린이 얼굴을 험악하게 찌푸렸다. "그러면 사부님은 왜 저를 도와주시려는 겁니까?"

"일단은 준을 괴롭히려고." 지앙 사부가 턱을 긁었다. "나는 그자가 싫거든. 지난주에 그자가 나를 해고하라는 탄원서를 냈다는 거 아느냐?"

린으로선 준 사부가 진작에 탄원서를 내지 않았다는 사실이 더 놀라웠다.

"게다가 너처럼 고집 센 사람은 관심을 받을 자격이 있지. 주변 사람들에게 걸어 다니는 폭탄 덩어리가 되지 않게 막기 위해서라도 말이다." 지앙 사부가 계속 말했다. "그래도, 네 발놀림은 정말 뛰어나구나."

린의 얼굴이 붉어졌다. "정말입니까?"

"자세가 완벽해. 각도가 아름답다." 그는 고개를 뻣뻣하게 세웠다. "물론 네가 하는 일은 전부 쓸모가 없다."

린은 얼굴을 험악하게 찡그렸다. "사부님이 절 가르쳐주지 않으시겠다면…."

"난 그런 말 한 적 없다. 너는 오직 책만 보고도 썩 잘해냈다." 지앙 사부가 인정했다. "수많은 문하생이 해낸 것보다 더 잘해냈어. 문제는 상체의 힘이다. 다시 말하건대, 상체에 힘이 하나도 없다." 그가 린의 손목을 붙잡더니 인형을 살펴보는 것처럼 팔을 위쪽으로 들어 올렸다. "너무 말랐어. 농사일을 거들거나 하지 않았느냐?"

"남쪽 출신이라고 전부 농부는 아닙니다." 린이 딱 잘라 말했다. "저는 점원이었습니다."

"흠. 그렇다면 힘쓰는 노동은 해보지 않았겠구나. 응석받이였군. 쓸모없다."

린은 가슴 앞쪽으로 팔짱을 꼈다. "저는 '응석받이'가 아니었습니다."

"알았다. 알았어." 그는 손을 들어 린의 말을 잘랐다. "그건 중요하지 않다. 중요한 것은 말이다, 이 세상 모든 기법은 충분한 힘이 뒷받침하지 않으면 아무 소용이 없다. 너에겐 시진이 필요하지 않다, 꼬마야. 너는 기가 필요하다. 근육이 필요해."

"그럼 뭘 하면 됩니까? 체조를 하면 됩니까?"

지앙 사부는 한동안 가만히 서서 곰곰이 생각에 잠겼다. 이윽고 그가 환하게 웃었다. "아니다. 내게 더 좋은 생각이 있다. 내일 수업 시간에 학당 정문으로 나오너라."

린이 뭐라고 대답하기도 전에 지앙 사부는 성큼성큼 걸어 정원 밖으로 나갔다.

✳

"우와." 라반이 젓가락을 내려놓았다. "지앙 사부가 널 좋아하는 게 틀림없어."

"저더러 어리석고 조급하다고 했어요." 린이 말했다. "그러더니 수업에 늦지 말라고 했고요."

"분명히 널 좋아해." 라반이 말했다. "지앙 사부는 우리 학년 누구에게도 좋은 말을 해준 적이 없어. 주로 자기 수선화에 손대지 말라고 소리나 질렀지. 쿠릴한테는 땋은 머리채가 점점 자라는 뱀 같다고 했어."

"난 지앙 사부가 지난주에 막걸리를 마시고 취해서 준 사부 방 창문에 오줌을 쌌다는 소문을 들었어." 키테이가 끼어들었다. "굉장한 사람인가 봐."

"지앙 사부는 여기에 온 지 얼마나 되었어요?" 린이 물었다. 전승학 사부는 놀랍도록 젊어 보였고 나이도 준 사부의 절반으로밖에 보이지 않았다. 린은 다른 사부들이 자기보다 분명히 어린 사람이 그토록 약 오르는 행동을 하는데도 참아준다는 사실을 믿을 수가 없었다.

"확실히는 몰라. 내가 1학년 때도 여기 있었지만, 그건 별 의미가 없지. 지앙 사부가 20년 전 '밤의 성'에서 왔다는 말을 예전에 들은 적이 있어."

"밤의 성이라면, 지앙 사부가 '사이크' 부대 출신이에요?"

제국군의 여러 사단 가운데 오직 사이크 부대만이 악명이 높았다. 그들은 무당산맥 깊숙한 곳에 있는 밤의 성에 숨어 지내는 사단이었다. 황제를 위해 암살을 수행하는 것이 그들의 유일한 임무였다. 사이크 사단은 명예 없이 싸웠다. 어떤 규율도 존중하지 않았고, 잔혹하기로 악명 높았다. 어둠 속에서 작전을 수행했고, 황제를 위해 더러운 임무를 도맡았으며, 이후 어떠한 인정도 받지 않았다. 문하생 대부분은 사이크 사단에 들어가느니 차라리 병역의무를 그만두는 편을 택할 것이다.

린으로선 별스러운 전승학 사부의 모습과 비정한 암살자의 모습을 겹쳐 생각할 수가 없었다.

"뭐, 소문일 뿐이야. 사부들은 하나같이 지앙 사부 이야기는 하지 않으려고 해. 지앙 사부는 시네가드 학당에서 당혹스러운 존재로 취급받는다는 느낌이 들어." 라반이 뒤통수를 문지르며 말했다. "하지만 문하생들은 원래 이러쿵저러쿵하는 소문을 좋아하잖아. 학년마다 '지앙은 누구인가?' 수수께끼 놀이를 해. 우리 학년은 지앙 사부가 홍선유랑단의 설립자라고 굳게 믿었어.

하지만 사실이 하도 여러 차례 뒤집혀서 지금 우리가 확실히 아는 거라곤 그 사람에 대해 절대적으로 아무것도 모른다는 사실 하나뿐이야."

"전에는 지앙 사부의 문하생이 있었겠죠?" 린이 물었다.

"지앙 사부는 전승학 사부잖아." 라반은 어린아이에게 말하듯 천천히 말했다. "전승학을 공부하겠다고 나서는 학생은 아무도 없어."

"지앙 사부가 학생을 받아주지 않나요?"

"전승학 자체가 한마디로 터무니없는 농담에 불과하니까." 라반이 말했다. "시네가드 학당의 다른 과목은 전부 정부의 직책이나 제국군 사령부에 들어갈 준비를 시키잖아. 하지만 전승학은… 모르겠다. 전승학은 좀 이상해. 원래 힌터랜드인에 관한 학문이었어. 그들의 주술 의식에 어떤 실체가 있는지 살펴보려는 학문이었지. 하지만 다들 금세 흥미를 잃고 말아. 임 사부와 손넨 사부가 지마 대사부에게 전승학 수업을 없애자고 탄원을 냈다는 소리를 들었지만, 매년 수업이 개설되지. 왜 그런지는 확실히 모르겠어."

"옛날에는 분명히 전승학 문하생이 있었겠죠." 키테이가 말했다. "그 사람들은 뭐라고 해요?"

라반은 어깨를 으쓱했다. "전승학은 신생 과목이야. 다른 과목은 붉은 황제가 학당을 설립하면서부터 가르쳐왔지만, 전승학은 생긴 지 20년 정도밖에 안 되었어. 그리고 그 세월 동안 학당에 계속 남은 사람도 없고. 2년 전 애송이 몇 명이 미끼를 물었지만, 웬일인지 시네가드를 그만두었고 그 후 소식도 없어. 지금은 제정신이라면 누구도 전승학을 선택하지 않아. 알탄은 예외였지만, 알탄이 무슨 생각을 하고 사는지 아는 사람은 한 명도 없으니까."

"알탄은 병법 문하생인 줄 알았는데요?" 키테이가 말했다.

"알탄은 원하는 과목이라면 뭐든 선택할 수 있었어. 무슨 이유인지 알탄은 전승학을 선택했는데, 마지막에 지앙 사부가 마음을 바꾸는 바람에 대신 이르자 사부에게 가야 했어."

린에게는 새로운 소식이었다. "그런 일이 종종 일어나나요? 학생이 사부를 선택하는 일 말이에요."

"아주 드문 일이지. 우리 대부분은 선택권이 하나만 있어도 다행이잖아. 특별히 인상적인 학생이나 선택권을 두 개 받지."

"알탄은 선택권이 몇 개나 되었어요?"

"여섯 개. 전승학까지 포함하면 일곱 개였지. 하지만 지앙 사부가 마지막 순간에 자기 선택권을 철회했어." 라반은 뭔가 알겠다는 표정을 지으며 린을 보았다. "그런데 너 왜 그렇게 알탄이 궁금한 거야?"

"그냥요." 린이 재빨리 말했다.

"붉은 눈동자의 영웅에게 호감이라도 생긴 거야? 그런 사람이 네가 처음은 아닐 거다." 라반이 씩 웃었다. "하지만 조심해. 알탄은 자기 추종자들에게 별로 다정하지 않으니까."

"그는 어떤 사람이에요?" 린은 어쩔 수 없이 묻고 말았다. "인간적으로 말이에요."

라반이 어깨를 으쓱하며 말했다. "신입생 시절 이후로는 같이 수업을 들은 적이 없어서 잘 몰라. 아마 실제로 그를 잘 아는 사람은 없을 거야. 주로 혼자 지내니까. 말수가 없어. 훈련도 혼자 하고 친구도 없어."

"내가 아는 누구랑 비슷하네." 키테이가 팔꿈치로 린을 슬쩍 찔렀다.

린이 발끈했다. "닥쳐. 나는 친구들이 있어."

"친구가 '한 명' 있지." 키테이가 말했다. "딱 한 명."

린이 키테이의 팔을 밀어냈다. "하지만 알탄은 정말 뛰어나잖아요." 린이 말했다. "모든 일에 뛰어나죠. 다들 그를 흠모해요."

라반이 어깨를 으쓱했다. "알탄은 여기 학당에서 일종의 신이야. 그렇다고 그가 행복하다는 뜻은 아니지."

✷

대화가 알탄에 관한 것으로 빠지면서 린은 지앙 사부에 관해 물으려던 질문을 절반이나 잊어버렸다. 린과 키테이는 저녁 쉬는 시간이 끝날 때까지 라반을 붙잡고 알탄에 관한 일화를 캐물었다. 그날 밤 린은 쿠릴과 아르다에게 지앙 사부에 관해 물어보려고 했지만, 두 사람 다 실제적인 것은 전혀 몰랐다.

"가끔 의무실에서 지앙 사부를 볼 때가 있어." 아르다가 말했다. "엔로 사부가 지앙 사부를 위해 개별 병실을 마련해두었거든. 거기 두 달에 한 번씩 하루나 이틀 머물렀다가 떠나곤 해. 어쩌면 어디가 아플지도 모르지. 아니면 그냥 소독약 냄새를 좋아하거나. 나는 잘 몰라. 엔로 사부는 언젠가 지앙 사부가 약물 연기를 흡입해 취하려는 걸 목격한 적도 있어."

"준 사부는 지앙 사부를 아주 싫어해." 쿠릴이 말했다. "이유야 어렵지 않게 짐작할 수 있지. 어떤 사부가 그처럼 행동한다니? 특히 시네가드 학당에서?" 쿠릴의 얼굴이 불만으로 일그러졌다. "나는 지앙 사부가 시네가드 학당의 수치라고 생각해. 그런데 왜 물어보는 건데?"

"딱히 이유는 없어요." 린이 말했다. "그냥 궁금해서요."

쿠릴이 어깨를 으쓱했다. "학년마다 처음에는 전승학 과목에 아주 홀딱 반해. 다들 지앙 사부에게 뭔가 더 있는 줄 알지. 전승학은 진짜 배울 가치가 있을 거라고. 하지만 아무것도 없어. 지앙 사부는 그저 웃기는 사람일 뿐이야. 너, 시간 낭비하는 거야."

그러나 전승학 사부는 실재했다. 지앙 사부는 여기저기 돌아다니며 다른 사부들의 짜증을 돋우는 게 하는 일의 전부일지 몰라도, 분명히 학당의 교수진이었다. 다른 사람이었다면 지앙 사부처럼 규칙적으로 준 사부를 약 올리고 무사히 빠져나갈 수 없었을 것이다. 지앙 사부는 굳이 수업도 하지 않으면서 여기 시네가드에서 무슨 일을 하는 걸까?

✳

린은 다음 날 오후 학당 정문에서 지앙 사부가 기다리고 있는 것을 보고 살짝 놀랐다. 그가 약속을 잊었을 줄 알았다. 린은 어디로 갈 예정인지 물었지만, 지앙 사부는 그저 따라오라고 손짓했다.

린은 분명한 설명도 듣지 못하고 지앙 사부에게 여기저기 끌려다니는 일에 익숙해져야겠다고 생각했다.

오솔길을 내려가자마자 준 사부와 마주쳤다. 그는 문하생 무리와 함께 시내 순찰을 하고 돌아오는 길이었다.

"아. 얼간이와 시골뜨기로군." 준 사부가 천천히 걸음을 멈추었다. 문하생들은 이런 식의 대화를 간간이 목격한 적이 있는지 조금 경계하는 것 같았다. "이렇게 화창한 오후에 어딜 가시나?"

"남의 일에 참견하지 마시게, 준 사부." 지앙 사부가 경쾌하게 말했다. 그는 준 사부의 옆으로 돌아서 가려고 했지만 준 사부가 길을 막아섰다.

"사부가 학생을 딱 한 명만 데리고 학당 밖으로 나서다니. 사람들이 뭐라고 수군거릴지 궁금하군." 준 사부가 눈을 가름하게 뜨고 말했다.

"계급과 신분이 훌륭한 사부라면 여학생들하고 시시덕거리는 것보다는 나은 일을 할 수도 있을 텐데, 라고 수군거리겠지." 지앙 사부는 준 사부의 문하생들을 똑바로 바라보며 쾌활하게 대꾸했다. 쿠릴은 울컥 분개한 것 같았다.

준 사부가 얼굴을 찌푸렸다. "저 애는 학당 경내를 떠나도 좋다는 허가를 받지 않았어. 지마 대사부에게 문서로 된 승인서를 받아야 해."

지앙 사부가 오른팔을 쭉 뻗더니 소매를 팔꿈치까지 걷어 올렸다. 린은 처음에 지앙 사부가 준 사부를 한 대 치려는 줄 알았다. 그러나 지앙 사부는 팔꿈치를 제 입으로 가져가 커다랗게 방귀 소리를 흉내 냈다.

"그건 문서로 된 승인서가 아니지 않나." 준 사부는 별 감흥이 없는 것 같았다. 린이 보기엔 준 사부가 전에도 이런 장면을 무수히 목격했을 것이다.

"나는 전승학 사부야." 지앙 사부가 말했다. "그만큼 특권이 있지."

"절대로 수업을 하지 않는 특권 말인가?"

지앙 사부가 턱을 치켜들고 거드름을 피우며 말했다. "나는 이 아이의 학급에 실망감이라는 압도적인 감정을 가르쳐주었고,

그들이 생각하는 것만큼 자신이 그렇게 중요한 존재가 아니라는 훨씬 더 중요한 교훈도 가르쳐줬다네."

"자넨 이 아이의 학급에 전승학은 모든 학년에게 그저 농담에 불과하고 전승학 사부는 천하에 무능한 바보천치라고 가르쳤지."

"그럼 지마 대사부에게 날 해고하라고 말하든가." 지앙 사부가 눈썹을 꿈틀거렸다. "이미 시도했다는 것도 알고 있네만."

준 사부가 영원히 고통받는 표정을 지으며 하늘을 쳐다보았다. 린은 이 모습이 몇 년간 일어났던 입씨름의 작은 일부분에 불과하겠다고 생각했다.

"이 일을 지마 대사부에게 고하겠네." 준 사부가 경고했다.

"지마 대사부는 이런 일에 허비할 시간이 없어. 저녁 시간에 맞게 린을 데려다 놓기만 하면 지마 대사부도 신경 쓰지 않을 거야. 그러니 그만 길을 비켜주게나."

지앙 사부가 손가락을 탁 튕기며 린에게 따라오라고 손짓했다. 린은 이를 악물고 지앙 사부를 따라 오솔길을 내려갔다.

✳

"준 사부님은 사부님을 왜 그렇게 미워합니까?" 도시를 향해 산길을 내려가면서 린이 물었다.

지앙 사부가 어깨를 으쓱했다. "2차 양귀비 전쟁 당시 내가 준의 부하들을 반이나 죽였다고들 하더라. 그것 때문에 여전히 내게 앙심을 품고 있다고."

"사실입니까?" 린은 물어볼 의무가 있다고 느꼈다.

그는 다시 어깨를 으쓱했다. "눈곱만큼의 증거도 없다."

린은 이 말에 어떻게 대답해야 할지 몰랐고 지앙 사부도 더는 자세히 설명하지 않았다.

"네 학급에 대해서나 말해봐라." 잠시 후 지앙 사부가 말했다. "여전히 번드르르한 도련님들 무리냐?"

"저는 급우들을 잘 모릅니다." 린이 솔직히 인정했다. "그들은 전부… 그러니까, 제 말은….'"

"너보다 더 똑똑하다고? 훈련을 더 잘 받았다고? 너보다 더 중요한 인물이고?"

"네자는 용의 군벌 아들입니다." 린은 무심코 말했다. "제가 어떻게 그런 자와 경쟁할 수 있겠습니까? 벤카의 아버지는 재무대신입니다. 키테이 아버지는 국방대신인가, 뭐 그런 사람이고요. 니앙의 가문은 대대로 토끼 군벌의 의사입니다."

지앙 사부가 코웃음을 쳤다. "전형적이군."

"전형적이라고요?"

"시네가드는 가능하면 군벌의 자식을 많이 끌어모으고 싶어 한다. 그들을 제국의 눈길 아래 두고 주의 깊게 살피려는 게지."

"왜요?" 린이 물었다.

"영향력을 행사하고 세뇌도 시키고. 지금 세대의 군벌은 서로 너무 미워해서 국가적으로 중요한 일에 협력하지 않으려고 든 다. 제국의 관료들은 군벌을 강제하기에는 지방에 대한 권위가 너무 없어. 제국해군만 봐도 그렇지."

"우리에게 해군이 있었어요?" 린이 물었다.

"이거 봐라." 지앙 사부가 코웃음을 쳤다. "한때 있었지. 어쨌든, 수다지 황제는 시네가드가 서로 협력하고 어울리는 지도자 세대를 양성해주길 바란다. 더 좋기로는 황제에게 충성하는 지도자를 원하지."

"나 같은 애는 황제에게 금광이나 마찬가지겠네…." 린이 중얼거렸다.

지앙 사부가 린을 보고 씩 웃었다. "왜, 제국의 훌륭한 병사가 되지 못할 것 같으냐?"

"될 것입니다." 린이 서둘러 말했다. "다만 제 급우들이 대부분 저를 별로 좋아하지 않습니다. 앞으로도 영영 좋아하지 않을 것 같고요."

"그야 네가 '얼' 발음도 제대로 못하는 까무잡잡한 농부의 자식이기 때문이지." 지앙 사부가 쾌활하게 말했다. 그는 좁은 골목으로 꺾어 들어갔다. "이쪽이다."

지앙 사부는 린을 푸줏간 거리로 이끌었다. 거리는 좁고 붐볐으며 피 냄새가 자욱했다. 린은 구역질을 참으며 손으로 코를 감싸 쥐고 걸어갔다. 가게마다 너무 가까이 붙어 있어서 구불구불한 골목길에 푸줏간들이 비뚤배뚤 솟은 이빨처럼 서로 포개져 있다시피 했다. 한 20분 정도 길을 돌고 꺾고 하다가 두 사람은 거리 끝의 작은 판잣집에 도착했다. 지앙 사부가 삐걱거리는 허술한 나무문을 세 번 두드렸다.

"누구야?" 안에서 날카로운 목소리가 들렸다. 린은 깜짝 놀랐다.

"접니다." 지앙 사부는 당황하지 않고 대답했다. "넓고 넓은 이 세상에서 당신이 가장 좋아하는 사람 말이오."

안에서 금속이 부딪치는 소리가 들리더니 잠시 후 쭈글쭈글한 주름투성이 노부인이 자주색 옷을 입고 문을 열었다. 부인은 짤막하게 고개를 끄떡하고 지앙 사부를 맞이했지만 곧 의심스러운 눈초리로 린을 바라보았다.

"마웅 부인이시다." 지앙 사부가 소개했다. "나한테 이런저런 것들을 파는 분이지."

"마약." 마웅 부인이 분명히 말했다. "나는 이자에게 마약을 판다."

"인삼이랑 약초 뿌리, 뭐 이런 걸 말하는 거다." 지앙 사부가 말했다. "내 건강을 위해서 말이지."

마웅 부인이 어처구니가 없다는 듯이 눈을 흘겼다.

린은 매혹당한 사람처럼 두 사람의 대화를 지켜보았다.

"마웅 부인에게 문제가 하나 있다는구나." 지앙 사부가 경쾌하게 말했다.

마웅 부인이 목청을 가다듬더니 지앙 사부가 서 있는 곳 바로 옆 흙바닥에 두툼한 가래 덩어리를 뱉었다. "나한테 문제 따윈 없어. 또 무슨 개수작을 부리려고 문제를 꾸며내고 있겠지."

"뭐, 어쨌든." 지앙 사부는 계속 한가한 미소를 지으며 말했다. "마웅 부인이 감사하게도 네가 부인의 문제를 해결할 수 있게 허락하셨다. 부인, 그 짐승을 가져다주시겠소?"

마웅 부인이 가게 뒤쪽으로 사라졌다. 지앙 사부가 린에게 안으로 따라 들어오라고 손짓했다. 벽 뒤에서 꽥꽥거리는 큰 소리가 들렸다. 잠시 후 마웅 부인이 양팔에 몸부림치는 동물 하나를 안고 돌아왔다. 부인이 탁자 위에 동물을 내려놓았다.

"돼지로구나." 지앙 사부가 말했다.

"돼지네요." 린이 동의했다.

돼지는 아주 작았다. 몸길이가 린의 팔뚝보다 더 길지도 않았다. 분홍색 피부에 검은 점이 있었다. 이상하게도 귀여웠다.

린이 돼지 귀 뒤쪽을 긁어주자 돼지는 사랑스럽게 린의 팔뚝에 코를 들이댔다.

"난 이 녀석 이름을 '손자'라고 지었다." 지앙 사부가 행복하게 말했다.

마웅 부인은 지앙 사부가 어서 빨리 나가주기만 바라는 사람처럼 보였다.

지앙 사부가 서둘러 설명했다. "마웅 부인은 손자에게 매일 물을 먹여야 한다. 문제는 손자 녀석이 아주 특별한 물만 먹는다는 거다."

"손자는 시궁창 물도 잘만 먹어." 마웅 부인이 말했다. "훈련을 시키려고 괜히 말을 꾸며내는 거잖아."

"저기, 미리 연습했던 대로 하면 안 될까요?" 지앙 사부가 부인에게 말했다. 린은 지앙 사부가 솔직한 마음을 말하는 것을 이때 처음 보았다. "부인이 지금 분위기를 와장창 깨고 있잖아요."

"분위기 와장창은 네놈이 종종 듣는 소리 아니고?" 마웅 부인이 물었다.

지앙 사부는 코웃음을 치더니 웃긴다는 표정으로 린의 등을 툭툭 쳤다. "자, 상황은 이러하다. 마웅 부인은 손자에게 아주 특별한 물을 먹여야 한다. 다행히 산꼭대기 개울에 가면 그 신선하고 수정처럼 맑은 물을 찾을 수 있단다. 문제는 손자를 데리고 산에 올라가야 한다는 건데, 그게 바로 네가 여기 온 이유다."

"농담이시죠?" 린이 말했다.

지앙 사부가 환하게 웃었다. "너는 매일 시내로 달려와 마웅 부인을 찾아와야 한다. 이 사랑스러운 새끼돼지를 안고 산에 올라가 물을 먹여야 한다. 그리고 다시 녀석을 부인에게 데려다주고 학당으로 돌아와라. 알겠느냐?"

"산에 올라갔다 돌아오는 데 2시간이 걸려요!"

"'지금'은 2시간이 걸리겠지." 지앙 사부가 신이 나서 말했다. "이 꼬마 녀석이 자라기 시작하면 점점 더 오래 걸릴 것이다."

"하지만 수업은 어떻게 하고요?" 린이 항의했다.

"일찍 일어나면 되겠네." 지앙 사부가 말했다. "어쨌든 오전에 전투 수업은 없지 않으냐. 잊었느냐? 누가 전투 수업에서 쫓겨났는지?"

"하지만…."

"이런." 지앙 사부가 길게 끌며 말했다. "시네가드에 남는 게 딱히 간절하지 않은 아이가 있는 모양이구나."

마웅 부인이 큰 소리로 콧방귀를 뀌었다.

린은 지앙 사부를 노려보다가 새끼돼지 손자를 품에 안고 고약한 냄새에 코를 찡그리지 않으려고 애썼다.

"앞으로 널 자주 보겠구나." 린이 불퉁거리며 말했다.

손자가 몸부림을 치다가 린의 팔뚝 안쪽에 코를 묻었다.

※

그 후 넉 달 동안 린은 매일 해가 뜨기도 전에 일어나 최대한 빨리 산길을 뛰어 내려가 푸줏간 거리에서 손자를 데려와 등에 업고 산을 뛰어 올라갔다. 일부러 시네가드를 우회해 오래 걸리는 길을 택해서 급우들 누구도 린이 꽥꽥대는 돼지와 함께 달리는 모습을 볼 수 없었다.

린은 종종 의학 수업에 지각했다.

"대체 어디에 있다가 온 거야? 그런데 왜 '돼지' 비슷한 냄새가 나지?" 린이 옆자리에 들어와 앉자 키테이가 코를 찡그렸다.

"돼지를 업고 산에 올라갔다 왔어." 린이 말했다. "어떤 미치광이의 변덕에 맞춰주느라고. 출구도 찾고."

절박한 행동이었지만 그만큼 린에게는 절박한 시기였다. 린은 지금 시네가드의 자리를 지키기 위해 학당의 미치광이에게 의존하고 있었다. 린은 누구도 손자의 냄새를 맡을 수 없게 마웅 부인의 푸줏간에 갔다가 오면 교실 맨 뒤에 앉았다.

원래 다들 린과 거리를 두었기 때문에 맨 뒤에 앉는 게 효과가 있는지 어떤지 확신할 수도 없었다.

✱

지앙 사부는 린에게 돼지를 업고 뛰게 하기 말고 다른 일도 해주었다. 놀랍게도 그는 매일 전승학 수업 시간에 정원에서 린을 기다렸다.

"알다시피 동물을 바탕으로 한 무술은 전투용이 아니었다." 지앙 사부가 말했다. "동물 바탕 무술은 원래 건강과 장수를 위해 고안되었다. 이른바 오금희(伍禽戱)다." 그는 린이 꽤 오래 찾아왔던 인멘의 두루마리 책자를 들어 보였다. "오금희는 사실 혈액순환을 촉진하고 노화를 지연시키려고 고안된 운동이다. 한참 후에야 전투를 위한 무술 자세로 개작되었다."

"그런데 왜 제가 이걸 배워야 합니까?"

"준의 교육과정은 이 오금희를 완전히 건너뛰기 때문이지. 준은 순전히 인간의 신체 역학에 맞게 개조된 싱거운 무술만 가르친다. 너무 많은 걸 생략했어. 군사적인 효율성을 위해 수백 년간 전해 내려온 계통과 정제를 깎아냈다. 준은 버젓한 군사가 될 방법을 가르쳐줄 것이다. 그러나 나는 우주로 가는 열쇠를 보여줄 수 있다." 지앙 사부가 위엄있게 말하고 낮게 드리운 나뭇가지에 엉덩이를 걸치고 앉았다.

지앙 사부의 훈련법은 준 사부의 방법과 완전히 달랐다. 준 사부의 수업에는 분명한 질서가 있었고 기본기부터 고급 기법까지 확실한 전개 과정에 따랐다.

그러나 지앙 사부는 도무지 예측할 수 없는 그 마음에 떠오르는 대로 아무렇게나 가르쳤다. 특별히 흥미롭다고 생각하면 했던 수업을 다시 하기도 했다. 아니면 전혀 그런 수업을 하지 않은 것처럼 굴었다. 때로는 별 자극도 없이 기나긴 설교를 늘어놓기도 했다.

"우주에는 다섯 가지 기본요소가 존재한다. 그런 표정 집어치워라. 그렇게 터무니없는 헛소리가 아니니. 옛 성현들은 모든 물질이 불과 물과 공기와 흙과 쇠로 이루어졌다고 믿었다. 분명 현대 과학은 그렇지 않다는 것을 증명해 보였다. 그러나 에너지의 다양한 형태를 이해하기에는 유용한 방법이다."

"먼저 불에 관해 말해보자. 불은 싸울 때 네 핏속에 생기는 열이고 네 심장을 더 빨리 뛰게 하는 운동에너지다." 지앙 사부가 자기 가슴을 두드리며 말했다. "그리고 물. 너의 근육에서 상대에게로 흐르는, 땅에서 네 허리를 통과해 네 팔로 흘러가는 힘이다. 다음은 공기. 네가 들이마시는 숨결이 너를 살게 한다. 흙. 너는 땅에 뿌리를 박고 살아간다. 바닥을 딛고 섰을 때 땅에서 에너지를 끌어 올린다. 그리고 쇠. 쇠는 네가 휘두르는 무기가 된다. 훌륭한 무술가라면 이 다섯 가지 요소를 균형 있게 활용할 것이다. 각 요소를 똑같은 기술로 통제할 수 있다면 너는 천하무적이 될 것이다."

"제가 그것들을 통제할 수 있게 되었는지 아닌지 어떻게 알 수 있습니까?"

지앙 사부가 귀 뒤쪽을 긁으며 말했다. "아주 좋은 질문이로구나. 솔직히 나도 모른다."

지앙 사부에게 자세히 설명해달라고 요구할 때마다 어쩔 수 없이 화가 솟았다. 그의 대답은 언제나 기이한 말과 터무니없는 표현으로 이루어졌다. 어떤 대답은 며칠 후에야 겨우 이해가 되었고, 어떤 대답은 영영 이해가 되지 않았다. 린이 설명해달라고 부탁하면 그는 주제를 바꿔버렸다. 거꾸로 터무니없는 말을 못 들은 척 넘기면("너는 물 요소의 균형이 깨졌구나!") 왜 더 물어보지 않느냐고 오히려 꼬치꼬치 캐물었다.

그는 이상하게 말했고, 언제나 너무 빠르게 말하거나 아니면 너무 느리게 말했다. 말을 하다 말고 이상한 곳에서 멈추기도 했다. 웃을 때도 두 가지 종류가 있었는데, 하나는 신경질적이고 고음에 억지웃음임이 뻔히 보이게 상태가 나쁜 웃음이었고, 또 하나는 더 크고 깊고 우렁찬 웃음이었다. 린은 첫 번째 웃음을 매일 들어야 했고 두 번째 웃음은 드물었지만 한번 터져 나오면 깜짝 놀랐다. 그는 린과 눈을 거의 마주치지 않았고 늘 두 눈 사이 이마의 어느 한 지점을 보았다.

지앙 사부는 마치 이 세상에 속하지 않은 사람처럼 움직였다. 니칸 사람과 거의 비슷하게 행동했지만 니칸 사람 같지는 않았고, 인간과 비슷한 어떤 존재들의 나라에서 온 것만 같았다. 행동거지 또한 주변 사람들을 흉내 내려는 수고조차 포기해버린 혼란스러운 손님 같았다. 그저 시네가드에 속해 있지 않은 게 아니라 아예 물질세계에 속하지 않아 보였다. 마치 자연 세계의 규칙이 적용되지 않는 사람처럼 행동했다.

어쩌면 정말로 적용되지 않는지도 몰랐다.

✳

어느 날 두 사람은 사부들의 숙소를 지나 학당의 맨 꼭대기 층까지 올라갔다. 이 층에 하나뿐인 건물은 모두 아홉 개의 층으로 이루어진 높고 우아한 목조탑이었다. 린은 탑 안쪽에 가 본 적이 없었다.

몇 달 전 학당 경내 구경 때 시네가드 학당이 오래전 사원 부지에 세워졌다는 말을 들었다. 어쩌면 최고층 탑은 당시 절 건물이었을 것이다. 탑 입구 바깥쪽에 향을 피우기 위한 오래된 돌구덩이가 놓여 있었다. 문 양쪽에는 회전용 막대가 달린 커다란 원통이 하나씩 서있었다. 가까이 다가가자 원통 옆면에 니칸 옛 문자가 새겨져 있는 게 보였다.

"이게 뭐예요?" 린이 아무 생각 없이 원통 하나를 돌려보며 물었다.

"윤장대(輪藏臺)다. 하지만 오늘은 이걸 살펴볼 시간이 없다." 지앙 사부가 린에게 따라오라고 손짓했다. "이쪽이다."

탑 안의 9개 층이 각각 계단으로 연결된 제대로 된 층인 줄 알았는데, 막상 들어와보니 탑 전체가 하나의 텅 빈 원통형 공간이고 곧장 꼭대기로 향하는 나선형 계단이 하나 있을 뿐이었다. 천장에 뚫린 사각형 구멍에서 햇볕이 비쳐 들어와 공중에 떠다니는 먼지 티끌을 비추었다. 계단 옆에는 곰팡내 나는 그림들이 줄줄이 걸렸다. 청소를 안 한 지 수십 년은 된 것 같았다.

"원래 사신상이 서 있던 곳이다." 지앙 사부가 어두운 허공을 가리키며 말했다.

"지금은 어디에 있나요?"

그는 어깨를 으쓱했다. "붉은 황제가 시네가드를 점령했을 때 종교 관련 동상을 전부 철거하고 약탈했다. 대부분 녹여서 장신구로 만들었지. 하지만 그게 중요한 게 아니다." 지앙 사부가 린에게 계단을 올라오라고 손짓했다.

지앙 사부는 올라가면서 설명했다. "니칸 제국의 무술은 동남쪽 출신의 전사 보리달마(菩提達磨)가 전파했다. 보리달마는 세계를 여행하다가 니칸 제국을 발견하고 어느 사원에 가서 입회를 요청했지만, 주지승이 거절했다. 결국, 보리달마는 사원 근처 동굴에 정좌하고 9년간 개미들의 비명 소리에 귀를 기울이며 벽만 보고 살았다."

"'무슨' 소리를 들었다고요?"

"개미들의 비명 소리라고 했잖냐, 루닌. 내 말 잘 들어라."

린은 다시 되풀이할 수 없는 말을 중얼거렸지만, 지앙 사부는 못 들은 척했다.

"전설에 의하면 보리달마가 어찌나 집중해서 바라봤는지 동굴 벽에 구멍이 뚫렸다고 한다. 수도승들은 그의 헌신적인 수행에 깊이 감명을 받아 서로 자기 사원에 입회시켜야 한다고 고집을 부렸단다." 지앙 사부는 검은 피부의 한 전사와 도복을 입은 희미한 사람들 무리를 그린 그림 앞에 멈춰 섰다. "여기 한가운데 있는 게 보리달마다."

"왼쪽 사람은 손목 끝에서 피가 뿜어져 나오고 있어요." 린이 자세히 보며 말했다.

"그래. 전설에 의하면 보리달마의 수행에 몹시 감탄한 한 수도승이 공감의 뜻으로 제 손목을 잘랐다고 한다."

린은 본토와 스피어의 통합을 위해 스스로 목숨을 끊었다는 메이린넨 테르자 여왕의 신화를 떠올렸다. 무술의 역사는 무의미한 희생을 치르는 사람들 이야기로 가득한 것 같았다.

"어쨌든. 사원 수도승들은 보리달마의 말에는 관심을 기울였지만, 늘 앉아서 생활하고 식단이 빈약해 체력이 아주 바닥이었다. 심지어 너보다 더 말라깽이였지. 강독 시간에도 졸기 일쑤였다. 보리달마는 이 성가신 문제를 해결해야겠다고 판단하고, 수도승들의 건강증진을 위해 세 가지 단계로 구성된 운동법을 고안해냈다. 당시 수도승들은 무법자들과 도적무리로부터 지속적인 위협을 받고 있었지만, 종교 규약 때문에 무기 소지가 금지되어 있어서, 무기 없는 호신체계를 완성하기 위해 수많은 운동법을 변형시켰다."

지앙 사부는 다른 그림 앞에서 걸음을 멈추었다. 그림 속 수도승들이 담장 위에 한 줄로 늘어서서 똑같은 자세를 취하고 있었다.

린은 깜짝 놀랐다. "저건⋯."

"그래. 시진의 첫 번째 자세다." 지앙 사부가 인정의 뜻으로 고개를 끄덕였다. "보리달마는 수도승들에게 무술의 목적은 어디까지나 개인의 체력 개선이라고 경고했다. 물론 무술을 잘 사용하면 현명한 지휘관을 길러낼 수 있을 것이다. 안개 너머로 모든 걸 또렷하게 볼 수 있고 신의 뜻을 이해할 수 있는 그런 사람 말이다. 당시 무술의 개념은 순전히 군사적인 도구만을 의미하지는 않았다."

린은 준 사부가 순전히 건강을 위한 운동으로 무술 기법을 가르치는 모습을 상상해보았다. "하지만 무술에도 진화가 이루어져야 했겠죠."

"정확하다." 지앙 사부는 듣고 싶은 질문을 린이 먼저 던져주길 기다리는 것 같았다.

린은 그의 뜻에 따랐다. "그렇다면 무술은 언제부터 집단적인 군사용으로 개조되었나요?"

지앙 사부는 만족스럽게 고개를 끄덕였다. "붉은 황제 시절 직전에 니칸 제국은 북쪽의 기마민족 힌터랜드의 침략을 당했다. 힌터랜드 점령군은 토착민을 통제하기 위해 수많은 억압 제도를 도입했는데, 그중에는 니칸인의 무기 소지를 금지하는 법령도 있었다."

지앙 사부는 한 무리의 힌터랜드 사냥꾼들이 거대한 준마를 타고 가는 모습을 그린 또 다른 그림 앞에서 걸음을 멈추었다. 그들의 얼굴은 야만인처럼 거칠고 험상궂었다. 자신의 상반신보다 더 긴 활을 들고 있었다. 그림 아래쪽에는 니칸의 승려들이 겁에 질려 움츠리고 있거나, 다양한 모습으로 팔다리가 절단된 채 흩어져 있었다.

"한때 비폭력의 안식처였던 사원은 힌터랜드 점령군에 대항하는 반란 세력의 성소이자 혁명적인 계획과 훈련의 중심지가 되었다. 군사들과 동조자들은 승복을 입고 머리를 밀었지만 사원 경내에서 전쟁을 위한 훈련을 했다. 신성한 장소에서 압제자들을 타도할 계획을 꾸몄지."

"그때 건강을 위한 운동은 거의 도움이 안 되었고요." 린이 말했다. "무술 기법을 개소해야 했겠죠."

지앙 사부는 다시 고개를 끄덕였다. "그렇다. 당시 사원에서 가르쳤던 무술은 수백 개가 넘는 길고 복잡한 형태로 이루어져 있었다. 이런 기법에 통달하려면 수십 년도 더 걸릴 수 있었다. 반란군 지도자들은 다행히 이런 방식이 빠른 속도로 전투력을 양성하는 데는 맞지 않는다는 걸 깨달았다."

지앙 사부는 몸을 돌려 린을 마주 보았다. 그들은 어느새 탑 꼭대기에 다다랐다. "그렇게 현대의 무술이 개발되었다. 동물의 동작보다는 인간의 생체역학을 기본으로 한 체계지. 무척 다양한 기법들이 있었지만, 군사적으로 유용한 일부 기법만 골라 모두 익히는 데 50년이 아니라 5년이 걸리는 본질적이고 핵심적인 형태로 정제되었다. 이 기법이 바로 네가 시네가드에서 배우는 기본 형태다. 제국군이 배우는 보편적인 핵심이고 네 급우들이 배우는 방식이다." 지앙 사부가 씩 웃으며 말했다. "그걸 어떻게 이길 수 있는지 내가 보여주마."

✳

지앙 사부는 정통에서 벗어난 전투 교사로서는 효과적이었다. 그는 린의 다리가 덜덜 떨릴 때까지 공중에 발차기 자세를 유지하게 했다. 무기걸이에서 린을 향해 마구 표창을 던져 린이 몸을 숙여 피하게 했다. 같은 연습을 눈가리개를 차고 하라고 해놓고 나중에는 그냥 재미있을 것 같아서 그랬다고 인정했다.

"사부님은 진짜 나쁜 놈입니다." 린이 말했다. "알고는 계시죠?"

지앙 사부가 린의 기초에 만족하게 되자 이제 대련이 시작되었다. 두 사람은 한 번에 몇 시간씩 매일 대련했다. 맨주먹으로도 했고 무기를 가지고도 했으며 가끔은 지앙 사부만 무기를 가지고 린은 맨주먹으로 대련했다.

"몸 상태만큼이나 마음 상태도 중요하다." 지앙 사부가 설교를 늘어놓았다. "싸움으로 혼란스러운 와중에도 너의 마음은 반드시 바위처럼 고요하고 끈기가 있어야 한다. 중심을 잘 잡아야 하고 모든 것을 보고 통제할 수 있어야 한다. 다섯 가지 기본요소가 반드시 균형을 이뤄야 한다. 불이 지나치면 무모하게 달려들게 된다. 공기가 너무 많으면 겁이 나서 늘 방어적으로 싸우게 된다. 흙이 지나치면… 너 듣고 있는 게냐?"

듣고 있지 않았다. 지앙 사부가 보호 장치를 하지 않은 미늘 창을 린 쪽으로 마구 찔러대고 있어서 갑작스레 찔리지 않으려고 어쩔 수 없이 이리저리 춤을 추고 있었기 때문에 집중할 수가 없었다.

대체로 지앙 사부의 상징적인 표현은 린에게 별 의미가 없었지만, 다치지 않으려고 빨리 배웠다. 어쩌면 그게 지앙 사부의 목적이었을지도 모른다. 린은 근육 기억을 개발했다. 인간의 신체가 움직일 수 있는 방식에는 수많은 변환이 있으며, 효과적인 공격의 조합도 수없이 많고, 상대가 어떻게 나올지 합리적으로 예측할 수 있다는 것도 배웠다. 이런 것들에 자동으로 반응하는 법을 배웠다. 지앙 사부가 상반신을 어느 각도로 기울이는지, 그의 눈이 어떻게 깜박거리는지 등을 읽고 그가 다음에 무엇을 하려는지 몇 초 앞서서 예측하는 법을 배웠다.

지앙 사부는 린을 혹독하게 밀어붙였다. 린이 기진맥진해 있을 때 가장 거칠게 싸웠다. 린이 넘어지면 다시 일어나자마자 곧바로 공격했다. 린은 끊임없이 방어 자세를 유지하고 주변 시야의 아주 미미한 움직임에도 반응하는 법을 익혔다.

드디어 린이 지앙 사부의 엉덩이를 향해 사선으로 자신의 엉덩이를 밀어붙여 그가 몸무게를 옆으로 실을 수밖에 없게 만들고, 온 힘을 한 방향으로 응축시켜 지앙 사부의 몸을 자신의 오른쪽 어깨너머로 넘겨 메다꽂은 날이 왔다.

지앙 사부는 돌바닥 위를 주르륵 미끄러지다가 정원 담장에 부딪혔다. 충격으로 선반이 흔들렸고 화분에 심은 선인장들이 아슬아슬하게 흔들려 땅바닥에 떨어질 뻔했다.

지앙 사부는 한동안 어리둥절한 얼굴로 누워 있었다. 그러다가 위쪽을 쳐다보고 린과 시선이 마주치자 씩 웃었다.

✳

손자와의 마지막 날이 가장 힘들었다.

손자는 이제 사랑스러운 새끼돼지가 아니라 극악무도하게 고약한 냄새를 풍기는 어처구니없게 뚱뚱한 괴물이었다. 조금도 귀엽지 않았다. 린이 상대를 신뢰하는 그 갈색 눈동자를 향해 느꼈던 애정은 그 거대한 몸집 때문에 모두 무효로 돌아갔다.

손자를 데리고 산을 오르는 일은 고문이었다. 이제 손자는 어떤 종류의 포대기나 바구니에도 맞지 않았다. 어깨 위로 손자의 앞다리를 걸치고 발 두 개를 모아쥐고 가야 했다.

손자를 품에 안을 수 있을 때처럼 빨리 움직일 수 없었기 때문에 아침 식사를 놓치지 않으려면, 더 나쁜 경우로 수업을 놓치지 않으려면 더 빨리 출발해야 했다. 더 일찍 일어났다. 더 빨리 뛰었다. 비틀거리며 산에 올랐고 걸음마다 숨을 헐떡였다. 손자가 린의 어깨 위에 주둥이를 걸치고 아침 햇살을 맘껏 즐기는 사이 린의 근육은 분노의 고함을 질러댔다. 손자가 물을 마시는 곳에 도착하면 린은 돼지를 땅바닥에 내려놓고 그대로 쓰러졌다.

"실컷 마셔, 이 돼지야." 손자가 개울에서 즐겁게 물을 마시고 노는 동안 린은 불퉁거렸다. "빨리 널 잡아먹는 날이 왔으면 좋겠다."

산길을 내려갈 때면 해가 중천에 떴고 한겨울인데도 린의 몸은 개울물처럼 땀을 흘렸다. 린은 절뚝거리며 푸줏간 거리를 지나 마웅 부인의 판잣집에 도착해 손자를 그대로 바닥에 내려놓았다.

돼지가 큰 소리로 꽥꽥거리며 바닥을 구르더니 자기 꼬리를 쫓아 한 바퀴를 돌았다.

마웅 부인이 구정물 양동이를 들고나왔다.

"내일 올게요." 린이 숨을 헐떡거리며 말했다.

마웅 부인이 고개를 저었다. "내일은 없다. 이 녀석에게 내일은 없어." 부인이 손자의 주둥이를 쓰다듬었다. "오늘 밤 이 녀석을 잡을 생각이거든."

린은 눈을 깜박였다. "예? 이렇게 빨리요?"

"손자는 이미 최고 몸무게에 도달했어." 마웅 부인이 손자의 옆구리를 찰싹 쳤다. "이 몸집을 봐라. 내 돼지들 가운데 이렇게 묵직하게 자란 놈은 한 마리도 없었다. 어쩌면 네 미치광이 사부인지 뭔지가 산속 특별한 물 어쩌고 한 말이 맞았나 보다. 앞으로 돼지들을 전부 산으로 올려보내야겠어."

린은 그러지 않기를 바랐다. 린은 여전히 숨이 차 가슴을 들썩이며 마웅 부인에게 몸을 숙여 인사했다. "돼지를 데리고 다니게 허락해주셔서 감사합니다."

마웅 부인이 목쉰 소리로 헛기침을 했다. "학당 괴짜 놈들." 부인은 나지막이 중얼거리고 손자를 끌고 돼지우리로 향했다. "자, 가자. 도살장에 갈 준비를 하자꾸나."

'꿀꿀?' 손자가 애원하듯 린을 보았다.

"날 보지 마." 린이 말했다. "네 길은 여기까지야."

어쩔 수 없는 죄책감이 마음을 찌르고 들어왔다. 손자를 오래 바라볼수록 새끼일 때의 모습이 떠올랐다. 린은 그 둔하고도 순진한 눈길을 피해 얼른 돌아가는 길로 향했다.

✳

"벌써?" 린이 손자의 운명에 대해 보고하자 지앙 사부도 놀란 것 같았다. 그는 정원 가장 안쪽 담장 위에 앉아서 기운이 넘치는 아이처럼 담장 너머로 다리를 내어놓고 흔들고 있었다. "아, 그 돼지에게 큰 희망을 걸었는데. 하지만 결국 돼지는 돼지로구나. 네 느낌은 어떠냐?"

"큰 충격을 받았습니다." 린이 말했다. "손자와 저는 마침내 서로를 이해하기 시작했거든요."

"그게 아니라, 이 바보야. 네 '팔' 말이다. 네 몸의 중심. 네 다리. 어떤 느낌이 드느냐?"

그녀는 얼굴을 찌푸리며 양팔을 이리저리 흔들어보았다. "쑤십니다만?"

지앙 사부가 담장에서 뛰어내려 린을 향해 걸어왔다. "내가 너를 칠 것이다." 그가 선언했다.

"잠깐만요, 뭐라고요?"

린은 바닥에 발을 딛고 똑바로 서서 지앙 사부가 주먹으로 얼굴을 때리기 직전에 겨우 팔꿈치를 들어 막았다.

주먹의 힘은 엄청났다. 지금껏 지앙 사부가 린을 때렸을 때 느껴본 어떤 때보다 더 셌다. 린은 상대방의 공격을 사선으로 굴

절시켜 기를 해롭지 않게 공중으로 분산해야 한다는 것을 알고
는 있었다. 그러나 갑작스러운 공격에 너무 놀라 그저 정면으로
막아내는 일 말고는 아무것도 할 수가 없었다. 그의 공격을 받은
다음 자신의 몸을 통해 기를 땅속으로 보낼 수 있게 몸을 웅크려
야 한다는 것도 거의 기억이 안 났다.

발밑에서 벼락처럼 쩍 하고 갈라지는 소리가 울렸다.

린은 너무 놀라 뒤로 풀쩍 뛰었다. 발밑의 돌이 분산된 에너
지의 힘으로 쩍 갈라졌다. 린의 다리 사이로 길쭉한 금이 돌바닥
가장자리까지 이어졌다.

둘 다 갈라진 금을 바라보았다. 금은 계속 돌바닥을 쪼개며
정원 저편까지 이어지더니 버드나무 아래서 멈추었다.

지앙 사부는 고개를 뒤로 젖히고 큰 소리로 웃음을 터뜨렸다.

높고 거친 웃음이었다. 마치 허파가 바람통인 것처럼 웃었다.
인간이 아닌 모습으로 웃었다. 지앙 사부가 양팔을 밖으로 내밀
고 풍차처럼 마구 돌리며 즉흥적으로 춤을 췄다.

"기특한 것." 그는 린을 향해 마구 회전하며 말했다. "영특하
고 영특하구나."

린의 얼굴이 벌어지며 웃음이 번졌다.

'제길.' 린은 이렇게 생각하고 위로 뛰어올라 지앙 사부를 얼
싸안았다.

지앙 사부는 린을 안아 올려 만화경처럼 현란한 빛깔의 버섯
사이를 돌아다니며 린을 공중에 빙글빙글 돌렸다.

＊

둘은 버드나무 아래 나란히 앉아 고요히 양귀비꽃을 바라보

았다. 바람이 잔잔했다. 가벼운 눈이 정원 위로 떨어졌지만, 어느새 어렴풋한 봄의 첫 기운이 당도해 있었다. 사나운 겨울바람도 어디론가 가버리고 공기가 잠잠해졌다. 평화로웠다.

"오늘 훈련은 여기까지다." 지앙 사부가 말했다. "쉬어라. 때로는 활시위를 놓아야 화살을 날릴 수 있는 법이다."

린이 몰래 눈을 흘겼다.

"너는 전승학을 본격적으로 공부해야 한다." 지앙 사부가 계속해서 열띠게 말했다. "아무도, 심지어 알탄도 너처럼 이렇게 빨리 습득하지 못했다."

린은 갑자기 몹시 어색한 기분이 들었다. 자신이 지앙 사부에게 무술을 배우고 싶어 했던 유일한 이유는 연말 시험에 통과해 이르자 사부와 병법을 공부하기 위해서였다고, 어떻게 말할 수 있을까?

지앙 사부는 거짓말을 싫어했다. 린은 솔직하게 말하는 편이 낫겠다고 마음먹었다. "저는 병법을 공부할 생각입니다." 린은 머뭇거리며 말했다. "이르자 사부님이 선택권을 주겠다고 하셨어요."

지앙 사부가 손을 내저었다. "이르자는 너 혼자 배울 수 없는 것들을 가르쳐줄 수 없다. 병법은 한계가 분명한 과목이다. 《손자병법》은 머리맡에 두고 현장에서 충분한 시간을 보내라. 그러면 전투에서 이기기 위해 필요한 모든 것을 습득할 수 있다."

"하지만…."

"신이란 무엇인가? 그들은 어디에 사는가? 왜 그들은 그런 일을 하는가? 이것이 전승학의 기본 질문이다. 나는 너에게 기를 조작하는 것보다 더 많은 것을 가르쳐줄 수 있다. 너에게 신을 향해 가는 길을 보여줄 수 있다. 너를 샤먼으로 만들어줄 수 있다."

신과 샤먼? 지앙 사부는 종종 언제 농담을 하고 언제 진담을 하는지 구분하기 어려웠지만, 천상의 힘을 향해 말을 걸 수 있다고 진심으로 확신하는 것처럼 보였다.

린은 마른침을 삼켰다. "사부님….."

"전승학은 중요하다." 지앙 사부가 고집스레 말했다. "진심이다. 전승학은 죽어가는 학문이다. 붉은 황제는 전승학 말살에 거의 성공했다. 네가 배우지 않는다면, 누구도 배우지 않는다면, 영원히 사라지고 말 것이다."

그의 목소리에 갑자기 절박함이 묻어나 린의 마음이 몹시 불편해졌다.

린은 괜히 손가락 사이로 풀만 잡아뽑았다. 확실히 전승학에 관해 호기심이 일기는 했지만 다른 사부들이 오래전에 믿음을 잃어버린 과목을 추구하겠다고, 이르자 사부 밑에서 공부할 4년의 기회를 버릴 만큼 어리석지는 않았다. 그녀는 변덕스러운 이야기를 좇으려고 시네가드에 오지 않았다. 특히 수도 사람들 거의 대다수가 몹시 경멸하는 그런 이야기들을 좇을 생각은 없었다.

당연히 린도 신화와 전설에 매력을 느꼈고, 지앙 사부가 그것들을 거의 사실처럼 말하는 방식에도 매혹되었다. 그러나 그녀는 연말 시험 통과에 더 관심이 있었다. 그리고 이르자 사부의 문하생이 된다면 제국군에 들어가는 문도 열릴 것이다. 이 모든 것이 장교의 지위와 함께 사단 선택권을 보장해줄 것이다. 이르자 사부는 열두 군벌 모두와 친분이 있었고 그가 후견하는 학생은 언제나 평판이 좋은 자리를 찾아갔다.

린은 졸업한 해에 자기 부대를 지휘할 수도 있을 것이다. 5년 만에 전국적으로 유명한 사령관이 될 수도 있다. 한낱 환상 때문에 그런 기회를 날릴 수는 없었다.

"사부님, 저는 좋은 군인이 되는 법을 배우고 싶습니다." 린이 말했다.

지앙 사부가 맥이 풀린 표정을 지었다.

"너도 그렇고 이 학당의 나머지 학생들도 그렇지." 그가 말했다.

7

지앙 사부는 다음 날에도, 그다음 날에도 정원에 나타나지 않았다. 린은 그가 돌아오리라는 희망을 품고 꾸준히 정원에 나갔지만, 마음 깊은 곳에서는 지앙 사부가 그녀를 그만 가르치기로 마음먹었다는 사실을 알았다.

일주일 후 린은 강당에서 지앙 사부를 보았다. 그녀는 얼른 그릇을 내려놓고 지앙 사부를 향해 벌처럼 날아갔다. 뭐라고 말해야 좋을지 전혀 알 수 없었지만, 일단 그와 이야기를 해야 한다는 것은 알았다. 사과하든지, 이르자의 문하생이 될지라도 계속 그와 공부하겠다고 약속하든지, 아니면 무슨 말이라도 해야했다.

린이 그를 불러세우기도 전에 지앙 사부는 쌈싹 놀란 문하생의 머리에 자기 식판을 뒤엎고 식당 문밖으로 나가버렸다.

"맙소사." 키테이가 말했다. "너 도대체 저 사부한테 무슨 짓을 한 거야?"

"몰라." 린이 말했다.

지앙 사부는 쉽게 놀라는 야생동물처럼 도무지 예측할 수 없었고 상처받기도 쉬웠다. 그리고 린은 자신이 겁을 줘서 쫓아내기 전까지 그의 관심이 얼마나 소중했는지 미처 깨닫지 못했다.

그 후로 지앙 사부는 린을 알지도 못하는 사람처럼 굴었다. 그녀는 계속 학당 안에서 지앙 사부를 보았지만, 그는 다른 학생들처럼 린을 아는 척도 하지 않았다.

린은 지앙 사부와 화해하기 위해 더 열심히 노력했어야 했다. 적극적으로 그를 쫓아가서 막연하게라도 자신의 실수를 인정했어야 했다.

그러나 학기가 끝나갈수록 지앙 사부에 관한 일은 우선순위가 점점 뒤로 밀렸고, 대신 1학년들 사이의 경쟁이 광란의 극단에 도달했다.

시네가드에서 도태당할 가능성은 1년 내내 머리 위에 드리운 칼날처럼 매달려 있었다. 이제 그 위협이 눈앞에 당도했다. 2주일 후면 다들 과목별로 연달아 연말 시험을 치러야 했다.

라반이 규칙을 전달했다. 연말 시험은 전 교사진이 관리하고 감독할 것이다. 학생들의 수행력에 따라 사부들은 자기 문하생이 될 수 있는 선택권을 제시할 것이다. 선택권을 하나도 받지 못한 학생은 수치스럽게 학당을 떠나야 한다.

엔로 사부는 의학을 전공할 생각이 없는 학생에게 자기 과목 시험을 면제해주었지만, 다른 과목은(언어학, 역사, 병법, 전투, 무기술) 반드시 시험을 치러야 했다. 물론 전승학 시험은 일정에 없었다.

"이르자 사부와 지마 사부, 임 사부와 손녠 사부는 구술시험을 볼 거야." 라반이 말했다. "각자 사부들 앞에서 질문에 대답해야 해. 사부들이 돌아가면서 질문을 던질 텐데, 대답을 망치면 그것으로 그 과목은 끝이야. 질문에 더 많이 대답할수록 얼마나 많이 아는지 증명해 보일 수 있어. 그러니 열심히 공부해. 대답은 신중하게 하고."

준 사부는 구술시험을 보지 않았다. 전투 과목 시험은 승자 진출 시합으로 구성되었다.

이틀 동안 전투 시험이 진행된다. 1학년들은 문하생들이 강당 지하에서 시합을 벌일 때와 같은 규칙으로 구덩이에서 대결을 펼치게 된다. 제비뽑기로 정한 짝끼리 세 번의 예비전을 치르고, 승률을 바탕으로 총 여덟 명이 8강전에 진출한다. 여덟 명은 임의로 짝을 정해 최종 결승전을 향해 싸운다.

8강에 올랐다고 해서 선택권을 보장받지는 못했고, 거꾸로 일찍 탈락했다고 해서 반드시 제적을 당하지도 않았다. 그러나 승률이 높은 학생은 사부들에게 자신이 얼마나 잘 싸울 수 있는지 보여줄 기회가 그만큼 더 많았다. 그리고 최종우승자는 언제나 선택권을 받았다.

"우리 학년은 알탄이 우승했어." 라반이 말했다. "쿠릴은 자기 학년에서 우승했고. 너희도 두 사람이 시네가드에서 가장 명망 높은 문하생으로 자리 잡았다는 사실을 알아챘을 거야. 우승한 학생에게 실질적인 상은 없지만, 사부들은 내기 거는 걸 좋아해. 게다가 엉덩이를 걷어차이는 학생을 문하생으로 받아줄 사부는 없을 거야."

*

"나는 의학을 전공하고 싶지만, 그러려면 지금까지 읽었던 내용 외에 다른 문헌도 엄청나게 외워야 해. 그걸 다 외우려면 역사 공부를 할 시간이 없어…. 역시 역사를 전공하는 게 좋을까? 임 사부가 날 마음에 들어 할까?" 니앙은 흥분해 허공에 대고 손부채질을 했다. "우리 오빠가 그러는데, 의학 하나만 믿고 있으면 안 된대. 엔로 사부의 시험을 치르는 학생은 모두 네 사람인데, 사부님은 그중 세 명만 선택하거든. 어쩌면 선택권을 못 받을지도 몰라."

"니앙, 제발 그만해." 벤카가 말을 잘랐다. "며칠 동안 똑같은 이야기를 하고 있잖아."

"너는 어떤 과목을 전공하고 싶어?" 니앙이 계속 말했다.

"전투. 이제 그 이야기는 그만하자." 벤카가 날카롭게 말했다. 니앙이 한마디만 더해도 벤카가 당장 비명을 지르겠다고, 린은 생각했다.

그러나 린은 니앙을 탓할 수 없었다. 사실 벤카도 탓할 수 없었다. 1학년들은 모두 문하생 제도에 대해 강박적으로 말했고, 이게 이해가 되면서도 '동시에' 신경에 거슬렸다. 린은 강당에서 급우들의 대화를 엿듣고 사부들 사이의 위계질서를 알게 되었다. 준 사부와 이르자 사부의 선택권을 받는 게 제국군 지휘관 자리를 원하는 문하생들에게는 가장 이상적이었고, 지마 대사부는 황궁의 외교관이 될 귀족이 아니면 문하생을 거의 뽑지 않으며, 엔로 사부의 선택권은 오직 군의관이 되고 싶은 소수 학생에게만 중요했다.

"이르자 사부 밑에서 공부하면 정말 멋질 거야." 키테이가 말했다. "물론, 준 사부의 문하생은 원하는 사단을 골라서 갈 수 있지. 하지만 이르자 사부는 나를 2사단에 넣어줄 수 있어."

"자성(子省, 쥐의 성)에 있는 사단 말이야?" 린이 코를 찡그리며 물었다. "왜?"

키테이가 어깨를 으쓱했다. "2사단은 정보부대야. 나는 정말로 군사정보 일을 하고 싶어."

린도 이르자 사부의 선택권을 바라고 있었지만, 준 사부의 선택권은 꿈도 꿀 수 없었다. 그러나 병법 역량을 뒷받침하는 무술 실력을 입증하지 못한다면 이르자 사부의 선택권도 기대할 수 없었다. 싸움을 못 하는 전략가는 제국군에서 필요가 없었다. 전선에 설 수 없는 군인이 어떻게 전투 계획을 세울 수 있겠는가? 실제 전투가 어떤 건지 모르면 아무 소용이 없었다.

결국, 린에겐 모든 것이 전투 대항전으로 귀결되었다.

문하생들에게도 연말 시험은 한 해 동안 학당에서 벌어지는 가장 흥분되는 일이 분명했다. 다들 누가 우승할 것이고, 누가 누구를 이길 것인지 열띠게 추측하고 분석하기 시작했다. 심지어 자기들끼리 쓴 내기 장부를 1학년들에게 비밀로 지키기 위해 별로 열심히 노력하는 것 같지도 않았다. 누가 선두주자가 될 것인지에 관한 말들이 학당 전체에 퍼졌다.

판돈 대부분이 시네가드 출신에게 몰렸다. 준결승 진출 예상자 명단에 벤카와 한이 빠지지 않았다. 사성의 어촌 섬 출신 거구 노하이는 8깅 진출 예상자로 널리 시시를 받았다. 키테이도 고른 지지를 받았는데, 주로 그는 시합 상대가 몇 분 동안 짜증을 내다가 지칠 때까지 교묘하게 피하는 재주를 보여주었기 때문이다.

신기하게도 많은 문하생이 린에게도 상당한 금액을 걸었다. 린이 지앙 사부에게 사적으로 훈련을 받았다는 소문이 퍼지면서 문하생들은 린에게 과도한 관심을 보였다. 이러한 관심 덕분에 린은 두 과목 중 하나는 키테이의 뒤를 바짝 쫓아갈 수 있었다.

그러나 1학년의 명백한 선두주자는 네자였다.

"준 사부가 알탄 이후로 네자가 전투 수업에서 최고라고 말했어." 키테이가 제 몫의 음식을 마구 찔러대며 말했다. "말도 마. 너도 어제 그 자식이 노하이를 때려눕히는 장면을 봤어야 해. 그자식 정말 '위험인물'이야."

학년이 시작되었을 때만 해도 늘씬하고 예쁘장했던 네자는 그 후 터무니없는 양의 근육을 길렀다. 거추장스러울 정도로 길었던 머리카락도 알탄처럼 군대식으로 짧게 잘랐다. 다른 급우들과 달리 그는 벌써 군복을 입은 제국군 소속처럼 보였다.

그는 또한 일단 공격부터 하고 나중에 생각하는 것으로 악명 높았다. 학기 중에 대련 상대 여섯 명을 다치게 했고 싸움이 점점 심각한 '사고'가 되었다.

그러나 당연히 준 사부는 네자를 벌주지 않았다. 주더라도 받아 마땅할 정도로 심하게 처벌하지 않았다. 용의 군벌 아들에게 세속적인 규칙을 적용할 필요가 뭐가 있겠느냐는 태도였다.

✳

시험 날짜가 다가올수록 도서관은 압도적으로 조용해졌다. 책더미 사이에서 들리는 소리라곤 1학년들이 한 해 동안의 수업 내용을 기억하려고 애쓰며 종이 위에 써 내려가는 분노의 붓 소리뿐이었다. 공부 모임 대다수가 해체되었다. 같이 공부하는 상대에게 어떤 이점이라도 준다면 자신의 성적이 위태로워지기 때문이었다.

그러나 공부할 필요가 없는 키테이는 순전히 지루해서 린에게 호의를 베풀었다.

"손자의 제18계는?" 키테이는 굳이 교과서를 볼 필요도 없었다. 처음 읽자마자 《손자병법》 전체를 다 외워버렸다. 린은 그 재능이 미치도록 부러웠다.

린은 눈을 갸름하게 뜨고 집중했다. 바보처럼 보인다는 걸 알았지만 머릿속이 출렁이는 바람에 눈을 갸름하게 떠야만 어지럼을 멈출 수 있었다. 린은 무척 추우면서 동시에 더웠다. 사흘 내내 한숨도 자지 않았다. 침대에 눕고 싶은 마음이 굴뚝 같았지만, 1시간의 잠보다는 1시간 공부내용을 머릿속에 욱여넣는 게 더 가치가 있었다.

"손자의 일곱 가지 고려사항하고는 다르지? 아닌가? 아니다. 알았어. 언제든지 상황에 따라 계획을 조정하라?"

키테이는 고개를 저었다. "그건 제17계고."

린은 큰 소리로 욕설을 뱉으며 주먹으로 이마를 문질렀다.

"남들은 어떻게 하는지 궁금해." 키테이가 곰곰이 말했다. "실제로 뭔가를 기억하려고 애쓰는 게 뭔지 알고 싶어. 너희 모두 참 힘들게 사는 것 같거든."

"이 붓으로 죽고 싶냐?" 린이 으르렁거렸다.

"손자의 부록을 보면 끝이 부드러운 물건이 왜 좋은 무기가 될 수 없는가에 대해 말하고 있어. 너 부록 안 읽어봤어?"

"조용히 해!" 건너편 책상에서 벤카가 소리쳤다.

키테이는 벤카가 볼 수 없게 고개를 푹 숙이고 린을 향해 씩 웃었다. "살짝 알려줄게." 그가 속삭였다. "멘다가 불당에서 어떻게 됐더라?"

린은 이를 악물고 눈을 질끈 감았다. '아, 맞다!' "모든 전투는 속임수를 바탕으로 한다."

시합을 준비하면서 학년 전체가 손자의 제18계를 가슴에 새겼다. 학생들은 일상적인 시간에는 열어놓은 연습실을 사용하지 않았다. 가문의 전승무술을 수련한 사람도 갑자기 자랑을 멈추었다. 심지어 네자도 연습실 야간 수련을 중단했다.

"매년 있는 일이야." 라반이 말했다. "솔직히 조금 어리석은 짓이지. 너희 나이에 남들이 훔쳐 갈 만큼 대단한 기술이라도 있는 것처럼 말이야."

어리석은 일이든 아니든, 1학년들은 점점 이상해졌다. 소매 속에 무기를 숨기고 있다가 들키기도 했고, 가문의 전승무술을 자랑하지 않았던 사람들도 비밀리에 하나씩 감추고 있다는 소문이 돌았다.

어느 날 밤 니앙이 린에게 키테이가 사실은 오랫동안 맥이 끊겼던 북풍권의 후계자라고 털어놓았다. 북풍권은 혈점 몇 군데만 건드려도 상대를 꼼짝 못 하게 만들 수 있다고 했다.

"어쩌면 그 소문을 퍼뜨리는 데 나도 일조했을걸." 린이 물어보자 키테이가 솔직히 인정했다. "손자는 이런 걸 심리전이라고 불렀지."

린은 코웃음을 쳤다. "손자라면 그런 걸 개똥 같은 헛소리라고 불렀겠지."

1학년들은 소등시간 이후로 훈련을 금지당했기 때문에 연말 시험 준비 기간은 누가 가장 창의적으로 사부들 몰래 기숙사를 빠져나가는가의 경쟁으로 변해버렸다. 문하생들은 시험 준비를 위해 몰래 빠져나가는 1학년을 적발하기 위해 소등시간 이후 경내 순찰을 시작했다. 노하이는 남학생 기숙사에서 선배들이 신입생 적발을 위한 핵심 비결을 자세히 써놓은 문서를 우연히 발견했다고 보고했다.

"선배들은 이 일을 거의 즐기고 있는 것 같아." 린이 중얼거렸다.

"당연히 즐기고 있지." 키테이가 말했다. "선배들은 우리도 자기들과 똑같이 고생하는 모습을 보고 싶은 거야. 우리도 내년 이맘때면 똑같이 밉살스럽게 굴고 있을걸."

문하생들은 놀라울 정도로 연민 없는 모습을 보여주면서 1학년의 불안감을 이용해 '학습 촉진제' 시장을 번성시켰다. 니앙이 백 년 묵은 버드나무 껍질이라는 걸 들고 기숙사로 돌아왔을 때 린은 웃음을 터뜨렸다.

"이건 그냥 생강 뿌리야." 린이 비웃으며 말했다. 그러고는 주름진 뿌리를 손에 들고 무게를 가늠해보았다. "생강차로 만들면 딱 좋겠다."

"네가 어떻게 알아?" 니앙이 당혹스러워하며 물었다. "동전 스무 개나 주고 샀단 말이야!"

"고향에 살 때 집 뒤쪽 텃밭에서 늘 생강 뿌리를 캤어." 린이 말했다. "이걸 햇볕에 바짝 말렸다가 정력 치료제를 찾는 남자 노인들에게 팔았어. 솔직히 아무런 효과도 없지만, 노인네들 기분은 나아지니까. 우리도 밀가루를 코뿔소 뿔 가루라고 속여서 팔 수 있을걸. 선배들도 보릿가루를 팔았을 거야."

벤카가 린의 이야기를 듣고 헛기침을 하면서 시선을 돌렸다. 린은 벤카가 며칠 전 베개 밑에 무슨 가루가 담긴 약병을 집어넣는 걸 보았었다.

문하생들은 1학년에게 정보도 팔았다. 대부분 예상 문제와 정답을 만들어 팔았다. 어떤 문하생은 매우 그럴싸하지만 연말 시험이 끝날 때까지는 아무것도 확인할 수 없는 문제를 진짜 시험문제라고 주장하면서 팔았다. 그러나 최악은 장사꾼으로 위장해 기꺼이 부정행위를 저지를 1학년들을 미리 적발하는 문하생들이었다.

묘성 출신의 남학생 멘다는 지마 대사부의 시험문제를 구매하려고 4층의 불당 건물에서 한 문하생을 만나기로 했다. 그 문하생이 때를 어떻게 맞췄는지는 모르지만, 지마 대사부가 그날 밤 그 시간에 그 불당 건물에서 명상하고 있었다.

멘다는 다음 날 학당 안에서 홀연히 자취를 감추었다.

식사 시간도 조용히 시험 준비를 하는 자리가 되었다. 다들 코앞에 책 한 권을 펼쳐 들고 먹었다. 누구라도 대화를 시작하려고 하면 식탁의 나머지 학생들이 순식간에 무시무시한 표정으로 그 학생을 조용히 시켰다. 한마디로 다들 스스로를 불행하게 만들었다.

"가끔은 이 분위기가 스피어 대학살보다 끔찍하게 느껴질 정도라니까." 키테이가 유쾌하게 말했다. "게다가 또…. 아니다. 종족 전체를 함부로 말살한 것보다 더 끔찍한 일은 없지! 하지만 지금도 꽤 끔찍해."

"키테이, 제발 그 입 좀 다물어."

✳

린은 정원에서 계속 혼자 훈련했다. 더는 지앙 사부를 볼 수 없었지만, 그래도 괜찮았다. 사부들은 전투 대항전 때문에 학생들을 훈련할 수 없었다. 물론 린은 네자가 여전히 준 사부에게 몰래 지도를 받고 있다고 의심했다.

어느 날 정원 문을 향해 가는데 발소리가 들렸다. 누군가가 정원 안에 있었다.

지앙 사부면 좋겠다고 생각하며 문을 열었지만, 보인 것은 검푸른 머리카락에 우아하고 호리호리한 모습이었다.

한참 후에야 그게 누군지 알아볼 수 있었다.

알탄이었다. 린이 알탄 트렝신의 연습을 방해한 것이다.

그는 삼지창을 휘두르고 있었다. 아니, 그냥 '휘두르는' 게 아니라 삼지창을 편안하게 잡고 마치 길쭉한 비단 띠를 돌리듯이 공중에 곡선을 그리고 있었다. 삼지창은 팔의 연장선이면서 동시에 춤의 상대였다.

그대로 돌아서서 나가야 했다. 다른 연습 장소를 찾아갔어야 했다. 그러나 호기심을 억누를 수가 없었다. 고개를 돌릴 수가 없었다. 멀리서 봐도 그의 모습은 비범하게 아름다웠는데 가까이서 보니 최면을 걸듯이 매혹적이었다.

알탄이 린의 발소리에 고개를 돌렸다가 린을 발견하고 동작을 멈추었다.

"죄, 죄송해요…." 린은 더듬거렸다. "선배가 여기 있는지 몰랐어요."

"여긴 학당 정원이야." 그가 대수롭지 않게 말했다. "나 때문에 나가지는 마."

알탄의 목소리는 예상보다 더 침울했다. 시합장에서 보여준 잔혹한 동작에 어울리게 거칠고 우렁찬 말투일 거라 짐작했지만, 놀랍게도 음악처럼 부드럽고 깊었다.

그의 눈동자도 이상하게 수축해 있었다. 정원의 빛 때문인지 어쩐지 알 수는 없었지만, 눈동자가 붉지 않았다. 린처럼 갈색으로 보였다.

"처음 보는 자세네요." 린이 말했다.

알탄이 한쪽 눈썹을 치켜올렸다. 린은 곧바로 입을 연 것을 후회했다. 어쩌자고 그런 말을 했을까? 아니, 내가 왜 여기에 와 있을까? 당장 재로 부서져 공중에 흩어지고만 싶었다.

하지만 알탄은 화가 났다기보다는 놀란 것 같았다. "지앙 사부 곁에 있으면 비법 자세를 많이 배우게 될 거야." 그는 무게중심을 뒤쪽 다리로 옮기고 양팔을 옆으로 뻗어 흘러가는 동작을 취했다.

린의 뺨이 달아올랐다. 그저 정원 건너편에 서 있을 뿐인데도, 자신이 알탄의 자리를 차지하고 있는 것처럼 거북한 느낌이 들었다. "지앙 사부가 여기 찾아오는 다른 사람이 있다는 말은 하지 않았어요."

"지앙 사부는 많은 걸 잊어버리지." 알탄이 린을 향해 고개를 기울였다. "지앙 사부가 관심을 둔 걸 보면 너는 꽤 대단한 학생인가 봐."

그의 말투에 쓸쓸함이 묻었다고 느낀 것은 그저 린의 상상에 불과했을까?

순간 알탄이 전승학을 전공하고 싶어 한 직후 지앙 사부가 알탄의 선택권을 철회했다는 이야기가 떠올랐다. 그때 정확히 어떤 일이 있었는지, 그 일 때문에 여전히 알탄이 괴로워하는지 알고 싶었다. 하지만 지앙 사부의 이야기를 꺼내면 알탄이 화를 낼지도 몰랐다.

"제가 도서관에서 책을 한 권 훔쳤거든요." 린은 겨우 말했다. "그게 지앙 사부는 재미있었나 봐요."

어쩌자고 린은 계속 말하고 있는 걸까? 왜 계속 여기 머물러 있는 걸까?

알탄의 입꼬리가 말려 올라가며 겁이 날 정도로 매력적인 미소를 지었다. 린의 심장이 미친 듯이 뛰었다. "뛰어난 반항아로구나."

린의 얼굴이 빨갛게 달아올랐지만, 알탄은 그대로 몸을 돌려 연습하던 자세를 완성했다.

"나 때문에 훈련을 중단하지는 마." 그가 말했다.

"아니에요. 나는… 나는 그냥 생각을 좀 하려고 왔어요. 하지만 선배가 여기 있으니까…."

"미안. 그럼 내가 나갈게."

"아니에요. 괜찮아요." 린은 뭐라고 말해야 좋을지 알 수가 없었다. "나는 그냥… 내 말은, 그러니까. 그만 가볼게요."

린은 얼른 정원 밖으로 나갔다. 알탄은 아무 말도 하지 않았다.

정원 문을 닫고서야 린은 양손에 얼굴을 파묻고 신음했다.

✳

"전투에 유약함의 자리가 있느냐?" 이르자 사부가 물었다. 이르자가 린에게 던진 일곱 번째 질문이었다.

린은 연속해서 질문을 받았다. 일곱은 한 사부가 물을 수 있는 최대 질문 수였고 린이 이번 대답도 성공하면 이르자 사부의 시험에서 1등을 할 것이다. 그리고 린은 답을 알고 있었다. 손자의 제22계에 나오는 내용이었다.

린은 턱을 들고 크고 뚜렷한 목소리로 대답했다. "예, 그러나 그것은 오직 속임수 목적을 위해서만 자리합니다. 손자는 적이 화를 잘 내는 성미라면 그의 화를 돋울 방법을 강구해야 한다고 했습니다. 상대가 거만해질 수 있도록 약한 척하라. 훌륭한 전략가는 고양이가 쥐를 가지고 놀 듯 적을 가지고 놉니다. 거짓으로 유약함을 위장하고 움직임을 멈추었다가 일순간 적에게 달려듭니다."

일곱 명의 사부가 각자 두루마리 문서에 작게 표시를 했다. 린은 발꿈치를 살짝 들어 올리고 다음 질문을 기다렸다.

"좋다. 더 이상의 질문은 없다." 이르자가 고개를 끄덕이며 동료 사부들에게 신호를 보냈다. "임 사부님?"

임 사부가 의자를 뒤로 밀며 천천히 일어났다. 그는 잠시 자기 두루마리 문서를 살펴보더니 다시 안경 너머로 린을 응시했다. "우리가 2차 양귀비 전쟁에서 승리한 이유가 무엇이냐?"

린은 숨을 들이마셨다. 준비하지 않은 질문이었다. 너무 기본적인 내용이라 준비해야 한다는 생각조차 못 했다. 임 사부는 수업 첫날 이 질문을 던졌고 대답은 논리적인 오류였다. 니칸은 2차 양귀비 전쟁에서 승리하지 않았기 때문에 '승리한 이유가 무엇이냐'는 질문 자체가 성립하지 않았다. 그 전쟁의 승리국은 헤스페리아 공화국이었고, 니칸은 그저 외국의 뒷자리에 편승해 정전협정에 이르렀을 뿐이었다.

이렇게 곧장 대답할까 생각하다가 좀 더 본질적인 대답을 시도해보자 싶었다. 린에겐 딱 한 번의 대답이 주어졌다. 린은 사부들에게 깊은 인상을 심어주고 싶었다.

"우리가 스피어를 포기했기 때문입니다." 린이 말했다.

이르자 사부가 두루마리 문서에서 고개를 홱 치켜들었다.

임 사부가 눈썹을 치켜올렸다. "우리가 스피어를 '잃었기' 때문이라는 뜻이냐?"

"아닙니다. 제 말은 헤스페리아 의회가 전쟁 개입을 결의할 수 있도록 섬을 희생시키자고 전략적인 결정을 내렸다는 뜻입니다. 저는 시네가드 사령부가 스피어 침공을 미리 알았지만 스피어인들에게 사전경고를 하지 않았다고 생각합니다."

"내가 바로 스피어에 '있었다.'" 준 사부가 끼어들었다. "네 말은 잘봐줘도 터무니없는 역사 진술이고 최악으로는 중상모략에 불과하다."

"아니요. 사부님은 없었습니다." 린은 멈추지 못하고 말해버렸다.

준 사부는 놀란 것 같았다. "뭐라고 했느냐?"

일곱 명의 사부들이 모두 집중해서 린을 보고 있었다. 뒤늦게야 이르자 사부가 이 가설을 싫어했다는 사실이 떠올랐다. 그리고 준 사부가 자신을 몹시 '싫어한다'는 사실도.

그러나 멈추기엔 이미 늦어버렸다. 린은 머릿속으로 신중하게 대가를 계산해보았다. 사부들은 대답의 대범함과 창조성에 후한 점수를 줬다. 여기서 대답을 철회한다면 확신이 부족하다는 인상만 심어줄 것이다. 스스로 판 구덩이인만큼 린 스스로 끝내는 편이 나았다.

린은 깊은숨을 들이마셨다. "당시 사부님은 스피어에 있을 수가 없었습니다. 저는 보고서를 모두 읽었습니다. 스피어섬이 공격당하던 날 그곳에 니칸 제국의 정규군은 한 명도 없었습니다. 다음 날 해가 뜨고서야 첫 부대가 상륙했으니까요. 그때 이미 무겐군은 떠나고 없었습니다. 스피어인들은 모두 몰살당한 다음이었고요."

준 사부의 얼굴이 지나치게 익은 자두처럼 검붉어졌다. "네 녀석이 감히 날 비난하려는⋯."

"저 아이는 지금 그 일에 관해 누구도 비난하고 있지 않습니다." 지앙 사부가 고요하게 끼어들었다. 시험 시작 후 처음으로 입을 연 순간이었다. 린은 깜짝 놀라 지앙 사부를 흘낏 보았지만, 그는 린 쪽은 쳐다보지도 않고 귀를 긁적일 뿐이었다. "저 애는 그저 공허한 질문에 영리한 대답을 하려고 애쓰고 있을 뿐입니다. 솔직히 임 사부, 그 질문은 너무 구닥다리 아닙니까?"

임 사부가 어깨를 으쓱했다. "인정합니다. 더 이상의 질문은 없습니다. 지앙 사부?"

모든 사부가 짜증스럽게 얼굴을 씰룩였다. 린이 보기에 지앙 사부는 그저 구색을 갖추려고 여기 와 있었다. 그는 시험문제를 낸 적이 없었고 대답에 실수하는 학생들을 놀리기만 했다.

지앙 사부가 침착한 눈빛으로 린의 눈을 빤히 쳐다보았다.

린은 탐색하는 듯한 그의 시선에 불안감을 느끼며 마른침을 꼴깍 삼켰다. 자신이 빗물 웅덩이처럼 투명해진 기분이 들었다.

"출루 코리크에 누가 갇혀 있느냐?" 지앙 사부가 물었다.

린은 눈을 깜박였다. 지앙 사부에게 훈련을 받았던 넉 달 동안 '출루 코리크'라는 말을 들어본 기억이 없었다. 임 사부나 이르자 사부나 심지어 지마 대사부에게서도 들어본 적이 없었다. 출루 코리크는 의학용어도 아니었고 유명한 전투 관련 사항도 아니었으며 무술 용어도 아니었다. 어쩌면 숨은 뜻이 있는 표현일 수도 있었다. 또 어쩌면 아무 뜻도 없는 지껄임에 불과할 수도 있었다.

지앙 사부는 수수께끼를 내고 있든지, 아니면 그저 린을 혼내 주고 싶은 것일지도 몰랐다.

그러나 린은 패배를 인정하고 싶지 않았다. 이르자 사부 앞에서 아무것도 모르는 사람처럼 보이고 싶지도 않았다. 연말 시험 내내 단 한 번도 질문한 적이 없었던 지앙 사부가 린에게 질문을 던졌다. 이제 사부들은 흥미로운 대답을 기대하고 있었다. 그들을 실망시킬 수는 없었다.

'모르겠습니다'를 가장 영리하게 말하는 방법이 뭘까?

'출루 코리크.' 지마 대사부에게 니칸의 옛 문자를 배운 덕분에 린은 이 말이 고대 방언으로 '돌산'을 의미할 수도 있음을 알았다. 그렇다고 해서 어떤 실마리가 되지는 않았다. 니칸의 주요 감옥 중 산 아래 지은 것은 없었다. 바그라 사막에 있거나 황제의 황궁 지하에 있었다.

게다가 지앙 사부는 출루 코리크가 '무엇이냐'고 묻지 않았다. 그곳에 누가 갇혀 있느냐고 물었다.

바그라 사막 감옥에 가둘 수 없는 죄수들은 어떤 사람들일까?

린은 미흡한 질문에 미흡한 대답이 나올 때까지 곰곰이 생각했다.

"비정상적인 죄를 저지른." 린은 천천히 말했다. "비정상적인 죄인들요?"

준 사부가 다 들리도록 큰 소리로 코웃음을 쳤다. 지마 대사부와 임 사부는 어딘가 불편해 보였다.

지앙 사부가 아주 살짝 어깨를 으쓱했다.

"좋다." 그가 말했다. "내 질문은 여기까지다."

✳

구술시험은 셋째 날 정오에 끝났다. 곧바로 점심시간이었지만, 아무도 먹지 않고 전투 대항전을 위해 강당 시합장에 모였다.

린은 첫 시합 상대로 한을 뽑았다.

린의 차례가 되자 밧줄 사다리를 타고 구덩이에 내려가 위를 올려다보았다. 사부들이 난간 바로 앞에 한 줄로 서 있었다. 이르자 사부가 살짝 고개를 끄덕였다. 그 작은 몸짓이 결단력을 심어주었다. 준 사부는 가슴께에 팔짱을 끼고 있었다. 지앙 사부는 손톱을 물어뜯었다.

린은 전투 수업에서 쫓겨난 이후로 급우들과 대련을 해본 적이 없었다. 심지어 그들이 싸우는 모습을 보지도 못했다. 유일한 대련 상대가 지앙 사부였는데, 지앙 사부와 급우들의 싸움이 조금이라도 비슷한지 어떤지는 알 수가 없었다.

린은 아무것도 모르는 채로 이번 대항전에 참가했다.

그녀는 어깨를 반듯이 펴고 숨을 크게 한번 들이마시고 적어도 침착해 보이려고 마음을 가다듬었다.

반면, 한은 몹시 불안해 보였다. 린의 곳곳을 마구 살폈다가, 처음 보는 야생동물을 보듯 린의 얼굴을 보았다. 무엇을 보고 상대를 판단해야 할지 알 수 없다는 눈빛이었다.

'저 애는 겁을 먹었어.' 린은 깨달았다.

한도 린이 지앙 사부에게 훈련을 받았다는 소문을 들었을 것이다. 그러니 린에 대해 무엇을 믿어야 할지, 무엇을 기대해야 할지 전혀 알 수가 없을 것이다.

게다가 린은 이번 시합에서 오히려 승산이 적은 쪽이었다. 린이 잘 싸울 거라고 기대하는 사람은 아무도 없었다. 그러나 한은 1년 내내 준 사부에게 훈련을 받았다. 더욱이 그는 시네가드 출신이었다. 한은 '당연히' 이겨야 했고, 이기지 못하면 앞으로 동기들 앞에서 얼굴을 들 수 없을 것이다.

손자는 반드시 적의 약점을 파악해 제대로 이용해야 한다고 말했다. 한의 약점은 심리적이었다. 한에게 지워진 위험부담이 훨씬 더 컸고 그것 때문에 불안해질 수밖에 없었다. 바로 그 점 때문에 한은 해볼 만한 상대가 되었다.

"왜? 여자애 얼굴 처음 보나?" 린이 말했다.

한은 노여움으로 얼굴이 붉으락푸르락해졌다.

'좋아.' 린은 그를 긴장하게 했다. 그녀는 이를 드러내고 씩 웃었다. "운 좋은 줄 알아." 린이 말했다. "넌 나의 첫 제물이 될 테니까."

"웃기지 마. 그럴 일은 절대 없어!" 한이 울컥 소리쳤다. "넌 무술이 뭔지도 모르잖아."

린은 그저 씩 웃으며 몸을 숙여 시진의 네 번째 시작 자세를 취했다. 뒤쪽 다리를 굽혀 앞으로 튀어 나갈 준비를 하고 양 주먹을 들어 올려 얼굴을 방어했다.

"그래?" 린이 말했다.

한의 얼굴에 의혹의 그림자가 드리웠다. 그도 린의 자세가 열심히 훈련한 결과물임을 알아보았다. 무술 훈련을 전혀 받지 못한 사람의 자세가 아니었다.

손녠 사부가 신호를 보내자 린은 곧바로 한에게 덤벼들었다.

한은 처음부터 방어적이었다. 린에게 앞으로 돌진할 기회를 주는 실수를 저질렀고 이후 기세를 회복하지 못했다. 시작부터 린이 이 시합의 모든 면을 쥐락펴락했다. 린이 공격하고 한이 방어했다. 린은 한과 추는 춤을 주도했고, 한이 언제 막을지를 결정했으며, 두 사람의 동작이 어디로 향할지도 결정했다. 린은 순전히 근육 기억으로 질서정연하게 싸웠다. 린은 효율적이었다. 린은 한의 모든 동작이 그에게 불리하게끔 유도했고, 한을 혼란에 빠뜨렸다.

게다가 한의 공격은 예측 가능했다. 발차기를 실수하면 뒤로 물러나 다시 발차기를 시도했고, 린 쪽에서 방향을 바꿀 때까지 몇 번이고 다시 시도했다.

마침내 그는 방어 자세를 풀어버리고 린에게 빈틈을 내주고 말았다. 린은 한의 코를 향해 팔꿈치를 휘둘렀다. 만족스럽게 딱 하고 부러지는 느낌이 왔다. 한은 끈이 끊어진 꼭두각시 인형처럼 바닥에 픽 쓰러졌다.

린은 한이 심각하게 다치지 않았다는 것을 알았다. 지앙 사부에게 적어도 두 번은 코를 맞은 경험이 있었다. 한은 다쳐서 아프기보다는 경악한 것에 더 가까웠다. 그는 자리에서 일어날 수도 있었다. 그러나 일어나지 않았다.

"그만." 손녠 사부가 말했다.

린은 이마의 땀을 닦아내고 난간 쪽을 쳐다보았다.

구덩이 위쪽은 고요했다. 급우들은 수업 첫날처럼 깜짝 놀라고 당황한 것 같았다. 네자는 많이 놀랐는지 어안이 벙벙한 얼굴이었다.

갑자기 키테이가 손뼉을 치기 시작했다. 손뼉을 치는 유일한 사람이었다.

＊

그날 린은 두 번의 시합을 더 치렀다. 둘 다 첫 시합과 별다르지 않았다. 일단 상대의 행동 양식을 알아보고, 혼란을 주고, 마지막 한 방으로 끝냈다. 두 번 다 린이 이겼다.

린은 한나절 만에 약체에서 선두 경쟁자로 급부상했다. 바보처럼 돼지를 끌고 산을 오르내리며 몇 달을 보낸 덕분에 급우들보다 지구력이 한결 나았다. 게다가 시진의 자세를 익히며 보냈던 길고 절망적인 시간 덕분에 나무랄 데 없는 발놀림을 구사하게 되었다.

다른 급우들은 준 사부에게서 기초를 배웠다. 모두 같은 방식으로 움직였고 불안하면 다들 한결같이 기본자세로 돌아갔다. 린은 그렇지 않았다. 린의 가장 큰 이점은 예측불가성이었다. 린은 급우들이 예상하는 방식으로 싸우지 않았고 그들을 정해진 틀 밖으로 내던졌으며 그래서 계속 린이 이겼다.

＊

첫날 막바지에 이르자 린과 나머지 여섯 명이 3승 무패로 8강전에 진출했다. 그중에는 네자와 벤카도 포함되었다. 키테이는 첫날 2승 1패를 기록했지만, 기술이 좋아 8강에 합류했다.

8강전은 다음 날이었다. 손녠 사부가 무작위로 조를 뽑아 모두가 볼 수 있게 강당 밖에 게시했다. 린은 아침 첫 대결로 벤카와 맞붙게 되었다.

벤카는 오랫동안 무술 훈련을 받아왔고 실제로 그 성과를 보여주었다. 그녀는 공격이 재빨랐고 발놀림도 매끄럽고 흠잡을 데가 없었다. 잔혹하고 광포하게 싸웠다. 기술도 아주 정확하고 치밀했으며 시간도 완벽하게 맞췄다. 벤카는 린만큼 빨랐고 어쩌면 더 빠를 수도 있었다.

린에게 한 가지 이점이 있다면 벤카는 싸우다가 다친 적이 한 번도 없다는 사실이었다.

"벤카는 여러 번 대련을 했지만." 키테이가 말했다. "실제로 벤카를 때리려고 시도하는 사람은 없어. 다들 주먹이 닿기 전에 멈추지. 심지어 네자도 그래. 아마 어렸을 때 스승 중에서도 실제로 벤카를 때린 사람은 없었을걸. 그랬다간 곧바로 해고를 당했을 테니까. 아니면 감옥에 갇히든가."

"농담이지?" 린이 물었다.

"나도 벤카를 때린 적이 한 번도 없어."

린은 한쪽 주먹을 손바닥에 대고 문질렀다. "어쩌면 이번 일이 벤카에게 도움이 될지도 모르겠네."

그래도 벤카를 다치게 하기란 절대 쉽지 않았다. 순전히 운이 좋아서 린은 가까스로 일찍 공격에 성공했다. 린의 속도를 얕잡아봤던 벤카가 왼쪽 주먹을 짧게 날린 다음 방어 자세로 너무 늦게 돌아갔다. 린이 그 틈을 파고들어 손등으로 벤카의 코를 후려쳤다.

린의 손 밑에서 쩍하고 뼈 부러지는 소리가 들렸다.

벤카는 곧바로 물러났다. 한 손을 얼굴로 가져가 부어오르는 코 주위를 감쌌다. 피범벅이 된 손을 흘끗 내려다보고 다시 린에게 덤볐다. 분노로 콧구멍이 씰룩거렸다. 뺨은 유령처럼 해쓱해졌다.

"무슨 문제라도 생겼어?" 린이 물었다.

벤카가 죽일 듯한 표정으로 린을 노려보았다.

"너 같은 건 여기 와서는 안 됐어." 벤카가 으르렁거렸다.

"그런 말은 네 코에 대고 해주시지."

벤카는 눈에 띄게 당황했다. 예쁘장한 냉소는 어디론가 사라지고 머리카락은 엉망이 되어버렸고 얼굴은 피투성이에 눈빛은 거칠고 초점도 사라졌다. 안절부절못하고 자세도 흐트러졌다. 몇 번 더 거친 공격을 시도했지만, 결국 린이 다리를 들어 길게 휘어지는 호를 그리며 벤카의 머리 옆을 후려쳤다.

벤카는 옆으로 쓰러져 그대로 땅바닥에 누웠다. 가슴이 빠르게 위아래로 오르내렸다. 린은 벤카가 우는 건지 숨을 헐떡이는지 구분할 수가 없었다.

뭐든 상관없었다.

린이 구덩이에서 나오자 환호와 갈채가 잦아들었다. 그들은 전부 벤카를 응원하고 있었다. 벤카는 결승전 진출 기대주였다.

린은 그런 것 역시 신경 쓰지 않았다. 이미 익숙해진 일이었다. 무엇보다 벤카는 린이 이기고 싶었던 상대가 아니었다.

✳

대진표 반대편에서 네자가 무자비하게 효율적으로 결승을 향해 치고 올라왔다. 그의 싸움은 언제나 옆 구덩이에서 린의 싸움과 동시에 시작되었고 늘 더 일찍 끝났다. 그래서 린은 네자가 싸우는 모습을 실제로 본 적이 없었다. 그저 네자의 상대들이 들

것에 실려 나오는 것만 보았을 뿐이다.

네자의 상대 가운데 유일하게 키테이만 다치지 않고 시합장에서 걸어 나왔다. 1분 30초를 버티다가 항복했기 때문이다.

네자가 고의로 상대를 불구로 만들어 자격 박탈을 당할 거라는 소문이 돌았지만, 린은 거기에 희망을 걸 만큼 바보가 아니었다. 교수진도 결승전에서 인 가문의 후계자를 보고 싶어 했다. 린이 아는 한 네자는 조금도 주춤하지 않고 사람을 죽일 수 있었다. 준 사부라면 당연히 허락할 것이다.

린과 네자가 둘 다 준결승전에서 이겼을 때 아무도 놀라지 않았다. 결승전은 문하생들도 와서 구경할 수 있도록 저녁 식사 이후로 연기되었다.

저녁 식사 도중에 네자가 어디론가 사라졌다. 린은 아마도 준 사부에게 사적으로 지도를 받고 있을 거라 짐작했다. 잠시 네자가 자격 박탈을 당할 수 있게 신고할까 생각해봤지만, 그러면 이겨도 공허한 승리가 될 것을 알았다. 린은 끝까지 가보고 싶었다.

린은 저녁을 깨작거렸다. 힘이 필요하다는 것도 알았지만, 먹을 생각만 해도 구역질이 밀려왔다.

휴식 시간에 라반이 린의 식탁으로 다가왔다. 그는 아래쪽 층에서 계속 뛰어왔는지 땀을 뻘뻘 흘리고 있었다.

린은 라반이 결승전에 진출한 걸 축하해주려는 줄 알았는데, 정작 그가 입 밖에 낸 말은 "당장 항복해."였다.

"농담하지 마요." 린이 대꾸했다. "나는 이번에도 이길 거예요."

"야, 린. 너는 네자가 싸우는 모습을 한 번도 본 적이 없잖아."

"내 싸움에 워낙 심취해 있어서요."

"그러니 네자가 뭘 어떻게 하는지 모르잖아. 방금 의무실에서 네자의 준결승전 상대를 보고 왔어. 노하이 말이야." 라반은 무척 동요한 것 같았다. "노하이가 다시 걸을 수 있을지 아무도 모른대. 네자가 노하이의 무릎뼈를 말 그대로 박살을 내버렸어."

"그야 노하이의 문제죠." 린은 네자의 승리 이야기는 듣고 싶지 않았다. 그렇지 않아도 불안하고 욕지기가 치밀었다. 린이 결승전을 완수해낼 유일한 방법은 네자가 충분히 싸워볼 만하다고 자신을 설득하는 길뿐이었다.

"네자가 널 싫어하잖아." 라반이 계속 말했다. "그 녀석이 너를 평생 불구로 만들지도 몰라."

"그 애는 아직 꼬맹이예요." 린은 사실은 느껴지지도 않는 자신감을 드러내며 코웃음을 쳤다.

"네가 아직 꼬맹이지!" 라반은 흥분한 것 같았다. "네가 자신을 얼마나 대단하게 여기는지는 상관없어. 네자는 너보다 키가 한 뼘이나 더 크고 온몸이 근육이야. 내가 맹세하는데 네자는 너를 죽이고 싶어 한다고."

"그 애에게도 약점이 있어요." 린은 고집스럽게 말했다. 사실이어야 마땅했다. 그렇지 않은가?

"그게 중요해? 그나저나 이번 결승전이 너한테 무슨 의미가 있어?" 라반이 물었다. "너는 이제 학당에서 쫓겨날 가능성이 없잖아. 모든 사부가 너에게 선택권을 줄 거야. 그런데 왜 결승전에서 꼭 이겨야 하는 거야?" 라반의 말이 옳았다. 지금은 이르자 사부가 린에게 선택권을 주는 걸 꺼릴 이유가 없었다. 린은 시네가드에서 제자리를 확보했다.

그러나 지금은 선택권이 문제가 아니었다. 자존심의 문제였다. 힘의 문제였다. 린이 만약 네자에게 항복한다면 그는 학당에서 지내게 될 시간 내내 그 일을 가지고 린을 괴롭힐 것이다. 아니, 평생 괴롭힐 것이다.

"이길 수 있으니까요." 린이 말했다. "또 네자가 나를 없앨 수 있다고 생각하니까요. 그리고 나는 그 바보 같은 얼굴을 깨뜨리고 싶으니까요."

✳

린과 네자가 구덩이로 내려가는 동안 지하 강당은 조용해졌다. 기대감으로 공기가 팽팽하게 부풀어 올랐고, 피를 보고 싶은 욕망이 떠다녔다. 서로를 증오했던 몇 달간의 경쟁심이 드디어 최고조에 이르렀고, 다들 두 사람의 대결이 어떤 결과를 불러올지 지켜보기를 원했다.

준 사부와 이르자 사부는 둘 다 애써 중립적인 표정을 짓고 어떤 감정도 내비치지 않았다. 지앙 사부는 오지 않았다.

네자와 린은 짤막하게 고개를 숙여 인사하고 상대에게 절대로 시선을 떼지 않은 채 곧바로 뒤로 물러섰다.

네자는 일부러 린의 눈에 시선을 고정했다. 아몬드 모양 눈이 단단한 집중력으로 갸름해졌다. 집중하느라 입술도 꾹 다물었다. 조롱도 비웃음도 없었다. 심지어 으르렁거리지도 않았다.

네자는 지금 린을 진지하게 대하고 있었다. 린을 대등한 적수로 받아들이고 있었다.

어쩐 일인지 린은 이 사실이 매우 자랑스러웠다. 두 사람은 서로를 빤히 응시하면서 둘 다 상대가 먼저 시선을 돌리기를 바랐다.

"시작." 손녠 사부가 말했다.

린이 곧바로 앞으로 달려들었다. 린이 오른쪽 다리를 몇 번이나 휘둘러 네자는 어쩔 수 없이 뒤로 물러나야 했다.

키테이는 점심시간 내내 린 옆에 붙어 전략을 짜는 걸 도왔다. 린은 네자가 어느 순간 맹목적으로 치달을 수 있음을 알게 되었다. 그는 한번 기세를 장악하면 상대가 축 늘어지거나 죽을 때까지 멈추지 않았다.

린이 먼저 네자를 제압해야 했다. 계속해서 네자가 방어적으로 나오게 만들어야 했다. 네자를 상대로 린이 방어적으로 나오면 패배가 확실했다.

문제는 네자가 겁날 정도로 강하다는 사실이었다. 그는 코빈이나 쿠릴만큼 야수 같은 힘을 가지고 있지는 않았지만, 동작이 매우 정교해서 힘은 문제가 되지 않았다. 그는 자신의 기를 굉장히 정밀하게 차곡차곡 쌓았다가 최소한의 압력점을 통해 쏟아부어 최대치의 충격을 가할 수 있었다.

벤카와 달리 네자는 손상을 입고도 이를 흡수하고 싸움을 계속할 수 있었다. 린은 한두 번 네자에게 멍을 안겨주었다. 그는 금세 적응하고 되받아쳤다. 그리고 그의 공격은 정말로 아팠다.

시합을 시작한 지 2분이 흘렀다. 린은 지금껏 네자의 어떤 상대보다 더 오래 버텼고, 한 가지 사실이 분명해졌다. 그는 천하무적이 아니었다. 불가능할 정도로 어려워 보였던 기법들이 이제는 겨뤄볼 만해 보였다. 네자의 발차기는 멧돼지처럼 폭이 넓고 명백했다. 그의 발차기는 무시무시한 힘을 싣고 있었지만, 상대의 몸에 닿았을 때만 효과적이었다.

린은 네자의 발에 닿지 않게 했다.

네자가 린을 불구로 만들 수는 없었다. 그러나 린은 단지 살아남으려고 여기 있는 게 아니었다. 그녀는 이기려고 여기에 있었다.

'폭발하는 용.' '몸을 웅크린 호랑이.' '목을 늘인 학.' 린은 시진의 오금희에서 본 동작을 필요에 따라 돌아 가며 사용했다. 수없이 연습한 자세들이 하나로 연결되어 근사한 형태를 이루었고 저절로 연이은 동작이 되었다.

하지만 네자는 린의 무술 양식에 당황했는지 몰라도 겉으로 드러내지는 않았다. 그는 여전히 침착하고 골똘하게 체계적으로 공격했다.

이제 4분이 흘렀다. 지친 몸에 산소를 공급하느라 린의 허파가 조여들었다. 그러나 린이 피곤하다면 네자 역시 피곤하다는 뜻이었다.

"네자는 피곤할수록 절박해져." 키테이가 말했었다. "그리고 절박할 때 가장 위험해."

네자는 점점 절박해지고 있었다.

그는 더 이상 기를 다스리지도 않았다. 린을 향해 연달아 주먹을 날렸다. 상대에게 장애를 입히면 안 된다는 규칙도 신경 쓰지 않았다. 만약 린을 바닥에 쓰러뜨리기라도 하면 정말로 린을 죽일 것이다.

네자가 낮은 발차기로 린의 무릎 뒤쪽을 스쳤다. 린은 미친 듯이 고함을 질러 네자가 다가오게 했고, 균형을 잃은 척 뒤로 몸을 기울였다. 네자는 곧장 린 쪽으로 들어왔다. 린은 바닥으로 누웠다가 위를 향해 발을 날렸다.

린은 지금껏 어느 발차기보다 더 강력한 힘으로 네자의 명치를 가격했다. 그의 허파 밖으로 공기가 훅하고 빠져나가는 게 느껴졌다. 린은 바닥에서 풀쩍 튀어 올랐는데, 놀랍게도 네자가 숨을 헐떡이며 여전히 뒤쪽으로 휘청거리고 있었다.

린은 앞으로 몸을 날려 네자의 머리를 주먹으로 힘껏 후려쳤다.

네자가 바닥에 쓰러졌다.

충격을 받은 웅얼거림이 청중들 사이를 휩쓸고 지나갔다.

린은 네자가 일어나지 않기를 바라며 주위를 맴돌았지만, 그가 다시 일어날 것을 알고 있었다. 린은 경기를 끝내고 싶었다. 당장 발로 네자의 뒤통수를 갈기고 싶었다. 그러나 사부들은 명예를 중시했다. 만약 린이 쓰러져 있는 네자를 때린다면 린은 당장 짐을 싸서 시네가드를 떠나야 할 것이다.

네자가 같은 짓을 한다면 누구도 눈 하나 깜박하지 않을 거라는 의혹이 들었지만, 그런 건 상관없었다.

4초가 흘렀다. 네자가 떨리는 손을 들어 바닥을 내리쳤다. 그는 앞쪽으로 몸을 끌고 갔다. 그의 이마에서 피가 흘러내려 눈 속으로 선홍색 피가 스며들었다. 그는 눈을 깜박이며 피를 떨쳐내고 고개를 들어 린을 노려봤다.

그의 눈빛이 당장 죽이겠다고 소리쳤다.

"계속해라." 손넨 사부가 말했다.

린은 경계하며 네자 주위를 맴돌았다. 그는 뒷다리로 몸을 버티는 상처 입은 늑대처럼 웅크렸다.

다음에 린이 주먹을 날렸을 때 네자가 그녀의 팔을 붙잡아 린을 자기 쪽으로 홱 끌어당겼다. 린은 숨을 쉴 수 없을 만큼 놀랐다. 네자가 손톱을 바짝 세워 린의 얼굴을 긁고 빗장뼈까지 할퀴었다.

린은 팔을 꿈틀거려 그의 손아귀에서 벗어나자마자 재빨리 뒤로 몸을 돌려 물러났다. 왼쪽 눈 밑과 목 주변이 따끔거리며 아팠다. 피가 날 정도로 네자가 할퀸 자국이었다.

"인 네자, 경고다." 손녠 사부가 말했다.

둘 다 사부의 말을 듣지 않았다. '경고하면 뭔가 달라지기라도 하는 듯이 말하는군.' 린은 생각했다. 다음번 네자가 린에게 달려들었을 때 린은 네자를 밀치고 함께 바닥에 쓰러졌다. 두 사람은 한데 엉켜 흙바닥을 구르며 서로 상대를 찍어누르려고 했지만, 둘 다 실패했다.

네자가 미친 듯이 허공을 향해 주먹을 날렸고 린의 얼굴에 공격을 퍼부었다.

그녀는 처음 주먹질은 피했다. 그는 다시 주먹을 휘둘렀고 이번에는 손등으로 린의 얼굴을 맞혔다. 그녀는 숨을 쉴 수가 없었다. 얼굴 아래쪽 절반에 감각이 사라졌다.

그가 그녀의 뺨을 때렸다.

그가 그녀의 '뺨'을 때렸다.

발차기는 감당할 수 있었다. 손날치기도 받아들일 수 있었다. 그러나 뺨 때리기는 잔혹하게 내밀했다. 우월하다는 저의가 깔려 있었다.

린 안의 무언가가 딱하고 부러졌다.

숨을 쉴 수가 없었다. 시야 가장자리가 검게 물들었다. 검었다가 곧 붉어졌다. 끔찍한 분노가 린의 안을 가득 채우고 린의 생각을 완전히 집어삼켰다. 린은 숨을 쉬어야 마땅하듯이 복수를 해야 마땅했다. 그녀는 네자 역시 '아프기'를 원했다. 네자 역시 '벌을 받기'를 원했다.

린은 손가락을 발톱처럼 세우고 휘둘렀다. 네자가 뒤로 물러나려고 린을 놓아주었지만, 린은 훨씬 더 미친 듯이 공격을 이어 갔다. 린은 네자만큼 빠르지 않았다. 네자가 반격에 나섰을 때 린은 공격을 막아낼 만큼 빠르지 않았다. 네자가 린의 허벅지를, 팔을, 마구 때렸지만 린의 몸은 그 아픔을 느끼지 않았다. 고통이 전하는 말을 무시했다. 고통은 나중에 느낄 것이다.

지금의 고통이 성공을 이끌 것이다.

네자가 린의 얼굴을 한 번, 두 번, 세 번 쳤다. 그는 그녀를 짐 승처럼 때렸지만, 그녀는 계속해서 싸웠다.

"넌 도대체 뭐가 문제냐?" 네자가 씩씩거렸다.

'네자의' 문제가 무엇인지, 그게 더 중요했다. 두려움. 린은 네자의 눈에서 그것을 보았다.

그는 린을 벽까지 밀어붙이고 양손으로 린의 목을 감쌌지만, 린은 그의 양쪽 어깨를 붙잡고 무릎을 세워 그의 갈비뼈를 가격하고 팔꿈치로 그의 뒤통수를 쳤다. 그는 숨을 헐떡이며 앞으로 고꾸라졌다. 그녀는 아래로 몸을 말고 팔꿈치로 그의 등허리를 찍었다. 네자가 비명을 지르며 고통으로 몸부림쳤다.

린은 발로 네자의 왼쪽 팔을 찍어누르고 오른쪽 팔꿈치로 목을 눌렀다. 그가 몸부림을 치자 주먹으로 그의 뒤통수를 때리며 그가 일어나지 못할 게 분명해질 때까지 그의 얼굴을 흙바닥에 대고 찍어눌렀다.

"그만." 손녠 사부가 말했지만, 린은 사부의 말을 거의 듣지 못했다. 귓속에 전쟁 북소리처럼 피가 웅웅거리며 휘몰아쳤다. 린의 시야는 붉은색으로 물든 채 오직 상대 적수만 보였다.

린이 네자의 머리카락을 한 줌 휘어잡고 그의 머리를 거칠게 위로 잡아당겼다가 바닥에 내리쳤다.

"그만!"

손녠 사부가 양팔로 린의 목을 잡고 네자의 팔다리에서 린을 떼어내 끌고 갔다.

린은 손녠 사부에게서 벗어나려고 마구 몸부림을 쳤다. 그녀의 몸이 뜨겁게 타오르고 있었다. 갑자기 어지러웠다. 열기로 가득 차 터져버릴 것만 같았다. 열기를 빼내야 했다. 어디론가 분출해야 했다. 그러지 않으면 죽을 것이다. 그러나 열기를 쏟아낼 유일한 곳은 다른 사람의 몸뿐이었다.

이성적인 마음 깊은 곳에서 누군가가 외쳤다.

린이 구덩이 밖으로 나가자 라반이 손을 뻗었다. "린, 대체 무슨…."

린은 라반의 손을 밀쳐냈다.

"비켜." 린은 숨을 헐떡였다. "비켜."

사부들이 린 주위로 몰려왔다. 린은 그들의 손을 밀쳐냈다. 와자지껄한 목소리들, 다가오는 손들, 움직이는 입들. 그들의 존재 때문에 숨을 쉴 수가 없었다. 린은 비명을 지르면 그것들을 완전히 흩어버릴 수 있을 것만 같았다. 그들을 흩어버리고 싶었다. 그러나 한 조각 이성이 그 마음을 억누르고 휘청거리며 출구를 향해 나가게 했다.

사람들이 기적처럼 린을 위해 길을 비켜주었다. 린은 문하생 무리를 뚫고 계단을 향해 달렸다. 쏜살같이 계단을 뛰어올라 강당 문을 벌컥 열고 차가운 바깥 공기를 한가득 들이마셨다.

이 정도로는 어림도 없었다. 그녀는 여전히 불타오르고 있었다.

뒤쪽 사부들의 외침을 무시하고 그녀는 달리기 시작했다.

✳

　지앙 사부는 린이 찾아간 첫 번째 장소, 전승학 정원에 있었다. 그는 눈을 감고 정좌한 채 자신이 깔고 앉은 바위처럼 미동도 없었다.

　린은 비틀거리며 정원 문을 지나 문설주를 붙잡았다. 세상이 옆으로 휘몰아쳤다. 보이는 모든 것이 붉은색이었다. 나무도 돌도 심지어 지앙 사부도 붉었다. 지앙 사부가 횃불처럼 눈앞에서 타올랐다.

　지앙 사부가 린의 소리를 듣고 눈을 떴다. "린이냐?"

　린은 말하는 법을 잊었다. 몸 안의 불꽃이 지앙 사부를 향해 뻗어 나오며 불길이 불쏘시개를 감지하듯이 그의 존재를 감지하고 그를 집어삼키기를 갈망했다.

　린은 지앙 사부를 죽이지 않으면 자신이 폭발할 거라고 확신했다.

　그녀는 그를 공격하려고 움직였다. 그가 벌떡 일어나 린의 손을 피하더니 이윽고 날쌘 동작으로 린을 거꾸로 집어던졌다. 린은 등부터 바닥에 떨어졌다. 그가 양팔로 그녀를 바닥에 찍어눌렀다.

　"활활 타고 있구나." 지앙 사부가 놀라서 말했다.

　"나 좀 도와주세요." 린이 헐떡이며 말했다. "도와줘요."

　지앙 사부가 앞으로 몸을 숙여 양손으로 린의 머리를 받쳐 들었다.

　"나를 봐라."

　린은 대단히 힘겹게 그의 말을 따랐다. 눈앞에서 그의 얼굴이 마구 흔들렸다.

"맙소사." 그가 중얼거리며 린을 놓아주었다.

지앙 사부의 눈동자가 뒤쪽으로 돌아가며 흰자위를 드러냈다. 그가 해독할 수 없는 소리를 내뱉기 시작했다. 어떤 언어도 닮지 않은 말이었다.

그가 눈을 뜨고 손바닥으로 린의 이마를 짚었다.

지앙 사부의 손이 얼음장 같았다. 지지는 듯한 냉기가 그의 손바닥에서 린의 이마로 쏟아지더니 곧이어 몸 전체로 퍼졌다. 불꽃이 흘렀던 길에 냉기가 흘러가며 아직도 린의 핏줄에 흐르는 불을 다독였다. 린은 얼어붙을 듯한 찬물에 잠겨 있는 것 같았다. 불이 핏줄에서 빠져나가는 동안 린은 바닥에 누운 채 몸부림치고 충격으로 숨을 헐떡이며 몸을 떨었다.

잠시 후 모든 것이 잠잠해졌다.

✳

정신을 차리고 가장 먼저 눈에 들어온 것은 지앙 사부의 얼굴이었다. 그의 옷이 마구 구겨져 있었다. 눈 밑에는 깊은 그늘이 졌다. 마치 며칠 잠을 못 잔 사람 같았다. 린은 얼마나 오래 잠들어 있었을까? 그동안 지앙 사부는 계속 곁을 지켰을까?

린이 고개를 들었다. 의무실 침대에 누워 있었지만, 어디 다친 것 같지는 않았다.

"좀 어떠냐?" 지앙 사부가 조용히 물었다.

"멍이 들었지만 괜찮습니다." 그녀는 천천히 윗몸을 일으키고 앉다가 움찔거렸다. 입안에 솜이 가득 든 것 같은 느낌이 들었다. 기침을 하며 얼굴을 찌푸린 채 목을 문질러 보았다. "무슨 일이 일어난 겁니까?"

지앙 사부가 침대 옆에 있던 물을 건넸다. 린은 고마운 마음에 물을 마셨다. 놀라운 감각과 함께 물이 메마른 목을 타고 내려갔다.

"축하한다." 지앙 사부가 말했다. "린, 네가 올해의 최종 우승자다."

그의 목소리는 조금도 축하하는 말투가 아니었다.

린도 마땅히 느껴야 하는 기쁨이 전혀 느껴지지 않았다. 심지어 네자를 상대로 한 승리인데도 순수하게 즐겁지 않았다. 최소한의 자랑스러움도 느껴지지 않았다. 오직 두렵고 혼란스러웠다.

"제가 대체 뭘 한 겁니까?" 린이 속삭였다.

"아직 준비가 안 된 것을 우연히 발견했다." 지앙 사부가 말했다. 그는 흥분한 것 같았다. "네게 오금희를 가르치는 게 아니었다. 이제 너는 너 자신도 주변 사람들도 모두 위험에 빠뜨릴 것이다."

"사부님이 저를 도와주시면 됩니다." 린이 말했다. "그러지 않도록 가르쳐주시면 됩니다."

"너는 그저 좋은 군인이 되고 싶다 하지 않았느냐."

"그렇습니다." 린이 말했다.

그러나 그보다 린은 힘을 원했다.

그녀는 시합상에서 무슨 일이 있었는지 알지 못했다. 그것에 두려움을 느끼지 않았다면 거짓말일 것이다. 그러나 그와 같은 힘은 처음 느껴보았다. 그 순간에는 누구라도 이길 수 있을 것 같았다. 누구라도 죽일 수 있었다.

린은 그 힘을 다시 느끼고 싶었다. 그리고 지앙 사부가 가르쳐줄 수 있는 것을 원했다.

"그날 정원에서 제가 참 배은망덕했습니다." 린은 조심스럽게 말을 골랐다. 너무 아첨한다면 지앙 사부가 도망칠 것이다. 그러나 제대로 사과하지 않으면 지앙 사부는 린이 그날의 마지막 대화 후에 어떤 교훈도 깨닫지 못했다고 생각할 것이다. "제가 생각이 짧았어요. 죄송합니다."

린은 우려하는 마음으로 지앙 사부의 눈을 보았다. 그 눈에서 끝내 지앙 사부를 잃고 말았다는 냉담한 눈빛을 발견하게 될까 두려웠다.

지앙 사부의 태도는 누그러들지 않았지만 그렇다고 일어나서 가버리지도 않았다. "아니다. 그날은 내가 잘못했다. 난 네가 알탄과 얼마나 많이 닮았는지 미처 깨닫지 못했다."

알탄의 말이 나오자 린이 고개를 치켜들었다.

"너도 알다시피 알탄은 그 해 우승자였다." 지앙 사부가 기운 없이 말했다. "알탄은 결승전에서 토비와 맞붙었다. 너와 네자처럼 원한이 서린 싸움이었다. 알탄은 토비를 무척 '미워했다.' 토비가 학년이 시작된 첫 주에 스피어에 관해 신랄한 비난을 했고, 알탄은 그 후 절대로 토비를 용서하지 않았다. 그러나 그는 너와 달랐다. 알탄은 쉴 새 없이 모이를 쪼아대는 암탉처럼 한 해 내내 토비와 티격태격 다투지 않았다. 알탄은 분노를 눌러 삼켰고 무관심한 가면 아래 분노를 감추었다. 그러다가 마지막 순간 여섯 명의 군벌 수령과 황제까지 지켜보는 가운데 어마어마한 힘을 분출했다. 결국, 손넨과 준과 나까지 나서서 알탄을 말려야 했다. 경기가 끝나고 토비는 심각하게 상처를 입어서 엔로가 닷

새 동안 한숨도 못 자고 토비를 치료해야 했다."

"저는 그 정도는 아니었어요." 린이 말했다. 그녀는 네자를 그 정도로 심하게 때리지 않았다. 그랬던가? 분노의 안개를 걷고 기억하기가 어려웠다. "아니에요. 저는 알탄과 같지 않아요."

"아니, 너희 둘은 정확히 똑같다." 지앙 사부가 고개를 저으며 말했다. "너희는 지나치게 무모하다. 너희는 원한을 품고, 분노를 키우고, 분노를 폭발시킨다. 그리고 너희는 배운 것에 주의를 기울이지 않는다. 너를 가르친 것은 나의 실수였다."

린의 가슴이 곤두박질쳤다. 미쳐버릴까 봐 갑자기 두려웠다. 믿을 수 없이 놀라운 힘을 이제 겨우 감질나게 맛보았는데 여기서 끝이란 말인가?

"그래서 사부님은 알탄의 선택권을 철회한 겁니까?" 린이 물었다. "사부님은 왜 알탄을 가르치지 않겠다고 했습니까?"

지앙 사부가 어리둥절한 표정을 지었다.

"나는 선택권을 철회하지 않았다." 그가 말했다. "오히려 내가 알탄을 지켜봐야 한다고 주장했다. 알탄은 스피어인이고 이미 분노와 재앙의 영향을 받은 아이다. 그 아이를 도와줄 수 있는 사람은 나밖에 없었다."

"하지만 문하생들 말로는…."

"문하생들은 아무것도 모른다." 지앙 사부가 딱 잘라 말했다. "지마 대사부에게 제발 내가 알탄을 가르치게 해달라고 사정했다. 그러나 황제가 끼어들었다. 황제는 스피어 전사의 군사적 이용 가치를 알았기 때문에 알탄을 보고 무척 흥분했다…. 결국, 국가적 이익이 한 소년의 정신세계보다 중요했던 게지. 알탄은 이르자의 후견 아래로 들어갔고 그들은 알탄에게 분노를 통제하는 법을 가르친 게 아니라 오히려 그 아이의 분노를 무기처럼 갈고 닦았다. 너도 알탄을 시합장에서 봤을 테니 그 애가 어떤지 알겠지."

지앙 사부가 앞으로 몸을 숙였다. "하지만 너. 황제는 너에 대해서는 모른다." 그는 린에게 말하기보다 혼잣말하듯 중얼거렸다. "넌 안전하지는 않지만 그래도… 그들이 개입하지는 않을 것이다. 이번에는 아니야…."

린은 큰 희망을 품지 않고 지앙 사부의 얼굴을 보았다. "그렇다면 그 말씀은…."

지앙 사부가 일어났다. "너를 내 문하생으로 받아주겠다. 내가 그 일을 후회하지 않기를 바란다."

지앙 사부가 린에게 손을 내밀었다. 린은 손을 들어 지앙 사부의 손을 맞잡았다.

✳

학기 초에 시네가드에 입학한 50명 가운데 35명이 문하에 들어갈 수 있는 선택권을 받았다. 사부들은 학당 행정실에 족자를 보내 학생들이 찾아가게 했다.

족자를 하나도 받지 못한 학생은 도복을 반납하고 곧 학당을 떠날 준비를 해야 했다.

학생들 대다수는 족자를 한 개 받았다. 니앙은 기쁘게도 다른 두 명의 학생과 함께 의학을 전공할 수 있게 되었다. 네자와 벤카는 전투 문하에 들어갔다.

키테이는 네자에게 항복한 순간 선택권을 받지 못할 거라고 확신했는데, 행정실로 가는 내내 광적으로 머리카락을 잡아 뜯는 바람에 린은 그가 대머리가 될까 봐 은근히 걱정할 정도였다.

"바보 같은 짓이었어." 키테이가 말했다. "난 겁쟁이였어. 지난 20년 동안 다친 데도 없는데 항복한 학생은 내가 유일했어. 어떤 사부도 나 같은 애를 문하에 두고 싶지 않을 거야."

전투 대항전 전까지만 해도 키테이는 지마 대사부와 준 사부, 이르자 사부에게 선택권을 기대했었다. 그러나 행정실에서 그를 기다리는 족자는 단 한 개였다.

키테이가 족자를 풀어봤다. 그의 얼굴이 갈라지며 환하게 웃었다. "이르자 사부는 항복이 훌륭한 전략이라고 생각한대. 나는 병법을 전공하게 되었어!"

행정실 직원이 린에게 족자 두 개를 건넸다. 펼쳐보지 않아도 이르자 사부와 지앙 사부가 보낸 것임을 알 수 있었다. 린은 병법과 전승학 가운데 하나를 선택할 수 있었다.

그녀는 전승학을 선택했다.

8

시네가드 학당은 여름 축제 기간에 학생들에게 나흘간 휴가를 줬다. 휴가에서 돌아오자마자 다음 학기가 시작될 예정이었다.

학생들 대다수는 이 기간에 가족을 찾아갔다. 린은 티카니까지 먼 길을 갈 시간이 없기도 했고, 가고 싶지도 않았다. 휴가를 학당에서 보낼 생각을 하고 있었는데 키테이가 자기 집에 함께 가자고 초대했다.

"네가 싫지만 않으면 말이야." 키테이는 긴장해서 말했다. "내 말은, 다른 계획이 없으면…."

"다른 계획 없어." 린이 말했다. "나도 좋아."

린은 다음 날 아침 도시로 나들이 갈 짐을 꾸렸다. 짐을 싸는데 몇 초도 걸리지 않았다. 린에게는 개인 소지품이 거의 없었다. 학당 도복 두 벌을 낡은 여행 보따리에 조심스레 접어 넣고 그저 키테이가 축제 기간에 도복 차림으로 돌아다니는 걸 무례하게 여기지만 않기를 바랐다. 린에게는 다른 옷이 없었다. 낡은 남쪽 지방 옷은 학당에 오자마자 버렸다.

"내가 인력거를 부를게." 린은 학당 정문에서 키테이를 만나자마자 제안했다.

키테이가 어리둥절한 표정을 지었다. "인력거가 왜 필요해?"

린이 얼굴을 찌푸렸다. "그럼, 거기까지 어떻게 가?"

키테이가 대답하려고 입을 여는 순간 거대한 마차가 정문 앞에 멈춰 섰다. 고급스러워 보이는 금색과 자주색 옷을 입은 뚱뚱한 마부가 마부석에서 벌떡 일어나더니 키테이 쪽을 향해 고개를 깊이 숙여 인사를 건넸다. "잘 지내셨어요, 도련님?"

마부는 린을 향해 눈을 깜박거렸는데, 아마 린에게도 똑같이 절을 해야 할지 말지 망설이는 것 같았다. 이윽고 그가 겉치레삼아 고개를 숙였다.

"고마워, 메르치." 키테이가 마부에게 짐을 건네고 린을 도와마차에 올랐다.

"편안해?"

"응. 무척!"

두 사람 자리에서 저 아래 골짜기에 자리 잡은 도시 전체가거의 다 내려다보였다. 관가에 모여 있는 나선형 탑들이 희뿌연안개를 뚫고 치솟아 있었고, 언덕에 곡선형 기와지붕을 얹은 하얀 집들이 나란히 서 있었으며, 돌담으로 이루어진 골목길이 도심을 향해 구불구불 이어졌다.

차양을 친 마차 안에 앉아 있으려니 도시의 지저분한 거리와완전히 차단되었다는 느낌이 들었다. 쾌적한 기분이었다. 시네가드에 도착한 후 처음으로 린은 이곳에 속해 있다는 생각이 들었다. 마차 옆에 몸을 기대고 얼굴을 감싸며 불어오는 따뜻한 여름 바람을 즐겼다. 이처럼 편안한 기분을 느끼는 것도 참으로 오랜만이었다.

"휴가에서 돌아오면 그날 결승전에서 무슨 일이 있었는지 자세히 논의해보자꾸나." 지앙 사부가 말했었다. "네 마음은 아주 특별한 상처를 받아 고통스러웠다. 지금 네가 자신을 위해 할 수 있는 최선은 휴식이다. 이번 경험을 통해 성장을 도모해보아라. 네 마음을 치유해보자."

키테이는 린에게 무슨 일이 있었는지 일부러 묻지 않았다. 린은 그런 키테이가 고마웠다.

마부 메르치는 마차를 몰고 기세 좋게 산길을 내려갔다. 1시간 남짓 도시의 주도로를 달리다가 왼쪽으로 꺾어 옥 거리로 향하는 한적한 길로 들어섰다.

린이 1년 전 시네가드에 처음 도착했을 때 그녀와 페이릭 훈장은 노동계급이 사는 구역을 지나갔고, 그곳의 여관은 값이 싸고 길모퉁이마다 도박장이 있었다. 매일 아침 마옹 부인의 푸줏간에 다닐 때도 가장 시끄럽고 가장 더럽고 가장 냄새가 고약한 동네를 지나갔다. 지금껏 린이 시네가드에서 목격한 풍경은 사실 티카니와 크게 다르지 않았다. 그저 더 시끄럽고 더 답답했을 뿐이었다.

그러나 지금 키테이의 첸 가문 마차를 타고 가면서 린은 시네가드가 얼마나 화려하고 웅장한지 보았다. 옥 거리의 도로는 포장한 지 얼마 되지 않아서 그날 아침 깨끗이 빗질을 마친 것처럼 반짝였다. 나무로 만든 판잣집도 보이지 않았고, 요강을 비우는 시궁창도 보이지 않았다. 너무 가난해 집 안에 화덕을 들일 수가

228

없어서 집 밖 화로 위에서 빵과 만두를 찌느라 기분이 언짢은 주부들도 보이지 않았다. 구걸하는 거지들도 없었다.

린은 이 고요함이 어딘가 불안했다. 티카니는 늘 움직임으로 부산했다. 재포장해서 되팔려고 쓰레기를 주우러 다니는 넝마주이가 있었고, 집 밖 계단에 앉아 담배를 피우거나 마작을 하는 노인들이 있었으며, 볼기짝이 드러나는 옷을 입고 아장아장 걷는 아기와 그 옆에서 아기가 넘어지면 곧바로 붙잡아줄 준비를 하고 쪼그린 걸음걸이로 다니는 조부모가 있었다.

이곳에서는 그런 모습을 한 번도 보지 못했다. 옥 거리는 손 댄 흔적이 없는 깨끗한 담장과 울타리를 두른 정원으로 이루어졌다. 일행이 탄 마차 말고는 길이 텅 비어 있었다.

마부 메르치가 거대한 저택 정문 앞에 마차를 세웠다. 육중한 정문을 열자 길쭉한 직사각형 건물 네 채가 광활한 정원과 정자를 감싸며 네모나게 배치된 게 보였다. 개 몇 마리가 입구로 달려왔는데, 작고 하얀 개들은 타일을 깐 길로만 다녔는지 발바닥이 티 하나 없이 깨끗했다.

키테이가 함성을 지르며 마차에서 내리자마자 무릎을 꿇었다. 그의 개들이 미친 듯이 반갑게 꼬리를 마구 흔들며 그에게 뛰어올랐다.

"얘는 '용의 황제'야." 키테이가 개의 턱밑을 간질였다. "전부 위대한 통치자들의 이름을 따서 지었지."

"붉은 황제는 누구야?" 린이 물었다.

"네가 당장 피하지 않으면 곧 네 발에 오줌을 쌀 녀석."

저택의 가정부인 란 부인은 키가 작고 포동포동한 여성으로 얼굴에 주근깨가 많고 피부는 가죽처럼 질겨 보였다. 란 부인은 주름진 얼굴에 어울리지 않게 소녀같이 다정한 말투로 말했다. 시네가드 억양이 무척 강해서 역시 억양에 지역색이 짙은 마웅 부인과 몇 달이나 대화를 나누며 연습했는데도 란 부인의 말을 다 알아들을 수가 없었다.

"뭘 먹고 싶어요? 원하는 건 뭐든 해드릴게요. 저는 열두 성 음식을 모두 만들 줄 안답니다. 신성(申省, 원숭이의 성)만 빼고요. 거기 음식은 너무 매워서 여러분 건강에 좋지 않아요. 저는 또 취두부 요리도 하지 않아요. 시장에서 파는 것은 뭐든 요리할 수 있어요. 시장에 없으면 수입상에서 구할 수도 있고요. 좋아하는 요리가 있나요? 바닷가재 좋아해요? 물밤은 어때요? 말만 해요. 다 만들어드릴 테니."

린은 학당 구내식당에서 주는 일상적인 구정물에 익숙해져 있어서 란 부인에게 뭐라고 대답해야 할지 몰라 당황했다. 란 부인이 말한 요리는 먹어본 적도 없다고 솔직히 말해야 할까? 티카니 시절 팽 씨 부부는 '아무거나'라는 요리를 좋아했는데, 말 그대로 가게에서 팔다 남은 찌꺼기를 아무거나 넣고 만든 음식이었다. 주로 튀긴 달걀과 당면이었다.

"나는 칠보탕이 먹고 싶어." 키테이가 불쑥 말했고 린은 그게 도대체 어떤 음식인지 더 어리둥절해졌다. "그리고 사자머리도."

린이 눈을 깜박였다. "뭐라고?"

키테이가 재미있다는 표정을 지었다. "보면 알아."

✳

"그렇게 얼빠진 시골뜨기처럼 굴지 않아도 돼." 란 부인이 메추라기와 메추라기알과 자라 껍질 안에 담은 상어지느러미 수프

와 돼지 창자를 한 상 가득 차리자 키테이가 말했다. "그냥 음식일 뿐이야."

그러나 린에게 '그냥 음식'이란 쌀죽을 의미했다. 아니면 채소라든가. 어쩌다 운이 좋으면 먹는 생선 한 토막이나 돼지고기나 닭고기 같은 것들.

란 부인이 차린 음식 중 '그냥 음식'은 없었다.

칠보탕은 알고 보니 달콤하게 맛있는 죽에 붉은 대추와 꿀에 절인 밤과 연 씨와 린은 알아볼 수도 없는 다른 네 가지 재료를 섞어 만든 요리였다. 사자머리는 다행히 진짜 사자머리가 아니라 밀가루 섞은 고기 완자를 흰 두부 사이에 끼워 넣고 끓인 요리였다.

"키테이, 나 진짜 얼빠진 시골뜨기가 맞아." 린은 젓가락으로 메추라기알을 집어보려고 몇 번이나 애쓰다가 실패했다. 결국, 포기하고 손가락으로 집어 먹었다. "매일 이렇게 먹어?"

키테이의 얼굴이 붉어졌다. "너도 익숙해질 거야. 처음 학당에 와서 일주일 동안 힘들었어. 학당 구내식당은 정말 끔찍해."

어쩔 수 없이 키테이가 부러웠다. 그의 개인 화장실은 린과 케세기가 함께 썼던 비좁은 침실보다도 컸다. 저택 안 개인 도서관도 시네가드 학당의 도서관과 맞먹었다. 그리고 키테이가 소유한 모든 것은 얼마든지 대체할 수 있었다. 신발에 진흙이 묻으면 벗어던지고 다른 신발을 신을 수 있었다. 윗옷이 찢어지면 새 옷을 입었다. 그의 키와 몸집에 맞게 정확히 재단해 새로 '지은' 옷을.

키테이는 호화롭고 안락한 어린 시절을 보냈다. 과거 시험 준비 말고 달리 할 일이 없었다. 그에게 시네가드 입학시험은 늘 자신의 운명이라고 알고 있었던 것을 확인하는 과정이었고 즐겁게 놀라운 일이었다.

"너희 아버지는 어디 계셔?" 린이 물었다. 키테이의 아버지는 황제 직속 국방대신이었다. 린은 그의 아버지와 사적으로 대화를 나눌 필요가 없어서 안도했다. 그럴 생각만 해도 겁이 났다. 그러나 어떤 사람일지 호기심이 일었다. 키테이가 그대로 늙은 모습일까? 철사 같은 머리카락에 똑똑하고 훨씬 더 강한 사람?

키테이가 얼굴을 찌푸렸다. "아버지는 국방부 회의에 가셨어. 사실 도시 전체가 고도경계태세에 들어갔거든. 수도경비대 전체가 이번 주 내내 비상근무래. 또다시 홍선유랑단의 난을 겪을 수는 없으니까."

"홍선유랑단은 전부 죽은 줄 알았어." 린이 말했다.

"거의 다 죽었지. 하지만 반란 자체를 소멸시킬 수는 없어. 어딘가에서 또 어떤 광신도들이 황제를 죽이려고 음모를 꾸미고 있는지 알 수 없지." 키테이가 두부 조각을 젓가락으로 푹 찔렀다. "우리 아버지는 축제가 끝날 때까지 황궁에 있을 거야. 황제의 안전을 직접 책임지고 있으니까. 무슨 일이라도 생기면 아버지 목숨이 위태로워."

"너희 아버지는 두려워하지 않으셔?"

"사실은 별로. 아버지는 이 일을 수십 년 동안 해왔으니 괜찮을 거야. 게다가 수다지 황제 자신이 엄청난 무술인이잖아. 만만한 상대가 아니라고." 키테이는 아버지에게 들은 황궁에서 겪은 일화를 연달아 들려주었다. 황제와 열두 군벌의 유쾌한 만남이나 황궁 안의 온갖 소문과 각 성 간의 정치에 대해서.

이야기를 듣고 린은 깜짝 놀랐다. 자기 아버지가 황제의 오른

팔이라는 사실을 알고 자란다는 건 어떤 기분일까? 타고난 팔자가 사람의 인생에 어떤 차이를 만들까? 린도 다른 세상에서는 원하는 것을 모두 이룰 수 있는 이런 대저택에서 자랐을지도 모른다. 다른 세상이었다면 그녀 역시 권력가의 자식으로 태어났을지도 모른다.

✳

린은 모든 것을 혼자 쓸 수 있는 커다란 방에서 묵었다. 시네가드에 온 이후 잠을 오래 잘 수 없었고 푹 잘 수도 없었다. 린의 몸이 몇 주 동안 지독한 학대를 당하다가 휴업에 들어간 것 같았다. 실로 몇 달 만에 개운하고 맑은 정신으로 깨어났다.

달콤한 죽과 매운 거위알로 게으른 아침을 먹고 키테이와 린은 시장 구경을 나갔다.

1년 전 페이릭 훈장과 시네가드에 입성한 이후로 린은 도심에 발을 들인 적이 없었다. 마웅 부인은 도시의 다른 지역에 살았고 학당 일정이 빠듯해 린 혼자서 시네가드를 탐색할 시간이 전혀 없었다.

작년에 시장을 처음 봤을 때는 압도적인 곳이라고 생각했다. 여름 축제가 한창인 지금은 도시 전체가 폭발할 것처럼 보였다. 곳곳에 임시 노점 수레가 서 있고 골목마다 번잡하고 비좁아 장을 보러 온 사람들이 한 줄로 답답하게 늘어서서 시장을 돌아다녀야 했다. 그러나 그 광경만은 정말 장관이었다. 진주목걸이와 옥 팔찌가 줄줄이 늘어서 있었다. 달걀 크기의 매끄러운 돌멩이에 글자나 시 구절 전체가 새겨져 있는데 물에 담가야만 글자가 보이는 물건도 있었다. 붓글씨의 달인이 멋지고 큼직한 부채에

허세를 부려 가며 칼날처럼 섬세한 붓글씨로 이름을 써주는 곳
도 있었다.

"이건 뭐지?" 린은 포동포동한 어린 소년을 조각한 작은 나무
상이 진열된 노점 앞에서 걸음을 멈추었다. 소년들은 옷을 아래
로 끌어내리고 음경을 드러내고 있었다. 이런 외설적인 물건을
판다는 사실을 믿을 수가 없었다.

"아, 이거 내가 좋아하는 거야." 키테이가 말했다.

가게 주인이 뭐라 뭐라 설명하면서 찻주전자를 들고 조각상
위에 물을 부었다. 조각상이 젖으며 색깔이 진해졌다. 잠시 후
소년의 음경 밖으로 물이 오줌 줄기처럼 나오기 시작했다.

린이 웃음을 터뜨렸다. "이거 얼마예요?"

"하나에 은전 네 냥. 두 개 사면 은전 일곱 냥에 주마."

린의 얼굴이 하얗게 질렸다. 린이 가진 거라곤 페이릭 훈장이
환전을 도와주었던 돈에서 남은 제국 은전 한 줄과 동전 한 줌이
전부였다. 학당 안에서는 돈을 쓸 일이 전혀 없었기 때문에 시네
가드 물건이 얼마나 비싼지 생각해볼 겨를도 없었다.

"이거 가지고 싶어?" 키테이가 물었다.

린은 마구 손을 저었다. "아니. 괜찮아. 사실 나는…."

키테이가 알겠다는 표정을 지었다. "선물이야." 그가 가게 주
인에게 은전 한 줄을 내밀었다. "쉽게 즐거워하는 내 친구를 위
해 오줌싸개 조각상 하나 주세요."

린의 얼굴이 붉어졌다. "키테이, 나는 받을 수 없어."

"얼마 안 해."

"나한테는 엄청 비싼 거야." 린이 말했다.

키테이는 린의 손바닥 위에 조각상을 올려놓았다. "돈 이야기

한 번만 더 하면, 너 혼자 여기 놔두고 가버릴 거야."

시장이 너무 커서 린은 입구에서 너무 깊숙이 들어가지 않으려고 주저했다. 이렇게 구불구불 복잡한 골목길에서 길이라도 잃어버리면 나가는 길을 찾을 수 없을 것 같았다. 그러나 키테이는 좋아하는 가게와 좋아하지 않는 가게를 가리키며 숙달된 감정사처럼 편안하게 시장 안을 돌아다녔다.

키테이가 보여주는 시네가드는 놀라움으로 가득했고, 뭐든지 접근 가능했고, 그에게 속한 것들이 그득했다. 키테이의 시네가드는 두렵지 않았다. 그에겐 돈이 있으니까. 만약 키테이가 넘어지면 노점상 절반이 상당한 사례를 기대하고 그를 도와줄 것이다. 만약 키테이의 주머니가 비면 집에 가 다른 지갑을 가져오면 된다. 키테이는 실패할 여유가 있었기 때문에 도시의 희생자가 될 여력도 있었다.

린은 달랐다. 키테이가 터무니없을 만큼 아량을 베풀었지만, 이 모든 것은 자신의 것이 아니라고 끊임없이 상기해야 했다. 이 도시로 들어가는 유일한 표는 오직 시네가드 학당을 통한 것뿐이었고 린은 그것을 지키기 위해 열심히 공부해야 했다.

✳

밤이 오자 노점마다 등을 하나씩 내걸어 시장이 온통 등불로 밝혀졌다. 등을 밝힌 시장은 반딧불이 떼처럼 보였고 빛이 닿는 모든 것에 부자연스러운 그림자가 드리웠다.

"그림자 연극 본 적 있어?" 커다란 천막 앞에서 키테이가 걸음을 멈추었다. 어린아이들이 입장료로 낼 구리 동전을 꺼내 들고 입구에 줄을 서 있었다. "애들용이긴 한데, 그래도….”

"맙소사." 린의 눈이 휘둥그레졌다. 티카니에서는 그림자 연극에 관한 '이야기'만 들어봤다. 린은 주머니에서 잔돈을 꺼냈다. "입장료는 내가 낼게."

천막 안은 아이들로 꽉 들어찼다. 키테이와 린은 다른 청중들보다 적어도 다섯 살 이상 나이 들어 보이지 않으려고 애쓰며 뒷줄로 들어갔다. 앞쪽에 거대한 비단 막이 천막 꼭대기부터 아래로 드리워져 있고 그 뒤에서 부드러운 노란 빛이 앞을 향해 비쳤다.

"내가 지금부터 이 나라가 어떻게 부활했는지 이야기를 들려주마."

인형극을 설명하는 변사가 자기 그림자가 막에 비치지 않게 옆으로 비켜서서 말했다. 변사의 목소리가 비좁은 천막 안에 가득 찼다. 깊고 부드럽게 울리는 목소리였다. "우리 니칸의 구원과 재통일에 관한 이야기란다. 전설의 세 전사, 바로 삼두정치의 이야기다."

막 뒤쪽 불빛이 어둑해지더니 이윽고 밝은 주홍빛이 화르르 타올랐다.

"전사다." 막에 첫 번째 그림자가 나타났다. 자기 키만큼 거대한 검을 든 남자의 그림자였다. 그는 어깨 위로 뾰족한 징이 튀어나온 묵직한 갑옷을 입었다. 투구에 꽂은 깃털이 위쪽으로 펄럭였다.

"살무사다." 전사 옆에 호리호리한 여성이 나타났다. 여자는 요염하게 한쪽으로 고개를 기울였다. 여자가 등 뒤에서 뭔가를 휘두르려는 듯 왼팔을 구부렸다. 부채나 단검일 것이다.

"그리고 문지기다." 문지기는 셋 중 몸매가 가장 가늘었고 구부정한 몸을 도복으로 감싸고 있었다. 그의 옆에 커다란 거북이가 기어갔다.

막의 주홍빛이 부드러운 노란색으로 잦아들더니 심장 박동처럼 천천히 깜박였다. 삼두정치의 그림자가 커졌다가 곧 사라졌다. 그 자리에 산속을 나타내는 그림자가 나타났다. 변사가 열띤 설명을 시작했다.

"60년 전 1차 양귀비 전쟁의 여파로 니칸 백성들은 무겐국의 압제 아래 고통받았다. 니칸 전국이 아편의 연기 아래 병들고 열이 났다." 반투명한 띠가 농촌의 윤곽 위로 피어오르며 굴뚝 연기를 표현했다. "백성들은 굶주렸다. 어머니는 아기를 팔아 고기한 근, 옷감 한 필과 바꾸었다. 아버지는 자식이 고통받는 모습을 지켜보느니 차라리 죽이는 쪽을 택했다. 그렇다. 바로 너희 같은 아이들을 죽였다!

니칸 백성들은 신에게 버림받았다고 생각했다. 그런 게 아니라면 동쪽에서 온 야만인들에게 나라 전체가 철저히 파괴당하는 걸신이 지켜보기만 하지는 않았을 거라고."

막 색깔이 아편 중독자의 뺨처럼 누렇게 뜬 색깔로 바뀌었다. 니칸 농부들이 바닥에 한 줄로 무릎을 꿇고 고개를 숙인 채 흐느껴 울었다.

"백성들은 군벌의 보호도 받지 못했다. 열두 성의 통치자들은 한때는 강성했으나 이제는 허약하고 사분오열되었다. 오랜 원한에 사로잡혀 시간을 낭비했고, 군사들도 하나로 뭉쳐 무겐 침략자들을 몰아낼 생각은 하지 않고 자기들끼리 싸웠다. 그들은 술과 여자에 금을 흥청망청 써버렸다. 공기처럼 아편을 흡입했다. 성마다 터무니없는 세금을 매겼고 백성들에게 아무것도 돌려주지 않았다. 심지어 무겐군이 마을을 파괴하고 여자들을 겁탈하는 동안에도 군벌은 아무것도 하지 않았다. 할 수 있는 일이 없었다.

백성들은 영웅을 내려달라고 기도했다. 20년 동안 기도했다. 그리고 마침내 신들이 그들을 보내주었다."

막 왼쪽 아래 구석에 세 아이의 그림자가 손에 손을 잡고 나타났다. 가운데 아이가 나머지 둘보다 키가 더 컸다. 오른쪽 아이의 머리카락은 길고 풍성했다. 세 번째 아이는 다른 두 아이보다 모습이 조금 덜 보였는데, 그 아이는 마치 다른 사람은 볼 수 없는 뭔가를 보고 있는 것처럼 화면 끝을 향해 고개를 돌린 옆모습을 보여주었다.

"신들은 이 영웅들을 하늘에서 내려보내지 않았다. 땅에서 선택했다. 마을이 습격당했을 때 농부 부모를 잃은 전쟁고아 세 명을 선택했다. 그들은 가장 천한 곳에서 태어났다. 그러나 그들은 신과 함께 걸어갈 운명이었다."

가운데 아이가 과감하게 한가운데로 걸어 나왔다. 나머지 두 아이는 멀리서 뒤를 따랐다. 가운데 아이가 지도자 같았다. 그림자의 팔다리가 너무 부드럽게 움직여서 종이와 실로 만든 인형이 아니라 막 뒤에 아주 작은 사람이 의상을 입고 실제로 움직이는 것만 같았다. 린은 인형극 기술에 감탄했다. 하지만 이야기 자체에 훨씬 더 깊이 빠져들었다.

"마을이 불에 타자 세 아이는 무겐국을 향해 복수하고 침략자들의 손아귀에서 나라를 구하겠다고, 더는 그들처럼 아이들이 고통받는 일이 없도록 하자고 다짐했다. 그들은 몇 년 동안 무당산 사원의 수도승들과 함께 훈련을 받았다. 세 사람이 성숙해지자 무술 실력은 실로 엄청나게 성장했고, 수십 년 넘게 훈련을 받아온 어른의 실력에 맞먹었다. 문하생 시절이 끝나갈 때 세 사람은 나라에서 가장 높은 산봉우리에 올랐다. 바로 천산이었다."

막에 거대한 산이 나타났다. 막 전체를 거의 차지하다시피 했다. 산 옆의 세 영웅 그림자가 아주 작아졌다. 그러나 그들이 산을 오를수록 봉우리는 점점 작고 평평해졌다. 마침내 세 영웅이 산꼭대기 평평한 땅에 우뚝 섰다.

"천산 꼭대기에 오르려면 7천 개의 계단을 올라야 한다. 그 계단 위, 가장 힘이 센 독수리도 함부로 날아다닐 수 없는 높은 곳에 절이 하나 있다. 세 영웅은 그 절을 통해 천국으로 걸어 들어가 신들이 사는 신전으로 들어갔다."

세 영웅 그림자가 시네가드 학당 정문과 비슷하게 생긴 문을 향해 다가갔다. 문은 영웅들의 키보다 두 배는 높았고, 정교하게 조각된 나비와 호랑이 문양으로 장식이 되어 있었다. 영웅들이 문을 지나갈 때 큼직한 거북이가 고개를 낮게 숙이고 문을 지키고 있는 게 보였다.

"셋 중 가장 강력한 첫 번째 영웅은 용신의 부름을 받았다. 이 영웅은 친구들보다 머리 하나는 더 컸고, 어깨가 떡 벌어졌으며 양팔은 나무 기둥처럼 굵고 단단했다. 신들이 그를 세 영웅의 지도자로 임명했다.

'니칸군을 지휘하려면 커다란 칼이 필요합니다.' 그가 용신의 발치에 무릎을 꿇고 말했다. 용신이 그에게 일어서라고 말하고 거대한 검을 내렸다. 그렇게 그는 용의 전사가 되었다."

용의 전사 그림자가 거대한 검을 머리 위로 휘둘렀다가 땅을 내리쳤다. 검이 닿은 땅에서 붉은색과 금색 불꽃이 피어올랐다.

"두 번째 영웅은 두 남자애 사이의 여자애였다. 그녀는 용신과 호랑이신과 사자신을 지나 계속 걸어갔다. 다들 전쟁의 신이자 남자들의 신이었다. 여자가 말했다. '나는 여자이고 남자와는 다른 무기가 필요해요. 전쟁이 한창일 때 여자의 자리는 없어요. 여자의 싸움터는 속임수와 매혹에 있죠.' 그러더니 그녀는 뱀신 여와의 대좌 앞에 무릎을 꿇었다. 여와 여신은 여자의 말에 흡족해 이 두 번째 영웅을 독사만큼 치명적이고 강력한 최면술을 지닌 뱀처럼 매혹적으로 만들었다. 그렇게 살무사가 탄생했다."

살무사의 치마 아래서 거대한 뱀이 기어 나와 그녀의 몸을 물결치듯 휘어 감고 올라 어깨에 내려앉고서는 고개를 쳐들었다. 인형극의 우아한 재주에 관객들이 환호했다.

"세 번째 영웅은 또래 가운데 가장 소박했다. 병들고 허약해 두 친구만큼 훈련을 받을 수도 없었다. 그러나 그는 충실했고 신들을 향한 신의가 확고했다. 그는 신전 안의 어떤 신에게도 호의를 구하지 않았다. 그럴 만한 가치가 없다는 것을 이미 알고 있었다. 대신 그는 일행을 신전 안으로 들여보낸 소박한 거북이 앞에 무릎을 꿇었다.

'저는 오직 제 친구들을 지킬 힘과 내 나라를 수호할 용기를 청하겠습니다.' 그가 말했다. 그러자 거북이가 대답했다. '너는 힘과 용기도 받고, 다른 것도 받을 것이다. 내 목에 걸린 열쇠 다발을 가져가라. 오늘부터 너는 문지기다. 너는 신들의 진기한 동물원을 열 수 있게 되었다. 그 안에는 온갖 종류의 진기한 짐승들이 살고 있다. 아름다운 짐승도 있고 오래전 영웅들이 정복한 괴물도 있다. 필요하면 그 짐승들을 네 뜻대로 부릴 수 있다.'"

문지기의 그림자가 도복 자락과 함께 손을 천천히 들어 올리자 등 뒤에서 다양한 형태와 크기의 용, 악마, 야수가 어두운 수

의처럼 문지기를 감쌌다.

"세 영웅이 산에서 내려오자 한때 그들을 가르쳤던 수도승들은 세 사람의 무술 실력이 가장 나이가 많은 사부보다 뛰어나다는 것을 깨달았다. 소문이 퍼지자 전국의 무술가들이 세 영웅의 놀라운 솜씨 앞에 경의를 표했다. 삼두정치의 명성이 높아졌다. 이제 열두 성 전역에 세 사람의 이름이 알려졌고, 삼두정치는 각 군벌에게 전갈을 보내 천산봉 아래서 열리는 대규모 연회에 초대했다."

각각 다른 성을 대표하는 열두 개의 그림자가 막에 나타났다. 군벌 수령들은 수탉, 황소, 토끼, 원숭이 등 각자 성을 대표하는 상징 그림을 투구에 꽂고 있었다.

"군벌들은 자만심으로 가득 차서 열한 명의 다른 군벌도 초대되었다는 데에 분개했다. 전부 자기만 삼두정치의 초대를 받았다고 생각했다. 군벌들이 가장 잘하는 일은 음모 꾸미기였기에 그들은 곧바로 삼두정치에 보복할 계획을 세우기 시작했다."

막이 뿌연 안개 같은 기이한 자주색으로 빛났다. 사악한 모의라도 꾸미는 듯 군벌들의 그림자가 한데 고개를 숙였다.

"그러나 식사 도중 군벌들은 몸이 맘대로 움직이지 않는다는 사실을 깨달았다. 살무사가 몸을 마비시키는 약을 탄 고량주를 주었던 것이다. 군벌들이 꼼짝도 못 하고 축 늘어지자 용의 전사가 그들 앞에 서서 선언했다. '나는 오늘부터 니칸의 황제가 되었음을 선언하노라. 반대하는 자는 당장 목을 베고 그 땅을 차지할 것이다. 그러나 아군으로서 내게 충성하고 내 깃발 아래 장군의 지위로 싸우겠다고 서약한다면, 너희의 지위와 힘을 보장할 것이다. 다시는 군벌끼리 경계를 두고 싸울 수 없을 것이다.

241

다시는 지배력을 놓고 싸우지 못할 것이다. 내 아래서 너희 모두 평등하고, 나는 붉은 황제 이후 제국의 가장 강력한 통치자가 될 것이다.'"

용의 전사 그림자가 하늘을 향해 검을 치켜들었다. 하늘도 축복을 내렸음을 상징하며 검 끝에서 번개가 터져 나왔다.

"군벌들이 다시 몸을 움직일 수 있게 되자 모든 군벌이 새로이 등극한 용의 황제를 섬기겠다고 맹세했다. 그렇게 니칸은 단 한 방울의 피도 흘리지 않고 통일을 이루었다. 몇백 년 만에 처음으로 군벌들은 같은 깃발 밑에서 싸웠고 삼두정치 아래 모였다. 그리고 역사상 처음으로 니칸은 무겐국 침략자에 맞서 하나의 전선에서 싸웠다. 그리고 마침내 우리는 압제자들을 몰아냈다. 그렇게 니칸 제국은 다시 자유의 몸이 되었단다."

국토의 그림자가 다시 나타났는데, 이번에는 나선형 탑과 사원과 마을로 가득했다. 침략자들의 손아귀에서 완전히 벗어난 자유의 나라였다. 신들의 축복을 받은 나라였다.

"오늘 우리는 열두 성의 단결을 축하할 것이다." 변사가 말했다. "삼두정치를 기릴 것이다. 그리고 우리에게 세 영웅을 보내 준 신들에게 경의를 표할 것이다."

아이들이 환호와 갈채를 보냈다.

✳

키테이는 천막을 나서면서 얼굴을 찌푸렸다. "저렇게 무서운 이야기인 줄 몰랐어." 그가 조용히 말했다. "어렸을 때는 삼두정치가 굉장히 영리한 줄 알았는데, 지금 보니까 독약과 강압으로 권력을 잡았잖아. 평소 니칸의 정치와 다를 게 하나도 없어."

"난 니칸의 정치에 대해서는 아는 게 없어." 린이 말했다.

"나는 좀 알아." 키테이가 얼굴을 찌푸렸다. "아버지가 황궁에서 일어나는 일을 전부 들려주셨거든. 인형극하고 똑같아. 군벌들은 항상 서로의 목에 칼을 겨누고 있고, 황제의 관심을 끌려고 경쟁하지. 한심해."

"무슨 뜻이야?"

키테이는 불안해 보였다. "군벌들끼리 싸우느라 바빠서 양귀비 전쟁 동안 무겐이 국토를 쑥대밭으로 만들도록 놔뒀잖아? 아버지는 그런 일이 또 일어날 거라고 확신해. 임 사부가 수업 첫날 말했던 거 기억나? 임 사부 말이 맞았어. 무겐은 그 섬나라에 가만히 앉아 있지 않을 거야. 아버지는 무겐의 재공격은 시간 문제라고 했어. 다만 군벌들이 무겐의 위협을 별로 심각하게 여기지 않아서 걱정이래."

제국의 분열은 학당의 모든 사부가 관심을 두는 문제였다. 심지어 제국군마저도 이론적으로는 황제의 통제 아래 있지만, 열두 개의 사단은 고향 성에서 병사 대부분을 차출했고 군벌 수령의 직접적인 지휘를 받았다. 그리고 성 사이 관계는 전혀 원만하지 않았다. 린은 남쪽 지방을 향한 북쪽 지방의 경멸이 얼마나 뿌리 깊은지 시네가드에 와서야 절실하게 깨달았다.

그러나 린은 정치 이야기를 하고 싶지 않았다. 이번 휴가는 마음을 편안하게 달랠 수 있는 오랜만의 기회였고, 린은 자신이 어떻게 할 수 없는 임박한 전쟁 문제 같은 걸 생각하고 싶지 않았다. 린은 여전히 그림자 연극의 시각적인 화려함에 매혹되었고 키테이가 심각한 문제들을 더는 깊이 신경 쓰지 않기를 바랐다.

"나는 신전 부분이 참 좋더라." 잠시 후 린이 말했다.

"당연히 그랬을 거야. 유일하게 순수한 허구였으니까."

"정말 그럴까?" 린이 물었다. "삼두정치가 샤먼이 아니었다고 확실히 말할 수 있을까?"

"삼두정치는 무술가들이었어. 정치인이었고. 엄청난 재능을 갖추었던 군인이었던 게 확실하지만, 샤머니즘 부분은 그저 과장한 이야기일 뿐이야." 키테이가 말했다. "너도 알겠지만 원래 니칸 사람들은 전쟁 이야기를 미화하는 걸 좋아하잖아."

"하지만 전부 순전히 지어낸 이야기라고?" 린이 말했다. "삼두정치의 능력은 아이들의 이야기치고는 너무 구체적이야. 그들의 힘이 그저 신화에 불과하다면, 그 신화가 어떻게 한결같을 수가 있지? 티카니에서도 늘 삼두정치 이야기를 들으며 자랐어. 어느 성에서든 이야기가 절대로 변하지 않아. 언제나 용의 전사에 살무사에 문지기잖아."

키테이가 어깨를 으쓱했다. "언제나 창조적인 시인들이 있기 마련이고, 그들이 꾸며낸 인물은 사람들의 마음을 끌어. 그런 이야기는 어렵지 않게 믿을 수가 있어. 샤먼이 존재한다는 이야기보다 지어낸 이야기가 더 믿을 만해."

"하지만 과거에도 샤먼은 있었어." 린이 말했다. "붉은 황제가 니칸을 정복하기 전에도 있었지."

"결정적인 증거가 없잖아. 그냥 일화일 뿐이야."

"붉은 황제의 필경사는 바나나 한 송이까지 빠뜨리지 않고 외국에서 들어온 물품을 전부 기록했어." 린이 반박했다. "그런 자들이 적에 대해 과장했을 리가 없잖아."

키테이는 회의적으로 보였다. "그래. 하지만 그렇다고 삼두정치가 실제로 샤먼이었다는 증거는 아니야. 용의 황제는 죽었고,

문지기는 2차 양귀비 전쟁 이후 목격한 사람도 소식을 들은 사람도 없어."

"어쩌면 어딘가에서 은둔 중일지도 모르지. 무겐의 다음 침략을 기다리고 있을지도 몰라. 만약 사이크 부대가 샤먼이라면 어떨까?" 그저 불쑥 떠오른 생각이었다. "그래서 우리는 그들에 대해 아무것도 모르는 거야. 어쩌면 사이크가 유일한 샤먼들일지도 몰라."

"사이크는 그저 암살단일 뿐이야." 키테이가 코웃음을 쳤다. "칼로 찔러서 죽이고 독약을 먹여서 죽여. 그들은 신을 부르지도 않아."

"네가 알기엔 그렇겠지." 린이 말했다.

"너 정말로 샤먼 생각에 사로잡혀 있구나?" 키테이가 말했다. "그냥 어린애들 이야기일 뿐이야, 린."

"붉은 황제의 필경사가 어린애들 이야기를 그토록 방대하게 기록했을 리가 없어."

키테이가 한숨을 내쉬었다. "그래서 전승학을 선택한 거야? 샤먼이 될 수 있을 것 같아서? 신을 소환할 수 있을 것 같아서?"

"나는 신을 믿지 않아." 린이 말했다. "하지만 나는 힘을 믿어. 그리고 우리가 접근하는 방법을 모르는 힘의 원천에 샤먼들은 접근할 수 있다고 믿어. 여전히 그것들을 배울 수 있다고 믿고."

키테이가 고개를 저었다. "샤먼이 뭔지 알려줄게. 어느 시대에 어떤 무술가들은 정말로 능력이 출중해서 많은 전투에서 이길수록 더 많은 이야기가 퍼져나갔어. 아마 그들도 적을 두려움에 빠뜨리고 싶어 일부러 이야기가 퍼져나가게 부추겼겠지. 삼두정치가 샤먼이었다는 이야기를 황제가 직접 지어냈다고 해도 별로 놀랍지 않아. 그런 이야기가 퍼지면 황제가 권력을 지키는데도 유리할 테니까. 그 어느 때보다 지금 황제에겐 힘이 필요하거든. 군벌들이 점점 들썩이고 있어. 내 생각에는 몇 년 안에 군부 반란이 일어날 거야. 황제가 정말로 살무사라면 왜 거대한 뱀들을 소환해서 군벌들을 제 뜻대로 제압하지 못하는 거지?"

린은 이 가설에 맞서는 번뜩이는 반론을 떠올리지 못해 그냥 침묵했다. 키테이와의 논쟁은 별 의미가 없었다. 그는 자신의 합리성과 만물에 관한 백과사전식 지식을 맹신해서 자신의 이해에 빈틈이 있을 수도 있다는 생각을 아예 하지 못했다.

"아까 인형극 변사가 우리가 2차 양귀비 전쟁에서 실제로 '승리했다'고 얼버무리고 넘어갔잖아." 한참 후에 린이 말했다. "하지만 스피어는? 스피어 대학살은? 단 하룻밤에 수천 명이 목숨을 잃었어."

"결국, 어린애들 이야기라니까." 키테이가 말했다. "게다가 대학살 이야기는 좀 울적하잖아."

✳

이어지는 이틀 동안 린과 키테이는 학당에서는 할 수 없었던 온갖 게으른 행동을 하며 빈둥거렸다. 장기를 두었고, 정원에서 한가하게 구름을 보았고, 다른 급우들 이야기를 나눴다.

"니앙은 정말 귀여워." 키테이가 말했다. "벤카도 그렇고."

"벤카는 입학 이후로 계속 네자에게 빠져 있어." 린이 말했다. "내 눈에도 다 보일 정도야."

키테이가 눈썹을 꿈틀거렸다. "애들 말로는 네가 네자에게 푹 빠져 있다던데?"

"구역질 나는 소리 하지 마."

"정말 그래. 넌 나한테도 항상 네자 일을 물어보잖아."

"그야 궁금하니까." 린이 말했다. "손자가 그랬지. 적을 알고 나를 알아야 한다고."

"망할 손자 같으니. 너도 네자가 예쁘장하다고 생각하잖아."

린이 키테이의 머리를 향해 장기판을 던졌다.

키테이가 고집을 부려 란 부인이 매운 통후추를 넣고 전골을 만들어주었다. 맛이 있었지만 린은 먹으면서 우는 독특한 경험을 했다. 다음 날 내내 장이 불타는 것만 같아 화장실에 쭈그리고 앉아 보냈다.

"스피어 사람들은 실제로 이런 느낌이었을까?" 키테이가 말했다. "불새에게 평생을 헌신하는 대가로 항문이 불타는 듯한 설사를 견뎌야 했다면 어땠을까?"

"불새는 복수의 신이야." 린이 신음하며 말했다.

두 사람은 키테이 아버지의 술 창고에 들어가 온갖 술을 맛보았고, 미친 듯이 어지럽게 취해버렸다.

"어린 시절 대부분을 네자랑 이 술 창고를 털면서 보냈어. 이거 한번 마셔봐." 키테이가 작은 도기 병을 건넨다. "백고량주야. 도수가 50도지."

린이 힘겹게 술을 한 모금 삼켰다. 술이 목구멍을 불태우며 넘어갔다.

"액체로 된 불이다." 린이 말했다. "병 속에 태양이 담겼어. 스피어의 술인가 봐."

키테이가 낄낄 웃었다.

"이거 어떻게 만드는지 알려줄까?" 키테이가 말했다. "비밀

재료는 바로 오줌이야."

린은 술을 뱉어버렸다.

키테이가 웃음을 터뜨렸다. "지금은 염기성 분말을 이용해. 하지만 옛이야기에 의하면 한 관료가 앙심을 품고 붉은 황제의 양조장 전체에 오줌을 쌌대. 아마도 붉은 황제 시절의 우연한 발명품 가운데 최고가 아닐까?"

린은 속이 뒤집히는 것을 느끼며 키테이를 흘겨보았다. "넌 악록서원에 가지그래? 넌 학자가 되어야 해. 현자 말이야. 모르는 게 없잖아."

키테이는 어떤 주제를 줘도 몇 시간 동안 자세히 설명할 수 있었지만, 학문에 대해서는 별로 관심을 보이지 않았다. 사진 기억력 덕분에 공부가 필요하지 않아서 연말 시험도 가볍게 통과했지만, 전투 대항전에서는 위험해지자 곧바로 네자에게 항복했다. 키테이는 매우 영리했지만, 시네가드 학당과는 어울리지 않았다.

"나도 그러고 싶었지." 키테이가 인정했다. "하지만 나는 아버지의 외아들이야. 아버지는 국방대신이고. 그러니 내가 어떤 선택을 할 수 있겠어?"

린은 술병을 만지작거렸다. "그러니까, 네가 외동이라고?"

키테이가 고개를 저었다. "누나가 한 명 있어. 키나타라고, 지금 악록서원에 있어. 풍수지리인가 뭐 그런 걸 공부하고 있지."

"풍수지리?"

"건물이나 사물을 배치하는 기술이야." 키테이가 공중에 손을 내저었다. "미학이라고 볼 수 있지. 중요 인물과 결혼하는 게 가장 큰 소망이라면 중요한 공부일 수도 있고."

"넌 풍수지리에 관한 책을 전부 읽지 않았어?"

"난 내 흥미가 당기는 것만 공부해." 키테이가 몸을 뒤집어 바닥에 배를 깔고 누웠다. "너는? 형제가 있어?"

"없어." 린이 말했다. 그리고 얼굴을 찌푸렸다. "사실은 있어. 왜 그렇게 말했는지 모르겠네. 남동생이 하나 있어. 뭐, 수양동생이지만. 케세기라고 열 살이야. 아니, 열 살이었어. 지금은 열한 살이 되었겠네."

"보고 싶어?"

린은 무릎을 가슴께로 끌어당겨 안았다. 갑자기 뱃속이 불편해졌다. "아니. 사실은… 모르겠어. 내가 여기로 떠나올 때 그 애는 너무 어렸어. 내가 그 애를 돌봐주었거든. 더는 그런 일을 하지 않아도 되어서 좋아."

키테이가 눈썹을 치켜올렸다. "그 애한테 편지를 썼어?"

"아니." 린은 머뭇거렸다. "이유는 모르겠어. 팽 씨 부부가 내 소식을 듣고 싶어 하지 않을 것 같았어. 아니면 그 애가 나를 까맣게 잊는 편이 낫겠다 싶기도 했고."

처음에는 적어도 페이릭 훈장에게라도 편지를 쓰고 싶었지만, 학당에서 부딪히는 상황이 안 좋아서 훈장에게 그런 이야기를 차마 전할 수가 없었다. 그러다 시간이 흘렀고 학당 일도 피곤해지자, 고향 생각만으로도 너무 고통스러워 생각 자체를 그만두었다.

"고향에 있을 때 별로 좋은 일이 없었나 봐?" 키테이가 물었다.

"생각도 하기 싫어." 린이 중얼거렸다.

정말이지 티카니는 생각하기도 싫었다. 아예 거기 살았던 적이 없는 척하며 살고 싶었다. 아니, 아예 그런 곳이 존재하지 않는 것처럼 굴고 싶었다. 과거를 지울 수만 있다면, 현재에 살고 싶은 모습으로 자신의 모습을 다시 만들 수 있다면 얼마나 좋을 까? 학생. 학자. 군인. 뭐든 과거의 모습이 아닌 사람으로.

✳

축제 행렬이 시네가드 도심을 통과할 때 여름 축제는 최고조 에 달했다.

린은 첸 가문 사람들과 함께 행사장에 갔다. 키테이의 아버지 와 낭창낭창한 어머니, 삼촌 두 명과 그들의 부인, 그리고 키테 이의 누나가 참석했다. 린은 첸 가문 사람들이 가문을 상징하는 자주색과 황금색 복장을 차려입고 나섰을 때야 비로소 키테이의 아버지가 실제로 얼마나 중요한 사람인지 깨달았다.

갑자기 키테이가 린의 팔을 붙잡았다. "왼쪽은 보지 마. 나랑 이야기하는 척해."

"하지만 나는 진짜로 너랑 이야기하고 있는걸?" 린은 곧바로 왼쪽을 보았다.

거기 네자가 은색과 진청색 옷을 차려입은 사람들 사이에 서 있었다. 옷 등판에 인 가문의 상징인 거대한 용이 자수로 놓여 있었다.

"아." 린은 얼른 고개를 돌렸다. "우리 여기 말고 저쪽에 서 있 으면 안 돼?"

"그래. 가자."

두 사람은 통통한 키테이의 둘째 삼촌 뒤에 안전하게 몸을 숨 기고 얼빠진 얼굴로 인 가문의 구성원을 바라보았다. 조금 나이 가 많은 네자의 얼굴을 한 사람이 둘 있었다. 한 사람은 남자, 한 사람은 여자였다. 둘 다 20대로 보였고 말도 안 되게 매력적이었다. 솔직히 네자의 가족 전체가 벽화에 등장하는 사람들처럼 생겼다. 실제 인간이라기보다는 이상화된 인간의 모습에 가까웠다.

"그런데 네자 아버지가 안 보이네." 키테이가 말했다. "거참 흥미로운걸."

"왜?"

"네자의 아버지는 용의 군벌이야." 키테이가 말했다. "열두 군벌 중 하나라고."

"어디 아픈가 보지." 린이 말했다. "아니면 너만큼이나 축제 행렬을 끔찍이 싫어하거나."

"하지만 나는 여기 와 있잖아?" 키테이가 불편한 소맷자락을 가지고 법석을 떨었다. "여름 축제를 놓치는 사람은 없어. 열두 성 전체의 단결을 보여주는 시간이니까. 어느 해인가 우리 아버지는 전날 다리가 부러졌는데도 종일 진정제를 먹어 가며 행사에 참석했어. 그런데 인 가문의 우두머리가 오지 않았다? 뭔가 있다는 뜻이야."

"어쩌면 심기가 불편한가 보지." 린이 말했다. "아들이 결승전에서 져서 화가 치밀었거나. 아니면 너무 부끄러워 얼굴을 내밀 수 없었거나."

키테이가 씩 웃었다.

희박한 아침 공기를 뚫고 나팔 소리가 울렸다. 이어서 하인 하나가 행렬에 참석한 모든 이에게 지시를 따르라고 소리쳤다.

키테이가 린에게 말했다. "너도 행렬에 참여할 수 있을지 모르겠다…."

"아니, 난 괜찮아." 린이 말했다. 당연히 린은 첸 가문과 함께 행렬 마차를 타고 가지 않을 것이다. 린은 키테이의 가족이 아니었고 행렬 참가도 그녀의 일이 아니었다. 린은 키테이가 먼저 이야기를 꺼내야 하는 거북함을 덜어주고 싶었다. "나는 시장에서 널 지켜볼게."

✳

팔꿈치로 사람들을 밀쳐 가며 겨우 인파에서 벗어나 과일 노점 지붕에 자리를 잡았다. 거기 있으면 도심으로 모여든 시네가드 사람들에게 밟혀 죽을 일 없이 행렬을 구경할 수 있었다. 초가지붕이 갑자기 무너지지만 않는다면 과일 장수도 모를 것이다.

행렬 선두는 천상의 동물원을 향해 경의를 표하는 것으로 시작했다. 붉은 황제 시절 존재했다고 알려진 온갖 신화 속 동물들이 등장했다. 동물 탈 속에 숨은 무용수들이 막대를 위아래로 움직이자 거대한 용과 사자가 군중을 뚫고 굽이치며 가는 모양이 되었다. 동물들이 움직이는 동안 폭죽이 천둥처럼 터졌다. 다음으로 높은 장대에 활활 타오르는 모양의 거대한 주홍색 동물이 붙어서 지나갔다. 남방의 수호신 주작 불새였다.

린은 호기심 어린 눈빛으로 불새를 바라보았다. 역사책에서 본 불새는 스피어가 가장 숭배했던 신이었다. 스피어는 니칸처럼 만신전을 숭배하지 않고 오직 불새만을 숭배했다.

불새 뒤를 따르는 동물은 린이 처음 보는 모습을 하고 있었다. 사자머리에 사슴뿔을 달고 네 다리 달린 몸을 했는데, 몸집이 호랑이와 비슷했지만, 발굽이 달려 있었다. 이 짐승은 조용히 지나갔다. 이 짐승을 움직이는 사람은 북도 치지 않고 노래도 부르지 않았으며, 지나간다는 사실을 알리는 종도 치지 않았다.

린은 그 짐승의 정체를 궁금해하다가 티카니에서 들어본 옛이야기 속 동물과 설명이 일치한다는 사실을 깨달았다. 지상의 짐승 가운데 가장 고귀하다는 기린이었다. 기린은 위대한 지도자가 서거했을 때만, 그래서 굉장히 위태로운 시기에만 니칸의 땅 위를 걷는다고 했다.

이윽고 걸출한 가문들 차례로 행렬이 바뀌자 린은 곧바로 흥미를 잃었다. 키테이의 울적한 얼굴을 보는 것 말고는 중요 인물들이 가문의 상징 색깔 옷을 차려입고 줄지어 가마를 타고 가는 모습을 지켜보는 일은 조금도 재미가 없었다.

정수리 위에서 해가 맹렬하게 빛났다. 땀이 관자놀이를 타고 흘러내렸다. 뭔가 마시고 싶었다. 소맷자락으로 얼굴을 가리면서 행렬이 끝나고 키테이를 만날 수 있기만 기다렸다.

그때 주변 군중들이 함성을 지르기 시작했고, 린은 곧바로 금색 비단으로 만든 가마에 누가 타고 있는지 알아보았다. 악기 연주자들과 경호 부대에 에워싸여 황제가 축제장에 도착했다.

✳

황제는 여러모로 흠이 많았다.

얼굴은 완벽한 대칭이 아니었다. 눈썹이 가늘게 휘었는데, 한쪽 눈썹이 다른 쪽 눈썹보다 살짝 위에 있어서 끊임없이 경멸하는 표정이 되었다. 심지어 입도 반듯하지 않아서 한쪽 입꼬리가 조금 더 높이 휘었다.

그러나 의심할 여지 없이 황제는 지금껏 린이 본 사람 가운데 가장 아름다운 여성이었다.

황제의 머리카락은 묘사하기 어려울 정도였는데, 색깔은 밤보다 더 검었고 나비 날개보다 더 매끄러운 윤기가 흘렀다. 피부도 그 어떤 시네가드 사람들보다 희고 부드러웠다. 핏빛 입술은 방금 앵두 한 알을 빨아먹은 것처럼 보였다. 이 모든 요소를 머릿속 상상으로는 보통 여자들에게 적용해볼 수 있을 테고, 그 자체로 눈에 띄는 모습일 수도 있을 것이다. 그러나 황제에게는 이 모든 면이 불가피하고 일상적인 진실이었다.

황제 옆에 있으면 아무리 벤카라도 흐릿해 보일 것이다.

벤카의 젊음이 아름다움을 증폭시키는 거라고 린은 생각했다. 젊음은 일종의 투과막처럼 한 사람에게 부족한 것을 덮어주거나 심지어 지극히 평범한 외모도 향상할 수 있는 가면이 될 수 있었다. 그러나 젊음이 없는 아름다움은 위험하다. 황제의 아름다움은 젊은 입술의 부드러운 충만함이나 젊은 뺨의 장밋빛이나 젊은 피부의 매끄러움이 필요하지 않았다. 이 아름다움은 날카로운 수정처럼 보는 이를 깊숙이 찌르고 들어왔다. 이 아름다움은 불멸이었다.

나중에 돌이켜봤을 때 린은 황제가 어떤 옷을 입고 있었는지 기억할 수 없었다. 황제가 말을 했던가, 자기 쪽을 향해 손을 흔들었던가, 역시 떠오르지 않았다. 황제가 어떤 행동을 했는지 아무것도 기억나지 않았다.

오직 그 눈만, 깊은 웅덩이처럼 검은 눈만 떠올랐다. 지앙 사부처럼 황제의 눈도 린을 숨 막히게 했다. 그러나 그 순간이 질식이라고 해도 린은 공기를 원하지 않았다. 그 반짝이는 흑요석 우물을 깊이 응시할 수만 있다면 공기는 필요하지 않았다.

린은 황제에게서 시선을 뗄 수가 없었다. 심지어 시선을 떼야겠다는 '생각조차' 할 수 없었다.

황제의 가마가 시야에서 사라지자 린의 가슴에 기이한 격통이 느껴졌다.

린은 황제를 위해서라면 어떤 왕국이라도 산산조각 낼 수 있을 것이다. 황제를 따라 지옥문까지 갔다가 올 수도 있을 것이다. 황제는 린의 지배자였다. 황제는 린이 마땅히 섬겨야 할 사람이었다.

제 3 부

9

"유성 티카니에서 온 팽 루닌입니다." 린이 말했다. "2학년 문하생입니다."

행정실 직원이 등록부에서 린의 이름을 찾아 그 옆 공란에 학당 문양의 도장을 찍고 린에게 문하생용 검은 도복 세 벌을 건넸다. "전공은 무엇이냐?"

"전승학입니다." 린이 말했다. "지앙 지야 사부님 문하입니다."

직원이 다시 등록부를 살펴봤다. "확실한 게냐?"

"확실합니다." 린이 말했다. 무슨 일이라도 생긴 건가? 맥박이 빨라졌다.

"금방 돌아오겠다." 직원이 말하고 뒤쪽 사무실로 사라졌다.

린은 책상 옆에서 기다렸다. 시간이 흐를수록 점점 더 불안해졌다. 지앙 사부가 학당을 떠나기라도 했나? 해고라도 당했나? 신경쇠약에 걸린 건가? 학당 밖에서 아편 소지죄로 체포되었나?

학당 '안에서' 아편 소지죄로 체포되었나?

시네가드에 처음 지원했을 때가 불쑥 떠올랐다. 그때 티카니의 감독관은 린이 부정행위를 했다며 억류시키려고 했다. 이번에도 네자의 가문이 가문의 후계자가 우승자 자리를 빼앗겼다고 격분해 린을 상대로 불만이라도 제기한 걸까? 그런 일이 가능하기는 할까?

마침내 직원이 주저하는 표정을 지으며 자리로 돌아왔다.

"미안하다." 직원이 말했다. "전승학 전공자가 너무 오랜만이라서 말이야. 완장을 어떤 색깔로 만들어야 할지 알 수가 없구나."

✳

결국, 직원들은 1학년 도복을 만들고 남은 천을 가져와 린을 위해 흰색 완장을 만들어주었다.

다음 날 수업이 시작되었다. 학기가 시작되었는데도 린은 여전히 하루 시간의 절반은 다른 사부들과 보냈다. 린이 전승학을 전공하는 유일한 학생이었기 때문에 이르자 사부의 문하생과 함께 병법과 언어학을 공부했다. 당혹스럽게도 의학을 전공하지 않는 2학년도 엔로 사부에게 응급처치 수업을 의무로 들어야 했다. 역사는 임 사부에게 배우는 외교학으로 대체되었다. 준 사부는 여전히 린의 수업을 거부했지만, 손녠 사부와 함께 무기를 기반으로 한 전투를 배울 수 있게 되었다.

오전 수업을 마치고 나서야 남은 하루를 지앙 사부와 보낼 수 있었다. 린은 전승학 정원을 향해 계단을 뛰어 올라갔다. 사부를 만날 시간이었다. 대답을 들을 시간이었다.

✳

　　"우리가 무엇을 공부하고 있는지 설명해보아라." 지앙 사부가
말했다. "전승학이란 무엇이냐?"

　　린은 눈을 깜박였다. 그건 지앙 사부가 린에게 말해줘야 하는
게 아닌가?

　　안 그래도 린은 쉬는 시간마다 자신이 왜 전승학을 선택했는
지 스스로 설득해보려고 여러 차례 애써봤지만, 애매하게 돌고
도는 진부한 원리만 중얼거릴 뿐이었다.

　　직관적으로는 이해가 되었지만 린 혼자 아는 진실을 다른 이
에게 증명해 보일 수는 없었다. 린은 지앙 사부가 힘의 다른 원
천에 접근할 수 있고 그 실제적이면서 신비로운 힘을 이용할 수
있다는 것을 알았기 때문에 전승학을 선택했다. 린 스스로 결승
전에서 그 힘의 원천을 이용해봤기 때문이다. 불이 자신을 집어
삼키면서 세계가 온통 붉은색으로 변하는 것을 보았고, 스스로
통제력을 잃어보았고, 학당의 미치광이로 통하는 사람이 자신을
구해주었기 때문이다.

　　린은 장막의 건너편을 보았고, 이제는 호기심이 너무 커져서
실제로 무슨 일이 일어났는지 이해하지 못한다면 미쳐버릴 것만
같았다.

　　그렇다고 지금 무엇을 하고 있는지 어렴풋하게나마 안다는
뜻은 아니었다.

　　"기묘한 일에 대해서요." 린이 말했다. "우리는 아주 기묘한 것
을 공부하고 있어요."

　　지앙 사부가 한쪽 눈썹을 치켜올렸다. "참으로 자세한 설명이

로구나."

"솔직히 모르겠어요." 린이 말했다. "저는 그냥 사부님하고 공부하고 싶어서 여기 왔어요. 연말 시험 때 제가 겪은 일 때문에요. 사실은 제가 무엇에 마음을 빼앗겼는지도 모르겠어요."

"아니, 너는 안다." 지앙 사부가 검지를 들어 린의 이마에서 눈 사이 정확히 한가운데를 건드렸다. 지앙 사부가 그날 린의 안쪽에서 활활 타올랐던 불길을 가라앉혔던 바로 그 자리였다. "잠재의식 속 깊은 곳에서 너는 이 일의 진실을 알고 있다."

"하지만 저는…."

"너는 결승전 때 무슨 일이 일어났었는지를 알고 싶은 게지." 지앙 사부가 고개를 옆으로 기울였다. "바로 이것이다. 너는 신을 소환했고 신이 너에게 응답했다."

린은 얼굴을 찌푸렸다. 또 신 타령인가? 린은 쉬는 시간 내내 대답을 기대했고 지앙 사부의 분명한 설명을 기다렸는데, 지금은 그 어느 때보다 더 혼란스러웠다.

린이 뭐라고 항의하기 전에 지앙 사부가 먼저 손을 들어 올렸다. "너는 이게 무슨 의미인지 아직 모른다. 그날 시합장에서 일어난 일을 되풀이할 수 있을지 없을지도 모른다. 그러나 지금 당장 대답을 구하지 못하면 굶주림에 사로잡혀 이성이 무너질 것만 같겠지. 너는 이미 저 건너편을 흘낏 보았고 빈칸을 채우기 전에는 마음 편히 쉴 수도 없을 것이다. 그렇지?"

"예."

"네가 겪은 일은 붉은 황제 시절 이전에는 흔한 일이었다. 그때 니칸의 샤먼들은 자신이 무슨 일을 하고 있는지도 몰랐다. 그날 그 일이 계속되었다면 너는 아마 미쳐버렸을지도 모른다.

그러나 그런 일을 막으려고 내가 여기 있느니라. 나는 네가 미치지 않게 지킬 것이다."

린은 옷도 제대로 갖춰 입지 않고 학당 안을 활보하는 사람이 어떻게 저토록 말짱한 얼굴로 저런 말을 진지하게 할 수 있을까 생각했다.

게다가 그런 사람을 신뢰하는 자신은 또 뭔가 생각했다.

✳

지앙 사부와 관련한 모든 일이 그랬듯이 이번 일도 화가 치밀 정도로 천천히 이해되었다. 연말 시험 전에 그랬듯이 지앙 사부는 일단 행동하고 나중에 설명하는 지도 방식을 선호했다. 뭐, 지도 방식이라는 게 있다면 말이지만. 린은 질문이 잘못되면 원하는 답을 절대로 얻을 수 없다는 것을 일찍이 터득했다. "사실 질문을 한다는 건 말이다, 아직 알 준비가 되어 있지 않다는 증거이니라." 지앙 사부는 이렇게 말하곤 했다.

린은 입을 다물고 그냥 지앙 사부의 지도를 따르는 법을 배웠다.

처음에는 지앙 사부의 요구가 사소하고 무의미해 보였지만, 그는 신중하게 기초를 설계했다. 그는 역사 교과서를 니칸 옛 문자로 옮겨 쓰고 다시 이 과정을 거꾸로 하게 시켰다. 쌀쌀한 가을 오후에 개울가에 쭈그리고 앉아 맨손으로 물고기를 잡게 했다. 다른 과목 숙제를 서투른 왼손으로 완성하게 했다. 그래서 린이 소논문 과제를 끝내려면 평소보다 시간이 두 배가 걸렸고, 글씨도 어린애가 쓴 것처럼 보였다. 지앙 사부는 린이 한 달 내내 하루 25시간을 살게 했다. 보름 동안 야행성으로 살아야 했고, 그동안 본 거라곤 밤하늘과 기괴할 정도로 고요한 시네가드뿐이었다.

다른 수업을 들을 수 없다고 불평해도 눈 하나 깜짝하지 않았다. 그는 린이 잠을 자지 않고 얼마나 오래 버틸 수 있는지 알아보게 했다. 또 깨지 않고 얼마나 오래 잘 수 있는지도 알아보게 했다.

린은 의심을 삼키고 신념의 도약을 이루었고, 저 건너편에 깨달음이 기다리고 있으리라 희망하며 지앙 사부의 가르침을 따르기로 선택했다. 그러나 그 신념의 도약은 맹목적이지 않았다. 그녀는 이미 건너편에 무엇이 있는지 알고 있었다. 매일, 눈앞에서 깨달음의 증거를 보았다.

그 증거는 바로 어떤 인간도 할 수 없는 일을 해내는 지앙 사부였다.

처음 지앙 사부는 근육을 움직이지도 않고 발치의 나뭇잎이 빙빙 돌게 했다.

린은 바람의 장난이라고 생각했다.

그런데 지앙 사부가 한 번 더 그렇게 했고, 마침내 세 번째 했을 때는 순전히 지앙 사부가 통제력을 발휘했음을 알 수 있었다.

"제길." 린이 말했다. "제길! 제길! 제길! 도대체 어떻게! 어떻게 했어요?"

"쉽게 했다." 지앙 사부가 말했다.

린은 입을 떡 벌리고 지앙 사부를 보았다. "이건… 이건 무술이 아니죠? 이건….."

"이건 뭐?" 그가 재촉하듯 물었다.

"이건 초자연적인 거죠?"

그는 우쭐한 표정을 지었다. "초자연적이라는 말은 세계에 관한 너의 현재 이해 범위에 들어맞지 않는 일을 가리킬 때 쓰는 말이다. 불신은 멀리하길 바란다. 그냥 이런 일들도 가능하다는 걸 인정해라."

"사부님이 '신'이라고 인정하라는 말씀입니까?"

"바보 같은 소리. 나는 신이 아니다." 그가 말했다. "나는 깨달음을 얻은 인간이고 깨어난 의식에는 힘이 있다."

그는 바람이 울부짖게 했다. 손가락을 들어 가리키기만 했는데 나무들이 수런거렸다. 그는 물을 건드리지도 않고 물결을 일으켰고, 속삭임 한 번으로 그림자가 휘며 비명을 지르게 했다.

린은 지앙 사부가 이런 재주를 보여주는 건 말만 해서는 린이 믿지 않기 때문임을 깨달았다. 그는 린을 위해 새로운 개념의 거미줄을 짜듯이 가능한 것들을 하나하나 쌓아 올리고 있었다. 어린아이에게 중력의 개념을 설명하려면 일단 떨어진다는 게 무슨 뜻인지 알아야 하는 것과 같았다.

역사 교과서나 문법처럼 어떤 진실은 암기를 통해서 배울 수 있다. 그러나 어떤 진실은 천천히 뿌리를 내리듯이 만물이 작용하는 방식의 불가피한 일부분이 되어야만 진실임을 인정받을 수 있다.

'힘이 있어야 인정도 받는 거야.' 언젠가 키테이가 이렇게 말한 적이 있었다. 자연 세계의 구조에 대해서도 같은 말을 적용할 수 있을까?

지앙 사부는 무엇이 실제인가에 관한 린의 인식을 바꿔놓았다. 불가능한 일들을 시범으로 보여주면서 물질세계를 향한 린의 접근방식을 재조정했다.

기꺼이 믿기로 하면서부터 더 쉬워졌다. 린은 지나치게 큰 충격을 받지 않고 현실 개념에 찾아온 도전을 받아들였다. 큰 충격을 준 사건은 이미 벌어졌다. 린은 송두리째 불길에 집어 삼켜진 경험을 했다. 불탄다는 게 무엇인지 알아버렸다. 상상이 아니었다. 실제로 일어난 일이었다.

린은 만물이 어떻게 작용하는가에 관한 이전 관념과 맞지 않는다는 이유로 지앙 사부가 보여준 일들을 부인하고 싶은 마음에 저항하는 법을 배웠다. 더는 충격을 받지 않게 되었다.

결승전에서 겪은 일은 세계에 대한 이해에 울퉁불퉁하고 커다란 구멍을 뚫어버렸고, 이제 린은 지앙 사부가 그 구멍을 메워주기를 기대했다.

＊

가끔 린이 올바른 질문을 던지기라도 하면 지앙 사부는 린을 도서관에 보내 스스로 답을 찾게 했다.

린이 과거 전승학이 어떻게 실행되었는지 묻자 지앙 사부는 린을 기이하고 수수께끼 같고 가망도 없는 탐구의 길로 보냈다. 지앙 사부는 린에게 고대 남부 섬 지역의 꿈속 탐험가들과 그들이 영혼을 치료하는 데 썼던 식물 요법에 관한 문헌을 읽게 했다. 또 북방 힌터랜드의 마을 샤먼들이 어떻게 신들린 상태에 빠지고, 독수리의 몸에 깃들어 여행을 떠나는지에 관한 자세한 보고서를 쓰게 했다. 천리안이 있다고 주장하는 니칸 남부 지역 사람들의 수십 년에 걸친 증언을 살펴보게 했다.

"이 사람들을 전부 어떻게 설명할 수 있느냐?" 지앙 사부가 물었다.

"괴짜입니다. 실제 능력이 있거나 능력이 있는 척하는 사람들입니다." 이런 방식이 아니면 이 사람들을 하나로 묶어 설명할 도리가 없었다. "그럼 사부님은 이 사람들을 어떻게 설명하시겠습니까?"

"나는 이들을 샤먼이라고 부른다." 그가 말했다. "신과 통하는 사람들이다."

린이 신이란 무슨 뜻이냐고 묻자, 이번에는 종교를 공부하게 했다. 단순히 니칸의 종교만이 아니라 태고부터 실행되어온 세계의 모든 종교를 공부하라고 했다.

"인간에게 신은 어떤 의미가 있는가?" 지앙 사부가 물었다. "우리에게 신이 왜 존재하는가? 신은 이 사회에서 어떤 목적을 지니는가? 이런 주제를 열심히 파보아라. 내 질문에 답을 찾아보아라."

일주일 후 린은 니칸과 헤스페리아의 종교 전통 차이에 관해 스스로 뛰어나다고 생각하는 보고서를 작성했다. 린은 전승학 정원에서 지앙 사부에게 자신이 내린 결론을 자랑스럽게 설명했다.

헤스페리아에는 한 종류의 교회밖에 없었다. 그들은 유일신을 믿었다. 그들의 신성한 창조주는 인간 남자의 모습을 하고 모든 인간사와 동떨어진 곳에 존재했다. 린은 이 신, 즉 이 조물주가 헤스페리아 정부가 체제를 유지하기 위한 수단이라고 주장했다. 이 조물주를 숭배하는 사제들은 정치적인 지위를 맡고 있지는 않았지만, 헤스페리아 중앙정부보다 문화적인 통제력은 더 많이 행사했다. 헤스페리아는 각 주에 절대적인 권력을 지닌 군벌이 없는 대규모 중앙집권 국가였기 때문에 법치를 강화하기 위해서라도 도덕적 규범이라는 신화를 전파해야 했다.

이와 대조적으로 니칸 제국은 린의 용어로 미신적인 무신론자들의 나라였다. 니칸에는 신이 엄청나게 많았다. 그러나 팽 씨부부처럼 대다수 니칸인은 필요할 때만 종교를 찾았다. 뿔뿔이 흩어진 제국의 승려들은 인구의 극소수를 차지했고, 실질적인 권력을 지닌 제도의 일부라기보다는 과거를 보여주는 사람들에 불과했다.

니칸의 신들은 신화 속 영웅이고 문화의 상징이며, 결혼이나 출생, 죽음처럼 중요한 인생사에서나 인정받는 표상이었다. 니칸 사람들이 각자 느끼는 감정을 표현한 화신이었다. 그러나 청룡 신을 향해 향 피우는 것을 깜박 잊었다고 1년 내내 불운이 찾아올 거라고 실제로 믿는 사람은 없었다. 현무 신을 향해 기도했다고 사랑하는 이를 안전하게 지킬 수 있다고 생각하는 사람도 없었다.

그렇지만 니칸 사람들은 그렇게 하면 마음이 편해지니까, 밀물과 썰물처럼 오가는 운에 대한 걱정을 표현하는 수단이기 때문에, 종교적인 의식과 행위를 수행했다.

"그러므로 종교는 동서양 모두 사회적인 산물에 불과합니다." 린이 결론을 내렸다. "다만 이용 방식에 차이가 있을 뿐입니다."

지앙 사부는 내내 집중해서 린의 설명을 들었다. 린이 설명을 마치자 그는 어린아이처럼 볼 가득 부풀린 바람을 내뿜더니, 양쪽 관자놀이를 문질렀다. "그렇다면 니칸의 종교는 미신에 불과하다, 이 말이냐?"

"니칸의 종교는 너무 체계가 엉망이라 진실을 담을 수가 없습니다." 린이 말했다. "우선 주요 사신이 있습니다. 청룡, 백호, 현무, 주작입니다. 그리고 지역마다 집안의 신이 있고, 마을 수호신이 있고, 동물 신도, 강의 신도, 산의 신도 있습니다." 린은 손가락으로 세어 가며 말했다. "이렇게 많은 신이 어떻게 한 공간에 존재할 수 있습니까? 이 모든 신을 아우르는 영적 세계가 어떻게 존재할 수 있습니까? 그나마 최선의 설명은 우리 니칸에서 '신'이라고 부르는 것은 하나의 이야기를 의미한다는 겁니다. 그 이상은 없습니다."

"그렇다면 너는 신을 믿지 않느냐?" 지앙 사부가 물었다.

"저는 다른 니칸 사람들만큼 신을 믿습니다." 린이 대답했다. "문화적인 참고사항으로 신을 믿습니다. 일종의 상징으로서 말입니다. 달리 할 수 있는 일이 없기 때문에 우리를 안전하게 지켜주는 것이라고 믿는 겁니다. 신은 우리 정신신경증의 표명일 뿐입니다. 신이 실재한다고 진심으로 믿지는 않습니다. 세계에 실질적인 의미를 갖는 것이라고 믿지도 않습니다."

린은 진지한 표정으로 말했지만, 솔직히 과장하고 있었다.

사실 어떤 것이 실재한다는 것을 알고 있었다. 어느 정도는 물질세계에서 마주치는 것보다 더 많은 게 존재한다는 것을 알고 있었다. 겉으로는 회의적인 척하고 있었지만, 마음은 그렇지 않았다.

그러나 린이 급진적인 위치에 있어야 지앙 사부의 설명을 유도할 수 있었다. 린이 극단적인 주장을 할 때 지앙 사부는 그에 대한 반발로 가장 좋은 주장을 펼쳤다.

지앙 사부가 아직 미끼를 물지 않아서 린은 계속 주장했다. "궁극적인 도덕의 주체인 창조주 신이 정말로 존재한다면, 왜 선량한 이들이 계속 나쁜 일을 겪어야 할까요? 신은 왜 이토록 불완전한 존재인 인간을 창조했을까요?"

"하지만 신이라는 존새가 아무것도 아니라면서 왜 우리는 신화 속 존재에 신의 지위를 부여하는 것이냐?" 지앙 사부가 맞섰다. "왜 현무를 숭배하느냐? 왜 뱀의 여신 여와를 숭배하느냐?

왜 천상의 신전을 향해 향을 사르느냐? 어떤 종교든 믿는다는 건 희생을 요구한다. 왜 돈 한 푼 없는 가난한 농부가 신화에 불과한 존재를 향해 희생을 치른단 말이냐? 그 이익은 누구에게 돌아가느냐? 왜 그런 실천이 생겼느냐?"

"모르겠습니다." 린이 인정했다.

"그럼 알아내라. 우주의 본질을 찾아내라."

린은 수천 년간 철학자들과 신학자들이 답을 구하고자 노력해온 수수께끼를 자신에게 풀어보라고 요구하는 게 다소 불합리하다고 생각했지만, 그냥 도서관으로 돌아갔다.

그리고 더 많은 의문을 품은 채로 돌아왔다. "하지만 신이 존재하는가, 존재하지 않는가가 저에게 무슨 영향을 끼칩니까? 우주가 어떻게 생겨났는가가 왜 중요합니까?"

"네가 우주의 일부이기 때문이다. 네가 거기 존재하기 때문이다. 네가 거대한 존재 망과 자신의 관계를 이해하지 못하는 하나의 티끌로 살다 죽고 싶지 않다면, 계속 탐구해야 할 것이다."

"왜 그래야 합니까?"

"너는 힘을 원하지 않느냐?" 지앙 사부가 다시 린의 이마를 두드렸다. "하지만 신이란 무엇인가도 제대로 이해하지 못하면서 어떻게 신들에게서 힘을 빌릴 수 있겠느냐?"

✳

지앙 사부의 지시로 린은 5학년 문하생 대부분보다 도서관에서 더 많은 시간을 보냈다. 지앙 사부는 매일 소논문을 쓰게 했고, 몇 시간 대화를 나눈 후에 새롭게 끌려 나온 주제에 대해 다시 소논문을 쓰게 했다. 그는 여러 원리를 다룬 문헌들, 수백 년 떨어져 기록된 문헌들, 그리고 다른 언어로 쓰인 문헌들 사이의 연관성을 끌어내게 했다.

"인간의 공기 통로를 통해 기를 전달한다는 시진의 이론은 죽은 자의 재를 흡입하는 스피어의 관습과 어떻게 연결되느냐?"

"니칸의 신들은 시대의 흐름에 따라 어떻게 변해왔고, 시대별로 어떤 군벌이 걸출했는가에 어떤 영향을 끼쳤느냐?"

"무겐연맹국은 언제부터 군주를 신으로 숭배하기 시작했고, 그 이유는 무엇이냐?"

"헤스페리아의 교회와 정권의 분리 원칙은 그 나라 정치에 어떤 영향을 미치느냐? 이 원칙이 모순인 이유는 무엇이냐?"

그는 린의 마음을 흩뜨려놓았다가 다시 맞추었고, 질서를 좋아하지 않는다며 다시 흩뜨렸다. 그는 이르자 사부가 그랬던 것처럼 린의 지적 능력을 혹사했다. 그러나 이르자 사부는 알려진 범위 안에서 린의 이성을 확장했고, 과제도 이미 익숙해진 공간 안에서 더욱 민첩해지도록 유도하는 것이었다. 반면 지앙 사부는 린의 이성을 바깥으로 확장해 완전히 새로운 차원으로 밀어붙였다.

한마디로 돼지를 업고 산을 오르게 했던 것과 똑같은 일을 정신적으로 시켰다.

린은 모든 면에서 지앙 사부의 말을 따랐고, 지앙 사부가 짜맞추어 보여주려고 하는 대안의 세계관이 과연 무엇인지 궁금했다. 이 세계의 작용법에 관한 린의 관념이 모두 틀렸다고 알려주는 것 말고 진짜로 린에게 가르쳐주려고 노력하는 것이 무엇인지 알고 싶었다.

✳

명상이 최악이었다.

학기가 시작되고 세 번째 달이 되자 지앙 사부는 린더러 이제 부터 매일 1시간 동안 자신과 함께 명상할 거라고 선언했다. 린 은 지앙 사부가 올해가 몇 년도인지 혹은 자기 이름이 무엇인지 가끔 잊어버리는 것처럼 이 약속도 잊어버리길 반쯤 희망했다.

그러나 지앙 사부는 린에게 부여하는 모든 규칙 가운데 하필 이 명상 규칙을 가장 충실히 지키기로 선택했다.

"매일 아침 정원에서 1시간 동안 가만히 앉아 있을 것이다. 예 외는 없다."

린은 그 말을 따랐다. 정말 싫었다.

"혀는 입천장에 지긋이 대라. 등골을 길게 늘여라. 척추골 사 이에 공간이 있음을 느껴봐라. 정신 차려!"

린은 화들짝 놀라 굽은 어깨를 확 폈다. 늘 고요하고 달래는 듯한 지앙 사부의 목소리가 린을 잠으로 이끌었다.

왼쪽 눈썹 위쪽 어딘가가 씰룩거렸다. 긁고 싶어 조바심이 났 다. 손을 들어 이마를 긁으면 지앙 사부가 꾸지람할 것이다. 대신 눈썹을 최대한 위로 치켜올렸다. 가려움이 더 심해지기만 했다.

"움직이지 마라." 지앙 사부가 말했다.

"등이 아파요." 린이 불평했다.

"곧게 앉지 않아서 그러느니라."

"사부님하고 대련했을 때 다쳐서 그래요."

"뻥 치지 마라."

침묵 속에서 5분이 지났다. 린은 한쪽으로 등을 구부렸다가 반대쪽으로 구부렸다. 어디선가 뚝 소리가 들렸다. 린은 움찔했다.

고통스러울 정도로 지루했다. 혀를 움직여 이의 개수를 셌다. 반대편에서 시작해 다시 셌다. 한쪽 볼기에서 반대편 볼기로 무게중심을 옮겨봤다. 당장 벌떡 일어나 움직이든지, 뜀뛰기를 하든지, 뭐라도 하고 싶은 강력한 충동이 느껴졌다.

한쪽 눈을 몰래 떴다가 린을 똑바로 응시하는 지앙 사부와 눈이 마주쳤다.

"앉아 있어라. 가만히."

린은 반항의 말을 삼키고 지앙 사부의 말을 따랐다.

몇 년간 지독한 공부 부담에 시달렸던 린에게 명상은 엄청난 시간 낭비로 느껴졌다. 마음에 아무것도 담지 않고 가만히 앉아 있기만 하려니 뭔가 잘못하고 있는 것 같았다. 60분은커녕 단 3분도 이런 고문을 견딜 수가 없었다. 생각하지 않는 상태를 생각하는 게 너무 두려워 생각하지 않는 상태를 계속 생각했기 때문에 명상에 성공할 수 없었다.

반면 지앙 사부는 무한정 명상할 수 있었다. 그는 조용하고 고요한 조각상이 되어버렸다. 마치 공기처럼 보였고, 집중해서 바라보지 않으면 순식간에 사라질 것만 같았다. 지앙 사부는 육신만 남겨놓고 어디론가 가버릴 것처럼 보였다.

린의 콧등에 파리 한 마리가 앉았다. 격렬한 재채기가 나왔다.

"처음부터 다시 시간을 세라." 지앙 사부가 차분하게 말했다.

"젠장!"

＊

시네가드에 두꺼운 겨울 도복을 껴입지 않아도 될 만큼 따뜻한 봄이 오자 지앙 사부는 린을 데리고 가까운 무당산으로 등산을 떠났다. 두 사람은 정오까지 2시간을 조용히 걸었고, 마침내 지앙 사부는 눈 아래 골짜기가 환히 내려다보이는 양지바른 공터에서 걸음을 멈추었다.

"오늘 수업 주제는 식물이다." 지앙 사부가 자리에 앉아 배낭에서 작은 가방을 꺼내더니 풀밭 위에 내용물을 전부 꺼내놓았다. 온갖 식물과 가루가 바닥에 쏟아졌다. 잘라낸 선인장 줄기, 꼬투리가 붙어 있는 붉은 양귀비꽃 몇 송이, 햇볕에 말린 버섯 한 움큼 등이었다.

"마약 하시려고요?" 린이 물었다. "와! 우리 같이 마약 하는 거예요?"

"'나만' 할 것이다. 너는 지켜볼 것이고."

지앙 사부가 작은 돌절구에 양귀비 씨앗을 넣고 절굿공이로 으깨면서 설명을 늘어놓았다. "이 식물 가운데 시네가드가 원산지인 것은 하나도 없다. 이 버섯은 원래 묘성의 숲에서 자라고, 다른 데서는 찾을 수 없다. 오직 열대 기후에서만 잘 자란다. 이 선인장은 니칸 북쪽 국경과 힌터랜드 사이에 있는 바그라 사막에서 가장 잘 자란다. 이 가루는 남반구의 열대우림에서만 발견되는 덤불에서 채취한 것이다. 그 덤불은 귤 같은 작은 열매를 맺는데, 맛이 없고 끈적거린다. 하지만 뿌리를 말려 잘게 찢으면 거기서 약을 채취할 수 있다."

"그리고 시네가드에서는 이것들을 소지하기만 해도 사형죄에 해당하죠." 린이 말했다. 둘 중 한 사람은 그 말을 꼭 해야 할 것 같았다.

"아, 그 법." 지앙 사부가 정체를 알 수 없는 잎에 코를 대고 냄새를 맡더니 던져버렸다. "불편하기 짝이 없지. 얼토당토않고." 지앙 사부가 갑자기 린을 보고 물었다. "니칸은 왜 마약 사용을 못마땅하게 여기느냐?"

지앙 사부는 이렇게 미처 대답을 준비하지 못한 질문을 불쑥 던지곤 했다. 너무 빨리 대답하거나 성급하게 일반화한 대답을 하면 반박하면서 린을 논쟁의 구석으로 몰아붙였고, 그러면 린은 하고 싶었던 말을 다시 정확하게 전달하고 철저하게 합리화해야 했다.

이제 린은 충분히 연습이 되어 있어서 섣불리 대답하기 전에 신중하게 추론부터 했다. "환각제 사용은 이성의 파괴와 잠재력의 낭비, 그리고 사회적 혼란을 일으키기 때문입니다. 마약 중독은 사회에 기여하는 것이 거의 없기 때문이고요. 또 마약은 저무겐국이 우리나라에 남긴 지속적인 유행병이기 때문입니다."

지앙 사부가 천천히 고개를 끄덕였다. "좋다. 그럼 너는 그 생각에 동의하느냐?"

린은 어깨를 으쓱했다. 린은 티카니의 아편 소굴에서 마약 중독의 결과를 지겹도록 목격했다. 법이 왜 그렇게 가혹한지 이해할 수 있었다. "지금은 동의합니다." 그녀는 신중하게 말했다. "하지만 사부님 말씀을 들은 후에는 제 마음이 바뀔 수도 있다고 생각합니다."

지앙 사부가 한쪽 입꼬리를 비틀어 올리며 씩 웃었다. "만물의 본성은 이중적이니라." 그가 말했다. "너도 보통 사람들에게 양귀비가 어떤 결과를 낳는지 보았을 것이다. 중독에 관해 네가 아는 것을 생각해보면 네 결론은 타당하다. 아편은 현명한 자도 바보로 만든다. 지역 경제를 파괴하고 전국을 약화한다."

그는 손바닥에 또 한 줌의 양귀비 씨앗을 올려놓고 무게를 가늠해보았다. "하지만 원래 파괴적인 것은 동시에 놀라운 잠재력이 있다. 무엇보다 양귀비꽃은 환각제의 이중성을 보여준다. 너도 양귀비의 세 가지 이름을 알 것이다. 가장 일반적인 형태는 담뱃대로 피우는 아편 덩어리인데, 이것은 사람을 쓸모없게 만든다. 무감하게 만들고 세계와 차단한다. 두 번째로 꽃의 수액에서 가루로 추출하는 중독성이 심한 헤로인이 있다. 하지만 씨앗은 어떠냐? 이 씨앗은 샤먼들의 꿈이다. 이 씨앗은 정신적인 준비를 적절하게 하고 사용한다면 네 마음에 깃든 온 우주에 접근할 수 있게 해준다."

그는 양귀비 씨앗을 내려놓고 그 앞에 늘어놓은 다른 환각제들을 가리켰다. "대륙 곳곳의 샤먼들은 수백 년 동안 식물을 이용해 의식 상태를 바꿔왔다. 힌터랜드의 치유사는 이 꽃을 이용해 화살처럼 날아올라 신들과 영적인 교감에 들어갔다. 너도 이것을 이용하면 신들린 상태가 되어 신전에 들어갈 수 있다."

린의 눈이 휘둥그레졌다. 바로 이거다. 조각난 말들이 천천히 이어지기 시작했다. 지난 6개월간의 탐구와 명상의 목적을 마침내 이해하기 시작했다. 지금까지 린은 개별적인 두 가지 의문을 쫓아왔다. 하나는 샤먼과 그들의 능력에 관한 의문이었고 또 하나는 신과 우주의 본성에 관한 의문이었다. 이제 지앙 사부는 환각제로 사용하는 식물을 소개하면서 이 두 줄기 의문 가닥을 하나의 이론으로 통합해주었다. 환각제를 이용해 신들이 사는 꿈의 세계로 들어가 영적인 결합을 이룰 수 있다는 이론이었다.

마음속에서 개별적이었던 개념이 밤새 갑자기 생겨난 거미줄처럼 서로 연결되었다. 지앙 사부가 그동안 쌓아왔던 배경지식이 갑자기 완전하게 이해되었다.

대략적인 윤곽은 잡았지만, 구체적인 그림까지 완전히 떠오르지는 않았다. 뭔가 꼭 들어맞지 않는 부분이 있었다.

"제 마음에 우주가 깃들었다고요?" 린이 조심스럽게 되물었다.

지앙 사부가 린 쪽을 비스듬히 보았다. "혹시 영신제(迎神劑)라는 말의 뜻을 아느냐?"

린은 고개를 저었다.

"내면에 신이 생긴다는 뜻이다." 지앙 사부가 말했다. 그러고는 손을 내밀어 언제나 같은 자리인 린의 이마 한가운데를 두드렸다. "신과 개인이 결합한다는 뜻이다."

"하지만 우리는 신이 아니잖아요." 린이 말했다. 린은 지난주 내내 도서관에서 니칸 신학의 뿌리를 추적했다. 니칸의 종교 신화에는 인간과 신적 존재의 만남으로 가득했지만, 탐구자료 어디에도 신을 만들어낸다는 말은 없었다. "샤먼은 신과 소통하는 사람이지 신을 만들어내지는 않습니다."

"내면의 신과 외부의 신은 어떻게 다르냐? 네 마음에 깃든 우주와 외부 우주는 또 어떻게 다르냐?" 지앙 사부가 린의 양쪽 관자놀이를 두드렸다. "그게 바로 헤스페리아 신학의 위계질서에 관한 네 비평의 기본이 아니었더냐? 너는 창조주 신이 우리와 개별적으로 존재하면서 우리를 지배한다는 개념이 이해되지 않는다고 하지 않았더냐?"

"그랬습니다만…." 린은 하고 싶은 말을 사리에 맞게 조합하려고 애쓰며 말꼬리를 길게 늘였다. "제 말은 우리가 곧 신이라는 뜻은 아니었습니다. 제가 하고 싶었던 말은…." 그러나 무슨 말을 하고 싶은 건지 확신할 수가 없었다. 린은 간절하게 지앙 사부를 보았다.

이번만은 지앙 사부가 선뜻 대답해주었다. "너는 반드시 이 개념들을 하나로 융합해야 한다. 네 바깥의 신. 네 내면의 신. 이 것들이 하나이고 같음을 이해할 때, 머릿속에 두 개념 모두 유지하고 전부 진실임을 알 때, 비로소 너는 샤먼이 될 것이다."

"하지만 그렇게 간단하지 않습니다." 린은 말을 더듬었다. 여전히 머릿속이 혼란스러웠다. 린은 생각을 종합해보려고 애썼다. "만약 그게 사실이라면… 그렇다면… 왜 다들 그렇게 하지 않는 거죠? 왜 아편굴 사람들은 신과 만나지 않는 건가요?"

"그들은 자신이 무엇을 찾는지 모르기 때문이다. 니칸 사람은 신을 믿지 않는다. 잊었느냐?"

"좋습니다." 린은 자신이 이미 했던 말을 고스란히 다시 던지게 만드는 지앙 사부의 미끼를 물지 않았다. "하지만 왜 그렇죠?" 린은 니칸의 종교적 회의주의가 합리적이라고 생각했지만, 지앙 사부 같은 사람들이 신기한 일을 할 수 있다는 걸 알기 때문에 이제는 그렇게 생각하지 않았다. "왜 종교를 믿는 사람들이 별로 없을까요?"

"한때는 있었다." 지앙 사부가 말했다. 린은 그 씁쓸한 말투에 놀랐다. "한때는 사원이 무척 많았다. 그러다가 붉은 황제가 통일 원정 중에 전부 불태워버렸다. 샤먼들은 힘을 잃었고 어쨌거나 진정한 힘을 가지고 있었던 수도승들은 죽거나 사라졌다."

"그들은 지금 어디에 있습니까?"

"숨어 있다." 그가 말했다. "그리고 잊혔지. 최근 역사에서는 오직 힌터랜드의 유목민과 스피어 부족만이 신과 교감할 수 있었다. 우연이 아니다. 국가가 근대화와 전시동원을 추구하면 당연히 세계 질서를 통제할 수 있다고 굳게 믿게 되고, 이렇게 되면 신과의 결합을 잃게 된다. 세계를 움직이는 대본을 인간이 써야 한다고 생각하기 시작하면서 인간은 현실을 꿈꾸는 힘을 잊었다. 시네가드 학당은 한때 사원이었다. 지금은 사관학교가 되었다. 소위 문명 시대에 들어선 세계의 모든 강대국이 이와 같은 양식을 되풀이해왔다. 무젠국에는 샤먼이 없다. 헤스페리아에도 샤먼이 없다. 그들은 신 자체가 아니라 신이라고 믿는 사람들을 숭배한다."

"니칸의 미신은요?" 린이 물었다. "시네가드 사람들이 교육을 받게 되면서 종교가 사라졌지만, 작은 마을에는 여전히 토속신앙이 남아 있잖아요?"

"니칸은 신이 아니라 우상을 숭배한다." 지앙 사부가 말했다. "그들은 자신이 숭배하는 대상을 이해하지 못해. 그들은 신학보다 의례를 중시한다. 64신이 모두 대등한 위치에 있다고? 얼마나 편리하고 터무니없는 설명이냐? 종교란 그렇게 깔끔하게 포장할 수 없다. 신을 그렇게 말끔하게 정리할 수는 없어."

"하지만 저는 이해가 안 됩니다." 린이 말했다. "샤먼들은 왜 사라졌을까요? 붉은 황제는 왜 샤먼을 군대에 편입시켜 강화하지 않았을까요?"

"아니, 사실은 그 반대다. 제국은 순응과 일률적인 복종을 요구한다. 전국으로 대량 생산할 수 있는 가르침이 필요하다. 제국군은 순전히 결과를 중시하는 관료주의 조직이다. 그러나 내가 가르치는 것은 수천 명으로 이루어진 일개 사단은 고사하고 50명으로 구성된 학급에도 그대로 복제해 가르칠 수가 없다. 제국군은 거의 준 사부 같은 사람들로 이루어져 있다. '즉각적인'

결과를 얻을 수 있어야 하고, 복제할 수 있고, 재사용할 수 있는 결과만 중시한다. 반면 샤머니즘은 언제나 딱 떨어지지 않는 기술이었다. 당연하지 않겠느냐? 샤머니즘은 각자 자신에 관한 가장 근본적인 진실을 담고 있고, 존재하는 현상과 개인이 어떤 관계가 있는지에 관한 것이다. 당연히 일률적으로 딱 떨어질 수가 없다. 이것을 완전히 이해한다면 우리도 신이 될 수 있다."

린은 확신할 수가 없었다. "하지만 '어떤' 가르침은 분명히 전파될 수 있습니다."

"너는 제국을 과대평가하고 있다. 무술을 한번 생각해보아라. 지난 연말 시험에서 네가 급우들을 물리치고 우승할 수 있었던 이유가 무엇이냐? 그들이 편의를 위해 정제되고 증류되고 포장된 무술만 배웠기 때문이다. 종교도 마찬가지다."

"하지만 샤먼이 완전히 잊혔을 리가 없습니다." 린이 말했다. "전승학 수업도 아직 존재하지 않습니까?"

"이 수업은 그저 농담에 불과하다." 지앙 사부가 말했다.

"농담 아닙니다."

"너 말고 다른 사람은 전부 그렇게 생각한다." 지앙 사부가 말했다. "심지어 지마 대사부도 이 수업의 가치를 의심한다. 그러나 지마도 이 수업을 완전히 폐지하지는 못한다. 니칸은 다시 샤먼을 발견할 수 있으리라는 희망을 완전히 버린 적이 없다."

"니칸에 샤먼이 있습니다." 린이 말했다. "제가 이 세계에 샤머니즘을 다시 불러오겠습니다."

린은 희망을 품고 지앙 사부를 쳐다보았지만, 그는 꼼짝도 하지 않고 절벽 너머를 응시했다. 그의 마음은 어디 머나먼 곳으로 가버린 것만 같았다. 그 표정이 몹시 슬퍼 보였다.

"신의 시대는 끝났다." 마침내 그가 말했다. "니칸 사람들은 전설 속에서 샤먼 이야기를 할지는 몰라도 초자연적인 존재가 있으리라는 전망은 버린 지 오래다. 그들 눈에 우리는 그저 미치 광이다." 그가 마른침을 삼켰다. "우리는 미치광이가 아니다. 그러나 나머지 세계가 그렇게 믿기로 작정했다면, 어찌 설득할 수 있겠느냐? 제국이 그 세계관을 확신하게 되면 그에 반하는 증거 는 뭐든 삭제될 수밖에 없다. 힌터랜드 사람들은 마녀로 몰려 북 쪽으로 추방당했다. 스피어 사람들은 주변으로 밀려나 노예가 되었고, 들개처럼 전투장에 내몰렸다가 마침내 희생당했다."

"그렇다면 우리가 가르쳐줘야죠." 린이 말했다. "사람들의 기 억을 되살려줘야죠."

"내가 너에게 가르친 것을 인내심을 가지고 배우려는 사람이 없다. 기억은 우리가 할 일이다. 나는 지난 몇 년간 한 명의 문하 생을 찾아왔고, 이제 너만이 세계의 진실을 이해했다."

린은 그 말에 고통스러운 실망감을 느꼈다. 자신 때문이 아니 라 제국을 향한 실망감이었다. 한때는 인간이 신과 자유롭게 대 화를 나누었지만, 이제는 더 이상 그렇지 않은 세계에 살고 있다 는 사실을 이해하기 어려웠다.

상상할 수 없을 정도로 막대한 힘을 부여할 수 있는 신들을 온 나라가 어떻게 까맣게 잊을 수가 있단 말인가?

쉽게 잊었겠지.

세계는 우리가 인지할 수 있는 것들이 모두 눈앞에 존재할 때 더 단순했다. 꿈을 구성하는 근원적인 힘을 잊어버리는 쪽이 더 쉬웠다. 현실이 오직 한 가지 차원에만 존재한다고 믿는 편이 수 월했다. 린도 지금 이 순간까지 그렇게 믿었고, 여전히 그 생각을 바로잡느라 힘들었다.

그러나 린은 이제 진실을 알았고, 그 사실이 힘이 되었다.

린은 막 터득한 진실이 얼마나 막대한 일인지 받아들이고자 애쓰면서 아무 말 없이 눈 아래 골짜기를 굽어보았다. 그동안 지 앙 사부는 담뱃대에 무슨 가루를 넣고 불을 붙이더니 한 모금 깊숙이 빨아들였다.

그의 감은 눈이 퍼덕거리고 얼굴 전체에 고요한 미소가 번졌다.

"올라간다." 그가 말했다.

말짱한 정신으로 약에 취한 사람을 지켜보는 일은 금세 지루해졌다. 몇 분 후 지앙 사부를 찔러보았지만, 꼼짝도 하지 않아서 린 혼자 산에서 내려갔다.

＊

린은 지앙 사부가 명상을 위해 환각제 사용을 허락할 거라 기대했지만, 잘못된 생각이었다. 지앙 사부는 린에게 정원 일을 거들게 하고, 자신이 선인장에 물을 주고 버섯을 키우는 모습을 지켜보게는 했지만, 허락을 내릴 때까지는 어떤 식물도 직접 시도하면 안 된다고 했다.

"정신이 적절히 준비되지 않으면 환각제를 써봐야 아무 효과도 없을 것이다." 그가 말했다. "그저 한동안 몹시 짜증스러운 상태만 될 뿐이다."

처음에는 그 말을 인정했지만 이제 몇 주가 흘렀다. "그럼 저는 언제 정신적으로 준비가 됩니까?"

"도중에 눈을 뜨지 않고 5분 동안 가만히 앉아 있게 되면." 지 앙 사부가 말했다.

"가만히 앉아 있을 수 있어요! 거의 1년 동안 가만히 앉아만 있었잖아요! 그것 말곤 한 일도 없어요!"

지앙 사부가 린을 향해 원예용 큰 가위를 휘둘렀다. "나한테 그런 말투로 말하지 마라."

린은 잘라낸 선인장 쟁반을 선반 위에 쿵 하고 내려놓았다. "사부님이 제게 가르쳐주시지 않는 것들이 있다는 거 알아요. 이유는 알 수 없지만요."

"네가 걱정되어서 그런다. 너는 지금껏 만난 누구와도 다르게 전승학에 소질이 있다. 심지어 알탄보다 더. 그러나 네겐 참을성이 없다. 조심성도 없고. 명상을 대충 하지."

명상을 대충 한 건 사실이었다. 린은 매일 명상 일지를 적어야 했고, 1시간을 성공적으로 해내면 매번 기록해야 했다. 그러나 다른 수업 과제가 쌓이면서 필수로 아무것도 하지 않아야 하는 이 시간을 게을리했다.

"명상을 왜 해야 하는지 모르겠어요." 린이 말했다. "사부님이 바라는 게 집중이라면, 저는 집중할 수 있어요. 어떤 것에도 집중할 수 있어요. 하지만 마음을 비우라고요? 모든 생각에서 벗어나라고요? 자아의 모든 감각이 사라져야 한다고요? 도대체 그런 일이 무슨 도움이 되지요?"

"너와 물질세계를 분리하는 데 도움이 된다." 지앙 사부가 대답했다. "눈앞의 것에 사로잡혀 있으면서 어찌 영적 세계에 닿기를 기대할 수 있겠느냐? 물론 어려운 일임을 나도 안다. 너는 급우들을 이기고 싶어 하니까. 오래 묵은 원한을 마음에 품고 있으니까. 미워하면 기분이 좋지? 지금껏 너는 분노를 쌓아두었다가 땔감으로 사용해왔다. 그러나 분노를 놓아주는 법을 배우지 않는다면 결코 신들에게 가는 길을 찾을 수 없다."

"그럼 저에게 환각제를 주세요." 린이 제안했다. "제가 분노를 놓아버릴 수 있게 해주세요."

"이제 경솔하기까지 하구나. 나는 네가 아직 이해하지 못한 일들에 손대게 하지는 않을 것이다. 그건 너무나 위험한 일이다."

"그냥 가만히 앉아 있기만 하는데 어떻게 위험할 수 있지요?"

지앙 사부가 똑바로 일어섰다. 원예용 가위를 든 손을 아래로 떨어뜨렸다. "이건 손바닥을 비비며 신에게 세 가지 소원을 비는 옛이야기가 아니다. 우리는 지금 괜히 빈둥거리는 게 아니다. 널 산산조각 낼 수도 있는 힘을 찾고 있다."

"제겐 아무 일도 일어나지 않을걸요." 린이 따졌다. "몇 달 동안 아무 일도 없었어요. 사부님은 계속 신을 봐야 한다고 말씀하셨지만, 그동안 명상하면서 제게 일어난 일이라곤 그저 지루하고, 콧등이 간지럽고, 1초가 영원처럼 느껴지는 게 전부였어요."

린이 양귀비꽃을 향해 손을 뻗었다.

그가 린의 손을 찰싹 쳤다. "넌 아직 준비가 안 되었다. 심지어 준비에 가까워지지도 않았어."

린의 얼굴이 붉게 달아올랐다. "이것들은 그저 '마약'일 뿐이에요…."

"그저 마약? 그저 마약?" 지앙 사부의 목소리가 높아졌다. "너에게 경고를 해야겠다. 단 한 번만 할 것이다. 너도 알다시피 네가 전승학을 선택한 첫 번째 학생이 아니다. 시네가드는 몇 년 동안 샤먼을 양성하고자 노력해왔다. 그런데 왜 누구도 이 수업을 진지하게 받아들이지 않았는지 이유를 알고 싶으냐?"

"사부님이 교수진 모임에서 계속 방귀를 뀌어서요?"

지앙 사부는 그 말에 웃지 않았다. 생각보다 진지한 말이라는 뜻이었다.

사실 지앙 사부는 고통스러워 보였다.

"우리는 노력을 했었다." 그가 말했다. "10년 전 일이다. 그때 내겐 너만큼 뛰어난 학생이 네 명이나 있었다. 그들은 알탄처럼 분노하지 않았고 너처럼 참을성이 없지도 않았다. 그들에게 명상을 가르쳤고 신전에 대해서도 가르쳤지만, 그 문하생들의 마음에는 오직 한 가지 생각밖에 없었다. 바로 신들을 소환해 그 힘을 빨아들이겠다는 생각이었다. 그런데 그들이 어떻게 되었는지 아느냐?"

"신을 소환해 훌륭한 전사가 되었습니까?" 린은 희망을 품고 물었다.

지앙 사부는 그 희푸른 눈으로 상대를 질식시킬 듯이 바라보았다. "전부 미쳐버렸다. 한 명도 빠짐없이. 두 명은 차분해서 평생 보호시설에 갇히게 되었다. 나머지 둘은 자신에게도 주변 사람들에게도 너무 위험해서 황제가 바그라 사막 감옥으로 보내버렸다."

린은 지앙 사부를 응시했다. 뭐라고 대꾸해야 할지 알 수가 없었다.

"다시는 자기 육체를 되찾지 못하게 된 영혼들을 많이 보았다." 지앙 사부가 말했다. 순간 그는 무척 나이가 들어 보였다. "영적 세계로 가는 길 중간에 갇혀버린 사람들을 많이 보았다. 그들은 우리 세계와 다음 세계 사이에서 꼼짝도 하지 못했다. 그게 무슨 뜻이겠느냐? 정신. 똑바로. 차리란 거다." 그는 한마디를 할 때마다 린의 이마를 두드렸다. "네 똑똑한 이성을 산산조각 내고 싶지 않다면 내 말대로 해라."

✳

린은 오히려 다른 수업 시간에 기초가 탄탄히 잡혔다고 느꼈다. 신입생 시절보다 두 배로 진도를 나가고 있었고, 지앙 사부가 내준 터무니없는 과제 부담 때문에 따라잡기 어려웠지만, 변화가 이해되는 것들을 공부하는 게 좋았다.

린은 늘 급우들 사이에서 소외감을 느꼈지만, 시간이 지날수록 그들과 완전히 분리된 개별 세계에 사는 듯한 느낌이 들었다. 린은 사물이 정해진 대로 기능하는 세계에서, 현실이 끊임없이 유동적으로 흐르지 않는 세계에서, 사물의 형태와 본성을 안다고 생각했던 세계에서 점점 멀리 떨어져 자신은 사실 아무것도 모른다고 계속 상기시키는 세상을 살고 있었다.

"진지하게 묻는 거야." 어느 날 점심시간에 키테이가 물었다. "너는 뭘 배우고 있어?"

다른 급우들처럼 키테이도 전승학은 종교의 역사나 잡동사니 인류학, 민간 신화 등을 배우는 과목이라고 생각했다. 린은 급우들의 생각을 굳이 고쳐주지 않았다. 진실을 설득하느니 차라리 믿을 만한 거짓말을 퍼뜨리는 편이 더 쉬웠다.

"세계에 관한 나의 믿음 가운데 어떤 것도 사실이 아니라는 것." 린은 꿈을 꾸는 기분으로 대답했다. "또 현실은 얼마든지 두드려 모양을 바꿀 수 있다는 것. 모든 살아 있는 대상에는 숨은 결합 관계가 존재한다는 것. 이 세계 전체가 단지 하나의 생각, 나비의 꿈에 불과하다는 것."

"린?"

"응?"

"내 죽그릇에 네 팔꿈치가 빠졌어."

린은 눈을 깜박였다. "아, 미안."

키테이는 린의 팔에서 죽그릇을 멀리 치웠다. "애들이 네 이야기를 수군거려. 다른 문하생들이."

린은 가슴께에 팔짱을 꼈다. "뭐라고?"

그는 잠시 말을 멈추었다. "너도 대충 짐작할 거야. 뭐, 좋은 말은 아니야."

설마 좋은 말을 기대했을까? 린은 허공에 대고 눈을 흘겼다. "애들은 날 좋아하지 않아. 놀라운 소식도 아니지."

"그게 아니야." 키테이가 말했다. "애들은 너를 '두려워해.'"

"내가 결승전에서 이겨서?"

"넌 아무도 들어보지 못한 시골 마을에서 여기로 쳐들어왔고, 학교에서 가장 명성이 높은 과목의 선택권을 버리고 학당의 미치광이랑 공부하고 있어. 애들은 널 이해할 수 없어. 네가 뭘 하려는지 알 수가 없어." 키테이가 린을 향해 고개를 들었다. "넌 진짜 뭘 하려는 거야?"

린은 망설였다. 키테이의 얼굴에 떠오른 그 표정을 알았다. 키테이는 최근 들어 린의 공부가 문외한에게 쉽게 설명할 수 있는 주제로부터 점점 멀어질수록 그 표정을 자주 지었다. 키테이는 어떤 정보든 완전히 습득하지 못하는 것을 싫어했고, 린은 그에게 뭔가를 숨기는 게 싫었다. 하지만 키테이에게 전승학 공부의 요점을 어떻게 제대로 설명할 수 있겠는가? 아직 린 스스로도 완전히 이해하지 못했는데?

"그날 시합장에서 내게 어떤 일이 일어났어." 마침내 린이 말했다. "나는 그 일이 뭔지 알아내려고 해."

키테이가 회의적인 반응을 보일 거라 예상했지만, 그는 그저 고개를 끄덕일 뿐이었다. "그런데 너는 지앙 사부가 그 답을 안다고 생각하는 거지?"

린은 한숨을 내쉬었다. "만약 지앙 사부가 모르면 아무도 모르는 거지."

"하지만 너도 소문을 들었잖아."

"미친 사람들. 낙오자들. 바그라 감옥에 갇힌 죄수들." 린이 말했다. 다들 지앙 사부의 과거 문하생들에 관한 끔찍한 이야기를 알고 있었다. "나도 알아. 정말이야. 나도 알아."

키테이는 오랫동안 탐색하듯이 린을 보았다. 이윽고 손도 대지 않은 린의 죽그릇을 향해 고개를 끄덕였다. 린은 지마 사부의 시험을 준비하며 머릿속에 정보를 마구 집어넣는 중이었고, 그래서 먹는 걸 깜박 잊고 있었다.

"너부터 잘 챙겨." 키테이가 말했다.

✳

2학년은 강당 지하에서 싸울 자격이 생겼다.

알탄이 졸업했기 때문에 네자가 시합장의 인기인이 되었다. 네자는 준 사부의 혹독한 훈련 아래 빠른 속도로 위협적인 싸움꾼이 되어갔다. 한 달도 안 되어 2, 3년 선배들에게 도전장을 내밀었다. 두 번째 봄 학기가 되자 그는 시합장에서 불패의 우승자가 되었다.

린도 몹시 시합에 나가고 싶었지만, 지앙 사부와의 대화가 그 열망에 종지부를 찍었다.

"너는 싸움에 나가지 마라." 어느 날 개울 가운데 말뚝 위에서 균형을 잡고 있는데, 지앙 사부가 불쑥 말했다.

린은 곧바로 물에 풍덩 빠졌다.

"뭐라고요?" 린은 물 밖으로 나오자마자 말했다.

"사부의 승낙을 받은 문하생만 시합에 나갈 수 있다."

"그럼 승낙해주세요!"

지앙 사부는 물속에 발끝을 담갔다가 다시 신중하게 제자리로 돌아왔다. "싫다."

"하지만 저는 싸우고 싶어요!"

"흥미롭지만, 부적절하다."

"하지만⋯."

"하지만이라는 말도 하지 마라. 나는 너의 사부니라. 내 지시에 토를 달지 마라. 그냥 복종해라."

"이해가 되는 지시라면 얼마든지 복종할게요." 린은 말뚝 위에서 아슬아슬하게 비틀거리며 반박했다.

지앙 사부는 콧방귀를 뀌었다. "시합은 이기려고 하는 게 아니다. 새로운 기술을 보여주고자 함이다. 넌 뭘 보여줄 생각이냐? 학생들이 전부 보는 앞에서 온몸으로 불을 붙일 셈이냐?"

린은 더 맞서지 않았다.

✳

린은 규칙적으로 참관하는 시합 때를 제외하곤 급우들을 거의 보지 못했다. 니앙은 늘 엔로 사부와 초과 근무를 했고 벤카는 깨어 있는 시간은 수도경비대와 순찰을 나가거나 네자와 훈련을 하며 보냈다.

키테이는 여학생 기숙사에서 린과 함께 공부를 시작했는데, 학당 안에서 확실히 비어 있는 유일한 장소였기 때문이다. 신입생 가운데 여학생은 없었고 쿠릴과 아르다는 린의 신입생 시절이 끝났을 때 학당을 떠났다. 둘은 각각 3사단과 8사단에서 명예로운 하급 장교의 지위를 부여받았다.

알탄도 학당을 떠났다. 그러나 그가 몇 사단에 들어갔는지 아는 사람이 없었다. 린은 알탄의 행보가 학당 안의 화제가 될 거라고 기대했었다. 그러나 알탄은 마치 시네가드에 존재한 적이 없었던 것처럼 소리소문없이 사라졌다. 이제 알탄 트렝신의 전설은 린의 학년 안에서도 희미해졌고, 다음 신입생이 학당에 입학했을 때는 아무도 알탄이 누구인지 몰랐다.

몇 달이 흐르자 린은 전승학의 유일한 문하생이 된 뜻밖의 이점이 나머지 급우들과 더는 직접적인 경쟁을 하지 않아도 된다는 사실임을 깨달았다.

급우들과는 전혀 친해지지 않았다. 그러나 린은 자신의 말투에 대한 농담을 듣지 않아도 되었고, 벤카도 여학생 기숙사에 단둘이 있을 때마다 코를 찡그리는 일을 그만두었으며, 다른 시네가드 출신들도 린의 존재에 대해 서서히 익숙해져갔다.

유일한 예외가 네자였다.

두 사람은 전투와 전승학을 제외하고 모든 수업을 같이 들었다. 둘은 최선을 다해 서로의 존재를 무시했다. 상급반 수업이 지나치게 소규모라서 서로 모른 척하기가 무척 거북하고 어색했지만, 린은 차가운 무시가 적극적인 괴롭힘보다 낫다고 생각했다.

"네자가 뭐 그렇게 특별해?" 린은 키테이에게 불평했다. "심지어 그 애는 우리 학년 대항전에서 우승자도 아니었어. 다들 그걸 모르나 봐?"

"당연히 알지." 키테이는 언어학 숙제에서 고개를 들지도 않고, 전에도 여러 번 같은 대화를 나눈 사람의 짜증을 꾹 눌러 참았다.

"그런데 왜 사람들은 '나를' 숭배하지 않는 거냐고?" 린이 불퉁거렸다.

"너는 시합에서 싸우지 않으니까." 키테이가 헤스페리아어 동사 활용표의 마지막 빈칸을 채우며 말했다. "그리고 너는 괴상하고, 예쁘장하지도 않잖아."

그러나 학급 안의 유치한 내분은 대체로 사라졌다. 다들 철이 들기도 했고 또 연말 시험의 중압감이 사라졌기 때문이기도 했다. 문하생은 학년이 올라가도 안정적으로 학당에 남을 수 있었다. 게다가 학업이 너무 어려워져서 쩨쩨한 경쟁심에 신경을 쓸 시간이 없었다.

그러나 2학년이 끝나가자 학급은 다시 갈라지기 시작했다. 이번에는 출신 성과 정치 노선에 따라 분열했다.

가장 가까운 원인은 오성 경계에서 벌어진 무겐국과의 외교 위기였다. 무역 전초기지에서 무겐 상인들과 니칸 노동자들 사이에 다툼이 일어났고 치명적인 양상으로 변했다. 무겐인이 무장 경찰을 보내 선동자들을 죽이자 오성 국경 수비대도 같은 방식으로 대응했다.

황제는 즉각 외교 관계자 회의를 소집했고 이르자 사부가 소환되었다. 그 말은 2주일 동안 병법 수업이 취소된다는 뜻이었다. 학생들은 나중에야 이르자 사부가 서둘러 써놓은 쪽지를 발견했다.

"'언제 돌아올지는 모르겠다. 양쪽에서 발포가 시작되었고 민간인 네 명이 죽었다.'" 니앙이 이르자 사부가 남긴 쪽지를 큰 소리로 읽었다. "어떡해? 이러다가 전쟁이 일어나는 거 아니야?"

"꼭 그렇지는 않아." 키테이 혼자 노골적으로 침착해 보였다. "소규모 접전은 늘 있었어."

"하지만 민간인 희생자가…."

"희생자도 늘 있었어." 키테이가 말했다. "거의 20년간 늘 이런 식이었어. 우리는 그들을 미워하고 그들은 우리를 미워하고, 그래서 한 줌의 사람들이 죽었어."

"니칸 국민이 죽었어!" 니앙이 소리쳤다.

"맞아. 하지만 황제는 이번 일에 관해 어떤 대처도 하지 않을 거야."

"황제가 '할 수 있는' 일이 없으니까." 한이 끼어들었다. "우리 오성은 전선을 책임질 군대가 충분하지 않아. 우리는 인구가 너무 적고 징발할 사람도 없어. 진짜 문제는 일부 군벌이 국익을 우선할 줄 모른다는 거야."

"넌 지금 무슨 말을 하고 있는지도 몰라." 네자가 말했다.

"우리 아버지 부하들이 국경에서 죽어간다는 건 알아." 한이 말했다. 말투에 묻어난 갑작스러운 원한에 린은 깜짝 놀랐다. "그사이 너의 아버지는 작은 궁전에 다소곳이 앉아서 아무것도 보려 들지 않지. 두 성의 완충지에서 안전하고 곱게 살아갈 수 있으니까."

누가 말리기도 전에 네자가 한의 목 뒤로 손을 뻗어 한의 얼굴을 책상에 내리쳤다.

교실이 일순간 조용해졌다.

한은 고개를 들었지만, 너무 경악한 나머지 보복에 나서지도 못했다. 그의 코가 소리 나게 부러졌고 턱으로 피가 마구 흘러내렸다.

네자가 한의 목덜미를 놓았다. "우리 아버지 이야기 하지 마."

한이 부러진 이 조각을 뱉어냈다. "너희 아버지는 빌어먹을 겁쟁이야."

"내가 그 입 다물라고……."

"너희는 제국에서 가장 규모가 큰 군대를 보유하고 있으면서 이용하지 않아." 한이 말했다. "그 이유가 뭐야, 네자? 다른 일에 쓸 계획인가?"

네자의 눈에 불꽃이 튀었다. "목까지 부러뜨려줄까?"

"무겐은 절대 침공하지 않을 거야." 키테이가 재빨리 끼어들었다. "오성 국경지대에서 소란을 일으킬 것은 분명하지만, 지상군을 투입하지는 않을 거야. 헤스페리아를 자극하고 싶지 않을 테니까."

"헤스페리아는 여기에 관심도 없어." 한이 말했다. "그들은 지난 몇 년간 동반구에서 일어나는 일에 신경도 쓰지 않았어. 대사를 파견하지도 않았고 외교관을 보내지도 않았어."

"그건 정전협정 때문이야." 키테이가 말했다. "그렇게 할 필요가 없다고 생각했을 거야. 하지만 무겐이 균형을 깨뜨리면 헤스페리아는 개입할 수밖에 없어. 무겐 지도부도 그 사실을 잘 알 거야."

"무겐은 우리 군벌이 국경 수비에 협조하지 않는다는 것도 알고, 우리에게 해군력이 없다는 것도 알지." 한이 딱 잘라 말했다. "망상은 집어치워."

"지상 침략은 무겐 측에서 봐도 이성적인 방법이 아니야." 키테이도 고집을 부렸다. "그들에게도 정전협정이 이득이야. 제국의 심장부에서 자국군 수천 명의 피를 흘리고 싶어 하지 않아. 전쟁은 일어나지 않을 거야."

"아니, 확실히 일어나." 한은 가슴 앞으로 팔짱을 꼈다. "전쟁이 없다면 우린 왜 훈련을 받고 있지?"

두 달 후에 두 번째 위기가 찾아왔다. 오성의 몇몇 국경도시에서 무겐 상품의 불매운동을 시작했다. 무겐의 총독과 장군들은 조직적인 폐쇄와 약탈, 다음으로 무겐 거주 구역에 있는 니칸의 사업체를 모두 전소시키는 것으로 대응했다.

소식이 퍼지자 한은 아버지 대대에 합류하기 위해 갑작스레 학당을 떠났다. 지마 대사부는 허가 없이 학당을 떠나면 영구 제적이라고 위협했지만, 한은 지마 대사부의 책상에 완장을 집어던지는 것으로 응답했다.

3차 위기는 무겐연맹국 황제의 죽음이었다. 니칸의 첩자들이 황태자 료하이가 황좌를 물려받을 준비 중이라는 첩보를 전해왔고, 학당의 모든 사부가 그 소식을 듣고 몹시 불안해했다. 황태자 료하이는 젊고 성미가 매우 급한 열혈 국가주의자로 무겐에서도 전쟁에 찬성하는 당파의 주도자로 통했다.

"황태자는 몇 년에 걸쳐 니칸 침공을 주장해왔다." 이르자 사부가 설명했다. "이제 황제의 자리에 올랐으니 실제로 전쟁을 감행할 기회가 생긴 거지."

이어지는 6주간은 끔찍한 긴장의 나날이었다. 심지어 키테이마저도 무겐이 아무 일도 벌이지 않을 거라는 주장을 철회했다. 북쪽 성 출신 학생들이 귀휴 신청서를 제출했지만, 전부 거절당했다. 소수는 불복하고 학당을 떠났지만, 대부분은 지마 대사부의 명령에 따랐다. 만약 전쟁이 벌어진다면 시네가드와 협력관계를 유지하는 쪽이 아무것도 없는 것보다는 나을 것이다.

무겐의 새 황제 료하이는 지상 침공을 선포하지 않았다. 니칸황제는 긴 활 모양 섬나라에 외교사절을 파견했고, 어쨌든 무겐새 행정부의 예의 바른 대접을 받았다. 위기는 지나갔다. 그러나여전히 학당에는 불안의 먹구름이 낮게 드리웠고, 그 어떤 일도그들이 졸업하고 전쟁에 나가는 첫 학년이 될 것이라는 공포를지우지 못했다.

✳

겉보기에는 무겐과의 정치 소식에 전혀 관심을 보이지 않는유일한 사람이 지앙 사부였다. 무겐에 관해 물어보면 그는 얼굴을 찡그리고 손사래를 치며 화제를 물리쳤다. 끝까지 닦달하면눈을 질끈 감고 고개를 내저으며 어린애처럼 큰 소리로 노래를불렀다.

"하지만 사부님은 무겐과 싸워본 경험이 있잖아요!" 린이 외쳤다. "어떻게 신경을 안 쓸 수가 있어요?"

"기억이 나지 않는다." 지앙 사부가 말했다.

"어떻게 기억을 못 할 수가 있어요?" 린이 물었다. "사부님은2차 양귀비 전쟁에 참전했잖아요. 사부님들 전부 다요!"

"그렇게들 말하지." 지앙 사부가 말했다.

"그렇다면⋯."

"나는 하나도 기억나지 않는다." 지앙 사부가 큰 소리로 말했다. 그 목소리가 깨질 듯이 떨려서 린은 화제를 돌리지 않으면 지앙 사부가 일주일 동안 학당을 떠나버리거나 아니면 괴상한 행동을 하게 될지도 모른다고 생각했다.

그러나 린이 무겐 이야기를 꺼내지만 않으면 지앙 사부는 평소와 다름없이 정처 없고 태만한 방식으로 수업을 계속했다. 문하생 1년 차가 끝나갈 무렵 린은 비로소 움직이지 않고 1시간을 꼬박 명상할 수 있게 되었다. 그렇게 할 수 있게 되자 지앙 사부는 5시간 내리 명상을 하라고 했다. 이게 또 1년이 걸렸다. 마침내 그것도 할 수 있게 되자 지앙 사부는 린에게 보통 고량주를 담는 불투명한 작은 유리병을 주면서 그걸 가지고 산꼭대기에 올라가라고 지시했다.

"정상 근처에 동굴이 하나 있다. 가보면 알 것이다. 동굴에서 병에 든 것을 마시고 명상을 시작해라."

"무엇이 들었습니까?"

지앙 사부는 괜히 손톱을 살피며 말했다. "뭐, 이것저것."

"얼마나 오래 명상합니까?"

"걸리는 만큼. 며칠일 수도 있고 몇 주일 수도 있고 몇 달일 수도 있다. 시작하기 전에는 모른다."

린은 다른 사부들에게 무기한으로 수업을 빠져야겠다고 알렸다. 이제 그들도 지앙 사부의 어이없는 행동을 체념한 후였으므로 1년 넘게 걸리지만 말라며 손을 저어 린을 물리쳤다. 린은 사부들의 말이 농담이기만을 바랐다.

지앙 사부는 린과 정상까지 동행하지 않고 학당 맨 위층에서 작별 인사를 했다. "추울지 모르니 이 겉옷을 가져가라. 거긴 비를 피할 곳이 많지 않다. 나는 건너편에서 널 지켜보겠다."

오전 내내 비가 왔다. 린은 몇 걸음 걷다 말고 신발에 묻은 진흙을 떼어내며 비참하게 산을 올랐다. 마침내 동굴에 도착했을 때는 몸이 너무 떨려서 유리병을 떨어뜨릴 뻔했다.

린은 진흙투성이 동굴 안을 둘러보았다. 불을 피워 몸을 데우고 싶었지만, 불쏘시개로 쓸 만큼 흠뻑 젖지 않은 것을 찾을 수가 없었다. 린은 몸을 움츠리고 비를 피할 수 있을 만큼 멀리 동굴 안쪽으로 들어갔다. 거기 가부좌를 틀고 앉아 눈을 감았다.

린은 개미의 비명을 들으며 몇 년 동안 명상했다는 보리달마를 떠올렸다. 자신이 명상을 마칠 무렵에는 비명을 지르는 게 개미들만은 아닐 거라는 생각도 했다.

유리병에 든 것을 마셔보니 약간 쓴맛이 나는 차였다. 혹시 환각제를 액체로 증류한 걸까 생각했지만, 시간이 흘러도 린의 정신은 평소와 똑같이 또렷했다.

밤이 찾아왔다. 린은 어둠 속에서 명상했다.

처음에는 끔찍하게 어려웠다.

가만히 앉아 있을 수가 없었다. 6시간이 지나자 배가 고팠다. 계속 위장을 의식했다. 그러나 시간이 한참 더 흐르자 배고픔이 지나치게 압도적이라 위장을 의식할 수도 없었다. 이 정도로 배가 고프지 않았던 때가 기억나지 않을 정도였다.

이틀째, 어지러움을 느꼈다. 굶주림에 머리가 흐리멍덩했고, 배가 너무 고파서 위장의 존재를 느끼지 못했다. 위장이 있기는 했던가? 아니, 위장이 뭐였더라?

사흘째, 기쁘게도 머리가 가벼워졌다. 그녀는 그저 공기였고 숨결이었고 숨 쉬는 기관이었다. 부채였다. 피리였다. 마시고 내뱉고, 마시고 내뱉고를 반복했다.

닷새째, 만물이 지나치게 빨리 움직이거나 너무 느리게 움직이거나 아예 움직이지 않았다. 시간이 너무 천천히 흘러가 격분했다. 두뇌가 차분해지지 못하고 내달렸다. 심장 박동이 벌새보다 빠른 것 같았다. 어떻게 녹아 없어지지 않았지? 어떻게 진동하다 무(無)로 돌아가지 않았지?

이레째, 잠시 허공을 만났다. 몸이 아주 차분해졌다. 너무 차분해서 몸이 있다는 사실을 잊을 정도였다. 왼손가락에 가려움을 느꼈을 때 오랜만의 감각에 화들짝 놀랐다. 손가락을 긁지는 않았지만, 가려움이 외부에서 온 것처럼 가려운 감각을 관찰했고, 한참을 생각했더니 저절로 사라졌다.

빈집을 드나들 듯 숨결이 자기 몸을 통해 움직이는 방식을 터득했다. 척추가 하나씩 하나씩 어떻게 포개져 있는지, 등뼈가 어떻게 완벽한 일직선을 형성하고 방해물 없는 통로가 되는지 이해했다.

그러나 움직이지 않는 몸이 점점 무거워졌고, 그러자 몸을 버리고 무게감 없이 위로 둥실 떠올라 오직 감은 눈꺼풀 뒤쪽에서만 볼 수 있었던 장소로 날아가기가 점점 쉬워졌다.

아흐레째, 형태나 색깔이 없는 기하학적 선과 도형의 공격을 받았다. 임의적인 점을 제외하곤 어떤 미학적 가치와 상관이 없는 도형이었다.

'이 멍청한 도형들.' 린은 주문을 외우듯이 여러 번 반복해서 생각했다. '이 빌어먹을 멍청한 도형들.'

열셋째 날, 돌 안에 갇힌 듯, 진흙에 묻힌 듯, 갇혔다는 끔찍한 감각에 사로잡혔다. 무척 가볍고 무게감이 없었지만 달리 갈 곳이 없었다. 병에 갇힌 반딧불이처럼 몸이라고 부르는 기이한 통 안에서 이리저리 부딪쳤다.

열다섯째 날, 의식이 가장 작은 꽃의 발아부터 가장 커다란 나무의 궁극적인 죽음에 이르기까지 지구의 전 생애를 아우를 만큼 확장했다고 확신하게 되었다. 에너지가 끊임없이 이동하는 과정을, 자라고 죽는 과정을 보았고, 자신도 그 단계의 일부였다.

아마도 존재하지 않을 색깔과 동물들이 마구 터져 나오는 것을 보았다. 환영은 이보다 훨씬 더 생생하고 구체적이었기 때문에 정확히는 환영이 아니었다. 그것들은 마치 꿈과 같았고, 어딘가 존재하는 현실의 불확실한 차원이었으며, 마음속 다른 생각을 전부 씻어낼 때에만 그것들을 똑바로 인식할 수 있었다.

이제 날짜 세는 것도 중단했다. 시간 너머 어딘가를 여행했다. 그곳은 1년과 1분이 똑같이 느껴졌다. 유한과 무한의 차이는 무엇일까? 존재와 비존재가 있었고 그게 다였다. 시간은 실재하지 않았다.

환시가 구체적으로 되었다. 꿈을 꾸고 있든지 어딘가로 초월했든지 둘 중 하나겠지만, 한 걸음 내딛자 발이 차가운 돌에 닿았다. 주위를 둘러보니 화장실 크기만 한 타일 깔린 방에 서 있었다. 문은 없었다.

눈앞에 이상한 옷차림을 한 사람의 형체가 나타났다. 처음에는 알탄이라고 생각했지만, 눈앞의 사람은 얼굴이 더 부드럽고 진홍색 눈동자가 더 둥글고 따뜻했다.

"네가 오리라는 말을 들었다." 형체가 말했다. 여성의 목소리로 깊고 슬펐다. "신들은 네가 올 것을 알고 있더구나."

린은 무슨 말을 해야 할지 몰랐다. 여자에 관해 어떤 점이 몹시 익숙했는데, 단지 알탄과 닮아서만은 아니었다. 얼굴 생김새와 입고 있는 옷과… 그런 것들이 린이 간직하고 있는지도 몰랐던 기억을 불러일으켰다. 모래밭과 물과 탁 트인 하늘의 기억을.

"너는 내가 거부한 일을 하라는 요구를 받을 것이다." 여인이 말했다. "네 상상을 뛰어넘는 힘을 받을 것이다. 그러나 내 경고를 들어라, 어린 전사여. 힘의 대가는 고통이다. 신전은 우주의 구조를 순찰한다. 그들이 의도한 질서에서 벗어나려면 반드시 대가를 치러야 한다. 더욱이 불새의 능력을 원한다면 가장 큰 대가를 치러야 한다. 불새는 고통을 원한다. 불새는 피를 원한다."

"제겐 피가 아주 많아요." 린이 대답했다. 무엇에 사로잡혀 말했는지는 몰라도 계속 말했다. "저는 불새가 원하는 것을 줄 수 있어요. 불새가 힘을 주기만 한다면요."

여인의 말투가 점점 고조되었다. "불새는 그냥 주지 않는다. 영원히 주지도 않는다. 불새는 가져가고, 가져가고, 또 가져간다. 불은 어떻게도 만족시킬 수 없다. 기본 원소 중 유일하게 불은… 네가 아무것도 아닐 때까지 너를 집어삼키고 말 것이다."

"저는 불이 두렵지 않아요." 린이 말했다.

"아니, 너는 두려워 해야 한다." 여인이 속삭였다. 여자가 린을 향해 미끄러지듯 천천히 다가왔다. 다리를 움직이지도, 걸음을 떼지도 않았지만, 점점 크고 가까워졌다. 린은 숨을 쉴 수가 없었다. 조금도 침착함을 느낄 수 없었다. 성취했다고 생각한 평화와 전혀 달랐다. 끔찍했다…. 갑자기 귀 근처에서 불협화음의 비명이 울리는가 싶더니 여자가 날카롭게 비명을 지르며 고문받는 무용수처럼 공중에서 마구 몸부림쳤다. 그러더니 손을 뻗어 린의 팔을 붙들었다….

린의 주변에서 모든 것이 마구 회전했다. 갈색 피부의 몸들이 모닥불 둘레에서 춤을 추었다. 입을 벌리고 기괴하게 곁눈질하며, 더는 기억나지 않는 꿈에서 들었던 어떤 언어로 함성을 지르며… 모닥불이 타올랐고, 몸들이 넘겨졌고, 불에 타 까만 숯이 되었고, 아무것도 아닌 것으로 해체되면서 오직 빛나는 하얀 뼈만 남았다. 린은 이게 끝이라고 생각했다. 죽음은 만물을 끝장내니까. 그러나 뼈들이 다시 벌떡 일어나더니 계속 춤을 추었다…. 해골 하나가 이만 보이는 텅 빈 미소를 지으며 린을 보더니 살 없는 뼈 손으로 손짓했다.

"재에서 와서 재로 돌아가니…."

린의 어깨를 잡은 여인의 손아귀 힘이 점점 강해졌다. 여인이 앞으로 몸을 숙이더니 린의 귀에 대고 맹렬하게 속삭였다. "돌아가라."

그러나 린은 불꽃에 매혹당했다. 뼈들 너머로 불꽃을 보았다. 불꽃은 살아 있는 것처럼 위로 너울거리며 살아 있는 신, 동물, 새의 형상을 띠었다….

새가 두 사람을 향해 고개를 숙였다.

여인이 불꽃으로 터져버렸다.

이윽고 린은 다시 위로 둥실 떠올라, 하늘로 쏘아 올린 화살처럼 신들의 세계를 향해 솟구쳤다.

✳

눈을 뜨자 지앙 사부가 몸을 숙이고 희푸른 눈으로 린을 골똘히 보고 있었다. "무엇을 보았느냐?"

린은 깊은숨을 들이마셨다. 다시 몸을 가진 사람으로 돌아오려고 애썼다. 젖은 진흙으로 아무렇게나 만든 꼭두각시 인형처럼 몸이 너무 서툴고 무겁게 느껴졌다.

"커다란 원형 방이었습니다." 린은 마지막으로 본 것을 기억해내려고 애쓰며 눈을 갸름하게 뜨고 머뭇거리며 말했다. 자신이 단어를 찾느라 어려움을 겪는지, 아니면 입이 지시에 따르지 않는 건지 알 수가 없었다. 몸을 향해 내리는 모든 지시가 잠시 틈을 두고 일어났다. "괘처럼 배치가 되어 있었는데, 32개의 점이 64개로 쪼개져 있었습니다. 받침대 위에 동물들이 올라앉아 원을 이루고 있었습니다."

"대좌를 말하는구나." 지앙 사부가 고쳐주었다.

"맞습니다. 대좌."

"너는 신전을 보았다." 그가 말했다. "신들을 발견했어."

"그런 것 같습니다." 린의 말이 길게 늘어졌다. 조금 혼란스러웠다. 그녀는 정말로 신들을 '발견한' 걸까? 아니면 그저 64개의 신성한 존재가 유리구슬처럼 주위에서 맴도는 모습을 상상했을 뿐일까?

"믿기지 않는 모양이구나." 그가 말했다.

"저는 몹시 피곤했습니다." 린이 대답했다. "사실인지 아닌지 모르겠어요. 제 말은, 그냥 꿈을 꾼 걸 수도 있잖아요." 직접 본 것과 상상은 어떤 차이가 있을까? 그저 보고 싶었기 때문에 본 것은 아니었을까?

"꿈을 꾸었다고?" 지앙 사부가 고개를 기울였다. "전에 신전 같은 것을 본 적이 있느냐? 책 삽화에서? 아니면 그림에서?"

린은 얼굴을 찌푸리며 생각해보았다. "아니요. 하지만…."

"대좌들 말이다. 그런 걸 떠올려본 적이 있느냐?"

"아니요." 린이 말했다. "하지만 전에 대좌를 본 적은 있습니다. 그리고 신전은 절대 상상할 수 없을 정도로 낯선 모습이 아니었고요."

"하지만 왜 하필 그런 꿈을 꿨을까? 왜 잠든 너의 마음은 다른 모습이 아닌 그 모습을 네 기억에서 추출하기로 선택했을까? 말 꿈도 아니고 재스민꽃이 핀 들판 꿈도 아니고 홀딱 벗은 채로 호랑이 등에 올라탄 준 사부의 꿈도 아니고?"

린은 눈을 깜박였다. "사부님은 그런 꿈을 꿉니까?"

"내 질문에나 대답해라." 지앙 사부가 말했다.

"모르겠습니다." 린은 절망스러웠다. "사람들은 왜 그런 꿈을 꿀까요?"

그러나 지앙 사부는 정확히 듣고 싶었던 말을 들었다는 듯 웃었다. "왜겠느냐?"

그 말에는 대답하지 않았다. 그저 동굴 입구를 바라보며 마음에 떠오른 이런 생각들을 곰곰이 곱씹었고, 마침내 자신이 깨어난 방식은 한 가지만이 아니었음을 깨달았다.

세계를 파악하는 자신만의 지도, 현실에 대한 이해가 바뀌었다. 아직 빈칸을 채우는 법을 알지 못했지만, 대략적인 윤곽을 볼 수 있었다. 신이 존재하고 신이 말을 한다는 것을 알게 되었고, 그것만으로 충분했다.

오랜 시간이 걸렸지만, 린은 마침내 지금 배우는 것들을 표현하는 어휘를 가지게 되었다. '샤먼: 신과 소통하는 사람. 신: 자연의 힘, 실재하지만 바람과 불처럼 덧없고, 우주라는 존재에 필연적인 것.'

헤스페리아 사람들이 '신'이라고 쓸 때, 그들은 초자연적인 것을 의미했다.

지앙 사부가 '신'이라고 말할 때, 그는 확실히 자연적인 것을 의미했다.

신과 소통한다는 것은 꿈의 세계, 영적인 세계를 걷는다는 뜻이었다. 린이 자신의 모습을 버리고 만물의 근본적인 상태를 지닌 존재가 된다는 뜻이었다. 성분과 행위가 아직 결정되지 않은 중간상태, 물질세계가 아직 꿈의 존재가 되지 않은 유동적인 암흑 공간.

신이란 그저 그 공간에 사는 존재이고 창조와 파괴, 사랑과 증오, 돌봄과 방치, 빛과 어둠, 차가움과 따뜻함의 힘이었다⋯. 그들은 서로 대항하고 보완했다. 그들은 근본적인 진실이었다.

그들은 우주를 구성하는 기본요소였다.

이제 린은 현실은 하나의 외관이고, 얇은 표면 아래서 물결치는 여러 힘이 꿈을 만들어낸다는 것을 이해했다. 그리고 명상을 통해, 환각제의 복용을 통해, 물질세계와의 결합을 잊음으로써 린은 깨어날 수 있었다.

"만물의 진실을 이해했어요." 린이 중얼거렸다. "존재한다는 게 무슨 뜻인지 알겠어요."

지앙 사부가 미소를 지었다. "참으로 놀랍지 않으냐?"

순간 린은 지앙 사부가 사실은 조금도 미치지 않았음을 이해했다.

사실 지금껏 만난 사람 중 가장 제정신일지도 몰랐다.

한 가지 생각이 문득 떠올랐다. "그렇다면 우리가 죽으면 어떻게 됩니까?"

지앙 사부가 한쪽 눈썹을 치켜올렸다. "네가 대답할 수 있을 것이다."

린은 잠시 이 문제를 곰곰이 생각해보았다. "영적인 세계로 돌아갑니다. 우리는, 우리는 망상에서 벗어납니다. 우리는 깨어납니다."

지앙 사부가 고개를 끄덕였다. "우리는 허공으로 돌아가기 때문에 '죽지' 않는다. 녹아 흩어진다. 자아를 잃는다. 한 가지 존재에서 만물의 존재로 변한다. 적어도, 우리 대부분은 그러하다."

그게 무슨 의미인지 물어보려고 입을 열었지만, 지앙 사부가 손을 내밀어 린의 이마를 찔렀다. "기분이 어떠냐?"

"믿기 어려울 정도로 좋습니다." 린은 근 몇 달 사이 어느 때보다 머리가 맑았다. 내내 안개를 뚫고 건너편을 보려고 애쓰다가 순식간에 안개가 걷힌 기분이었다. 린은 무아지경에 빠졌고, 수수께끼를 풀었고, 자기 힘의 원천을 알게 되었다. 이제 남은 것은 그 힘을 자유자재로 빨아들이는 법을 배우는 것이었다. "그럼 저는 이제 뭘 해야 합니까?"

"우리는 이제 너의 문제를 풀었다." 지앙 사부가 말했다. "너는 우주의 힘이라는 커다란 거미줄과 어떻게 연결되었는지 알게 되었다. 가끔 이 세계에 특별히 익숙해진 무술가들은 그 힘 가운데 하나에 유난히 압도당하기도 한다. 그러면 유독 한 신과의 애착 때문에 불균형으로 고통받는다. 그날 결승전에서 네가 겪은 일이 바로 그것이다. 하지만 이제 너는 그 불꽃이 어디에서 왔는지 알게 되었으므로, 같은 일이 또 일어난다면 신전으로 가서 균형을 되찾을 수 있다. 너는 치유되었다."

린은 고개를 휙 들고 사부를 쳐다보았다.

치유되었다고?

'치유가 되었다고?'

지앙 사부는 흡족하고, 마음이 놓였고, 고요해 보였지만, 린은

305

혼란스럽기만 했다. 린은 불꽃을 잠재우려고 전승학을 공부하지 않았다. 물론 불은 두렵기 짝이 없었지만, 동시에 강력한 느낌을 주었다. '자신이 강력하다'는 느낌을.

린은 그 힘을 제압하는 법이 아니라 그 힘과 교신하는 법을 배우고 싶었다.

"무슨 문제라도 있느냐?" 지앙 사부가 물었다.

"저는… 제가 바라는 건…." 린은 입술을 깨물어 나오려는 말을 막았다. 지앙 사부는 전쟁에 관해서라면 어떤 토론도 격하게 싫어했다. 린이 계속 전승학의 군사적 용도에 관해 묻는다면 지앙 사부는 연말 시험 전처럼 다시 린을 거부할지도 몰랐다. 안 그래도 지앙 사부는 린이 너무 충동적이고 지나치게 무모하며 참을성이 없다고 생각했다. 지앙 사부를 질겁하게 만들어 쫓아내는 게 얼마나 쉬운 일인지 이미 알았다.

마음 쓰지 말자. 지앙 사부가 힘을 소환하는 법을 가르쳐주지 않는다면, 린 스스로 알아낼 것이다.

"그렇다면 이 일의 소용은 무엇입니까?" 린이 물었다. "그저 기분 좋자고 하는 겁니까?"

"소용? 무슨 소용 말이냐? 너는 깨달음을 얻었다. 현존하는 신학자 대다수보다 이 우주를 더 잘 이해하게 되었다!" 지앙 사부가 양손을 들어 흔들었다. "이 지식을 가지고 뭘 할 수 있는지 아느냐? 힌터랜드 사람들은 오랫동안 미래를 해석했고, 거북이 등껍질의 갈라진 틈을 읽고 예언을 해왔다. 영혼을 치유해서 몸의 병을 고칠 수 있다. 식물과 말을 하고, 마음의 병을 치유할 수 있다…."

린은 힌터랜드 사람들은 이 모든 일을 할 수 있으면서 왜 그 능력을 군사화하지 않는지 궁금했지만, 입 밖에 내지는 않았다.
"그런 일을 할 수 있으려면 얼마나 걸릴까요?"

"이런 일은 연 단위로 측정해 말할 수 없다." 지앙 사부가 말했다. "힌터랜드에서는 최소한 5년간 훈련을 받지 않은 사람은 절대로 점을 칠 수 없다. 샤먼이 되는 훈련은 평생에 걸쳐 계속되는 과정이니라."

그러나 린은 이 말을 받아들일 수가 없었다. 그녀는 힘을 원했다. 지금 당장 원했다. 특히 무겐과의 전쟁이 임박한 바로 지금 원했다.

지앙 사부가 호기심 어린 눈빛으로 린을 살폈다.

'조심하자.' 린은 스스로를 타일렀다. 아직도 지앙 사부에게 배울 게 많았다. 내내 연기를 해야 할 것이다.

"다른 일이라도 있는 게냐?" 잠시 후 지앙 사부가 물었다.

린은 스피어 여인의 경고를 떠올렸다. 불새와 불과 고통에 대해서도 생각했다.

"아닙니다." 린이 말했다. "아무 일도 없습니다."

10

    '황제 료하이호'는 열두 밤 동안 나리인해의 니칸 동쪽 경계지 대를 순찰했다. 료하이호는 높은 파도를 뚫고 재빨리 미끄러지 게 설계된 우아하고 가벼운 무겐국의 배였다. 대대 전체를 태우 기에는 갑판이 크지 않아서 소수의 병사만 탔다. 현재 이 배는 정찰 중이 아니었다. 깃발을 올리지 않은 돛대 꼭대기 주위에 통 신용 새 한 마리 날지 않았고, 해무의 위장 아래 배를 몰래 떠나 는 첩자도 없었다.

    료하이호는 그저 불안한 마음으로 집 앞을 서성이며 남편을 기다리는 아내처럼 잔잔한 물 위를 초조하게 오락가락할 뿐이었 다. 료하이호는 지금 뭔가를 기다리고 있었다. 혹은 누군가를.

    승무원들은 침묵 속에서 며칠을 보냈다. 료하이호는 최소한 의 기간요원만을 싣고 다녔다. 선장과 갑판원 몇 명, 그리고 무 겐연맹군 소속 소규모 분견대가 전부였다. 유일한 고위급 손님은 무겐연맹군 총사령관이자 료하이 황제의 뛰어난 고문, 진 세이류 장군이었다. 여기에 또 한 명의 손님이 타고 있었는데, 료하이호가 나리인해에 들어선 후로 내내 선창 그늘에 숨어 있는 니칸인이었다.

✳

사이크 부대 사령관 티르는 남의 눈에 띄지 않게 숨어 있는 일에 능숙했다. 그렇게 숨은 상태로 먹거나 자지 않아도 되었다. 그늘에 흡수되고 암흑에 가려진 채로 숨 쉴 필요도 거의 없었다.

티르가 이렇게 지내는 며칠을 괴로워하는 이유는 순전히 지루함 때문이었지만, 이보다 더 긴 철야도 견뎌낸 적이 있었다. 용의 군벌 수령 침실 옷장에서 일주일을 잠복하기도 했고, 헤스페리아 공화국 지도자들의 발밑 바닥 널 아래 숨어 한 달을 꼬박 지낸 적도 있었다.

지금 티르는 료하이호가 바다에 나온 목적을 알려줄 사람이 배에 올라타기만을 기다렸다.

티르는 시네가드 사령부로부터 무겐국의 배에 잠입하라는 지시를 받고 내심 놀랐다. 사이크 부대는 지난 몇 년간 오직 제국 영토 안에서만 작전을 수행하며, 황제가 특별히 골치 아프게 생각하는 반정부인사를 암살했다. 언젠가 현재 료하이 황제가 젊었을 때 그를 암살하려는 끔찍한 작전을 수행하다가 첩보원 두 명이 목숨을 잃었고, 또 한 명은 미쳐버리는 바람에 비명을 지르는 채로 수레에 실려 가 돌 감옥 대좌에 갇힌 일도 있었다. 그 후 황제는 사이크 대원을 바다 건너로 보내지 않았다.

그러나 티르의 임무는 질문이 아니라 복종이었다. 그는 아무에게도 들키지 않고 그림자 속에 숨어서 기다렸다.

바람 한 점 없이 고요한 밤이었다. 밤은 비밀로 묵직했다.

수십 년 전 어느 밤도 이와 같았다. 하늘에 보름달이 찬란하게 빛나던 밤, 티르의 사부는 처음으로 그를 데리고 빛이 한 번도 닿은 적 없는 지하 동굴로 들어갔다. 사부는 티르를 데리고 구불구불한 길을 한 번 꺾고, 또 한 번 꺾어 들어가더니, 티르가 지하 미로를 머릿속에서 외울 수 없게 그 자리에서 몇 바퀴 회전시켰다.

거미줄 같은 미로의 심장부에 도착하자 사부는 티르 혼자 거기 놔두고 가버렸다. '나가는 길을 찾아라.' 사부가 지시했다. '여신이 너를 받아들인다면 길을 안내할 것이다. 그러지 않으면 너는 죽는다.'

티르는 자신을 암흑 속에 홀로 버려둔 사부를 절대로 원망하지 않았다. 마땅히 해야 할 일이었다. 그러나 티르가 느끼는 공포는 실질적이었고 다급했다. 그는 두려움에 휩싸인 채 며칠 동안 공기도 없는 동굴 안을 서성였다. 가장 먼저 갈증이 찾아왔다. 다음은 배고픔이었다. 어둠 속에서 뭔가 발에 걸릴 때, 그 물체가 내는 쨍강 소리가 주위에 메아리칠 때, 티르는 그게 뼈라는 것을 알았다.

얼마나 많은 문하생이 이 지하 미로에 보내졌을까? 그중 몇 명이나 살아서 밖으로 나갔을까?

티르 세대에서는 단 한 명이 살았다. 티르의 샤먼 혈통은 능력을 입증한 계승자들을 거쳐 순수하고 강력하게 이어졌고, 유일한 생존자는 다음 세대에 전달되는 여신의 능력을 부여받았다. 티르가 이 기회를 잡았다는 사실은 앞서 미로에 도전했던 모든 문하생이 실패하고 목숨을 잃었다는 뜻이었다.

당시 티르는 너무 두려웠다.

하지만 지금은 전혀 두렵지 않았다.

배에 올라탄 지금, 30년 전과 똑같이 암흑이 한 번 더 그를 집어삼켰다. 티르는 어머니 자궁 속의 태아처럼 암흑 속으로 들어갔다. 여신을 향해 기도하는 것은 세계가 고요했던 유아기 이전 근원의 상태로 물러나는 것과 같았다. 그 누구도 그를 볼 수 없었다. 그 무엇도 그를 해치지 못했다.

✳

종범선 한 척이 해서는 안 되는 일을 하는 어린애처럼 주저하며 한밤의 바다를 건너왔다. 작은 배는 니칸 함대 소속이 아니었다. 정체를 알아볼 수 있는 모든 표식을 서둘러 떼어낸 상태였다.

그러나 그 배는 분명히 니칸 해안 쪽에서 다가왔다. 종범선은 료하이호가 승선 사실을 모르는 어떤 암살자의 눈을 속이고 료하이호와 접촉하려고 오랫동안 복잡한 항로를 택해 왔거나 아니면 니칸의 함선이거나, 둘 중 하나였다.

티르는 돛대 꼭대기 위에 웅크린 채 소형망원경을 통해 종범선의 갑판을 살펴보았다.

암흑 밖으로 나오자 갑자기 어지럼증이 느껴졌다. 최근 들어 지나치게 오랜 시간 그림자에 숨어 기다릴 때면 이런 일을 자주 겪었디. 여신과 사신을 떼어낸 채로 물질세계를 걸어 다니기가 점점 더 어려워졌다.

'조심해.' 그는 스스로 경고했다. '잘못했다간 영영 돌아갈 수 없을지도 몰라.'

그때가 오면 어떤 일이 벌어질지 티르는 알고 있었다. 그는 도저히 멈출 수 없이 분출하는 신들의 도관이 될 것이다. 영적 세계로 들어가는 자물쇠 없는 문이 될 것이다. 거품에 불과한 쓸모없는 그릇이 될 것이고, 그러면 누군가가 더는 말썽을 피우지 못하도록 그를 수레에 태우고 출루 코리크에 데려갈 것이다. 그가 직접 수많은 부하를 돌 감옥에 가두었던 것과 똑같은 방식으로 누군가가 명부에 그의 이름을 등록하고 그를 돌 속에 가둘 것이다.

처음 출루 코리크에 갔던 때가 떠올랐다. 그때 티르는 제 손으로 사부를 가두었다. 사부의 얼굴을 마주하고 서서 사부의 몸 주위로 돌벽이 닫히는 모습을 지켜보았다. 사부는 눈을 감았다. 잠이 들었지만 죽지는 않았다.

그 역시 신을 떠나면 미칠 것이고 떠나지 않으면 더 미치는 날이 올 것이다. 그러나 그것은 모든 사이크 대원을 기다리는 숙명이었다. 황제의 암살자가 된다는 것은 일찍 죽거나, 미치거나, 아니면 둘 다를 뜻했다.

티르는 자신에게 남은 시간이 길어야 20년 정도라고 생각했다. 사부도 티르에게 여신을 양도하기 전 그 정도 시간을 누렸다. 여전히 입문자를 훈련하고 허공을 걷는 법을 가르칠 시간이 남았다고 생각했다. 그러나 그는 철저히 여신의 시간표를 따르며 살았기에, 여신이 불러들인다면 그로선 발언권이 없었다.

'문하생을 하나 골라놨어야 했어. 내 사람 중 한 명을 선택했어야 했어.'

5년 전 티르는 힌터랜드 출신의 그 여윈 아이를 사이크 부대의 예언자로 임명해야겠다고 생각했다. 그러나 차간이라는 이름의 그 아이는 사이크 대원 중에서도 너무 약하고 별났다. 차간은 악마처럼 명령을 내렸다. 차간은 부하들의 자유 의지를 박탈해서 완전한 복종을 성취하려 했다. 차간은 산산이 부서진 마음의 소유자였다.

시네가드 학당에서 보내온 티르의 새 부관이 훨씬 더 나은 후보였다. 그 아이는 티르가 더 이상 지휘관의 역할을 맡을 수 없게 되었을 때 사이크를 맡을 후임으로 결정되었다.

그러나 그 아이에겐 이미 자신의 신이 있었다. 그리고 그 신들은 이기적이었다.

✳

종범선이 료하이호의 그늘 밑에 멈춰 섰다. 망토로 몸을 가린 한 사람이 작은 배에 올라타고 두 배 사이를 건너왔다.

료하이호 선장이 밧줄을 내리라고 명령했다. 선장과 승무원 절반이 갑판 위에 서서 니칸 파견대가 승선하기를 기다렸다.

갑판원 두 사람이 나서서 망토 입은 사람이 갑판에 올라설 수 있게 거들었다.

여자가 검은 모자를 끌어내리자 빛나는 검은 머리카락이 흘러내렸다. 흑요석 같은 머리카락이었다. 도자기처럼 하얀 피부가 달처럼 빛났다. 입술은 금방 피를 흘린 듯 붉었다.

수다지 황제가 배에 올랐다.

티르는 너무 놀라 비틀거리며 그림자 밖으로 나올 뻔했다.

황제가 왜 여기 있는 거지? 처음 든 생각은 어이없을 정도로 쩨쩨했다. 혹시 황제는 티르의 이번 임무 수행이 미덥지 않았던 걸까?

틀림없이 뭔가 잘못되었다. 황제 스스로 결단해서 여기 왔나? 아니면 무겐국의 강요로 왔나?

아니면 티르의 임무가 바뀌었나?

티르는 어떻게 반응해야 좋을지 미친 듯이 생각했다. 지금 당장 행동에 나서서, 누구라도 황제를 해치기 전에 무겐 병사들을 죽일 수도 있었다. 그러나 수다지는 티르가 여기 있는 걸 알았다. 만약 무겐 병사들을 죽이길 바란다면 황제가 직접 신호를 보냈을 것이다.

그렇다면 티르는 기다려야 했다. 수다지 황제가 무슨 일을 벌이는지 지켜봐야 했다.

"폐하." 진 세이류 장군은 남자들 사이에서도 거구였다. 그가 황제 앞에 우뚝 섰다. "오래 걸리셨습니다. 료하이 황제께서 점점 초조해하십니다."

"나는 료하이의 개가 아니다." 수다지 황제의 목소리가 배 전체에 울렸다. 얼음처럼 냉정하면서 맑고 칼날처럼 날카로운 목소리였다.

병사들이 장군과 함께 수다지 황제를 에워싸고 섰다. 그러나 수다지 황제는 턱을 치켜들고 똑바로 서서 어떤 두려움도 내비치지 않았다.

"하지만 수다지 폐하는 부름을 받을 수밖에 없습니다." 장군이 모질게 말했다. "료하이 황제께서는 폐하가 꾸물거려서 점점 짜증이 나셨습니다. 폐하의 이익이 점점 줄어들고 있어요. 귀한 패가 몇 장 안 남았다는 걸 알고 계시겠지요. 그런데도 우리 료하이 황제께서 폐하와 대화를 나누기로 하셨으니 마땅히 기뻐해야 할 것입니다."

수다지 황제가 입술을 비틀어 올렸다. "너그럽기도 하셔라."

"농담은 됐습니다. 이제 할 말을 하십시오."

"때가 되면 할 것이다." 수다지 황제가 차분하게 말했다. "그보다 먼저 처리해야 할 일이 하나 있다."

그러더니 수다지 황제는 티르가 서 있는 그늘을 똑바로 바라보았다. "그래, 거기 있구나."

티르는 이 말을 신호로 받아들였다.

티르는 칼을 치켜들고 그늘 밖으로 달려나갔지만, 수다지 황제가 시선으로 포획해 무릎을 꿇리고 말았다.

그는 숨이 막혀 말을 할 수가 없었다. 팔다리가 마비되고 얼어붙었다. 그저 몸을 똑바로 세우는 것 말고는 할 수 있는 게 없었다. 수다지 황제에게 최면 능력이 있다는 걸 알았지만, 그에게 그 능력을 사용한 적은 한 번도 없었다.

모든 생각이 마음 밖으로 밀려났다. 생각할 수 있는 건 오직 황제의 눈뿐이었다. 처음에 그 눈은 크고 검게 빛났다가, 이윽고 뱀의 눈처럼 노란색에 동공이 좁아지더니 아기를 붙잡는 어머니처럼 그를 빨아들였다.

그리고 황제는 티르의 여신처럼 무척 아름다웠다. 너무나 아름다웠다.

티르는 꼼짝없이 그 자리에 못 박혀 칼을 떨어뜨렸다.

눈앞에 환영이 마구 춤을 추었다. 황제의 커다란 노란색 눈이 그의 시야에서 고동지더니 갑자기 거대해져서는 시야 전체를 끝까지 채우고 그를 자기 세계로 끌어당겼다.

그는 이름 모를 형체들을 보았다. 형언할 수 없는 색깔들을 보았다. 얼굴 없는 여자들이 주홍색과 암청색 속에서 마구 춤을 추었고, 손에 쥐고 흔들어대는 비단 띠처럼 몸이 마구 휘었다. 잠시 후 수다지 황제의 먹이가 넋을 잃자 살무사가 그의 몸에 독니를 박고 독을 채웠다.

정신과 영혼을 향한 공격은 재앙처럼 끔찍했고 즉각적이었다.

황제는 티르가 마치 거울 속에 존재하는 것처럼 그의 세계를 날카로운 모서리로 때려 유리처럼 산산조각 냈고, 그는 깨지는 순간에 포획당해 그 시간이 몇 초가 아니라 영겁의 시간이 되어 버렸다. 어디선가 날카로운 비명이 시작되었고 소리가 점점 더 높아지더니 그치지 않았다. 살무사의 눈이 아무것도 없는 흰색으로 변하더니 그의 시야를 뚫고 들어와 모든 것을 고통으로 바꾸었다. 티르는 그늘 속으로 피하려고 했지만, 그의 여신은 어디에도 없었고 최면을 거는 황제의 눈동자만 곳곳에 존재했다. 어디를 돌아봐도 그 눈이 그를 내려다보았다. 커다란 뱀이 식식대며 그를 노려보았고, 그의 안으로 뚫고 들어와 온몸을 마비시켰다….

티르는 다시 여신을 불렀지만 여신은 여전히 침묵했고, 이미 암흑보다 무한히 강력한 힘에 밀려난 후였다.

수다지 황제는 제국보다 더 오래된 것, 시간만큼이나 오래된 어떤 것과 교신했다.

티르의 세계가 회전을 멈추었다. 그와 황제는 단둘이 태풍의 눈 속을 떠돌았다. 오직 황제가 아량을 베풀 때만 안정적이었다. 티르의 형체가 돌아왔고 황제의 형체도 돌아왔다. 황제는 이제 살무사가 아니라 수다지의 모습을 한 어느 여신, 여인이었다.

"이 일로 나를 원망하지 마라. 네가 이해할 수 없는 힘들이 작용하고 있다. 그 힘들에 비하면 네 목숨은 아무 의미도 없다." 그녀는 인간의 모습을 하고 있었지만, 목소리는 사방에서 들려왔다.

티르의 내면에서도 들려왔고 그의 뼛속에서도 울렸다. 오직 수다지 황제의 목소리만 존재하다가 그녀가 힘을 풀고 티르도 입을 열게 허락했다.

"왜 이러시는 겁니까?" 티르가 속삭였다.

"먹이는 포식자의 동기를 묻지 않는 법이니라." 수다지 황제가 아닌 어떤 것이 섯섯거리며 말했다. "죽은 자는 산 자에게 묻지 않는 법이며, 인간은 신에게 도전하지 않는 법이다."

"나는 당신을 위해 살생을 했습니다." 티르가 말했다. "당신을 위해서라면 어떤 일도 마다치 않았습니다."

"나도 안다." 황제가 그의 얼굴을 쓰다듬었다. 그녀가 평범한 슬픔을 담아 말하자 순간 다시 황제로 돌아온 것 같았다. 주변의 색깔들이 희미해졌다. "너희는 속았다."

수다지 황제가 티르를 배 밖으로 밀어버렸다.

익사의 고통이 다가왔음을 티르는 깨달았다. 그러나 그는 몸부림을 칠 수가 없었다. 온몸이 마비되어 따가운 소금물이 공격해 들어와도 눈을 깜박일 수조차 없었다.

티르는 아무것도 할 수 없이 그저 죽었다.

그는 암흑 속으로 가라앉았다. 다시 깊은 곳으로, 어떤 소리도 들리지 않고 어떤 것도 보이지 않고 어떤 것도 느껴지지 않는 곳으로, 어떤 것도 살지 않는 곳으로 돌아갔다.

자궁의 부드러운 고요로 돌아갔다.

어머니에게 돌아갔다. 여신에게 돌아갔다.

＊

샤먼의 죽음은 아무런 흔적도 남기지 않고 영적인 세계를 지나가는 법이 없다.

티르는 부서지면서 미지의 세계 전역에 정신의 충격파를 퍼뜨렸다.

그의 죽음은 저 멀리 밤의 성이 숨어 있는 무당산 꼭대기에서도 느껴졌다. 힌터랜드의 진정한 최후의 칸이 잃어버린 아들, '별난 아이들'의 예언자도 티르의 죽음을 느꼈다.

창백한 예언자는 문을 통과하듯 쉽게 영적 차원을 넘나들었고, 마침내 자신의 사령관을 찾았을 때 그가 본 것은 암흑과 한때 인간이었던 어떤 것의 부서진 윤곽뿐이었다. 그는 수평선 위에서 다가올 미래를 보았다. 연기와 불로 뒤덮인 땅이 보였다. 함대가 해협을 건너는 것을 보았다. 전쟁의 시작을 보았다.

"뭐가 보여?" 알탄 트렝신이 물었다.

백발의 예언자가 하늘을 향해 고개를 치켜들자 깔쭉깔쭉한 모양의 흉터가 창백한 목 양옆으로 길게 내려와 있는 게 드러났다. 그는 거칠고 깨지는 듯한 소리로 웃음을 터뜨렸다.

"가버렸어." 예언자가 말했다. "정말로 가버렸어."

알탄이 예언자의 어깨를 꽉 움켜잡았다.

예언자가 활짝 눈을 떴다. 얇은 눈꺼풀 뒤에는 흰색 말고 어떤 것도 없었다. 눈동자도 홍채도 색깔 점도 없었다. 방금 내린 눈처럼, 무 자체처럼, 하얀 산의 풍경뿐이었다. "육효점을 보고 왔어."

"말해봐." 알탄이 말했다.

예언자가 알탄을 향해 돌아섰다. "세 가지 진실을 보았어. 하나, 전쟁이 임박했다."

"그건 우리도 알아." 알탄이 말했지만, 예언자가 그의 말을 잘랐다.

"둘, 사랑하는 자가 우리의 적이다."

알탄의 몸이 굳었다.

"셋, 티르는 사라졌다."

알탄이 힘겹게 마른침을 삼켰다. "그게 무슨 뜻이지?"

예언자가 알탄의 손을 잡고 자기 입술로 끌어당겨 입을 맞추었다.

"만물의 끝을 보았어." 예언자가 말했다. "세계의 모양이 바뀌었어. 한동안 그런 적이 없었는데, 이제 신들이 인간의 모습을 하고 걸어 다녀. 티르는 돌아오지 않을 거야. 별난 아이들은 이제 너의 말에 화답할 것이고, 오직 너에게만 대답할 거야."

알탄은 천천히 숨을 내쉬었다. 어마어마한 슬픔과 안도감을 동시에 느꼈다. 이제 그에겐 사령관이 없다. 없다. 그가 바로 사령관이었다.

'이제 티르도 나를 막지 못해.' 알탄은 생각했다.

✳

문지기도 티르의 죽음을 느꼈다. 몇 년 동안 완전히 죽지도 완전히 살지도 않은 채, 인간의 껍질을 덮고 있지만 인간은 아닌 상태로 서성였던 문지기도 그 죽음을 감지했다.

문지기는 망가진 채 혼란에 빠졌고, 자신이 누구인지 상당히 잊어버렸지만, 절대로 잊을 수 없는 한 가지는 살무사의 독이 남긴 흉터였다.

문지기는 살무사의 오래된 힘이 허공으로 흩어져 그들을 떼어놓기도 하고 동시에 모아놓기도 하는 것을 느꼈다. 그는 고개를 들어 하늘을 보았고, 적이 돌아왔음을 깨달았다.

✳

급우들이 자는 동안 홀로 명상하던 시네가드의 어린 문하생도 티르의 죽음을 느꼈다. 뭔가 날카로운 방해물을 느끼고 얼굴을 찌푸렸지만, 그것이 무엇인지는 이해하지 못했다.

그녀는 명상을 계속하면서 만약 사부의 말을 어기고 양귀비 씨앗을 삼키고 신들과 다시 교신하게 된다면 어떤 일이 벌어질까 생각해보았다.

교신 이상을 하게 된다면. 신 하나를 자신에게 끌어올 수 있다면.

불새를 소환하는 것은 금지당했지만, 불새가 자신을 소환하는 것까지 막을 수는 없지 않은가.

'머지않아….' 잠든 그녀에게 불새가 속삭였다. '머지않아 너는 내 힘을 달라며 나를 부를 것이고, 그날이 오면 너는 저항할 수 없을 것이다. 머지않아 너는 그 여인과 문지기의 경고를 무시하고 불타오르는 내 품에 안길 것이다.

내가 너를 강력하게 만들 것이다. 내가 너를 전설로 만들 것이다.'

그녀는 저항하려고 했다.

지앙 사부가 가르쳐준 대로 마음을 비우려고 했다. 머리에서 분노와 불을 몰아내려고 애썼다.

그럴 수 없었다.

그러고 싶지도 않았다.

✳

일곱째 달의 첫날, 북쪽으로 힌터랜드와 국경을 맞댄 오성에서 무겐연맹군 제18대대와 니칸 순찰대 사이에 또 한 번의 접전이 발생했다. 6시간에 걸친 전투 후 양쪽은 사격 중지 명령에 이르렀다. 모두 불편한 휴전 상태로 하룻밤을 보냈다.

이튿날, 무겐연맹군 병사 하나가 아침 순찰을 나갔다가 돌아오지 않았다. 병영 안을 샅샅이 뒤진 끝에 국경도시 무리덴의 무겐군 장군이 니칸군 장군에게 그쪽 병영 문을 열고 수색을 허락할 것을 요구했다.

니칸 장군은 거절했다.

셋째 날, 무겐 황제 료하이는 통신용 비둘기를 보내 니칸 황제 수다지에게 무리덴에 붙잡힌 자국 병사의 귀환을 공식적으로 요구했다.

수다지 황제는 열두 군벌을 시네가드 황궁으로 소환해 72시간 동안 심사숙고했다.

여섯째 날, 수다지 황제는 료하이 황제에게 엿이나 먹으라고 공식적으로 답변했다.

일곱째 날, 무겐연맹국은 니칸 제국을 상대로 전쟁을 선포했다. 긴 활 모양 섬 전역에서 여자들은 기쁨의 눈물을 흘리며 료하이 황제의 초상화를 사다 집에 걸어두었고, 남자들은 예비군으로 복무하겠다고 입대 요청을 했으며, 아이들은 거리를 내달리며 전쟁에 돌입한 국가의 유혈 욕망을 축하하는 함성을 질러댔다.

여덟째 날, 무겐연맹군 소속 한 대대가 무리덴 항구에 상륙해 도시 전체를 대량살상했다. 성안의 제국군이 저항하자 무겐군은 어린아이와 아기까지 포함해 무리덴의 모든 남성을 모아놓고 사살했다.

여자들을 남겨둔 건 오직 무겐군이 서둘러 내륙으로 이동해야 했기 때문이다. 무겐군 대대는 지나가는 마을마다 약탈을 서슴지 않고 모든 곡물과 가축을 빼앗아 갔다. 가져갈 수 없는 것은 죽였다. 무겐군은 물자보급로가 필요하지 않았다. 내륙으로 이동하는 동안 현장에서 약탈했다. 그들은 제국의 심장부를 가로질러 수도 시네가드를 향해 진군했다.

열셋째 날, 시네가드 학당 지마 대사부의 사무실에 통신용 독수리 한 마리가 도착했다. 편지 내용은 간단했다.

'오성 함락. 무겐군 시네가드로 진군 중.'

✳

"약간 흥분되는걸?" 키테이가 말했다.

"그러게." 린이 말했다. "20년간 아슬아슬하게 지정학적 안정을 유지해온 평화조약이 깨지고 수백 년 된 적이 침공해오기 직전이니까. 몹시 흥분되기는 하네."

"적어도 우리 백수 신세는 면하겠어." 키테이가 말했다. "여기저기서 군사가 부족하잖아."

"넌 조금만 덜 신나 하면 안 되겠니?"

"그러는 넌 조금만 덜 우울하면 안 되겠니?"

"그러는 너흰 조금만 더 빨리 움직이면 안 되겠니?" 행정관이 말했다.

린과 키테이는 서로를 흘낏 보았다.

둘 다 민간인 피난 지원 말고 다른 일을 하고 싶었다. 시네가드는 국토의 북쪽에 치우쳐 있었기 때문에 안전하지 않아서 황제의 행정부는 전시 수도인 남쪽의 골린니스로 이동 중이었다.

무겐군 대대가 도착할 무렵이면 시네가드는 그저 유령 도시에 불과한 곳이 될 것이다. 오직 군인들만 있는 도시가 될 터였다. 이론적으로만 보면 린과 키테이는 수도는 지키지 못해도 제국의 중앙 지도부는 지키려는, 믿을 수 없을 만큼 중요한 임무를 수행 중이었다.

그러나 실제로는 아주 뚱뚱하고 몹시 짜증을 돋우는 도시 관료들을 상대해야 한다는 뜻이었다.

키테이가 마지막 남은 나무 궤짝을 짐 마차에 실으려다가 곧바로 그 무게에 짓눌려 비틀거렸다. "이 안에 뭐가 들었죠?" 키테이는 허리춤에 궤짝을 겨우 지탱하고 비틀거리며 물었다.

린이 얼른 다가와 키테이를 거들어 마차에 궤짝을 실었다. 마차는 이미 너무 많은 짐을 실어 흔들리고 삐걱거렸다.

"내 찻주전자가 들었다." 관리가 말했다. "궤짝 옆에 표시해둔 거 보이지? 기울지 않게 조심해라."

"나리의 찻주전자가 들었다고요?" 키테이가 믿을 수 없다는 듯 되풀이했다. "이 상황에 나리의 '찻주전자'가 우선이군요."

"그냥 찻주전자가 아니다. 부친께서 용의 황제에게 하사받은 보물이니라. 황제 폐하 만세." 관리는 불안정하게 삐걱거리는 마차를 살펴보았다. "아이고, 깜박 잊을 뻔했네. 안뜰에 내놓은 화병을 잊지 마라."

관리는 애원하듯 린을 보았다.

린은 오후 열기 때문에 어지러웠고, 몇 시간 동안 관리의 저택 짐을 전부 싸서 몇 채 안 되는 허술한 마차에 싣느라 녹초가 되었다. 정신이 혼미한 가운데 관리가 말할 때마다 턱밑 살이 웃기게 떨리는 것을 알아챘다. 다른 때였다면 그 사실을 키테이에게 일러주었을 것이고, 다른 때였다면 키테이도 그걸 보고 웃음을 터뜨렸을 것이다.

관리가 다시 화병 쪽을 가리켰다. "조심해서 가져와야 한다, 알겠느냐? 붉은 황제 시절 보물이란 말이다. 마차 뒤에 싣고 끈으로 단단히 묶어라."

린은 믿을 수 없는 표정으로 관리를 보았다.

"나리." 키테이가 말했다.

관리가 고개를 돌려 키테이를 보았다. "무슨 일이냐?"

키테이가 끙끙거리며 궤짝을 머리 위로 들어 올리더니 바닥으로 집어 던졌다. 궤짝이 쿵 소리를 내며 흙바닥에 떨어졌지만, 린이 내심 기대했던 대로 거창하게 부딪치지는 않았다. 궤짝 뚜껑이 튀어 나갔다. 멋들어진 도자기 찻주전자가 아름다운 꽃무늬를 번들거리며 밖으로 굴러 나왔다. 도자기는 바닥을 구르기는 했지만, 깨지지는 않았다.

곧이어 키테이가 나무판자를 가져왔다.

키테이는 판자로 도자기를 전부 깨부수고 철사 같은 곱슬머리를 쓸어 올리며 땀을 뻘뻘 흘리는 관리를 향해 돌아섰다. 관리는 키테이가 판자로 자신을 때릴지도 모른다고 생각했는지 겁을 먹고 몸을 잔뜩 움츠렸다.

"우리는 '전쟁' 중입니다." 키테이가 말했다. "나리는 '오직 하늘만이 아는 이유로' 이 나라의 생존에 중요한 역할이 인정되어 피난을 떠나고 있고요. 그러니 나리는 나리의 일을 하십시오. 백성들을 안심시키세요. 질서 유지를 도우세요. 빌어먹을 찻주전자나 끌어안고 있지 말고요."

✳

　며칠 후 시네가드 학당은 학교에서 병영으로 변신했다. 학당 경내는 가까운 미성(未省, 양의 성) 소속 8사단의 초록색 군복을 입은 병사들로 넘쳐났고 학생들도 그 숫자에 편입되었다.

　제국군은 금욕적이고 무뚝뚝한 집단이었다. 그들이 학당 학생들을 떠맡은 건 마지못해서였고 이 전쟁에 학생들의 자리는 없다는 생각을 분명히 드러냈다.

　"우월감의 문제지." 나중에 키테이가 이 문제를 분석했다. "병사들 대다수는 시네가드에 와본 적이 없어. 본인은 전투 경력이 10년이 넘는데, 고작 3년 만에 자기보다 우월한 장교가 될 아이들과 같이 일하라는 명령을 받은 것과 같아."

　"저들도 전투 경험은 없어." 린이 말했다. "니칸은 지난 20년간 전쟁이 없었어. 저들도 우리보다 더 많이 알지는 않아."

　키테이도 이 문제에 관해서는 반박하지 못했다.

　8사단이 도착하면서 라반이 돌아왔고, 라반은 학당 신입생들을 민간인과 함께 도시 밖으로 피난시키는 임무를 맡았다.

　"하지만 저도 싸우고 싶어요!" 키가 린의 어깨높이도 안 되는 어린 학생이 항의했다.

　"그래, 아주 잘할 수 있을 거야." 라반이 대답했다.

　신입생은 턱을 쓱 내밀고 말했다. "시네가드는 제 고향이에요. 이곳은 제가 지킬 거라고요. 저는 어린 꼬마가 아니니까 저 겁먹은 아이들과 여자들처럼 무리를 지어 나갈 필요가 없어요."

　"넌 지금 시네가드를 '지키고' 있어. 주민들을 보호하고 있고. 저 아이들과 여자들이라고? 너는 저들의 안전을 책임지고 있는

325

거야. 그들이 무사히 산속 고갯길까지 도착하도록 하는 게 네가 맡은 일이다. 그건 무척 진지한 임무야." 라반은 신입생들을 정문 밖으로 몰아내다가 린과 시선이 마주쳤다.

"저 꼬맹이들이 몰래 돌아올까 봐 걱정이다." 라반이 린에게 조용히 속삭였다.

"저 애들을 존경해야 해요." 린이 말했다. "도시가 곧 침략당할 판인데 도시를 지키겠다는 생각부터 하잖아요."

"저들은 멍청한 거다." 라반이 말했다. 평소의 참을성 있는 모습이 전혀 보이지 않았다. 그는 몹시 지쳐 보였다. "지금은 영웅주의가 필요하지 않아. 지금은 전시다. 여기 머물렀다간 저들은 죽는다."

✳

학생들에게도 피난 계획이 세워졌다. 도시가 함락당하면 골짜기 건너편의 잘 알려지지 않은 협곡으로 달아나 무겐연맹군 대대가 닿을 수 없는 산속 은신처에서 나머지 민간인들과 합류하기로 했다. 이 계획에 사부들은 포함되지 않았다.

"지마 대사부는 우리가 이길 수 없으리라 생각해요." 키테이가 말했다. "지마 대사부와 나머지 사부들은 학교가 점령당하면서 붙잡힐 거예요."

"지마 대사부는 그저 조심하려는 거야." 라반이 정신을 차리려고 애쓰며 말했다. "손자도 늘 모든 우발적인 사태에 대비하라고 했어."

"손자는 또한 강을 건널 때는 물러설 생각을 할 수 없게 다리도 불태워버리라고 했죠." 키테이가 말했다. "제가 보기에 이번 계획은 퇴각과 상당히 비슷하게 들려요."

"신중함은 비겁함과 달라." 라반이 말했다. "그리고 손자는 궁지에 몰린 적은 절대로 공격하지 말라고 했어. 그러면 초인적으로 싸울 거라고. 궁지에 몰린 적은 더 잃을 게 남지 않았거든."

✳

날들이 영원히 이어지는 것 같기도 했고, 어떤 일이 마무리되기도 전에 뭉텅뭉텅 사라지는 것 같기도 했다. 린은 적이 앞마당까지 들어오길 기다리고만 있는 것 같은 불편함이 느껴졌다. 그러면서 동시에 전투 준비가 전혀 되지 않았다는 불안한 마음이 들었다.

"무겐군 병사는 어떻게 생겼을까?" 키테이가 날카롭게 벼린 무기를 가지러 무기고를 향해 산길을 내려가며 말했다.

"팔다리가 있겠지. 어쩌면 머리도 있을지 모르고."

"아니, 내 말은 그 사람들 '외모'가 어떠냐는 말이야." 키테이가 말했다. "니칸 사람하고 비슷하게 생겼을까? 무겐 사람도 전부 동쪽 대륙 출신이잖아. 헤스페리아 사람처럼 생기지는 않았을 거야. 그러니까 내 말은, 어느 정도는 평범해 보이겠지?"

린은 그게 무슨 상관인지 이해할 수 없었다. "그게 중요해?"

"너는 적의 얼굴이 궁금하지 않아?" 키테이가 물었다.

"아니, 별로." 린이 말했다. "그들도 인간이겠지. 그리고 인간이 아니기도 하고. 지난번 니칸을 침략했을 때 그자들이 어린 아기에게도 아편을 주었다잖아. 스피어를 대량학살한 자들이기도 하고."

"어쩌면 우리 생각보다 더 인간적일지도 모르지." 키테이가 말했다. "도대체 무겐은 우리에게 뭘 원하는 거지? 왜 우리랑 싸우려고 하는 거야?"

"그들은 작은 섬에 비좁게 모여 살다 보니 니칸이 '자기 것'이 되어야 한다고 생각하는 거야. 또 전에도 우리랑 싸운 적이 있는데, 거의 이겼던 경험이 있기도 하고." 린이 무뚝뚝하게 말했다. "뭐가 문제지? 그들은 오고 있고, 우리는 남아 있고, 치열한 하루 끝에 살아남은 쪽이 이기는 거야. 전쟁은 누가 옳은지 결정하는 게 아니야. 누가 살아남느냐를 결정하는 거지."

✳

시네가드의 모든 학급은 모임을 중단했다. 사부들은 수십 년 전 퇴역한 지위로 다시 돌아갔다. 이르자 사부는 시네가드 예비군의 전략 사령관을 맡았다. 엔로 사부와 문하생들은 도시 중앙 병원으로 돌아가 부상병 선별진료소를 세웠다. 지마 대사부는 양의 군벌 수령과 함께 도시 전역을 아우르는 무술 사령관을 공동으로 맡았다. 그 임무에는 도시 행정관리와 고집 센 중대 지휘관들에게 고함을 지르는 일도 포함되어 있었다.

전망은 어두웠다. 8사단은 강력한 병사 3천 명으로 구성되었는데, 그 정도 규모로는 1만 명이라고 알려진 무겐 침략군을 상대하기에 충분하지 않았다. 양의 군벌은 3사단에 증원군을 요청하는 전령을 파견했고, 3사단은 힌터랜드 국경 순찰에서 돌아오는 중이었지만 무겐군보다 먼저 도착할 것 같지는 않았다.

지앙 사부는 거의 만날 수가 없었다. 지마 대사부의 사무실에서 이르자 사부와 함께 돌발적인 사태에 대비한 계획을 세우거나 아니면 아예 학교에 없었다. 마침내 린이 겨우 지앙 사부를 발견했을 때 그는 어찌할 바를 모르고 초조해 보였다. 린은 계단을 내려가는 지앙 사부를 붙들기 위해 뛰어야 했다.

"우리 수업은 잠시 중단한다." 지앙 사부가 말했다. "지금은 그럴 시간이 없다는 걸 너도 알겠지. 너를 제대로 훈련시킬 시간이 없다."

린은 서둘러 가려는 지앙 사부의 소맷자락을 붙들었다. "사부님, 여쭤볼 게 있습니다. 우리가 신을 소환하면 어떨까요? 그러니까 무겐군에 맞서기 위해서요."

"지금 '무슨 말을' 하는 것이냐?" 그는 거의 혼비백산한 것처럼 보였다. "이러고 있을 시간이 없다."

"우리가 공부한 내용을 전투에 응용할 수 있잖아요." 린이 계속 물었다.

"우리는 신과 협의하는 방법을 공부했지, 신을 지상으로 불러들이는 법을 공부하지 않았다."

"하지만 신들에게 도움을 받을 수 있잖아요!"

"뭐라고? 아니. 안 된다." 그는 눈에 띄게 흥분하며 손을 내저었다. "지난 2년간 내 말을 제대로 듣기는 한 것이냐? 내가 분명히 말했듯이, 신은 어쩌다 꺼내 쓰는 무기가 아니다. 신을 전투에 소환할 수는 없다."

"사실이 아닙니다." 린이 말했다. "붉은 황제의 십자군에 관한 기록을 읽은 적이 있습니다. 수도승들이 붉은 황제에게 대항하려고 신을 소환했다고 알고 있습니다. 게다가 힌터랜드의 부족들도…."

"힌터랜드 사람들은 치유를 위해 신과 협의한다. 그들은 신에게 길 안내와 깨달음을 구할 뿐이다." 지앙 사부가 끼어들었다. "그들은 신을 지상으로 부르지 않는다. 그렇게 어리석지 않기 때문이다. 그동안 우리가 신의 도움을 받은 전쟁은 전부 끔찍한 결과를 지불하고 겨우 이겼다. 희생이 따른다. 언제나 희생이 따라."

"그럼 이게 다 무슨 소용입니까?" 린이 딱 잘라 말했다. "도대체 전승학을 왜 배웁니까?"

그 말에 지앙 사부의 표정이 처참해졌다. 돼지 손자가 도살당했던 그날, 린이 병법을 전공하고 싶다고 말했던 그날, 지앙 사부가 지은 표정이었다. 그것은 상처 입은 얼굴이었다. 배신당한 얼굴이었다.

"모든 수업의 소용이 꼭 파괴일 필요는 없다." 그가 말했다. "나는 네가 균형을 찾을 수 있도록 전승학을 가르쳤다. 이 우주가 우리의 인식 범위를 훌쩍 뛰어넘는다는 것을 알려주려고 너를 가르쳤다. 그것을 무기화하라고 가르치지 않았다."

"신들은…."

"신들은 우리 맘대로 조종할 수 없다. 신들은 우리의 이해 영역에서 너무도 멀리 떨어져 있기에, 그들을 무기화하려는 시도는 결국 다 재앙으로 끝날 수밖에 없다."

"불새는 어떻습니까?"

지앙 사부가 걸음을 멈추었다. "오, 안 된다. 안 돼. 안 돼."

"스피어인의 신 말입니다." 린이 말했다. "불새는 부름을 받을 때마다 응답했습니다. 우리도 그렇게 할 수 있다면…."

지앙 사부는 고통스러워 보였다. "스피어가 어떻게 되었는지는 너도 잘 알지 않느냐."

"그러나 그들은 2차 양귀비 전쟁이 일어나기 훨씬 전부터 불을 소환했습니다! 그들은 수백 년 동안 샤머니즘을 실천했습니다! 그 '힘'은⋯."

"그 힘이 너를 집어삼킬 것이다." 지앙 사부가 모질게 말했다. "그게 불의 '속성'이다. 스피어가 끝까지 자유를 거머쥐지 못한 이유가 뭐라고 생각하느냐? 그렇게 힘 있는 부족이 왜 오랫동안 종속상태로 남아 있었겠느냐? 그 힘이 지속 가능했다면 스피어는 니칸 전역을 정복할 수도 있었을 것이다. 스피어는 왜 니칸을 상대로 반란을 일으키지 않았겠느냐? 불은 그들에게 힘을 주자마자 그들을 죽여버렸다, 린. 불이 그들을 미치게 했고, 스스로 생각하는 능력을 빼앗아 갔다. 결국, 그들은 오로지 명령을 받은 대로 싸우고 파괴할 줄만 알았다. 스피어는 자신의 힘에 사로잡혔고, 붉은 황제가 유혈 욕망을 맘껏 발휘하도록 허락하자 다른 일은 거의 신경을 쓰지 않았다. 스피어는 집단적인 망상에 빠졌다. 네 말대로 그들은 정말로 불을 소환했지만, 모방할 가치가 없다. 붉은 황제는 잔혹하고 무자비했지만, 그런 그조차 제국군 안에서 샤먼을 훈련하지 않을 정도로 영리했다. 신을 무기로 여긴다면 죽음만을 불러올 뿐이다."

"하지만 우린 '전쟁' 중이잖아요! 어쨌든 죽을지도 몰라요. 하지만 신을 소환하면 적어도 싸울 기회는 생기겠죠. 신을 소환해서 벌어질 수 있는 최악의 일이 뭔가요?"

"너는 너무 어리다." 지앙 사부가 조용히 말했다. "너는 전혀 모른다."

✳

그 후로 린은 학당 안에서 지앙 사부의 털끝도 볼 수 없었다.

린은 지앙 사부가 일부러 자신을 피하는 걸 알았다. 연말 시험 때도 그랬고, 대화를 나누고 싶지 않을 때마다 그랬다. 린은 이 일이 믿기 어려울 만큼 절망스럽다는 것을 새삼 깨달았다.

'너는 너무 어리다.'

그 말이 훨씬 더 절망스러웠다.

린은 조국이 전쟁 중임을 모를 만큼 어리지는 않았다. 조국을 지킬 임무를 부여받지 못할 정도로 어리지 않았다.

어린아이가 손에 칼을 쥐면 더는 어린아이가 아니었다. 전쟁 터에서 싸우는 법을 배워 무장하고 전선에 서면 더는 어린아이 가 아니었다. 그들은 군사였다.

✳

시네가드에 허락된 시간이 다하고 있었다. 척후병은 매일 무 겐연맹군이 거의 성문 앞에 다가왔다고 보고했다.

린은 잠이 절박했지만, 잘 수가 없었다. 눈을 감을 때마다 불 안감이 산사태처럼 쏟아져 그녀를 짓눌렀다. 낮에는 머리가 지 쳐서 어지러웠고 눈이 타는 듯 아팠지만, 휴식을 취할 만큼 침착 해질 수가 없었다. 명상을 해봤지만, 공포가 마음을 어지럽혔고 심장이 마구 내달리며 호흡도 편하지 않았다.

밤이 찾아와 어둠 속에 홀로 누우면 불새의 부름이 반복해서 들려왔다. 불새 소리가 꿈을 잠식했고, 다른 세계에서 유혹적으 로 속삭였다. 그 유혹이 너무 강렬해 린은 거의 미칠 것만 같았다.

'내가 네 정신을 지켜줄 것이다.' 지앙 사부는 그렇게 약속했다.

그러나 그는 그녀의 정신을 지켜주지 못했다. 그는 그녀에게 커다란 힘을 보여주었다. 이 도시와 나라 전체를 지킬 만큼 경이로운 힘을 보여줘 놓고 이제 그 힘에 접근하지 못하게 막았다.

린은 지앙이 사부였기 때문에, 사부와 문하생 사이의 충성은 전쟁 중이라도 중요했기에, 그의 말을 따랐다.

그렇다고 해서 지앙 사부가 학교에 없는 걸 알았을 때 전승학 정원에 가서 주머니에 양귀비 씨앗 몇 움큼을 넣는 일까지 안 하지는 않았다.

11

무겐군 주요 종대는 시네가드를 향해 진군하면서 자신들의 도착 사실을 굳이 숨기지 않았다. 그럴 필요도 없었다. 시네가드는 이미 그들이 온다는 사실을 알았다. 무겐군에게는 기습으로 니칸군을 놀라게 하는 것보다, 가공할 만한 모습을 보여주고 공포를 안겨주는 쪽이 전략적으로 더 이로웠다. 무겐군은 3열 종대로 서서 무당산이 막고 있는 서쪽을 제외한 모든 방향에서 진군해왔다. 그들은 거대한 진홍색 깃발을 머리 위로 휘날리며 횃불을 높이 치켜들고 꾸준히 전진했다.

'료하이를 위하여.' 깃발에는 이렇게 씌어 있었다. '황제를 위하여.'

위대한 전략가 손자는 《손자병법》에서 상대적으로 고지대를 차지한 적을 공격할 때의 어려움을 경고했다. 높은 곳에 있는 적은 감시에 유리하고, 산을 오르느라 병사들이 지칠 필요도 없다.

무겐군의 침투 전략은 손자에게 거대한 엿을 먹였다.

시네가드보다 더 높은 지대에서 급습하려면 무당산을 오르는 우회가 필요했고, 그만큼 무겐군 공격은 일주일 남짓 지연될 수밖에 없었다. 무겐군은 시네가드에 일주일이라는 시간을 주지 않았다. 무겐군은 아래쪽에서 시네가드를 공격할 수 있는 무기와 수많은 병사가 있었다.

린은 남쪽 성벽에 올라 성미 사나운 거대한 뱀이 계곡을 휘감고 다가오는 것처럼 무겐군이 시네가드를 휘감아 집어삼키려고 밀려오는 모습을 지켜보았다. 그 광경을 보고 린은 몸을 덜덜 떨었다.

'숨고 싶어. 너는 안전해, 이건 전부 농담이고 악몽일 뿐이야, 라고 누가 말해주면 좋겠어.'

순간 린은 지금까지 자신은 그저 군사가 되는 놀이를 하고 있었다고, 용맹함을 연기하고 있었을 뿐이었다고 깨달았다.

그러나 전투가 코앞으로 다가온 날, 더는 그런 척하고 있을 수가 없었다.

목구멍 뒤쪽에서 공포가 부글거렸다. 공포는 만져질 듯 구체적이고 묵직해 숨이 막힐 지경이었다. 손이 격렬하게 떨려 칼을 떨어뜨릴 뻔했다. 두려움 때문에 숨 쉬는 법을 잊었다. 일부러 공기를 허파 속으로 밀어 넣고, 눈을 감고 숫자를 세면서 숨을 들이마시고 내뱉어야 했다. 어지럽고 메스꺼워 성벽 옆에 토하고 싶었다.

'그저 생리적인 반응일 뿐이야.' 린은 스스로를 다독였다. '마음의 작용일 뿐이야. 통제할 수 있어. 공포를 몰아낼 수 있어.'

훈련 중에도 이런 일을 겪은 적이 있었다. 학생들은 이런 느낌에 대해 미리 경고를 받았다. 공포를 통제하고, 공포를 유리하게 바꾸고, 아드레날린을 이용해 경계심을 유지하고 피로를 몰아내도록 배웠다.

그러나 며칠 받은 훈련으로는 몸이 본능적으로 느끼는 공포를 부정할 수 없었다. 이 느낌은 자신이 피를 흘릴 것이고, 다칠 것이고, 죽을 수도 있다는 절박한 진실이었다.

이렇게 두려웠던 적이 있었던가? 2년 전 네자와 결승전을 치르기 직전에도 이토록 온몸이 마비되고 무감각해질 정도로 두려움을 느꼈던가? 아니다. 그때 린은 화가 났었고 자랑스러웠다. 자신이 천하무적이라고 생각했다. 피를 향한 굶주림을 예견하며 싸움을 고대했다.

그러나 지금은 어리석게 느껴졌다. 너무도, 너무도 어리석었다. 전쟁은 놀이가 아니었다. 명예와 존경을 위해 싸우는 시합이 아니었다. 사부들이 진짜 부상을 당하지 않게 옆에서 막아주는 그런 시합이 아니었다.

전쟁은 악몽이었다.

린은 울고 싶었다. 비명을 지르며 누군가의 뒤에 숨고 싶었다. 어느 병사 뒤에 숨어 훌쩍훌쩍 울고 싶었다. '무서워요. 악몽에서 깨어나고 싶어요. 제발 나를 구해줘요.'

그러나 그녀를 구하러 오는 사람은 아무도 없었다. 누구도 그녀를 구해주지 않을 것이다. 꿈을 깨우지도 않을 것이다.

"괜찮아?" 키테이가 물었다.

"아니." 린은 덜덜 떨며 대답했다. 두려움에 질려 새된 목소리가 나왔다. "나 무서워, 키테이. 우린 죽을 거야."

"아니, 그렇지 않아." 키테이가 열렬히 대답했다. "우린 이길 거야. 우린 '살아남을' 거야."

"너도 이미 계산을 끝냈잖아." 무겐군은 세 배 많았다. "승리
는 불가능해."

"가능하다고 믿어야 해." 키테이가 손등이 하얗게 질릴 때까
지 칼 손잡이를 단단히 움켜잡았다. "3사단이 때맞춰 와줄 거야.
그게 사실이라고 스스로 말해야 해."

린은 힘겹게 마른침을 삼키고 고개를 끄덕였다. '너는 겁을 내
고 훌쩍거리라고 훈련받지 않았어.' 린은 마음을 다잡았다. 티카
니에서 온 어린 여자애, 도시를 본 적도 없는 도망친 신부라면
두려워할지도 모른다. 티카니에서 온 여자애는 이제 없다. 린은
시네가드 학당의 3학년 문하생이었고, 8사단 소속 군사였고, 싸
우려고 훈련을 받았다.

그리고 그녀는 혼자가 아니었다. 주머니에 양귀비 씨앗이 있
었다. 신이 곁에 있었다.

"때가 되면 신호를 보내줘." 키테이가 말했다. 그는 성벽 바깥
쪽 방위선을 지키려고 설치한 위장 함정을 묶어놓은 밧줄 위에
검을 대고 자세를 취했다. 키테이가 고안한 함정이었다. 적군이
반경 안에 들어오는 대로 밧줄을 잘라낼 것이다.

적군이 바짝 다가와서 린은 그들의 얼굴에 일렁이는 불빛이
보일 정도였다.

키테이가 손을 떨었다.

"아직 아니야." 린이 속삭였다.

무겐군 대대 제1열이 경계선을 넘었다.

"지금이야."

키테이가 밧줄을 끊어냈다.

밧줄이 끊어진 지점에서 통나무가 산사태처럼 굴러내렸다. 통나무가 중력의 힘을 받아 선진하는 적군의 중심 대열을 향해 똑바로 굴러갔다. 묵직한 통나무가 마구잡이로 굴러가 천둥소리를 내며 적의 팔다리를 부수고 뼈를 으깼다. 대학살의 소리가 너무 요란해서 린은 순간 전투를 시작하기도 전에 아군이 이겼을지도 모른다고, 다가오는 적군에게 심각한 손상을 입혔다고 생각했다. 난리법석 속에서 키테이가 흔들리는 성문 아래로 떨어지지 않게 린을 꼭 붙들고서 흥분의 함성을 내질렀다.

그러나 요란한 통나무 구르는 소리가 잦아들자 침략군은 전투용 북을 꾸준히 두드리며 계속해서 시네가드로 들어섰다.

✳

린과 키테이 위쪽, 남문에서 가장 높은 벼랑 위에 궁수들이 서서 일제히 화살을 쏘았다. 화살은 대부분 높이 치켜든 적의 방패에 부딪혀 떨어졌다. 일부는 틈을 뚫고 제 길을 가서 갑옷으로 막지 못한 적군의 목 부위에 박혔다. 그러나 단단히 무장한 무겐군은 쓰러진 동료의 몸을 밟고 계속 진군해 도시 성문을 향한 가차 없는 공격을 이어갔다.

중대 지휘관이 큰 소리로 또 한 차례 사격 명령을 내렸다.

그러나 별 소용이 없었다. 화살보다 적군 수가 훨씬 더 많았다. 시네가드 바깥쪽 방어는 취약했다. 키테이가 고안해 설치한 위장 함정은 한 군데를 제외하고 전부 장렬하게 튀어 올랐지만, 적군의 대열에 큰 흠을 낼 정도는 아니었다.

기다리는 것 말고는 할 수 있는 일이 없었다. 성문이 부서지고 엄청난 충돌이 일어날 때까지 기다려야 했다. 그때 신호용 종이 울리며 무젠군이 성벽을 깨뜨리기 시작했다는 사실을 모두에게 알렸다. 드디어 무젠군이 시네가드에 입성했다.

✳

그들은 공성기로 시네가드 외곽 방어선을 폭격하며 대포와 발사체 소음에 맞춰 행군했다.

성문은 버티지 못하고 빗장을 풀고 부서졌다.

그들은 개미 떼처럼, 말벌 떼처럼 쏟아져 들어왔다. 그 수가 압도적이고 무한정해서 도저히 막을 수가 없었다.

'우리는 이길 수 없을 거야.' 린은 칼을 옆으로 떨어뜨리고 멍하니 절망감에 사로잡혀 서 있었다. 맞서 싸운들 뭐가 달라질까? 사형선고를 몇 초, 어쩌면 몇 분 늦출 수 있겠지만, 이 밤이 지나가면 그녀는 죽을 것이고, 시신은 망가지고 피투성이가 되어 바닥에 쓰러져 있을 텐데, 뭔들 중요할까….

이번 전쟁은 전설에서 접한 것들과 달랐다. 전설에서 적군의 수 따위는 중요하지 않았고, 삼두정치 같은 소수 전사가 적군 전체를 납작하게 때려눕힐 수 있었다. 그러나 실전에서는 기술이 얼마나 뛰어난지는 중요하지 않았고, 군사 수의 균형이 어떻게 되느냐가 중요했다.

그리고 시네가드는 수적으로 심각한 열세였다.

무정한 적군이 무한히 뻗은 횡렬로 서서 도시로 입성하는 모습을 보고 린의 심장이 덜컥 내려앉았다.

'나는 여기서 죽을 거야.' 린은 깨달았다. '저들이 우리를 전부 학살할 거야.'

"린!"

키테이가 린을 거칠게 밀쳤다. 그녀는 돌바닥에 넘어지면서 방금 자신의 머리가 있던 곳 벽에 도끼가 날아와 박히는 것을 보았다.

도끼를 날린 적군이 벽에 박힌 도끼를 뽑아내 린과 키테이를 향해 다시 던졌지만, 이번에는 린이 검을 들어서 막았다. 충격파가 린의 피를 흥분시켰다.

공포를 완전히 뿌리 뽑기란 불가능했다. 그러나 생존 의지 역시 마찬가지였다.

린은 적군의 팔 밑으로 몸을 숙이고 곧장 투구로 감싸지 못한 병사의 턱밑 부드러운 살에 자신의 검을 찔러넣었다. 린의 칼은 지방과 힘줄을 잘라냈고 검 끝이 정확히 상대의 목을 뚫고 코를 지나 두뇌가 있는 곳까지 움직였다. 길쭉한 철날 위에서 상대의 목동맥이 터졌다. 피가 린의 손부터 팔꿈치까지 흠뻑 적셨다. 상대는 조금 경련하더니 린 쪽으로 쓰러졌다.

'죽었어.' 린은 꼼짝도 할 수 없는 상태로 생각했다. '내가 이 자를 죽였어.'

전투 훈련을 받았지만, 린은 실제로 누군가의 목숨을 앗아 가는 일이 무엇인지 생각해본 적이 없었다. 자르는 척하는 게 아니라 실제로 동맥을 자르는 게 뭔지, 신체의 모든 기능이 멈추고 움직임이 영원히 멈추도록 심각하게 신체를 훼손하는 것이 뭔지 몰랐다.

그들은 학당에서 사람을 움직이지 못하게 하는 법을 배웠다. 친구들을 상대로 싸우는 법을 배웠다. 전부 심각한 부상을 피하기 위한 사부들의 엄격한 규율과 감독 아래 행동했다. 그 모든 말과 이론에도 불구하고 그들은 실제로 사람을 죽이는 법을 배우지는 않았다.

린은 방금 제 손으로 죽인 사람의 몸에서 생명이 떠나는 것을 느껴야 한다고 생각했다. '한 사람을 죽였으니 만 명이 남았다'는 생각보다 더 의미심장한 생각으로 상대의 죽음을 마음에 새겨야 했다. '뭔가'를 느껴야 한다고 생각했다.

그러나 아무것도 새겨지지 않았다. 잠시 충격을 받았지만, 곧바로 이런 일을 다시, 또다시, 여러 번 반복해야 한다는 음울한 자각이 찾아왔을 뿐이었다.

또 다른 적군이 그녀의 머리 위로 검을 휘두르자 방금 죽인 병사의 턱에서 칼을 빼내 한껏 치켜들고 공격을 막아냈다. 그리고 뒤로 물러섰다. 그리고 찔렀다. 그리고 또 피를 흘리게 했다.

두 번째라고 더 쉽지는 않았다.

세상이 무겐군 병사들로 가득 찬 것만 같았다. 그들은 전부 똑같아 보였다. 똑같은 투구, 똑같은 갑옷을 입었다. 한 놈을 베면 또 다른 놈이 왔다.

난투 중에는 생각할 겨를이 없었다. 그녀는 반사적으로 싸웠다. 모든 행동은 반응을 요구했다. 언제부터인가 키테이도 보이지 않았다. 그는 시체의 바다로 사라졌다. 금속끼리 부딪치고 횃불이 일렁이는 바다로.

무겐군과의 싸움은 시합장에서의 싸움과 완전히 달랐다. 그녀는 난투를 연습해본 적이 없었다. 적은 단지 한 곳이 아니라 사방에서 달려들었고, 적 하나를 이겼다고 승리에 더 가까워지지도 않았다.

무겐군은 무술을 하지 않았다. 그들의 동작은 육중했고 신중했다. 행동방식을 예측할 수 있었다. 그러나 그들은 대열을 이룬

상태에서 집단 전투를 훈련받았다. 마치 벌떼의 마음을 가진 것처럼 움직였고, 수년간의 훈련으로 단합된 행동을 했다. 그들은 더 훈련이 잘되어 있었다. 장비도 더 잘 갖추고 있었다.

무겐군은 우아하게 싸우지 않았다. 야수처럼 싸웠다. 그리고 죽음을 두려워하지 않았다. 동지가 쓰러져도 동지의 시체를 밟고 전진했다. 그들은 무자비했다. 그리고 수가 엄청나게 많았다.

'나는 죽을 거야.'

그걸 하지 않으면. 그걸 하지 않으면, 죽을 것이다.

주머니에 넣어둔 양귀비 씨앗이 어서 삼키라고 소리를 질렀다. 지금 당장 씨앗을 삼킬 수 있을 것이다. 신전에 가서 신을 불러올 수 있을 것이다. 전부 죽게 생겼는데 지앙 사부의 경고 따위, 하나도 중요하지 않았다.

린은 불새의 얼굴을 본 적이 있다. 부탁만 하면 불새가 자신의 손끝에 어떤 힘을 실어줄 수 있는지 알았다.

'내가 너를 무적으로 만들 것이다. 내가 너를 전설로 만들 것이다.'

린은 전설이 되고 싶은 게 아니라, 살아남고 싶었다. 어떤 대가를 치르더라도 무엇보다 살고 싶었고, 만약 불새를 소환해서 살 수 있다면, 그것으로 충분했다. 지금 지앙 사부의 경고는 아무 의미도 없었다. 국민과 급우들이 바로 옆에서 난도질을 당하는 지금은, 매 순간이 마지막이 될 수 있는 지금은 아니었다. 설혹 죽는다고 해도, 이렇게 작고 약하고 무기력하게 죽지는 않을 것이다.

린은 신과의 연결 고리가 있었다.

그녀는 샤먼으로 죽을 것이다.

심장이 마구 내달리는 가운데 린은 문이 있는 구석 뒤로 몸을 숨기고 아무도 보지 못하는 곳에서 재빨리 주머니에 손을 넣고 씨앗을 꺼냈다. 그녀는 씨앗을 입으로 가져갔다.

잠시 망설였다.

만약 씨앗을 삼켰는데도 효과가 없다면 그녀는 틀림없이 죽을 것이다. 약에 취해 어지러운 상태로 환각에 빠진 채 싸울 수는 없었다.

그때 나팔 소리가 울려 퍼졌다. 고개를 치켜들었다. 동문 쪽에서 오는 조난 신호였다.

그러나 여기 남문 쪽 병력에도 여유는 없었다. 어디나 위기 상황이었다. 니칸군은 수적으로 세 배나 열세였다. 지금 병력의 절반을 동문으로 보낸다면 무겐군은 아무런 제재도 받지 않고 도시 안을 활보하게 될 것이다.

그러나 린의 중대는 조난 신호를 듣는 즉시 모이라는 지시를 받았다. 린은 손바닥에 씨앗을 올려놓고 이러지도 저러지도 못했다. 지금 씨앗을 삼킬 수는 없었다. 약효가 돌려면 시간이 필요했고 약효가 돌아 신전으로 가는 길에도 한동안 중간상태에 빠져 있게 될 것이다. 게다가 신을 부를 만큼 충분히 명상에 잠길 시간이 있다고 해도 신이 응답할지 알 수가 없었다.

이대로 숨어 신을 불러볼 것인가, 아니면 동지들을 도우러 가야 할 것인가?

"가라!" 중대 지휘관이 전투 소음 너머로 외쳤다. "동문으로 가라!"

린은 달렸다.

＊

남문에 난투가 벌어지고 있다면 동문에서는 학살이 벌어지고 있었다.

니칸 병사들이 쓰러져 있었다. 린은 주둔지를 향해 내달렸지만, 가까워질수록 희망이 사그라들었다. 아직 싸우고 있는 니칸 병사는 보이지 않았다. 무겐군 병사들이 막힘없이 성문을 통과해 쏟아져 들어오고 있었다.

무겐군이 이곳 동문을 주요 공격대상으로 삼았던 게 분명했다. 무겐은 동문에 세 배나 많은 병력을 배치했고, 세련된 공성기를 성벽 바깥쪽에 설치해두었다. 투석기가 아무런 응답 없는 감시탑을 향해 불 뿜는 덩어리를 마구 쏘아댔다.

니앙이 한쪽 구석에서 제국군 제복 차림으로 축 늘어진 어느 군사 위로 몸을 숙이고 있었다. 린이 지나가자 니앙이 고개를 들었는데, 얼굴이 온통 눈물과 피범벅이었다. 쓰러진 시신은 라반이었다.

린은 날카로운 칼날이 배를 찌르는 듯한 고통을 느꼈다. '안 돼, 라반은 안 돼, 안 돼….'

뭔가 린의 등을 내리쳤다. 고개를 돌려보니 무겐군 병사 두 명이 린의 뒤에 바짝 다가와 있었다. 한 명이 다시 검을 들어 내리쳤다. 린은 상대의 칼날이 지나는 궤적 방향으로 몸을 홱 숙이고 자기 검을 휘둘렀다.

린의 칼날이 힘줄에 닿았다. 눈으로 피가 마구 흘러 들어가 앞이 잘 보이지 않았다. 자신이 무엇을 베는지 보이지 않았고 오직 긴장과 이완을 느낄 뿐이었다. 이윽고 무겐군 병사가 고통의 비명을 지르며 린의 무릎 앞에 쓰러졌다.

그녀는 생각하지도 않고 아래쪽을 찔렀다. 비명이 그쳤다.

그러자 그의 동료가 방패를 들어 칼을 든 린의 팔을 내리쳤다. 린은 비명을 지르며 검을 떨어뜨렸다. 그 병사가 떨어진 칼을 발로 차내고 방패로 린의 갈비뼈를 찍었다. 린이 쓰러지자 그는 마지막 공격을 감행하려고 자기 칼을 뽑았다.

칼을 든 병사의 팔이 비틀거리다 아래로 뚝 떨어졌다. 병사는 깜짝 놀라 끄어억 소리를 내더니 믿을 수 없다는 표정으로 자기 배를 뚫고 나온 칼날을 물끄러미 내려다보았다.

병사는 앞으로 고꾸라지더니 다시는 움직이지 않았다.

네자가 린과 눈을 마주치더니, 병사의 등에 꽂힌 자기 검을 비틀어 뽑아냈다. 그리고 다른 손으로 예비용 칼을 린에게 던져 주었다.

린은 공중에서 네자가 던진 칼을 낚아챘다. 그녀의 손가락이 칼자루에 익숙하게 감겼다. 안도의 한숨이 터져 나왔다. 이제 그녀에겐 무기가 있었다.

"고마워." 린이 말했다.

"왼쪽이야." 네자가 말했다.

생각할 겨를도 없이 두 사람은 대형을 이루고 섰다. 서로 등을 맞대고 상대의 사각지대를 맡아 가며 싸웠다. 둘은 놀랄 만큼 호흡이 잘 맞았다. 네자가 널리 뻗는 공격을 허는 동안 린이 엄호했고, 네자는 린의 아래쪽 구석을 방어했다. 둘은 서로의 약점을 아주 잘 알았다. 린은 네자가 공격이 빗나간 후 다시 방어를 구축하기까지 속도가 느리다는 걸 알았고, 네자는 린이 가까운 곳을 공격하기 위해 몸을 낮게 숙이는 동안 위쪽에서 들어오는 공격을 막아주었다.

린이 네자의 마음을 읽을 줄 알아서가 아니었다. 무척 많은 시간 네자를 관찰해왔기에 그가 어떻게 공격할지 정확히 알고 있을 뿐이었다. 두 사람은 기름칠을 잘해둔 기계처럼 움직였다. 자발적으로 협응하는 춤을 추었다. 전체의 두 반쪽까지는 아니어도, 꽤 가까워졌다.

만약 두 사람이 오랜 시간 서로를 미워하지 않았더라면, 둘이 함께 훈련을 받았을지도 모른다고 린은 생각했다.

서로 등을 대고 적을 향해 검을 겨눈 채 두 사람은 필사적이고 야만적으로 싸웠다. 나이가 두 배는 많은 남자들보다 더 잘 싸웠다. 서로의 강점에 의지했다. 네자는 싸우는 동안에는 지치지 않았고, 린 역시 피로를 느끼지 않았다. 이제 린은 단지 자신의 목숨을 지키려고 싸우지 않았다. 그녀는 짝과 함께 싸웠다. 둘은 무척 잘 싸워서 이대로 다치지 않고 빠져나갈 수 있겠다고 반쯤 확신하기에 이르렀다. 실제로 맹렬한 공격이 잦아들고 있었다.

"적이 퇴각하고 있어." 네자는 믿을 수 없다는 듯 말했다.

린은 한순간 커다란 기쁨을 느끼며 희망을 품었지만, 곧 네자의 생각이 틀렸음을 깨달았다. 적은 퇴각하는 게 아니었다. 자국 장군을 위해 길을 내어주고 있었다.

✳

장군은 린이 지금껏 본 중에서 가장 키가 큰 사람보다도 머리 하나가 더 컸다. 팔다리는 나무 기둥 같았고 갑옷은 작은 사람 세 명 몫은 될 법한 쇠로 만들었다. 장군은 자기만큼 우람한 전투마 위에 앉아 있었다. 전투마도 금속으로 장식한 괴물 같았다. 장군은 눈을 빼고 전부 가린 금속 투구를 쓰고 있었다.

"무슨 일이냐?" 말할 때마다 땅이 흔들리는 것처럼 장군의 목소리가 기괴하게 울려 퍼졌다. "왜 걸음을 멈추었느냐?"

장군의 말이 린과 네자 앞에 멈춰 섰다.

"하룻강아지 두 마리라." 장군은 가소롭다는 듯 낮은 목소리로 말했다. "니칸의 강아지 두 마리가 성문 전체를 지키고 있구나. 시네가드는 어린애들을 동원해야 할 만큼 몰락한 게냐?"

네자는 덜덜 떨고 있었다. 린은 너무 두려워 떨지도 못했다.

"다들 자세히 봐라." 장군이 병사들에게 말했다. "이게 니칸의 오합지졸을 처리하는 방식이다."

린이 손을 뻗어 네자의 손목을 잡았다.

네자는 린의 말 없는 질문에 짤막하게 고개를 끄덕이는 것으로 응답했다.

'함께?'

'함께.'

장군은 괴물 같은 말을 뒷발로 서게 고삐를 잡았다가 이내 린과 네자를 향해 돌진했다.

이제 그들이 할 수 있는 일은 없었다. 그 순간 린은 눈을 질끈 감고 최후를 기다렸다.

✳

끝은 오지 않았다.

귀청이 터질 듯한 '쨍강' 소리가 공중에 흩어졌다. 금속과 금속이 맞부딪치는 소리였다. 공기 자체가 흐름을 막고 있는 거대한 힘의 진동으로 부르르 떨렸다.

린은 자신이 반 동강이 나지도 않았고 짓밟혀 죽지도 않았음을 깨닫고 눈을 떴다.

"말도 안 돼." 네자가 말했다.

눈앞에 지앙 사부가 서 있었다. 그의 백발이 벼락이라도 맞은 사람처럼 공중에 높이 솟아 있었다. 발은 땅에 닿아 있지도 않았다. 지앙 사부는 양팔을 한껏 밖으로 뻗어 철봉으로 장군의 미늘창을 막고 있었다.

장군은 거대한 압력으로 양팔을 부르르 떨며 지앙 사부의 철봉을 밀어내려고 했지만, 지앙 사부는 힘을 주고 있는 것 같지도 않았다. 천둥이 길게 으르렁거리는 것처럼 공기가 기이하게 갈라졌다. 곧 폭발이 일어날 것을 감지한 사람들처럼 무겐군 병사들이 뒤로 물러났다.

"지앙 지야." 장군이 말했다. "뜻밖에도, 살아 있었군."

"나를 아나 봐?" 지앙 사부가 물었다.

장군은 대답 대신 미늘창을 한 번 더 크게 휘둘렀다. 그러나 지앙 사부는 파리 한 마리를 찰싹 때리는 정도의 힘으로 철봉을 휘둘러 미늘창을 막아냈다. 그리고 충격파를 공기 중과 발아래 땅으로 분산시켰다. 길바닥에 깔린 자갈이 충격으로 몸서리를 치며 튀어 올랐고 린과 네자의 발을 맞힐 뻔했다.

"군사를 물려라."

지앙 사부는 차분하게 말했지만, 목소리가 고함처럼 울려 퍼졌다. 그의 키가 더 커진 것 같았는데, 몸집이 커진 게 아니라 벽에 비친 그림자처럼 길이만 늘어난 것처럼 보였다. 가냘프지도 불안해하지도 않는 지앙 사부는 전혀 딴 사람으로 보였다. 훨씬 더 젊고 무한한 힘을 지닌 사람으로 보였다.

린은 경외감에 사로잡혀 지앙 사부를 보았다. 눈앞에 선 사람은 시네가드 학당의 골칫덩이 괴짜가 아니었다. 이 남자는 군인이었다.

이 남자는 샤먼이었다.

지앙 사부가 다시 입을 열자 목소리 자체가 메아리처럼 울려 퍼져 이중으로 들렸다. 정상적인 목소리와 훨씬 더 낮은 목소리가 겹쳐 마치 그가 말하면 그의 그림자가 두 배로 크게 그 말을 되풀이하는 것 같았다. "군사를 물리지 않는다면, 내가 이 세계에 있어서는 안 되는 존재들을 소환할 것이다."

네자가 린의 팔을 붙잡았다. 그의 눈이 휘둥그레져 있었다. "저길 봐."

지앙 사부 뒤쪽의 공기가 반짝이며 휘더니, 밤보다 훨씬 더 어두워지고 있었다. 지앙 사부의 눈동자가 뒤로 넘어갔다. 그는 큰 소리로 주문을 외우며 린은 딱 한 번 들어본 적이 있는 낯선 언어로 중얼거렸다.

"너는 봉인되었잖아!" 장군이 외쳤다. 그러나 그는 재빨리 지앙 사부가 열어젖힌 허공을 피해 미늘창을 단단히 움켜잡았다.

"지금 그래 보이나?" 지앙 사부가 양팔을 벌렸다.

지앙 사부의 뒤쪽에서 인간들은 들어본 이 없는 높은 통곡 소리가 들렸다.

무언가가 어둠을 뚫고 다가오고 있었다.

린은 허공 너머로 인형극에서나 볼 수 있었던 윤곽을, 이야기 속에서나 등장하는 짐승들의 윤곽을 보았다. 머리가 셋 달린 사자. 꼬리가 아홉 개인 여우. 수많은 머리가 서로 뒤엉켜 사방에서 서로 물어뜯는 독사.

"린. 네자." 지앙 사부가 돌아보지도 않고 말했다. "달아나라."

순간 린은 이해했다. 지앙 사부가 무엇을 소환하고 있는지는 몰라도 그는 그것들을 통제할 수 없었다. '신들은 자발적으로 전투에 나서지 않는다. 신들은 항상 대가로 뭔가를 요구한다.' 지앙 사부는 정확히 린에게 금지한 일을 하고 있었다.

네자가 린을 잡아 일으켰다. 린의 왼쪽 다리에 하얗게 달궈진 칼이 무릎을 찌르는 것 같은 느낌이 들었다. 린은 비명을 지르며 네자 쪽으로 쓰러졌다.

네자가 린을 부축했다. 그의 눈이 공포로 커졌다. 달아날 시간이 없었다.

지앙 사부가 공중에서 몸부림을 치더니 곧 통제력을 완전히 잃어버렸다. 허공이 바깥으로 터져 나오며 세계의 배경을 잡아 찢고 주변 성벽을 무너뜨렸다. 지앙 사부가 철봉으로 대기를 내리쳤다. 철봉이 닿은 곳에서 힘이 파동을 시작하면서 고리 모양으로 터져나갔다. 잠시 모든 게 멈추었다.

이윽고 동쪽 성벽이 무너졌다.

＊

린은 신음하며 몸을 뒤집었다. 거의 볼 수도 느낄 수도 없었다. 모든 감각이 기능하지 않았다. 그녀는 오직 고통의 파편만이 뚫고 들어오는 암흑의 고치 속에 싸여 있었다. 다리가 부드럽고 인간적인 어떤 것에 닿았고 그쪽으로 손을 뻗어보았다. 네자였다.

린은 신음하며 힘겹게 눈을 떴다. 네자가 그녀에게 몸을 기대고 축 늘어져 있었다. 이마의 상처에서 피가 흘러나왔다. 눈은 감겨 있었다.

린은 움찔거리며 겨우 윗몸을 일으키고 앉아 네자의 어깨를 흔들었다. "네자?"

그가 미약하게 몸을 움직였다. 안도감이 퍼졌다.

"일어나야 해, 네자. 제발, 일어나야 해."

저 멀리 성문 옆 모퉁이에 잡석 한 무더기가 쌓여 있었다.

잡석 아래 뭔가가 묻혀 있었고, 그 뭔가는 살아 있었다.

린은 네자의 손을 꼭 잡고 그 뭔가가 지앙 사부이기를, 그가 불러낸 공포 속에서도 어쨌든 살아남았기를, 무사하기를, 얼른 그의 본모습으로 돌아오기를, 그리고 다시 그들을 구해주기를 간절히 바랐다.

하지만 파편을 뚫고 밖으로 기어 나오는 손은 피투성이에 거대했고, 단단히 무장하고 있었다.

＊

장군이 잡석 더미에서 빠져나오기 전에 그를 죽였어야 했다. 아니, 당장 네자를 데리고 달아났어야 했다. '뭐든' 했어야만 했다.

그러나 팔다리가 머리의 지시를 따르지 않았다. 공포와 절망 외에 신경은 아무것도 알아채지 못했다. 린은 마비 상태로 바닥에 그대로 머물렀다. 심장이 갈비뼈를 강하게 치받았다.

장군이 비칠거리며 일어나 앞으로 비스듬히 한 걸음, 또 한 걸음을 내디뎠다. 투구는 사라지고 없었다. 장군이 이쪽으로 돌아섰을 때 린은 너무 놀라 숨을 쉴 수가 없었다. 얼굴의 절반이 폭발로 벗겨졌고, 벗겨진 피부 아래 끔찍한 해골의 미소가 드러났다.

"이 니칸 조무래기들." 그는 으르렁거리며 전진했다. 그의 발이 자국군 병사의 축 늘어진 몸에 걸렸다. 그는 보지도 않고 역겹다는 얼굴로 시체를 발로 차버렸다. 분노로 이글거리는 그의 시선은 오직 린과 네자 쪽을 향하고 있었다. "내가 너희를 묻어주마."

네자가 공포로 낮게 신음했다.

린의 팔이 드디어 말을 들었다. 네자를 일으키려고 했지만, 다리에 힘이 풀려 혼자서도 일어날 수가 없었다.

장군이 코앞에 다가왔다. 그는 미늘창을 치켜들었다.

린은 공황에 빠져 반쯤 미친 듯이 칼을 위쪽으로 거칠게 한 번 휘둘렀다. 린의 칼이 헛되이 장군의 상반신 갑옷에 부딪혔다.

장군이 장갑 낀 손으로 린의 가느다란 칼날을 붙잡더니 칼날을 비틀어 뽑으려 들었다. 장군의 손가락이 구부러지더니 쇠를 단단히 붙잡았다.

린은 덜덜 떨며 칼을 놓았다. 장군이 린의 옷깃을 붙잡아 위로 끌어 올리더니 왼쪽 벽을 향해 집어 던졌다. 린의 머리가 돌벽에 부딪혔다. 시야가 검게 물들더니 빛으로 된 점 몇 개가 반짝이다가 이내 아무것도 보이지 않았다. 천천히 눈을 깜박여 시각을 회복했을 때 장군이 네자의 축 늘어진 몸 위로 미늘창을 서서히 들어 올리는 게 보였다.

린이 비명을 지르려고 입을 막 벌렸을 때 장군이 날카로운 창 끝을 네자의 배에 꽂았다. 네자가 고통스러운 비명을 질렀다. 창이 한 번 더 찌르고 들어가자 네자는 조용해졌다.

린은 공포로 마구 흐느끼면서 주머니를 더듬어 양귀비 씨앗을 찾았다. 씨앗을 한 움큼 집어 입에 넣고 삼켰을 때 장군은 린이 아직 움직이는 걸 알아챘다.

"안 돼." 그가 으르렁거리며 린의 앞섶을 붙잡아 위로 끌어올렸다. 그는 린을 제 얼굴 가까이 끌어당겨서 끔찍한 반쪽짜리 미소를 지으며 린을 노려보았다. "니칸의 요술 따위 더는 허락하지 않겠다. 죽은 그릇에는 신도 깃들지 못할 테니까."

린은 장군의 손아귀에 사로잡힌 채 미친 듯이 떨었다. 얼굴 가득 눈물을 쏟으며 공기를 찾아 숨을 헐떡였다. 돌벽에 부딪힌 머리가 욱신거렸다. 암흑 속에 둥둥 떠서 헤엄치는 기분이었다. 그게 양귀비 씨앗 때문인지 머리를 다쳐서인지는 알 수 없었다. 린은 죽어가든지 신을 보게 되든지, 둘 중 하나였다. 어쩌면 둘 다일 수도 있었다.

'제발.' 린은 기도했다. '제발 내게 와줘요. 뭐든 할게요.'

이윽고 린은 허공 쪽으로 넘어갔다. 다시 천상으로 가는 그 동굴에 와 있었다. 영혼이 위를 향하고 엄청난 속도로 미지의 세계로 돌진했다. 시야 가장자리가 검게 변했다가 다시 익숙한 붉은색으로 변했다. 색유리를 낀 것처럼 시야 전체가 진홍색으로 뒤덮였다.

마음의 눈에 그때 그 여인이 보였다. 여인이 린을 향해 손을 내밀었지만….

"비켜요!" 린이 외쳤다. 린은 수호자를 상대할 시간이 없었다. 경고를 들을 시간이 없었다. 그녀에겐 신이 필요했다. '그녀의' 신이 필요했다.

놀랍게도 여인은 린의 말을 따랐다.

이윽고 린은 장벽을 통과해 다시 위로 솟구쳤고 신들의 왕좌가 있는 신전에 도착했다.

하나만 빼고 모든 대좌가 비어 있었다.

그 대좌는 온통 화려한 불꽃에 휩싸여 있었다. 린의 마음에 오싹하고 커다란 목소리가 울렸다. 그 목소리는 우주 전역에 울려 퍼졌다.

'네가 찾는 그 힘을 너에게 줄 수 있다.'

린은 숨을 쉬려고 격하게 몸부림을 쳤지만, 장군은 린의 목을 더 세게 움켜잡았다.

'제국을 쓰러뜨릴 만큼 강한 힘을 줄 수 있다. 적의 뼈가 불타올라 재만 남을 때까지 적을 불태울 힘을 줄 수 있다. 이 모든 걸 너에게 주고, 그 이상을 줄 것이다. 너도 거래를 알 것이다. 계약을 알 것이다.'

"뭐든지." 린이 속삭였다. "뭐든지 드릴게요."

'모든 것을.'

돌풍 같은 게 신전 안을 휩쓸고 지나갔다. 뭔가 타닥타닥 갈라지는 소리가 들렸다.

린은 눈을 떴다. 더는 머리가 몽롱하지 않았다. 린은 위로 손을 뻗어 장군의 손목을 움켜잡았다. 다 죽어가는 그녀의 아귀힘이라야 겨우 깃털이 닿은 수준이어야 했다. 그러나 장군은 울부짖었다. 그는 린을 떨어뜨렸다. 장군이 린을 치려고 팔을 들어올렸을 때, 장군의 양쪽 손목에 붉은 얼룩이 생기더니 점점 붉게 끓어올랐다.

린은 몸을 한껏 웅크리고 양쪽 팔을 머리 위로 치켜들고 애처롭게 방어 자세를 취했다.

순간 커다란 불꽃 장막이 눈앞에서 솟구쳤다. 얼굴에 열기가 훅 끼쳤다. 장군이 뒤로 넘어졌다.

"안 돼…." 도저히 믿을 수 없다는 듯 장군의 입이 크게 벌어졌다. 그는 마치 다른 사람을 보듯 린을 보았다. "이건 네가 아니다."

린은 겨우 일어섰다. 눈앞에 불꽃이 계속 쏟아졌고, 그녀는 그 화염을 통제할 수 없었다.

"넌 죽었잖아!" 장군이 소리쳤다. "내가 너를 죽였어!"

린이 천천히 몸을 일으키는 동안 손에서 불꽃이 마구 쏟아져나와 불의 개울을 이루며 주변을 에워쌌고, 탈출구는 없었다. 불꽃이 장군의 벌어진 상처마다, 입을 비롯한 온몸의 열린 곳마다 핥아대자 장군은 미친 듯이 울부짖었다.

"내 눈으로 네가 불타는 걸 똑똑히 봤어! 네가 완전히 불타 죽는 걸 봤다고!"

"그건 내가 아니야." 린은 속삭이며 장군에게 양손을 펼쳤다.

불꽃이 복수하듯 바깥으로 쏟아져나왔다. 린은 뭔가 찢어지는 감각을 느꼈다. 마치 불꽃이 그녀의 배를 찢고 몸 안쪽 어디에선가 나오는 것 같았다. 불꽃은 린의 몸 안을 돌아다니며 해를 끼치지는 않지만, 꼼짝도 못 하게 했다. 불은 린을 도관으로 이용했다. 그녀는 촛불 하나만큼도 불꽃을 통제하지 못했다. 불이 그녀에게 모여들어 온몸을 감쌌다.

마음의 눈에 불새가 보였다. 불새는 신전 대좌에 앉아 파도처럼 일렁였다. 불새는 지켜보고 있었다. 웃고 있었다.

불꽃 너머로 장군은 보이지 않고 오직 갑옷의 윤곽만이 무너지면서 고꾸라지는 것만 보였다. 인간이 아닌 까맣게 타버린 살덩이, 탄소, 금속에 불과한 어떤 것이 무릎을 꿇은 형체로 남았다.

"그만." 린이 속삭였다. '제발, 멈춰요.'

그러나 불꽃은 계속 타올랐다. 장군이었던 덩어리가 뒤로 밀

려나더니 아래로 허물어져 동그란 불꽃이 되었다가, 점점 작아
지면서 곧 완전히 꺼져버렸다.

린의 입술이 마르고 갈라져, 움직이니 피가 흘렀다. "제발…,
멈춰."

그러나 불은 점점 크게 타올랐다. 린은 들을 수가 없었다. 열
기 때문에 숨을 쉴 수도 없었다. 린은 무릎을 꿇고 무너져 내려
양손으로 얼굴을 감쌌다.

'제발, 이렇게 애원합니다.'

마음의 눈에 불새가 짜증스럽게 몸을 움츠리는 게 보였다. 불
새가 거대한 불의 날개를 활짝 펼쳤다가 다시 접었다.

신전으로 가는 길이 닫혔다.

린은 비틀거리다 쓰러졌다.

✳

더 이상 시간은 무의미했다. 주변에서 전투가 벌어졌다가 이
내 사라졌다. 린은 무의 원통 안에 들어가 주변의 모든 일과 단
절되었다. 이제 다른 것은 그 무엇도 존재하지 않았다.

"불타고 있어요." 니앙의 말이 들렸다. "열이 심각해요…. 상
처에 독이 있는지 살펴봤지만, 없었어요."

'열이 아니야.' 린은 말하고 싶었다. '이건 신이야.' 니앙이 이
마에 찬물을 떨어뜨려 주었지만, 그 물로는 린의 안에서 타오르
는 불꽃을 끄지 못했다.

지양 사부를 불러달라고 말하고 싶었지만, 입이 말을 듣지 않
았다. 말이 나오지 않았다. 움직일 수도 없었다.

볼 수는 있다고 생각했지만, 꿈인지 생시인지 알 수가 없었다.

한참 후 다시 눈을 떴을 때 너무도 아름다운 얼굴이 보여서 소리를 지를 뻔했다.

활 모양으로 굽은 눈썹. 도자기처럼 매끄러운 피부. 피처럼 붉은 입술.

황제?

그러나 황제는 지금 3사단과 함께 북쪽에서 행군 중이어야 했다. 이렇게 빨리, 동이 트기도 전에 도착할 수가 없었다.

벌써 동이 튼 걸까? 그렇다면 아침 첫 햇살이 보였을 텐데. 이토록 길고 끔찍한 밤을 헤치고 동이 트는 모습이 보였을 텐데.

"이 애 이름이 무엇이냐?" 황제가 물었다.

'이 애라고? 황제가 내 이야기를 하는 건가?'

"팽 루닌입니다." 이르자 사부의 목소리가 들렸다.

"루닌이라." 황제가 되풀이했다. 그 목소리는 하프의 현을 뜯는 것처럼 날카롭게 꿰뚫는 듯하면서 동시에 아름다웠다. "루닌, 나를 봐라."

린은 황제의 손가락이 자신의 뺨에 와 닿는 것을 느꼈다. 그 손은 눈처럼, 겨울바람처럼 차가웠다. 린은 눈을 뜨고 황제를, 그 아름다운 눈을 보았다. 사람의 눈이 어쩌면 이렇게 아름다울 수 있을까? 황제의 눈은 전혀 살무사의 눈이 아니었다. 뱀의 눈도 아니었다. 거칠고 어둡고 기묘했지만, 사슴의 눈망울처럼 아름다웠다.

그리고 '환영'이 보였다…. 나비 떼가 비단 띠처럼 바람 속에 펄럭였다. 오직 아름다움과 색깔과 움직임으로만 구성된 세계가 보였다. 그 시선 안에 사로잡힐 수만 있다면 뭐든지 할 수 있었다.

황제가 날카롭게 숨을 들이켜자, 환영이 사라졌다.

린의 얼굴을 감싼 황제의 손아귀 힘이 세졌다.

"나는 네가 불타는 것을 보았다." 황제가 말했다. "네가 죽는 걸 봤다고 생각했는데."

"저는 죽지 않았습니다." 린은 말하려고 했지만, 혀가 너무 무거워 목이 졸린 소리만 나올 뿐이었다.

"쉿." 황제가 린의 입술에 얼음처럼 차가운 손가락을 댔다. "말하지 마라. 괜찮다. 네가 누구인지 나는 안다."

이윽고 이마에 차가운 입술이 닿는 게 느껴졌다. 연말 시험 기간에 지앙 사부가 린의 이마에 불어넣었던 것과 똑같은 냉기였다. 린 안에서 불이 꺼졌다.

〈2권 계속〉

옮긴이 **이주혜**

저자와 독자 사이에서 치우침 없는 공정한 번역을 위해 노력하는 번역가이자, 창비신인소설상을 받은 소설가다. 《프랑스 아이처럼》, 《우리 죽은 자들이 깨어날 때》, 《여자에게 어울리지 않는 직업》, 《멜랑콜리의 묘약》 등 많은 책을 옮겼고, 소설 《자두》를 썼다.

양귀비전쟁 ① 시네가드

초판 1쇄 발행 2021년 10월 1일

지은이	R. F. 쿠앙
옮긴이	이주혜
펴낸이	박은주
편집장	최재천
기획	김아린
편집	설재인
일러스트	집시
디자인	김선예, 서예린, 오유진
마케팅	박동준

발행처	(주)아작
등록	2015년 9월 9일(제2021-000132호)
주소	04050 서울특별시 마포구 양화로 156 LG팰리스빌딩 1428호
대표전화	02.324.3945　**팩스** 02.324.3947
이메일	decomma@gmail.com
홈페이지	www.arzak.co.kr
ISBN	979-11-6668-635-1 04840 979-11-6668-634-4 04840 (세트)